HEYNE <

Das Buch

Im tiefsten brasilianischen Dschungel werden Menschen von Pflanzen attackiert: Sie stürzen sich auf harmlose Touristen, die ihr Dschungelabenteuer erleben wollen, und eine scheinbar harmlose kleine Pseudo-Artischocke wuchert binnen kürzester Zeit zu einer riesigen Schlingpflanze, die mit ihren Tentakeln fast die Wissenschaftlerin Susan erwürgt. Zeitgleich wird in Chicago ein renommierter Wissenschaftler umgebracht. Es zeichnet sich ab, dass einige Wissenschaftler versucht haben, das Genmaterial von Pflanzen zu manipulieren, um sie zu Überträgern von Krankheiten zu machen und damit eine tödliche Waffe zu basteln. Aber die Versuche laufen aus dem Ruder, und als Susan gemeinsam mit ihrem Kollegen Ben die mutierten Pflanzen untersucht, kommt sie einem fürchterlichen Geheimnis auf die Spur.

Ein rasanter Wissenschaftsthriller von erschreckender Aktualität. Der Autor ist selbst Biochemiker und hat lange in der Pharmabranche gearbeitet.

Der Autor

Rip Gerber, geboren 1962 in Washington, ist Diplom-Biochemiker. Er arbeitete zunächst beim CIA, dann zwanzig Jahre lang in der High-Tech-Branche. *Pharma* ist sein Debütroman. Rip Gerber ist verheiratet und hat zwei Kinder. Weitere Infos zum Autor und seinem Buch unter www.pharmathriller.de

RIP GERBER

PHARMA

Thriller

Aus dem Amerikanischen
von Bertram J. Kirchmayr

WILHELM HEYNE VERLAG
MÜNCHEN

FSC
Mix
Produktgruppe aus vorbildlich
bewirtschafteten Wäldern und
anderen kontrollierten Herkünften

Zert.-Nr. SGS-COC-1940
www.fsc.org
© 1996 Forest Stewardship Council

Verlagsgruppe Random House FSC-DEU-0100
Das für dieses Buch verwendete FSC-zertifizierte Papier
München Super liefert Mochenwangen.

Vollständige deutsche Erstausgabe 07/2007

Printed in Germany 2007
Umschlaggestaltung: © Ryan McVay / Stone / Getty Images
Umschlagillustration: Nele Schütz Design, München
Satz: Buch-Werkstatt GmbH, Bad Aibling
Druck und Bindung: GGP Media GmbH, Pößneck
ISBN 978-3-453-43150-8

www.heyne.de

PROLOG

»Michael Petersen?«

Der berühmte Biochemiker ging einfach weiter und ignorierte die Stimme, die ihn von hinten angesprochen hatte. Erschöpft von einem langen Arbeitstag, stellte er die schwere Aktentasche auf den Betonfußboden der Tiefgarage und entriegelte mit der Fernbedienung die Türen seines silbergrauen Mercedes der S-Klasse. Es war schon nach Mitternacht. Petersen, der siebzehn Stunden am Stück gearbeitet hatte, wollte nur noch nach Hause, in seinen Pyjama schlüpfen und eng an seine Frau geschmiegt einschlafen. Auf eine nächtliche Unterhaltung in der Tiefgarage von ChemGen hatte er nicht die geringste Lust.

»Herr Doktor?«, fragte die Männerstimme, die fast ein wenig besorgt klang.

»Was ist denn?« Petersen öffnete die Fahrertür und sah in der dunkel getönten Seitenscheibe die Spiegelung eines Mannes, der mit raschen Schritten von hinten auf ihn zu trat. So nahe, dass Petersen sich erstaunt umdrehte.

»Die sind für Sie«, sagte der Mann und streckte ihm einen unverpackten Blumenstrauß hin. Petersen musterte den Mann aufmerksam und stellte erleichtert fest, dass er in seinem eleganten, khakifarbenen Sommermantel nicht gerade wie ein Straßenkrimineller aussah.

»Wieso denn das?«, fragte Petersen und ließ sich automatisch den Strauß aus Löwenmäulchen, Rittersporn und violetter Prachtscharte in die Hand drücken. Einen anderen als ihn hätte eine solche spontane Ehrfurchtsbezeugung zu vorgerückter Stunde vielleicht verwundert, nicht aber den gefeierten Biochemiker, der mehrmals für den Nobelpreis vorgeschlagen gewesen war und dem das *Time-Magazine* für seine Arbeiten über die Genetik der Pflanzen einmal den Ehrentitel »Vater der modernen Zellulose-Endokrinologie« verliehen hatte. Immer wieder warteten nach der Arbeit ehrgeizige Studenten auf ihn, die unbedingt einmal einer wissenschaftlichen Autorität wie ihm persönlich die Hand schütteln wollten, und hin und wieder lauerte ihm auch ein aufdringlicher Reporter auf, der glaubte, auf diese Weise an eine aufregende Story für irgendein Wissenschaftsmagazin zu kommen. Petersen roch an dem Strauß und spürte sofort etwas Ungewöhnliches. Fast augenblicklich begannen ihm Nase und Lippen zu brennen. Eine Allergie, dachte er.

»Seit wann kriegt man denn Blumen in der Tiefgarage?«, brummte er ungehalten und musterte den Mann mit einem kritischen Blick. »Und wieso mitten in der Nacht?«

»Das ist nur eine kleine Anerkennung für die Dienste, die Sie Ihrer Firma erwiesen haben«, sagte der Mann.

Petersen verspürte jetzt ein Kratzen im Hals. Irgendetwas war mit dem Blumenstrauß nicht in Ordnung.

Und dann sah er etwas, was ihm eigentlich gleich hätte auffallen müssen.

Der Mann trug Gummihandschuhe.

»Was geht hier vor?«, fragte Petersen scharf. Der Mann antwortete nicht. Er blieb einfach nur stehen und schaute Petersen erwartungsvoll ins Gesicht.

Der Wissenschaftler verspürte auf einmal einen stechenden Schmerz in der Brust, und schon wurde er von einem Hustenanfall geschüttelt. Er spürte, wie ihm Zunge und Mundschleimhaut anschwollen und begannen, ihm die Luft abzuschnüren.

Laut hustend griff sich Petersen an den Hals. Er war nicht nur Biochemiker, sondern auch ausgebildeter Mediziner, und als solcher erkannte er sofort die Symptome eines anaphylaktischen Schocks. Und er wusste auch, was weiter mit ihm geschehen würde: Nach dem Brustschmerz und der Atemnot würde er eine starke Übelkeit verspüren, dann würde er am ganzen Körper einen roten Ausschlag bekommen, und sein Herzschlag würde sich immer weiter beschleunigen, bis es schließlich zu einem Kreislaufkollaps kam. Als kleiner Junge hatte er das alles schon einmal durchgemacht, als er wegen einer Erdnussallergie fast gestorben wäre.

Nur diesmal kam es schneller. Sehr viel schneller.

»Warum ...?«

Der Mann lächelte. »Was für eine überflüssige Frage, Petersen«, sagte er ungerührt. »Das wissen Sie doch ganz genau. Sie wussten es die ganze Zeit ...«

Petersen ließ den Blumenstrauß fallen und starrte hinab auf seine Hände, wo sich jetzt überall rote Pusteln gebildet hatten.

»Das können Sie doch nicht machen!«, keuchte er. »Man hat mir versprochen, dass mir nichts geschehen wird.« Das Stechen in seiner Brust wurde immer heftiger, weil das Histamin, das sein außer Rand und Band geratenes Immunsystem in großen Mengen ausschüttete, immer stärkere Herzrhythmusstörungen verursachte.

»*Sie* haben Ihr Versprechen gebrochen, *Herr Doktor.* Und Sie wussten genau, welche Konsequenzen das für Sie haben wird.« Der Mann musterte ihn wie ein Arzt, der einen Patienten begutachtet, dem er soeben eine Betäubungsspritze verabreicht hat.

»Wer ... hat Ihnen ... den Auftrag dazu gegeben?«, fragte Petersen. Er hatte Mühe, sich zu artikulieren.

»Das geht Sie nichts an«, antwortete der Mann.

»Ich ... werde alles wiedergutmachen!«, presste Petersen hervor.

»Zu spät«, erwiderte der Mann ungerührt und trat näher an ihn heran. »Das hätten Sie sich vor Ihrem Verrat überlegen müssen.«

»Ich weiß, wer Ihre Auftraggeber sind«, krächzte Petersen. »Ich kenne ... die Wahrheit.«

»Schön für Sie«, knurrte der Mann, der Petersen jetzt so nah war, dass dieser seinen Schweiß und seinen schlechten Atem riechen konnte. »Nur wird Ihnen das nichts mehr nützen.«

»Ich ... habe ... nur ... meine Arbeit ... getan ...!«, stieß Petersen, dem die Zunge nun den gesamten Mund anzufüllen schien, hervor.

»Das tun wir doch alle«, erwiderte der Mann mit einem hämischen Grinsen im Gesicht. »Und ich tue jetzt die meine.«

Als er aus seinem Mantel ein langes Messer hervorzog, war Petersen auf einmal klar, dass er sterben und sein Geheimnis mit ins Grab nehmen musste.

»Nein ... bitte ... NICHT!«

Die Hand mit dem Messer schnellte vor, und Petersen spürte, wie die Klinge ihm in den Unterleib drang und durch seine Eingeweide schnitt. Sie fühlte sich erstaunlich kühl an. Ohne auch nur die leiseste Spur von Aufregung zu zeigen, zog der Mann das Messer wieder heraus und wischte die blutige Klinge mit einem Papiertaschentuch ab. Das Messer in der linken Hand, suchte er mit der rechten in Petersens Anzugtaschen herum, bis er seine Brieftasche gefunden hatte.

Damit will er einen Raubmord vortäuschen, dachte Petersen, der sich mit beiden Händen die klaffende Wunde an seinem Bauch zuhielt. Zwischen seinen Fingern quoll hellrotes Blut hervor.

Er ließ sich nach hinten auf den Fahrersitz sinken und hatte das Gefühl, als würde sich das Innere des Wagens langsam um ihn drehen. Mit äußerster Kraftanstrengung gelang es ihm, die Tür zuzuziehen und zu verriegeln. So konnte der Mann nicht noch einmal auf ihn einstechen, aber das schien er auch gar nicht vorzuhaben. Er ging langsam zu dem Blumenstrauß, hob ihn auf und steckte ihn in eine Plastiktüte. Dann öffnete er Petersens ebenfalls zu Boden gefallene Aktentasche und sah sich in aller Ruhe ihren Inhalt an.

Das war das Ende.

Petersens Autoschlüssel und das Handy, das hier in der Tiefgarage ohnehin nicht funktionierte, befanden sich in der Aktentasche, die der Mann, der jetzt langsam die Tiefgarage verließ, in der Hand hatte. Als er an der Tür angelangt war, drehte er sich noch einmal um und winkte Petersen mit einem spöttischen Lächeln auf dem Gesicht zu, bevor er hinaus ins neonhelle Treppenhaus trat.

Als die schwere Metalltür mit einem lauten Geräusch zufiel, schloss Petersen die Augen. Warm quoll ihm das Blut durch die fest auf seinen Bauch gepressten Finger und bildete auf dem Ledersitz eine immer größer werdende Pfütze. Falls ihn nicht innerhalb der nächsten paar Minuten jemand fand, würde er an anaphylaktischem Schock sterben oder jämmerlich verbluten.

Wie in Zeitlupe hob er den rechten Arm zum Lenkrad und drückte auf die Hupe, aber er wusste, dass er damit wohl kaum Hilfe herbeirufen konnte. Um diese Zeit war so gut wie niemand mehr im Gebäude, und bis hinauf in die Eingangshalle, wo der Nachtwächter hinter seinem Tisch saß, konnte man sein Hupen bestimmt nicht hören.

»So nicht«, flüsterte Petersen mit matter Stimme. Wenn er schon sterben musste, wollte er wenigstens sein Geheimnis doch noch jemandem mitteilen. Es war ein düsteres, grauenvolles Geheimnis, dessentwegen schon andere hatten sterben müssen. Jetzt würde auch ihn dieses Schicksal ereilen.

Am ganzen Leib zitternd, nahm Petersen die Hand von der Hupe und griff ins Handschuhfach, wo er immer einen Kugelschreiber und einen kleinen Notizblock aufbewahrte. Es kam ihm wie eine halbe Ewigkeit vor, bis er den Block auf seinen Oberschenkeln aufgeschlagen hatte. Als er versuchte, etwas darauf zu schreiben, verschwamm ihm die Hand mit dem Kugelschreiber vor den Augen, und er sah auf einmal nur noch ein gleißend helles Licht.

Das ist der Tod, dachte er.

Während die Windschutzscheibe von der Feuchtigkeit seiner letzten, schwachen Atemzüge beschlug, dachte

Petersen fieberhaft darüber nach, wie er die Wahrheit, die ihn das Leben gekostet hatte, jetzt noch weitergeben konnte.

Aber an wen? Und wie?

»Sie darf nicht mit mir sterben«, murmelte er, während sich sein Mund mit metallisch schmeckendem Blut füllte. »Das lasse ich nicht zu.«

Aber er wusste, dass er nicht mehr die Zeit hatte, um alles niederzuschreiben, und selbst wenn es ihm gelänge, würden womöglich seine Mörder die Aufzeichnungen finden und sie vernichten.

Trotzdem nahm er seine letzte Kraft zusammen und kritzelte halb blind etwas auf den Block. Dann riss er das Blatt heraus, faltete es klein zusammen und stopfte es in seine vom Blut durchweichte Manteltasche.

Anschließend atmete Dr. Michael Petersen ein letztes Mal tief aus, und all seine Geheimnisse und Wahrheiten erloschen zusammen mit dem letzten Funken Leben in ihm.

AKTIVIERUNG

I

Die beiden jungen Frauen hätten das Lager niemals verlassen dürfen.

Nicht vor dem Morgengrauen und vor allen Dingen nicht ohne Paulo.

Jenny Kramer stöhnte vor Schmerz auf, als sie in der Dunkelheit mit dem Schienbein gegen eine aus dem Waldboden ragende Wurzel stieß. Sie richtete den Strahl der Taschenlampe nach unten und sah, dass sie aus einer kleinen Wunde knapp oberhalb ihrer Treckingsocke blutete.

»Mist, das zieht bestimmt die Schlangen an«, murmelte sie, während sie das Blut bei dem Versuch, es wegzuwischen, großflächig auf dem Unterschenkel verschmierte. Sie fror, hatte nasse Füße und fragte sich, was sie hier in Amazonien überhaupt zu suchen hatte. Klar, die Reiseführer besangen es hymnisch als das »geheimnisvolle Urwaldreich«, aber sie persönlich sah in dieser letzten Wildnis Brasiliens nichts weiter als einen gottverlassenen, ständig feuchten Dschungel, in dem es tagsüber stickig schwül und nachts erbärmlich kalt war. Auch jetzt, in den frühen Morgenstunden, schien die Kälte alles Leben zu lähmen – das der Pflanzen, der Tiere und der Menschen. Durch ihre beschlagenen Brillengläser starrte Jenny hinauf in die pechschwarze Dunkelheit, in der das dichte Blätterdach des Regenwaldes nicht einmal zu erahnen war. Hier, in der Nähe des Äquators, ging die Sonne nicht vor sechs Uhr früh auf, und bis dahin war es noch eine gute halbe Stunde.

»Ich hasse Schlangen«, flüsterte Jenny, die sich gar nicht vorstellen wollte, was für grausiges Getier ihnen sonst noch im nächtlichen Dschungel auflauern könnte – von Feuerameisen bis hin zu Jaguaren, von giftigen Spinnen ganz zu schweigen. Von ganzem Herzen verfluchte sie die Verheißungen, die sie vor Wochen in dem Prospekt von *Amazon EcoTours* gelesen hatte: »Gehen Sie mitten im Herzen Amazoniens auf eine faszinierende Entdeckungsreise. Wohnen Sie in urtümlichen, mit Palmblättern gedeckten Hütten, übernachten Sie im Zelt an den Lagerplätzen uralter Indianerstämme, und erleben Sie auf unserem Besichtigungssteg hoch oben in den Wipfeln mächtiger Urwaldriesen das einmalige Gefühl, aus zwanzig Metern Höhe auf einen der letzten intakten Regenwälder unserer Erde herabzublicken.«

Ihr könnt mich mal, dachte Jenny. Dass in diesem intakten Regenwald jede Menge giftiges Viehzeug herumkroch, hatte der Prospekt wohlweislich verschwiegen. Sie sehnte sich nach einem sonnigen Strand auf Hawaii oder den Bermudas, wo man im Liegestuhl den *National Enquirer* lesen konnte, einen kühlen Erdbeer-Daiquiri in der Hand. Nie wieder, das schwor sie sich, würde sie einen Abenteuerurlaub buchen.

Leicht humpelnd folgte sie dem halb überwucherten Fahrweg, der am oberen Rand einer nicht allzu tiefen Schlucht entlangführte. Paulo hatte ihnen den Weg, der nach ein paar hundert Metern einfach aufhörte, am Abend zuvor gezeigt und erzählt, dass er seit dem Bau der großen, 1989 eingeweihten Straße von Humaita nach Manaus nicht mehr benutzt worden war. Wer weiß, dachte Jenny, vielleicht stimmte das ja gar nicht. Vielleicht wurde hier nächtens illegal geschlagenes Holz oder Kokain transportiert, und wenn die Gangster merkten, dass sie von zwei Touristinnen beobachtet wurden, dann ...

Rechts und links von der Fahrspur ragten riesige Bäume Dutzende von Metern hinauf in die Dunkelheit. Ihre Stämme waren so dick wie Kleinwagen und flößten Jenny eine tiefe, unerklärliche Angst ein. Bei Tageslicht war der Regenwald eine magisch verzauberte Welt aus Grün- und Brauntönen voller riesiger Farne, armdicker verholzter Schlingpflanzen, die wunderlich verdreht dem Licht entgegenwuchsen, und schwarzen Luftwurzeln, die von haushohen Akazien und Gummibäumen herabhingen. Jetzt aber, in der Dunkelheit, war er ein kalter, verwunschener Ort, an dem Menschen nichts zu suchen hatten.

Jenny richtete den Strahl ihrer Taschenlampe nach vorn und konnte im dichten Morgendunst nur mit Mühe die mit Shorts und Trekkingweste bekleidete Gestalt von Trish Browning erkennen.

»Nicht so schnell!«, rief sie. Ihre Freundin gab ihr keine Antwort.

Vor ungefähr einer Dreiviertelstunde hatten sie sich aus dem Camp geschlichen und sich am Rand der Schlucht entlang immer weiter in den Urwald getastet. Hier auf dem alten Fahrweg würden sie auch ohne Paulo zurechtkommen, hatte Trish gemeint.

Jenny war sich da nicht so sicher gewesen.

Trish blieb stehen und beugte sich über einen schwärzlichen Erdklumpen in der Mitte des Weges, in dem sie mit ihrem hölzernen Gehstock herumstocherte.

»Komm her, Jen-Jen«, rief sie. »Schau mal, was ich für einen interessanten Käfer gefunden habe.«

»Na toll«, murmelte Jenny ohne große Begeisterung.

Nach drei anstrengenden Tagen voller nicht enden wollender Fußmärsche, halbgarem Essen und harten Nachtlagern auf dem nackten Urwaldboden hatten sie am Abend im Zelt fast ihren ganzen Wodka ausgetrunken, den sie eigentlich als Notration und Desinfektionsmittel mitgenommen hatten. Und dann hatten sie sich geliebt, verhalten und leise, damit der im Zelt nebenan schlafende Paulo nichts davon mitbekam.

Danach hatte keine der beiden Frauen einschlafen können, und in den frühen Morgenstunden hatten sie sich in ihrer Ruhelosigkeit heimlich aus dem Lager geschlichen. Im Dämmerlicht kurz vor Sonnenaufgang könne man wunderbar die Vögel des Regenwaldes beobachten, hatte Trish behauptet, in Wirklichkeit aber hatte sie wohl nur nach einem Vorwand gesucht, um Jenny weit weg vom Camp noch einmal lieben zu können – und zwar heftiger als vorhin im Zelt. Und richtig laut.

Jenny beobachtete Trish, wie sie in dem Klumpen am Boden herumstocherte. Sie war kräftig gebaut, aber nicht dick, und kam Jenny manchmal wie ein erwachsen gewordener weiblicher Harry Potter vor. Obwohl sie jetzt schon seit drei Jahren zusammenlebten, verspürte Jenny bei ihrem Anblick noch immer ein freudiges Kribbeln in der Magengrube. Nur jetzt war dieses Gefühl nicht da.

»Irgendwie finde ich es nicht gut, dass wir ohne Paulo durch den Dschungel marschieren«, sagte Jenny.

»Schließlich sind wir hier nicht in Marin County. Hier kann man sich verdammt schnell verlaufen.«

»Das hier ist ein Wald, kein Dschungel«, verbesserte sie Trish. »Und außerdem weiß ich genau, wo wir sind …«

Jenny machte ein skeptisches Gesicht.

»Na los, leuchte mal in das Loch da drüben!«, rief Trish aufgeregt. Jenny trat neben sie und ging in die Hocke, und dann starrten die beiden Frauen im Licht der Taschenlampe in das schwarze Erdloch neben einem umgestürzten Baumstamm

In dem Loch bewegte sich etwas.

Erst erschienen zwei nervös zuckende Fühler, gefolgt von einem länglichen Kopf, und dann krabbelte aus dem Loch eine Ameise heraus.

Aber es war keine normale Ameise.

Die Ameise war fünf Zentimeter lang.

»Wahnsinn!«, rief Jenny und machte einen Schritt zurück.

»Die ist ja so groß wie eine Spitzmaus«, staunte Trish.

Als das Tier aus dem Erdloch kroch, fühlte sich Jenny eher an die methodischen Bewegungen einer großen Spinne erinnert als an das hektische Gewusel kleiner Ameisen.

»Muss irgendeine Ameisenart sein, die es nur hier im Amazonasgebiet gibt. Vielleicht sogar eine Königin«, sagte Trish. »Na los, sehen wir zu, ob wir sie nicht fangen können.«

»Bist du verrückt?«

Die Ameise umrundete den Baumstamm und verschwand unter einem großen Farnblatt. Als Trish es anhob, kam Jenny das Würgen.

Die riesige grüne Ameise hatte sich auf einen großen

Erdhaufen gesetzt, auf dem es von kleinen roten Arbeiterameisen nur so wimmelte. Wie in Trance hob und senkte sie den Kopf, als vollführe sie eine Art Paarungstanz. Nur hatte sie etwas ganz anderes im Sinn, als sich zu paaren, denn jedes Mal, wenn ihr Kopf wieder nach oben kam, verspeiste sie ein Maul voll von den roten Ameisen.

»Das *ist* die Ameisenkönigin!«, rief Trish begeistert aus. »Sieh dir das an! Sie frisst gerade die Männchen auf!«

Jenny konnte nicht mehr hinschauen. Sie wollte nur noch zurück ins Lager.

»Moment, ich möchte ein Bild machen.« Trish hob ihre extra für den Urlaub gekaufte Kompaktkamera und drückte ab. Der Blitz erhellte für einen Sekundenbruchteil die von dicken Schlingpflanzen umwucherten Stämme der Bäume ringsum.

»War da nicht was?«, fragte Jenny nervös und deutete in die Dunkelheit. So weit entfernt vom Lager und Paulo hatte sie ein ungutes Gefühl.

Auf einmal krabbelte die große Ameise blitzschnell über Jennys Stiefel hinüber zur einstigen Fahrspur. Jenny schrie vor Schreck laut auf.

»Wir müssen ihr hinterher!«, rief Trish. Sie packte Jenny bei der Hand und zog sie am Rande des alten Weges entlang. Während Trish ihre Freude an der wilden Jagd hatte, war Jenny heilfroh, dass es wieder in Richtung Lager ging. Die Ameise war schnell, aber nicht so schnell wie die beiden Frauen, die rasch aufholten.

Fast hatten sie das Insekt eingeholt, als Trish plötzlich mit einem lauten Aufschrei in der Dunkelheit neben dem Weg verschwand.

»Trish, was soll denn das?«, fragte Jenny ungehalten. »Hör auf, Versteck zu spielen!«

Es kam keine Antwort.

»TRISH?«

Jenny schob vorsichtig die Farnblätter am Rand des Weges beiseite und sah, als sie mit ihrer Taschenlampe leuchtete, dass direkt dahinter die Schlucht war.

»Trish?«, rief sie abermals.

In der Ferne schrie ein Vogel, und oben im Blätterdach zeigte sich das erste, fahle Licht des neuen Tages. Trish war in der dunklen, steilen Schlucht verschwunden, und Jenny fühlte sich auf einmal schrecklich allein.

Dann hörte sie, wie tief unter ihr ein Ast knackte, und glaubte ein leises Stöhnen zu vernehmen. Auf ihren Gehstock gestützt, stieg sie vorsichtig den Abhang hinab. Der Boden war locker und feucht, und die scharfen Spitzen der Baumfarne zerstachen ihr die nackten Unterschenkel. Plötzlich rutschte sie aus, fing sich noch einmal und stürzte dann Hals über Kopf in die Schlucht hinab, wo sie, nachdem sie sich mehrfach überschlagen hatte, am Fuß eines mächtigen Baumes liegen blieb. Die Taschenlampe hatte sie während des Sturzes verloren, und als sie ihr Gesicht abtastete, bemerkte sie, dass ihr auch die Brille abhandengekommen war.

Und dann hörte sie nicht weit von sich entfernt jemanden stöhnen.

»Trish!«, rief Jenny. »Wo bist du?«

»Ich kann mich nicht bewegen«, stöhnte es aus der Dunkelheit.

Jenny kroch auf allen vieren in die Richtung, aus der die Stimme gekommen war, und fand schließlich die am Boden liegende Trish, deren T-Shirt voller Erde war.

»Du hast mich vielleicht erschreckt …«, sagte Jenny sanft und küsste ihre Freundin auf die Stirn. Sie schmeckte Blut und sah erst jetzt, dass Trish knapp unterhalb des Haaransatzes eine große Platzwunde hatte.

»Na, ist das nicht ein gemütliches Fleckchen für einen kleinen Quicky?«, fragte Trish lächelnd, und die beiden Frauen kicherten nervös.

»Ein andermal, Trishy«, erwiderte Jenny. »Jetzt lass uns schleunigst von hier verschwinden.«

Irgendetwas an diesem Ort war ihr extrem unheimlich. Vielleicht kam es daher, dass es hier so anders roch als überall sonst im Regenwald.

Und dann sah Jenny auf einmal, wie Trishs Körper sich ruckartig ein paar Zentimeter tiefer in das Gewirr von Blättern hineinbewegte, unter dem ihre Beine verborgen waren.

»MEIN GOTT«, kreischte sie. »Was ist denn DAS?«

»Es ist wie Treibsand!«, schrie Trish und machte verzweifelte Anstrengungen, sich mit den Armen aus dem Loch zu drücken.

Jenny kroch hinüber zu ihrer Freundin und versuchte, die grüne Masse, in der sie steckte, zur Seite zu schieben, aber sie ließ sich nicht bewegen.

»Hol mich hier raus, verdammt noch mal!«, schrie Trish.

Ohne ihre Brille sah Jenny nur undeutlich, was da um Trishs Beine war. Aber sie konnte es mit den Händen ertasten. Es hatte eine feuchte, glatte Oberfläche wie ein riesiges Blatt und drückte sich fest wie ein Saugnapf an Trishs Unterleib. Irgendeine sonderbare Pflanze, die sie festhielt und nicht mehr losließ.

»Tu was, Jenny!«, keuchte Trish.

Jenny zwängte die rechte Hand zwischen Trish und die Pflanze. Klebriger Schleim verursachte ein taubes Gefühl auf ihrer Haut. Und dann hörte sie ein satt schmatzendes Geräusch, als ob jemand eine große Tupperschüssel geöffnet hätte. Ein scharfer, Ekel erregender Geruch erfüllte die Luft, und schon wurde Trish bis zum Bauchnabel ins Innere des klebrigen Schlundes gezogen.

Jenny packte ihre Freundin an den Armen und zog mit aller Kraft an ihr, aber die Pflanze – wenn es denn eine war – hielt dagegen und wollte sie nicht loslassen. Abermals war das widerwärtige Schmatzen zu hören, und Trish, in deren Augen blankes Entsetzen stand, verschwand wieder ein Stück tiefer.

»JEN – NY!«, schrie sie und trommelte mit den Fäusten auf den Rand des riesigen Blattes ein, das sich jetzt kurz unterhalb ihres Rippenbogens befand.

Verzweifelt tastete Jenny nach ihrem Gehstock und fand ihn schließlich etwa einen Meter von Trish entfernt auf dem Boden liegend.

»Beweg dich nicht«, rief sie ihrer Freundin zu. »Ich werde das Ding aufstemmen ...«

»Mach ... schnell ...«

Jenny steckte das spitze Ende des Gehstocks neben Trishs Bauch in den Spalt zwischen den beiden Hälften des Blatts und hebelte es auf, ohne dabei ihre Freundin zu berühren. Es folgte ein widerliches Schmatzen, begleitet von einer Wolke ekelhaften Gestanks, als es ihr gelang, den Spalt so weit zu öffnen, dass Trish sich ein paar Zentimeter ins Freie schieben konnte.

»Es funktioniert!«, rief Jenny. »Schnell, krabble ganz heraus, Trish, ich weiß nicht, wie lange ich den Stock noch halten kann!«

Während Jenny das Maul etwas weiter aufspreizte, kroch Trish ein Stück hinaus auf den Waldboden.

»Schneller, Trish!« Jenny zitterte vor Anstrengung am ganzen Körper, und der Stock bog sich gefährlich durch. Jetzt tauchte bereits Trishs Hosenbund aus dem klebrigen Schlund auf.

Es funktionierte wirklich!

Aber dann zerbrach auf einmal der Stock unter der enormen Belastung mit einem lauten Knall. Trish stieß einen entsetzten Schrei aus und spürte, wie sie unaufhaltsam zurück in das dunkle, schmatzende und mit einem stinkenden, sirupartigen Saft ausgekleidete Maul der Pflanze gezogen wurde. Der süßliche Gestank war so intensiv, dass er Jenny ganz benommen machte. Sie sah, wie ihre Freundin immer weiter zwischen den zuckenden Blatthälften verschwand, aus denen noch das zersplitterte Ende des Gehstocks herausschaute.

»Trish?«, schrie sie. »TRISH!«

Trish antwortete nicht.

Da ertastete Jenny etwas, was neben der Pflanze auf dem Boden lag. Es war die Kamera, die ihrer Freundin bei ihrem Sturz in die Schlucht wohl aus der Hand gefallen sein musste. Wie in Trance hob sie den kleinen, vollautomatischen Fotoapparat und richtete ihn auf Trish, die jetzt fast vollständig im Rachen der Pflanze verschwunden war. Sie drückte auf den Auslöser, und ein Blitz erhellte schlagartig das Halbdunkel des frühmorgendlichen Regenwalds.

Gleich darauf hörte Jenny ein Geräusch über sich und blickte nach oben, von wo aus dem Blättergewirr ein grünes, weit aufgerissenes, von einem übel riechenden dunklen Saft triefendes Pflanzenmaul auf sie herabstieß.

Ein riesiges Blatt, das aussah wie eine geöffnete Muschel und dessen Rand mit spitz zulaufenden grünen Zacken bewehrt war, schloss sich um ihren Körper. Bei seiner Berührung verspürte sie ein unangenehmes Brennen auf ihrer nackten Haut.

»Paulo!«, schrie sie. »PAULO! HILFE!« Dann wurde ihr so schlecht, dass sie sich übergeben musste. Die Kamera entglitt ihrer Hand und fiel nach unten zwischen die weit ausgebreiteten Blätter eines Farns.

Die Pflanze zog sie nach oben, bis sie über Trishs leblosem Körper schwebte, der immer tiefer in dem monströsen, stinkenden Blattrachen verschwand.

»Paulo! HILFE!«, keuchte Jenny, bevor ihr schwarz vor Augen wurde und sie das Bewusstsein verlor.

2

Mit einem leisen Seufzer blickte der lederhäutige Mann hinaus in den Regenwald: Jede Pflanze und jedes Tier im Wald schien ebenso wie er in kontemplative Stille versunken darauf zu warten, dass ein neuer Tag über dem Amazonasbecken anbrach.

»Outro dia en paraíso«, murmelte der Mann leise. Er spuckte die zerkauten Reste einer Wurzel aus und fuhr sich mit dem Handrücken über seinen grau melierten Stoppelbart.

Ein weiterer Tag im Paradies.

Und diesen Tag begann der Mann, der überall einfach nur als Paulo bekannt war, wie all die anderen unzähligen Tage tief im Urwald von Amazonien, wo er seit vielen Jahren als Fremdenführer arbeitete: allein und in aller Stille. Mit gleichmäßigen, tiefen Atemzügen betrachtete er das fahlgrün leuchtende, von den Wipfeln mächtiger Platanen, Feigen- und Nussbäume gebildete und durch wild wuchernde Lianen und andere Schlingpflanzen zusätzlich verdichtete Blätterdach dreißig Meter über ihm.

Wie stark diese Bäume sind, dachte er. Und wie schwach zugleich.

Minuten vergingen, in denen Paulo reglos verharrte. Nur die tiefen Falten in seinem Gesicht und sein silbrig graues, zu Zöpfen geflochtenes Haar ließen erkennen, dass der schlanke, groß gewachsene Mann die fünfzig schon lange überschritten hatte.

Sein Morgenritual entstammte dem Capoeira, einem brasilianischen Kampfsport, dessen Wurzeln vermutlich auf einen afrikanischen Kriegstanz zurückgingen. Als Ziel seiner Übung hatte er sich einen wunderschönen blauen Falter auserkoren, der mit einer Flügelspannweite von über dreißig Zentimetern auf einem Zweig etwa zwei Meter über dem Boden saß.

Mit einem mächtigen Satz sprang Paulo den Stamm des Baumes hinauf und kletterte wie der Blitz nach oben, wo er mit der rechten Hand den Falter packte. Dann sprang er wieder hinunter auf die Erde.

»Du warst zu langsam, mein kleiner Freund«, sagte er und blies vorsichtig über die papierdünnen Flügel des zarten Tieres. »Das bedeutet wohl, dass uns heute ein heißer Tag bevorsteht.« Wie man aus der Frequenz des Flügelschlags eines Falters Rückschlüsse auf die Luftfeuchtigkeit und damit auch auf das Wetter zieht, hatte Paulo von seinem Vater gelernt, einem mächtigen Schamanen. Nachdem Paulo den Schmetterling noch eine Weile betrachtet hatte, ließ er ihn los und sah zu, wie er verschreckt, aber unversehrt wieder hinauf ins Blätterdach des Regenwaldes flog.

Paulo genoss die Stunde vor Sonnenaufgang, die er jeden Tag abseits des Camps für sich allein verbrachte, sehr. Wenn die ihm anvertrauten Touristen noch fest schliefen und die Luft noch kühl und frisch von der zu Ende gehenden Nacht war, konnte er in stiller Meditation eins werden mit dem amazonischen Regenwald, diesem letzten Garten Eden, der auf Erden noch existierte.

Es war ein Garten Eden, der voller Geheimnisse steckte.

An diesem Tag allerdings war es mit der Ruhe bald vorbei. Kaum hatte Paulo den blauen Riesenfalter aus den Augen verloren, da hörte er laute Schreie, und kurze Zeit später kam Rico, der Junge, den er als Helfer engagiert hatte, vom Lager her auf ihn zugerannt. Rico war ein magerer Straßenjunge aus Manaus mit großen, hervorquellenden Augen und schrecklich schiefen Zähnen. Paulo beschäftigte ihn manchmal als Träger, was besonders bei US-amerikanischen Touristen mit ihren Unmengen an Gepäck harte Arbeit bedeutete.

»O Paulo, onde sào?«, rief Rico auf Portugiesisch. »As mulheres estào contigo?«, was übersetzt so viel bedeutete wie: »Sind die Frauen bei dir?«

»Nein«, rief Paulo zurück. »Wie kommst du darauf?«

»Sie sind anscheinend verschwunden«, erwiderte der Junge ein wenig außer Atem, »du musst sofort zum Lager kommen!«

Paulo, der sich nur sehr ungern in seiner Meditation stören ließ, machte sich widerstrebend auf den Rückweg. Falls die beiden Frauen sich wirklich in der Nacht davongeschlichen hatten, war es gut möglich, dass sie in Schwierigkeiten steckten. Sie mussten ja nicht gleich einem Wildschwein oder Jaguar begegnet sein, aber es gab noch viele andere Gefahren, die im Dschungel lauerten. Bisher hatte er verloren gegangene Touristen zum Glück immer ziemlich rasch nicht weit vom Lager entfernt wieder gefunden, und bis auf ein paar Moskitostiche und die eine oder andere Schramme war ihnen nichts Schlimmes zugestoßen.

US-Amerikaner mit ihrer dünnen, rosigen Haut waren

da besonders empfindlich und verletzten sich rasch mal an einem rauen Baumstamm oder einem scharfen Blatt. Leider waren sie auch diejenigen unter Paulos Gästen, die sich am wenigsten an seine Instruktionen hielten.

Es dauerte nicht lange, bis aus den Schwaden des Morgennebels die drei grünen Zelte des Lagers auftauchten.

Paulo schaute ins Zelt der Amerikanerinnen. Der Junge hatte Recht. Die Frauen waren nicht da.

»Was sollen wir tun?«, fragte Rico.

»Ich gehe sie suchen«, seufzte Paulo, »und du baust inzwischen die Zelte ab.« Paulo schnappte sich seine Machete und suchte am Rand der Lichtung nach Spuren.

»Blöde Weiber!« Rico spuckte verächtlich aus, bevor er in das Zelt kroch. Kopfschüttelnd packte er die Sachen der beiden Touristinnen zusammen, wobei ihn ihre Slips und BHs besonders faszinierten. Als er eine goldene Cartier-Uhr fand, betrachtete er sie staunend. Eine so schwere und wertvolle Uhr hatte er noch nie gesehen.

Die ist bestimmt ihre tausend Dollar wert, dachte er.

Rico stellte sich vor, was er mit tausend Dollar alles anstellen könnte, und ließ die Uhr in seine Tasche gleiten. Wenn die Touristinnen verschwunden waren, würde niemand mehr nach ihren Sachen fragen.

Plötzlich zerriss ein erstickter Schrei die Stille des Morgens.

Rico eilte aus dem Zelt und sah Paulo in Richtung des alten Fahrwegs losrennen. Obwohl er in bester körperlicher Verfassung war, brach Paulo schon nach wenigen Metern der Schweiß aus, lief ihm über die Stirn in die Augen und durchnässte sein hellbraunes Hemd an Brust und Rücken. Während er durch den dunklen Tunnel aus Farnen und Schlingpflanzen lief, der über der alten Straße gewachsen war, peitschten seine weißgrauen Zöpfe durch die feuchtschwüle Morgenluft. Alle hundert Meter hielt er an, ging in die Hocke und lauschte in den Urwald hinein.

Da! Noch ein Schrei! Das mussten die Amerikanerinnen sein.

Rico, der Paulo hinterhergerannt war, sah, wie dieser ins Gebüsch sprang, und folgte ihm widerstrebend. Er wusste, dass sich direkt neben dem Weg die Schlucht befand, die bei den indianischen Ureinwohnern der Gegend als ein verwunschener Ort galt.

Auf halbem Weg nach unten rutschte Rico aus, purzelte den steilen, mit Büschen, Schlingpflanzen und jungen Bäumen bewachsenen Abhang hinunter, prallte auf Paulo und riss ihn mit. Dicht hintereinander rutschten sie den Hang hinab, bis sie endlich zum Stillstand kamen.

»Geh du nach rechts, ich suche links«, befahl Paulo, nachdem sie sich wieder aufgerappelt hatten.

Rico gehorchte, obwohl er hier unten in der düsteren, verwunschenen Schlucht nicht gern allein war. Langsam kämpfte er sich durch die dichte Vegetation und antwortete mit einem lauten »Oy!«, sobald Paulo, der sich immer weiter entfernte, seinen Namen rief.

Von den Touristinnen war nichts mehr zu hören.

Auf einmal blitzte direkt vor Rico etwas zwischen dem dichten Blattwerk auf. Langsam trat er näher und sah, halb verdeckt von Farnen und herabhängenden Lianen, schwarze Lettern auf weißem Grund. Ein Nummernschild! Als Rico den grünen Pflanzenvorhang beiseiteschob, entdeckte er ein Auto, einen roten, offenen Wrangler-Jeep, der frontal gegen den Stamm einer Zypresse geprallt war.

Rico war klar, dass er soeben einen Schatz gefunden hatte. Wenn der Jeep nicht allzu kaputt war, würde er in der Stadt bestimmt ein paar hundert Dollar bringen. Vielleicht sogar mehr, denn auf der Ladefläche befanden sich mehrere volle Packsäcke, eine große Kühlbox sowie offene Plastikkisten voller Ausrüstungsgegenstände. Unter ihnen war auch ein hölzernes Transportgestell mit oben zugeschraubten Reagenzgläsern, deren Inhalt Rico fasziniert betrachtete. In den dünnen Röhrchen befand sich eine grünliche Flüssigkeit, in der sich am Boden golden glitzernde Flocken abgelagert hatten.

»Da wollte wohl jemand Gold züchten«, sagte er mit einem leisen Kichern, während er eines der Röhrchen in die Hand nahm und es schüttelte. Die goldenen Flocken tanzten in der Flüssigkeit.

Dann fiel sein Blick an dem Reagenzglas vorbei nach vorn. Vom Fahrersitz aus grinste ihm ein schmutzig weißer Totenschädel entgegen, an dem noch einige schwärzliche Fetzen verfaulten Fleisches hingen, und auf dem Beifahrersitz lag zusammengekrümmt eine weitere stark verweste Leiche.

Rico erschrak so sehr, dass er mit einem unterdrückten Schrei das Reagenzglas fallen ließ. Es prallte auf die Kante der Ladefläche, wo es sofort zerschellte. Ein paar Spritzer der Flüssigkeit gelangten dabei auf seinen nackten Arm.

»Alles in Ordnung, Rico?«, rief Paulo, dessen Stimme näher klang, als der Junge gedacht hatte.

»Ja«, antwortete Rico und prägte sich leise fluchend die umstehenden Bäume ein, damit er den Jeep später wiederfinden konnte. Dann rannte er ein paar Meter weit in den Urwald hinein zu einer Stelle, von der aus man das Wrack nicht mehr sehen konnte.

Kurz darauf kam Paulo, der sich mit seiner Machete einen Weg durch das dichte Unterholz schlug, durch den Morgennebel auf ihn zu.

»Hilf mir, Paulo!«, keuchte Rico, der mit der rechten Hand an dem grünen Fleck auf seinem Unterarm herumkratzte. »Wisch mir das Zeug ab! Schnell!«

»Das ist doch nur Schlamm, Rico«, sagte Paulo. »Beruhige dich.«

»Und warum brennt es dann so?«, fauchte Rico, riss sich aber gleich darauf zusammen, weil er Paulo nichts von dem Jeep und den Gläsern voller Gold erzählen wollte. Er stand auf und trat einen Schritt zurück. In diesem Augenblick schlug etwas von oben sanft gegen seinen Kopf.

Es war ein Treckingstiefel an einem Frauenbein, das aus dem Blätterdach herabhing.

Sie hatten die Touristinnen gefunden.

Rico fiel auf die Knie und vergrub den Kopf in den Händen. Er hatte genug. Erst spritzte ihm in der verwunschenen Schlucht diese brennende Flüssigkeit auf den Arm, und dann berührte der Stiefel einer Toten ihn am Kopf. Wenn das kein böses Omen war! Während er hörte, wie Paulo sich mit der Machete durch die dichte Vegetation vorarbeitete, spürte er, dass er auf etwas Hartem kniete. Es war eine Kamera, die direkt vor ihm zwischen den Farnblättern gelegen hatte. Instinktiv blickte Rico sich um, sah, dass Paulo ihm den Rücken zudrehte, und schob die Kamera rasch in seine Hosentasche. Auch dafür würde er in Manacapuru ein hübsches Sümmchen bezahlt bekommen.

»Rico, was machst du denn da?«, rief Paulo ihm plötzlich zu. »Steh auf und lauf nach Somba ins Labor!«

»Wo die Amerikaner sind?«

»Ja! Frag nach Ben Maxwell. Oder Frank Steinmann. Sag ihnen, dass es im Urwald einen Unfall gegeben hat und dass Paulo ihre Hilfe braucht. Beeil dich!«

Rico rannte los und kletterte, so schnell er konnte, den steilen Abhang hinauf. Als er den oberen Rand der Schlucht erreichte, erkannte er einen der Bäume, die er sich zur Orientierung gemerkt hatte. Beim Laufen klapperte die Uhr der Touristin in seiner Hosentasche gegen die Kamera. Ob es wohl Unglück brachte, wenn man die Dinge von Toten bei sich hatte?

Aber das Unglück war schon über ihn hereingebrochen, und zwar in Form des seltsamen Flecks an seinem Arm.

Die goldgrüne Flüssigkeit hatte auf seiner Haut eine schlammähnliche Kruste gebildet, die sich rasch weiter ausbreitete. Sie war rau wie Sandpapier und juckte so arg, als steckten tausend Nadeln in Ricos Haut. Um seinen Arm vor der Sonne zu schützen, rollte er die Hemdsärmel herunter.

Rico wusste, dass er so schnell wie möglich das Labor erreichen und die Wissenschaftler mit einem Allradfahrzeug zu Paulo schicken musste. Vielleicht konnte er sich dort auch heimlich den brennenden Fleck abwaschen.

Während Rico, so schnell er nur konnte, nach Somba rannte, umklammerte Paulo in der fünf Kilometer von dem amerikanischen Labor entfernten Schlucht mit beiden Händen den Griff seiner Machete, holte tief Luft und dachte einen Augenblick lang an den schillernden blauen Riesenschmetterling. Das Bild verlieh ihm die innere Kraft, die er jetzt brauchte.

»Ich habe noch nie einen Touristen verloren«, murmelte er, während er mit der Machete auf den dicken Strunk der monströsen Pflanze vor ihm einhieb und hoffte, dass ihn nicht dasselbe Schicksal ereilen würde wie die beiden Frauen, deren Leben zu schützen er geschworen hatte.

3

Fünfzig Kilometer von Paulo entfernt war Dr. Ben Maxwell speiübel. Maxwell saß in einem weißen, schlammbespritzten Landrover und riss mit zittrigen Fingern eine Packung Pepto-Bismol auf. Hastig schluckte er die blassrosa Tabletten hinunter und stöhnte leise auf, als der Wagen durch ein Schlagloch von der Größe einer Satellitenschüssel fuhr. Wenn Susan am Steuer saß, litt Maxwell ganz besonders unter seiner Reisekrankheit.

»Da hinten wäre es zum Golanpass gegangen«, keuchte er und deutete mit dem Daumen über seine Schulter. Er war ein wettergegerbter, aber jugendlich wirkender Mann Mitte fünfzig, der Timberland-Stiefel trug, verwaschene Bluejeans und eine khakifarbene Treckingweste mit Dutzenden kleiner, zum Teil mit Reißverschlüssen verschließbarer Taschen – ideal für die vielen Proben, die er ständig auf seinen Gängen durch den Regenwald sammelte. Dr. Ben Maxwell, eine Koryphäe auf dem Gebiet der botanischen Chemie und einer der renommiertesten Wissenschaftler im Dienst der Pharmaindustrie, war bekannt dafür, dass er sich zumeist kleidete wie seine Studenten. Er mochte diesen »Banana-Republic-Yuppie-Look«, der ihn einerseits bescheiden, andererseits ein wenig exzentrisch wirken ließ.

Seine Kollegin Dr. Susan Plotkin hatte dafür überhaupt nichts übrig.

Der Landrover holperte ächzend über eine ausgefahrene Piste, die quer über eine trostlose, nur von Unkraut bestandene Brachfläche führte. Überall waren die verrottenden Stümpfe gefällter Urwaldriesen zu sehen, die vor Jahren einer inzwischen längst unfruchtbar gewordenen Viehweide hatten weichen müssen. Ben hielt sich den Bauch und sah zu, wie eselsohrige Landkarten und eine verbeulte Thermoskanne auf dem Armaturenbrett hin- und herrutschten. Schon als Baby im Kindersitz war Ben beim Autofahren immer schlecht geworden. Er schluckte noch eine Pepto-Bismol und deutete durch die Windschutzscheibe.

»Ich weiß schon, wo ich hinfahre«, fauchte die sonnengebräunte Frau hinter dem Lenkrad. Auch wenn Ben von der Seite nur Susans langes, blondes Haar und nicht ihre Augen sehen konnte, wusste er genau, dass sie verärgert war. Dr. Susan Plotkin war nur ein paar Jahre jünger als Ben, wirkte aber, von ein paar kleineren Falten im Gesicht abgesehen, gerade einmal halb so alt wie er. Auch sie trug bis zur Hüfte die übliche Urwaldkleidung, Treckingstiefel und khakifarbene Shorts, darüber aber hatte sie wie jeden Tag ihr Markenzeichen angezogen: ein weißes Trägertop, das ihren Oberkörper hauteng umschloss. Und obwohl Ben sich immer wieder vornahm, darüber hinwegzusehen, dass sie keinen BH trug, wurde ihm diese Tatsache jeden Tag aufs Neue bewusst. Nicht, dass Susan einen Büstenhalter nötig gehabt hätte, aber gerade an einem heißen Morgen wie diesem wäre es Ben lieber gewesen, wenn sie sich etwas weniger aufreizend gekleidet hätte.

Ben öffnete das Handschuhfach und warf die Tablettenpackung neben die Pistole vom Typ Walther PPK 38, aus der noch nie ein Schuss abgegeben worden war.

»Ich weiß wirklich nicht, wozu du diese Knarre brauchst«, brummte er, während er das Handschuhfach wieder zuklappte.

»Das sagst du nur, weil du keine Frau bist«, erwiderte Susan. »Immerhin befinden wir uns hier in einer der ärmsten Gegenden der Welt. Da wird man schnell überfallen.«

»Oder vergewaltigt«, knurrte Ben. »Wenn ich eine Frau wäre, würde ich jedenfalls nicht ohne BH in einem knallengen Top herumlaufen. Hier nicht und in einer amerikanischen Großstadt auch nicht.«

»Wie solltest du auch? Du bist ja ganz vernarrt in das traurige Schlabberzeug, das du tagein, tagaus anhast.« Der Geländewagen rumpelte wieder in ein tiefes Schlagloch, und Bens Kopf schlug mit der Schläfe gegen die Seitenscheibe.

»Aua!«, rief er und rieb sich die schmerzende Stelle. »Und so was nennst du eine Abkürzung? Dreh sofort um und fahr zurück auf die Hauptstraße, sonst verpasse ich noch meinen Flieger.«

Insgeheim wünschte sich Ben nichts sehnlicher als das.

Seine Abneigung gegen das Fliegen war noch schlimmer als die gegen das Autofahren und wurde eigentlich nur von der gegen Waffen übertroffen.

»Du wirst ihn nicht verpassen, glaub mir«, sagte Susan. »Schließlich hängen alle unsere Jobs davon ab, dass du ihn erwischst.«

Ben gab keine Antwort. Das Pepto-Bismol begann

seine Wirkung zu tun, und er war froh, dass er sich diesmal nicht in Susans Gegenwart übergeben musste.

Sie ließen die Brachfläche hinter sich und erreichten eine etwas breitere Sandstraße, neben der hohe Gräser und andere ursprünglich nicht im Regenwald heimische Pflanzen wuchsen.

Ihre Samen mussten irgendwie ihren Weg aus dem Sumpfland südlich von Mato Grosso in die abgeholzten Gebiete Amazoniens gefunden haben. In manchen Kurven streiften die bis zu zwei Meter hohen Halme die Seitenspiegel des Landrover.

»Wieso der Vorstand ausgerechnet *dich* angefordert hat, um unsere Arbeit zu präsentieren, ist mir ein Rätsel«, murmelte Susan in Bens Schweigen hinein. »Schließlich bin ich hier die Chefin, und alles, was im Labor passiert, hängt an mir.« Sie trommelte ungeduldig mit den Fingern auf dem Lenkrad herum und wartete auf Bens Antwort.

Aber Ben wollte mit ihr nicht über die bevorstehende Vorstandssitzung reden. Er dachte an Michael Petersen, seinen Mentor, Vorgesetzten und Freund, der vor zwei Tagen in der Tiefgarage von ChemGen brutal ermordet worden war.

»Ich kann es immer noch nicht fassen«, sagte er. »Michaels Tod war doch vollkommen sinnlos.«

»Das stimmt«, pflichtete Susan ihm bei. »Und ich frage mich, wie so etwas mitten in der Konzernzentrale passieren konnte. Die wird doch besser bewacht als das Weiße Haus.«

»Carol hat gesagt, dass es ein Raubmord war«, erwiderte Ben. »Für nicht einmal hundert Dollar und einen Laptop hat ihm jemand den Bauch aufgeschlitzt.«

»Wie geht es Carol?«, fragte Susan. Carol war Petersens Witwe.

»Im Moment hat sie tausend Sachen um die Ohren und kommt nicht zum Nachdenken. Aber wenn die Beerdigung vorbei ist, wird es sie umso schlimmer treffen ...«

»Bitte richte ihr liebe Grüße von mir aus«, sagte Susan.

»Liebe Grüße?«, wiederholte Ben verwundert. »Na schön, wenn du meinst ...«

Susan steckte sich eine Zigarette an.

»Deine Nikotinpflaster sind wohl nicht das Wahre?«, zog Ben sie auf.

»Ich habe keines mehr. Aber du brauchst mir auch keine neuen mitzubringen. Die helfen sowieso nichts. Immerhin beschränke ich mich auf eine halbe Schachtel am Tag.«

»Ja, leider. Du warst viel besser zu ertragen, als du noch kettengeraucht hast.«

Susan nahm einen tiefen Zug aus der Zigarette und blies genüsslich den Rauch aus der Nase.

»Können wir vielleicht über was anderes reden als meine Raucherei?«, fragte sie. »Zum Beispiel über die bevorstehende Sitzung. Jetzt, da Petersen tot ist, wird es noch schwieriger sein, den Vorstand zu überzeugen.« Sie hielt inne und fuhr fort: »Aus diesem Grund wäre es auch besser, ich würde fliegen und nicht du.«

»Von mir aus kannst du das herzlich gern tun. Du konntest den hohen Tieren schon immer besser Honig ums Maul schmieren als ich.«

»Wer spricht denn von Honig ums Maul schmieren?«, zischte Susan böse und umklammerte das Lenkrad so fest, dass ihre Fingerknöchel weiß hervortraten. »Wir müssen unsere Sache dem Vorstand schmackhaft machen, indem wir ihm einen materiellen Erfolg in Aussicht stellen. Und das geht nur mit Ergebnissen, die zur Hoffnung Anlass geben.«

»Und woher sollen wir die nehmen, bitteschön?«, fragte Ben. »Dieses Jahr haben wir schon wieder keinen neuen Wirkstoff gefunden, und in den Jahren davor war es auch nicht viel besser. Nichts, woran wir in Somba gearbeitet haben, hat es jemals auch nur annähernd zur Serienreife geschafft.«

»Du vergisst das Projekt Dorothy.«

Ben zuckte mit den Achseln. »Dorothy kann man auch vergessen. Dorothy war ein Ausrutscher.«

»Dorothy hat uns immerhin ein paar Jahre über die Runden gebracht«, erwiderte Susan.

»Hör auf, sonst kriege ich auf der Stelle Migräne«, sagte Ben. Allein die Erwähnung des Namens »Dorothy« genügte, um bei ihm schlimmes Kopfweh auszulösen.

»Dorothy ist nach wie vor aktuell ...«, sagte Susan mit leiser werdender Stimme.

Aber Ben hörte ihr nicht zu. Er starrte durch das Seitenfenster nach draußen, während der Landrover die angebliche Abkürzung zum Flughafen von Manaus entlangratterte. Das Land zu beiden Seiten der Straße war immer noch öde und voller Unkraut, was an den massiven Rodungen lag, die man hier vorgenommen hatte. Ohne das schützende Blätterdach der Bäume brannte die Sonne so unbarmherzig auf das von nur wenigen Jahren Weidewirtschaft ausgelaugte Erdreich herunter, dass nur die anspruchslosesten und widerstandsfähigsten Pflanzen eine Überlebenschance hatten. Unkraut vergeht nicht – an dem Spruch war durchaus etwas Wahres dran.

Auf einmal stach Ben in der traurigen Einöde etwas ins Auge. Aus der Ferne sah es aus wie ein orangefarben leuchtendes Stück Abfall, ein weggeworfener Leitkegel vielleicht, aber als sich der Landrover der Stelle näherte, erkannte Ben, dass es etwas ganz anderes war.

Er starrte auf eine wunderschön orangefarben blühende Pflanze.

Und das inmitten des trostlosesten Ödlands von ganz Amazonien!

»HALT AN!«, rief Ben und drehte sich um.

»Warum denn?«, fragte Susan, die gerade ihre Zigarette im Aschenbecher ausdrückte.

»Tu, was ich sage! Da hinten war etwas.«

»Okay, Okay«, erwiderte Susan beleidigt und trat auf die Bremse. Während sie den Rückwärtsgang einlegte, maulte sie: »Aber mach mir später keine Vorwürfe, wenn du deshalb deinen Flieger verpasst.«

Ein paar Meter neben der Straße ragte die prächtig entwickelte Blüte der Pflanze über dem einförmig graugrünen Teppich des Unkrauts empor. Ben lächelte zufrieden. So eine Blüte hatte er noch nie gesehen. Sie ähnelte der einer Artischocke, nur dass ihr Inneres kräftig orangefarben war. Um den Stängel der Pflanze schlangen sich schützend mehrere Reihen von Ranken, die denen einer Gurkenpflanze ähnelten.

»Das ist kein Unkraut«, verkündete Ben ebenso verblüfft wie aufgeregt. »Erinnert ein bisschen an eine Rafflesie, aber die wachsen doch nur in Indonesien, und außerdem riechen sie wie verfaultes Fleisch. Diese Pflanze aber duftet nach ... Lavendel. Und sieh nur, wie die Ranken einen perfekten Kreis um die Blütenknospe in der Mitte bilden. Gerade wie bei Lianen.«

»Die Blüte sieht aus wie die einer Artischocke«, sagte Susan, und Ben nickte. »Glaubst du, dass sie essbar ist?«

»Du darfst es gern versuchen.«

»Ich mag keine Artischocken.«

»Sieh dich um, ob du noch mehr von diesen Pflanzen findest«, sagte Ben. »Wenn ja, dann nehmen wir eine davon mit. Wenn ich wieder aus den Staaten zurück bin, sehe ich sie mir im Labor genauer an, und dann kann ich dir auch sagen, ob sie essbar ist oder nicht.«

Schweißgebadet suchten sie unter der gnadenlos herabbrennenden Sonne die Umgebung ab, fanden aber zwischen dem Unkraut keine weiteren orange blühenden Pflanzen.

Ben ging zurück zum Landrover und bestimmte auf der Landkarte ihren ungefähren Standort. Dann marschierte er mit Schaufel und Plastikeimer bewaffnet zurück zu der Pflanze.

Susan sah auf die Uhr. »Ich fahre jetzt«, rief sie. »Egal, ob mit dir oder ohne dich.«

Ben gab keine Antwort.

»Ben? Hast du mir überhaupt zugehört? Der Vorstand wartet auf dich ...«

»Ist ja gut, ich komme gleich«, antwortete Ben. Aber er handelte nicht danach. Für Gelegenheiten wie diese hatte er stets mehrere Plastikeimer in verschiedenen Größen im Wagen, denn immer, wenn er auf eine ungewöhnliche Pflanze stieß, grub er sie aus, setzte sie in einen der Eimer und brachte sie ins Labor.

Normalerweise sah er es einer Pflanze ziemlich genau an, welche Eimergröße er für ihren Wurzelballen wählen musste, aber als er jetzt anfing zu graben, kam ihm der Eimer auf einmal viel zu klein vor.

Es sah fast so aus, als wäre die Pflanze binnen Minuten um ein ganzes Stück gewachsen.

Ben blickte hinauf zum Himmel und wischte sich den Schweiß von der schmutzigen Stirn.

»Das muss mein Magen sein ...«, murmelte er. »Der hält Susans Fahrerei einfach nicht aus.« Dann machte er sich an die Arbeit. Er grub seine Entdeckung aus und stopfte ihre Wurzeln in den Plastikeimer, den er zurück zum Landrover trug und auf der Ladefläche zwischen zwei Plastiksäcke mit Kunstdünger klemmte, damit die Pflanze nicht umfallen konnte. Für ihre Größe war sie erstaunlich leicht. Als das seltsame Gewächs sicher verstaut war, setzte Ben sich wieder auf den Sitz neben Susan.

Im Rückspiegel vergewisserte er sich, dass die Blüte der Pflanze nicht mit den Lehnen der Rücksitze in Berührung kam.

»Pass bitte mit den Schlaglöchern auf«, sagt er zu Susan. »Sonst fliegt die Erde aus dem Kübel im ganzen Wagen herum.«

»Na und? Wozu haben wir unsere Doktoranden?«, fragte Susan.

»Die werden nicht gerade begeistert sein, wenn du sie zum Autoreinigen missbrauchst.«

»Die Doktoranden sind meine Sache. Lass uns lieber noch mal über Dorothy reden.«

»Muss das sein?«

»Projekt Dorothy« war nicht nur der Grund für die Existenz des Labors, sondern auch dafür, dass Ben und Susan seit drei Jahren auf einer Art pharmazeutischer Schatzsuche die unerforschten Regenwälder im Nordwesten Brasiliens durchstreiften. Nahezu alle in den Industriestaaten verschriebenen Medikamente basierten auf Wirkstoffen, die man in 95 verschiedenen Pflanzen gefunden hatte. Nun gab es aber über 250 000 bekannte Pflanzenarten, aus denen man theoretisch noch viele, bis dato völlig unbekannte Arzneien entwickeln konnte. ChemGen hatte in den vergangenen fünf Jahren Millionen von Dollar in die Suche nach Pflanze Nummer 96 investiert – der Pflanze mit einem neuen, bahnbrechenden Wirkstoff, die man hier, in den Regenwäldern Amazoniens, zu finden hoffte. Im Zuge dieser Suche war Somba entstanden, das entlegenste, aber dennoch mit hochmoderner Technik ausgestattete Forschungslabor des Konzerns.

Der Codename, den Pflanze Nummer 96 später erhalten sollte, war »Projekt Dorothy«.

Ebenso wie Susan wusste auch Ben ganz tief in seinem Inneren, dass die Zeit der Arzneien aus Urwaldpflanzen ihrem Ende zuging. Wie andere Pharmakonzerne auch hatte ChemGen in den 90er-Jahren des 20. Jahrhunderts die aufwändige und teure Suche nach ihnen auf breiter Front heruntergefahren und sich stattdessen angeblich profitableren Projekten wie der Stammzellenforschung, der Entschlüsselung des menschlichen Genoms und der synthetischen Replikation natürlicher Wirkstoffe zugewandt. Selbst einer der größten Pharmakonzerne der Welt wie ChemGen konnte es sich auf Dauer nicht leisten, astronomische Summen in die mühselige Suche nach Heilpflanzen aus dem Regenwald zu stecken, wenn sich die wirklich Gewinn verheißenden Entdeckungen auf dem Gebiet der Gentechnik zutrugen.

ChemGens Vorstand war der Auffassung, dass die Suche nach Arzneipflanzen im Regenwald nur wenig Zukunft hatte, aber Susan Plotkin war wild entschlossen, ihn eines Besseren zu belehren.

Bens Gefühle waren da eher zwiespältig. Einerseits teilte er im Prinzip die Auffassung des Vorstands, andererseits wusste er aber auch, dass selbst nach konservativen Schätzungen in den tropischen Regenwäldern Südamerikas noch mindestens 500 Wirkstoffe auf ihre Entdeckung warteten, von denen jeder einzelne einer Firma, die willens war, ihn zu finden, zu produzieren und zu vermarkten, nach wie vor Profite von vielen hundert Millionen Dollar bescheren konnte.

ChemGen war drauf und dran, diesen Profiten den Rücken zu kehren.

Bevor Ben und Susan nach Brasilien gekommen waren, hatte ihr Vorgänger, Dr. Michael Petersen, im Urwald eine Schlingpflanze namens Ayahuasca entdeckt. In der Sprache der Amazonasindianer hieß sie »Aya«, was so viel wie »Seelenranke« bedeutete. Aus dieser als heilig geltenden Pflanze brauten die Schamanen schon seit Urzeiten einen heilenden Tee, aber Dr. Petersen und sein Team fanden heraus, dass ihr größter medizinischer Wert in der Behandlung von zellzerstörenden Krankheiten wie dem Hutchinson-Gilford-Syndrom lag.

Diese auch *Progeria infantilis* oder kurz »Progerie« genannte Krankheit verursacht bei Kindern einen rapiden Alterungsprozess, der sie selten älter als sechzehn Jahre werden lässt. Wer unter ihr leidet, altert siebenmal schneller als normal und weist zum Beispiel als Zwölfjähriger dieselben körperlichen Merkmale auf wie ein Achtzigjähriger. Obwohl seit ihrer Entdeckung durch Dr. Jonathan Hutchinson im Jahr 1886 nur etwa hundert Fälle von Progerie dokumentiert wurden, erschien die Suche nach einer wirksamen Therapie zu ihrer Bekämpfung dem Pharmakonzern dennoch als ein lohnendes Geschäft: Schließlich hätte man damit den ersten Schritt zu einem »genetischen Jungbrunnen« getan, mit dessen Hilfe sich eines Tages vielleicht auch der normale Alterungsprozess verlangsamen ließe.

Zunächst ließ sich die Entwicklung dieses Medikaments bei ChemGen recht vielversprechend an. Dem Forscherteam in Somba gelang es, einen Wirkstoff zu isolieren, der tatsächlich das vorzeitige Altern von Zellkernen und Gewebe wirksam unterband. Damit, so glaubte man im Konzern, hatte man den Schlüssel zur Heilung von Progerie und vielleicht auch zur Unterbindung des natürlichen Alterungsprozesses in der Hand.

Aber damit begannen in Amazonien auch die Probleme.

Die Wissenschaftler in Somba waren – nachdem Dr. Petersen mit einem anderen Forschungsauftrag betraut worden und in die Konzernzentrale zurückgekehrt war – Pharmazeuten, keine Ärzte. Doch als der Schamane eines in der Nähe lebenden Indianerstammes sie bat, ein an Progerie erkranktes Kind zu retten, injizierten sie dem Mädchen den aus der Aya-Ranke synthetisierten, bisher aber noch nicht erprobten Wirkstoff. Das Mädchen war erst neun Jahre alt, sah aber aus wie vierzig und hatte nicht mehr lange zu leben.

Nachdem die Wissenschaftler von ChemGen ihre Aya-Therapie drei Monate lang an ihr ausprobiert hatten, war die Erkrankung des Mädchens bereits deutlich zurückgegangen.

Dann aber verschwand die Kleine von einem Tag auf den anderen aus der Krankenstation des Labors.

Ihr Name war Dorothy.

Dorothys Verschwinden war ein schwerer Schlag für die Forscher in Somba. Der Schamane beschuldigte ChemGen, das Mädchen für weitere Tests in die USA entführt zu haben, und war auf einmal heftig darüber erzürnt, dass man das Mädchen mit der heiligen Aya behandelt hatte. Was mit verbalen Beschimpfungen und Verwünschungen begonnen hatte, eskalierte rasch zu wilden Drohungen gegen die »Biopiraten aus den USA«.

Und dann geschah etwas, was sich bis jetzt niemand so richtig erklären konnte: Die beiden hauptsächlich mit dem Projekt Dorothy befassten Wissenschaftler des Labors, Dr. John Madison und Dr. Cheryl Casey, vernichteten von einem Tag auf den anderen sämtliche Unterlagen, die sie zu diesem Projekt verfasst hatten, und löschten alle damit verbundenen Dateien auf den Firmencomputern. Dann stiegen sie in einen Jeep der Forschungseinrichtung, fuhren los und wurden seitdem nie wieder gesehen. Ebenso verschwunden wie sie blieb auch alles, was man bei ChemGen über den Wirkstoff aus der Aya-Ranke gewusst hatte.

Die brasilianische Polizei schloss ihre Suche nach den beiden rasch ab und vermutete, sie seien auf dem Weg nach Manacapuru mit ihrem Jeep in eine unwegsame Schlucht gestürzt, wie es auf den schlechten, in der Regenzeit häufig unterspülten Straßen tatsächlich hin und wieder vorkam. Diese Erklärung befriedigte eigentlich niemanden, aber da es keine bessere gab, machte man sie sich auch bei ChemGen zu eigen.

Konzernintern geriet das Labor in Somba seit ihrem Verschwinden immer mehr ins Kreuzfeuer der Kritik. Dr. Petersen distanzierte sich aufs Entschiedenste von dem Projekt Dorothy und hätte es am liebsten eingestellt, aber Dr. Abe Skinner, sein unmittelbarer Vorgesetzter, bestand darauf, dass ChemGen seine Forschungsanstrengungen auf diesem Gebiet sogar noch verstärkte. Er glaubte nach wie vor an die erhoffte Wunderdroge, und das so sehr, dass die Wiederentdeckung des Wirkstoffs aus der Aya-Ranke für ihn zu einer alles bestimmenden Obsession wurde. Höchstpersönlich flog Skinner – ein begeisterter Hobbypilot – ein Ersatzteam nach Somba, das unter der Leitung von Susan Plotkin und Ben Maxwell die Arbeit der ursprünglichen Forschergruppe wieder aufnehmen sollte.

Auch wenn es ihn einiges an Überzeugungsarbeit kostete, gelang es Skinner in seiner ausdauernden, hartnäckigen Art schließlich, den Konzernvorstand für die Sache zu gewinnen. Nachdem er von der brasilianischen Regierung die Zusage erhalten hatte, dass sein neues Team gegen Übergriffe der lokalen Bevölkerung geschützt würde, tat er alles, um das Labor im Regenwald wieder auf Vordermann zu bringen. Zu diesem Zweck flog er fast jede Woche in einem Firmenjet von ChemGen nach Brasilien.

Obwohl Ben und Susan das Labor rasch wieder zu einer funktionstüchtigen Forschungsstätte gemacht hatten, gelang es ihnen nicht, auch nur annähernd an die ursprünglichen Erfolge von Projekt Dorothy anzuknüpfen. Trotz dreijähriger harter Arbeit konnten sie die Arznei, die der kleinen Dorothy so wunderbar geholfen hatte, nicht wieder herstellen. Dabei hatten Susan und Ben so gut wie alles versucht: Sie hatten Pflanzen geklont, DNA manipuliert, Dünger mit Steroiden versetzt, der Ranke unzählige andere Pflanzenreiser aufgepfropft und Versuche an über achttausend Ratten und zweihundert Brüllaffen durchgeführt. Mit keinem auch noch so ausgeklügelten Ansatz war es ihnen gelungen, die Kombination chemischer Wirkstoffe zu reproduzieren, die in der Ayahuasca von Natur aus vorhanden war. Schließlich hatten sie das Projekt Dorothy widerstrebend für gescheitert erklären und zugeben müssen, dass die Wirkung der Seelenranke wohl für immer das Geheimnis der Schamanen bleiben würde.

Insgeheim freilich hatte Susan die Hoffnung nie ganz aufgegeben und nach wie vor nach Möglichkeiten gesucht, das Projekt doch wieder voranzutreiben.

»Dorothy hat gezeigt, dass man aus der Aya-Ranke durchaus eine Therapie für Progerie entwickeln kann«, sagte sie zu Ben, während sie aufs Gaspedal trat und den Landrover wieder in Bewegung setzte.

»Geht das schon wieder los?«, seufzte Ben, der das Thema in den vergangenen Monaten mit seiner Kollegin bis zum Überdruss durchgekaut hatte. Susan war ein Vollprofi mit einem beeindruckenden akademischen Werdegang. Bereits während ihres Studiums in Stanford hatte man ihr nachgesagt, dass sie es einmal weit bringen würde. Dass ihr außerdem auf den Abschlussbällen ihre männlichen Mitstudenten gleich reihenweise zu Füßen gelegen hatten, war Ben vor einiger Zeit von einem ihrer ehemaligen Kollegen zu Ohren gekommen. Es hatte ihn nicht verwundert. Susan machte in Abendkleid und Stöckelschuhen bestimmt eine genauso gute Figur wie in Laborklamotten mit Gummihandschuhen und Atemschutz.

Ben drehte sich um und sah, dass die orange Artischocke im hinteren Teil des Wagens umgefallen war, obwohl er sie vorhin mit den Düngersäcken abgestützt hatte.

»Jetzt hast du mit deiner Fahrerei die Pflanze umgeschmissen«, beklagte er sich bei Susan.

»Mach dir deswegen mal nicht gleich ins Hemd«, erwiderte Susan barsch. »Das bisschen Erde auf der Ladefläche stört nun wirklich niemanden.«

»Darum geht es doch gar nicht«, fing Ben an, aber Susan ließ ihn nicht zu Wort kommen.

»Du hast mir immer noch nicht gesagt, wie du zu Dorothy stehst«, bohrte sie hartnäckig nach.

»Das weißt du doch ganz genau«, entgegnete Ben ohne Enthusiasmus. »Dorothy war ein einmaliger Zufallstreffer, der sich nicht wiederholen lässt. Ein Schamanenzauber, wenn du so willst. In drei Jahren ist es uns nicht gelungen, den Wirkstoff, der dem Mädchen geholfen hat, noch einmal herzustellen.«

»Aber nichts geschieht aus Zufall, nicht einmal hier. Alles hat seinen tieferen Sinn.«

»Jetzt redest du fast schon wie der Schamane …«, erwiderte Ben.

»Schau nur«, sagte Susan. »Wir sind am Golanpass. Ich hatte Recht mit der Abkürzung, warum sollte ich nicht auch mit Dorothy Recht haben?« Susan bog auf eine schmale, asphaltierte Straße ab und blickte hinauf zum Himmel, an dem dunkle Wolken aufzogen.

»Sieht nach einem Gewitter aus«, bemerkte Ben und wünschte, dass er nicht in ein Flugzeug steigen müsste.

»Hör mir bitte zu, Ben«, sagte Susan. »Es geht doch nicht darum, wer von uns beiden Recht hat, wir müssen nur verhindern, dass sie Somba schließen. Wenn wir das Labor wenigstens noch ein halbes Jahr lang in Betrieb halten könnten, wäre schon einiges gewonnen. Und dafür brauchen wir Skinners Unterstützung. Wer weiß, vielleicht nimmt der Vorstand Petersens Tod zum Anlass, hier alles dichtzumachen. Und dann wäre unsere ganze

Arbeit umsonst gewesen, das weißt du genauso gut wie ich. Keine andere Pharmafirma wird Somba übernehmen. Mir ist klar, dass der Vorstand vor der geplanten Fusion mit Glaxo jeden Cent auf die Goldwaage legt, aber trotzdem sind Labors wie Somba die Zukunft der Firma, denn hier im Regenwald schlummern die Wirkstoffe von morgen.«

»Mir brauchst du das nicht zu erzählen«, murmelte Ben und drückte das Kinn an seine Brust. »Ich werde im Flugzeug ein Memorandum ausarbeiten.«

»Vergiss das Memorandum. Du musst sie davon überzeugen, dass sie uns das Labor nicht schließen. Ich kann mich einfach nicht damit abfinden, dass meine ganze Zeit hier umsonst gewesen sein soll. Wir sind so nahe dran, so verdammt nahe ...«

»Das wird sie nicht überzeugen.«

»Warum denn nicht? Wir arbeiten doch seit ein paar Monaten an der vordersten Front rekombinanter DNA-Technologie. Auch wenn wir noch kein Medikament gegen Progerie gefunden haben, so sind unsere Ergebnisse doch ein riesiger Schritt nach vorn.«

»Erspar mir jetzt *bitte* deine Jungbrunnen-Rede«, stöhnte Ben. In fruchtlosen Diskussionen wie dieser wurde ihm immer drastisch klar, weshalb er Wissenschaftler geworden war: Bei Zahlen, Formeln und chemischen Gleichungen wusste man genau, woran man war. Menschen hingegen waren emotional, diskutierten ständig mit einem und gaben einem Rätsel auf, die sich auch mit einigem Kopfzerbrechen nicht lösen ließen.

Sobald Menschen ins Spiel kamen, ging so gut wie keine Gleichung mehr auf, zumindest nicht für Ben.

»Du bist unmöglich, weißt du das?«, seufzte Susan.

Tief in seinem Inneren wusste Ben, dass Susans Optimismus hinsichtlich der DNA-Rekombination bei der Aya-Ranke nicht gänzlich falsch war. Wenn es ihnen gelang, die Aminosäurensequenz des Aya-Proteins zu entschlüsseln, konnten sie es vielleicht im Labor synthetisieren. Aber um die herauszufinden, brauchten sie mindestens noch drei Monate Zeit, ihre Versuche weiterzuführen.

Zuweilen glaubte Ben schon selbst, dass auf Somba tatsächlich ein von den Schamanen ausgesprochener Fluch lag, der verhinderte, dass dort jemals etwas von akademischem oder kommerziellem Wert entdeckt wurde. Aber das hatte er Susan verständlicherweise verschwiegen.

»Dein Ansatz mit der DNA-Rekombination hat bislang weder Hand noch Fuß, das weißt du genauso gut wie ich«, seufzte er. »Beim Vorstand kann ich damit nicht landen, da wimmelt es nur so von wissenschaftlichen Kapazitäten, denen ich keinen Sand in die Augen streuen kann.«

»Nein, Nein, NEIN!«, rief Susan und stieg auf die Bremse. Mit quietschenden Reifen kam der Landrover mitten auf der Straße zum Stehen, und Susan fuchtelte mit der geballten Faust vor Bens Gesicht herum. »Begreifst du denn nicht, Ben? Es geht doch nicht darum, dass du dem Vorstand Sand in die Augen streuen sollst! Du sollst ihm nur unseren Ansatz verkaufen! Als einen Wechsel auf die Zukunft, verstehst du? Sag ihnen, dass wir auf diesem Gebiet viel weiter sind als Glaxo und auch weiter als sämtliche Unis in den Staaten und das Smithsonian Institute ...«

»Aber das ist doch nur deshalb so, weil sich dort niemand mehr für diese Dinge interessiert«, unterbrach sie Ben.

»Natürlich interessieren sie sich dafür! Mist! Wie oft muss ich dir das eigentlich noch vorkauen?«

»Susan ...«, begann Ben, aber sie ließ ihn nicht zu Wort kommen.

»V hoch drei!«, rief sie und schlug mit der Faust aufs Armaturenbrett. Das war ihr Lieblingsspruch, mit dem sie immer versuchte, das Team in Somba zu motivieren. »Verstehen, vermitteln und verkaufen! Hier draußen geht es nicht nur um Forschung, Ben, sondern auch darum, dass wir uns beim Vorstand gut verkaufen. Das Labor in Costa Rica hat zu diesem Zweck extra einen Unternehmensberater angeheuert. So muss man das machen! Wer sich nicht verkaufen kann, kommt in einem Konzern wie ChemGen nicht weiter, da kannst du sagen, was du willst.«

»Susan ...«, sagte Ben in sanftem Ton.

»Was ist?«

»Wenn ich so umwerfend aussehen würde wie du, würde mir das mit dem Verkaufen viel leichter fallen. So ein enges Top wirkt manchmal Wunder.«

»Was bist du nur für ein elender Chauvi!«, fauchte sie erbost, aber irgendwie doch entwaffnet.

Es folgte eine kurze Pause, dann lachten beide erleichtert auf, und die Situation war entschärft.

Ben machte in Susans Gegenwart nur selten einen Witz, und geflirtet hatte er mit ihr so gut wie nie. Susan und er hatten nie etwas miteinander gehabt, auch wenn manche im Labor es nicht glauben wollten. Seit seiner Scheidung waren ihm sein Job und seine Karriere wichtiger als alles andere, und ein Verhältnis mit einer Kollegin kam für ihn ohnehin nicht in Frage.

Trotzdem hatte Ben Susan wirklich gern. Einmal, und

wirklich nur ein einziges Mal, waren sie sich sogar richtig nahe gekommen. Damals war der Rest der Crew für den Abend nach Manacapuru gefahren, und die beiden waren allein im Labor zurückgeblieben und hatten gearbeitet, bis plötzlich einer der im Sommer ziemlich häufigen Generatorausfälle das Licht hatte ausgehen lassen. Ben und Susan hatten daraufhin beschlossen, die Arbeit bis zum nächsten Morgen Arbeit sein zu lassen, und sich ein paar Kerzen angezündet und miteinander ein Glas Wodka getrunken. Dabei waren sie ins Reden gekommen, erst über die Arbeit und dann über ihr Privatleben. Ben hatte von seiner Scheidung und seinem Sohn erzählt und von seinem Wunsch, eines Tages eine kleine Farm zu kaufen, und Susan hatte ihm ihre Jugend als Tochter eines Armeeoffiziers geschildert, der ständig von einem Standort zum nächsten versetzt worden war. Sie hatte ihm gestanden, dass sie Probleme mit zu viel Nähe hatte, und sich darüber beschwert, dass ihr als Frau im Konzern auf dem Weg nach oben viel zu viele Steine in den Weg gelegt wurden. Am Schluss hatte sie Ben sogar einen flüchtigen Kuss gegeben, den ersten, den Ben seit langer Zeit bekommen hatte.

Am nächsten Morgen war ihm das alles schrecklich peinlich gewesen, und auch Susan hatte sich kühl und geschäftsmäßig verhalten, als hätte dieser intime Abend nicht stattgefunden. Danach waren sie sich nie wieder so nahe gekommen.

Susan fuhr wieder los. Bis Manaus war es nun nicht mehr weit, und bald brachte sie den Landrover vor dem Flughafengebäude zum Stehen. Ben nahm seine Reisetasche vom Rücksitz und schlug die Tür zu.

»Ich werde den Vorstand schon davon überzeugen,

dass er uns weitermachen lässt«, sagte er Susan zum Abschied. »Ich lasse dich da nicht im Stich.«

»Hoffentlich«, erwiderte Susan. »Wir beide haben hier noch eine wichtige Aufgabe zu erledigen, und alles, was wir dazu brauchen, sind drei weitere Monate.« Sie legte den Gang ein und fuhr los. Als sie im Rückspiegel einen letzten Blick auf Ben warf, sah sie über der Lehne der Rückbank die orangefarbene Blüte der Artischockenpflanze. »Die ist ja gar nicht umgefallen«, murmelte sie. »Dieser Gauner wollte nur, dass ich langsamer fahre, weil er mit seinem Magen die Schaukelei nicht verträgt.«

Sie fuhr zu einer Tankstelle, tankte voll und machte sich dann auf die Rückfahrt nach Somba. Die Gewitterfront stand noch immer dunkel und bedrohlich am Himmel, und eine bedrückende Schwüle lag über dem Regenwald.

Susan drehte die Klimaanlage hoch und trat aufs Gas. Jetzt, da sie keine Rücksicht mehr auf Ben nehmen musste, konnte sie so schnell fahren, wie sie wollte. Im Autoradio spielte ein Sender aus Rio lateinamerikanischen Hip-Hop, und Susan klopfte mit den Händen am Lenkrad den Takt dazu.

Sie hörte nicht, dass hinten im Stauraum des Wagens Erdbrocken und Lehmklumpen herumrutschten. Die Pflanze hatte ihren Plastiktopf gesprengt und überzog die schwarze Gummimatte am Boden mit einem seidig glänzenden Geflecht aus feinsten Würzelchen, das sich auf der Suche nach Nahrung für die jetzt noch intensiver und feuriger leuchtende Blüte immer schneller ausbreitete.

Draußen zuckte ein greller Blitz in den Dschungel, gefolgt von einem mächtigen Donnerschlag. Sekunden später prasselte schwerer Regen auf Straße und Wagen herab, aber Susan, die tief in Gedanken an das Labor, an Ben und an das Projekt Dorothy versunken war, verminderte nicht einmal die Geschwindigkeit. Fieberhaft überlegte sie, wie das Labor vielleicht doch noch zu retten und der alberne Fluch des Schamanen ad absurdum zu führen war.

Am meisten aber beschäftigte sie die Frage, wie sie Dr. Skinner möglichst rasch eine sensationelle neue Arznei präsentieren konnte, die einen echten Durchbruch in der Pharmaforschung darstellte.

Nur so würde ihr endlich die längst überfällige Beförderung zuteilwerden.

Während sich Dr. Susan Plotkin den Kopf über all diese Dinge zerbrach und die Scheibenwischer des Landrover ihre liebe Mühe hatten, mit dem herunterprasselnden Regen zurechtzukommen, krochen hinter ihr die Wurzeln der orangefarbenen Artischockenpflanze langsam über den Wagenboden nach vorn.

4

Frank Steinman stand etwa fünfzig Meter unterhalb des alten Fahrwegs in der Schlucht und blickte hinauf zum Blätterdach des Urwalds, auf das mit sanftem, friedlichem Rauschen ein morgendlicher Regenschauer herniederging. Durch die dünnen Nebelschwaden am moosbewachsenen Boden der Schlucht sah Frank die schlammbedeckten Körper zweier junger Frauen.

»Für mich sehen die ziemlich tot aus«, sagte Frank mit ruhiger Stimme. Er war ein vierschrötiger Mann, der seit seiner Zeit als Footballstar an der Iowa State University mehr als vierzig Kilo zugelegt hatte. Jetzt, im Alter von siebenundvierzig Jahren, hing ihm ein dicker Bauch über seinen Gürtel, und er geriet bei der geringsten körperlichen Anstrengung ins Schwitzen. Frank Steinmann war ein Mann, der sich am wohlsten in der Gesellschaft anderer Männer fühlte: er verfügte über ein schier unerschöpfliches Wissen über alles, was mit Sport und Angeln zu tun hatte, konnte so gut wie jedes mechanische Ding reparieren und hatte früher einmal Jagdhunde gezüchtet.

Paulo beugte sich zu der kleineren der beiden Frauen hinab und legte ihr zwei Finger an die Halsschlagader.

»Puls hat sie noch«, sagte er. »Schwach, aber gleichmäßig.«

Frank untersuchte daraufhin die andere Frau und stellte fest, dass auch sie noch atmete, aber ebenfalls bewusstlos war.

Ihr ganzer Körper war mit einer bräunlich roten Schicht aus Schlamm, Blättern und Blut bedeckt. An einem ihrer Füße fehlte der Stiefel, und um den Oberschenkel desselben Beines war eine improvisierte, aus einem Ärmel von Paulos zerfetztem Hemd zusammengedrehte Aderpresse geschlungen.

»Meine Fresse«, brummte Frank. Viel hätte nicht gefehlt, und die beiden wären tot gewesen.

»Die hier heißt Trish«, sagte Paulo. »Sie lag am Boden, während Jenny über ihr hing. Ich musste sie beide heraushauen.«

»Wie heraushauen?«, wiederholte Frank verständnislos.

»Mit der Machete«, erklärte Paulo und deutete auf einen Haufen zerhackter Pflanzenteile neben den beiden Körpern. »Das war alles andere als einfach. Der Strunk der Pflanze war hart wie Beton.«

Hinter ihnen raschelte etwas. Es war Rico.

»Sind sie tot?«, fragte der Junge nervös, während er mit zwei grauen Decken unter dem Arm vorsichtig näher kam.

»Nein ... sie leben«, erwiderte Paulo.

Rico bekreuzigte sich, und Paulo fand es merkwürdig, dass er an einem so heißen Vormittag die Ärmel seines Hemdes nicht hochgerollt hatte. Rico stieß einen portugiesischen Fluch aus und stieg wieder hinauf zu dem am Rand der Schlucht geparkten Pick-up.

»Der Junge hat ja einen ganz schönen Schreck gekriegt«, bemerkte Frank.

»Dem geht es gleich wieder besser«, antwortete Paulo gleichgültig.

Frank zog sein Satellitentelefon aus der Gürteltasche und tippte eine Nummer ein. Erst nach mehreren Versuchen gelang es ihm, eine Verbindung herzustellen.

»ChemGen in Somba«, meldete sich die Stimme einer jungen Frau.

»Angie, hier spricht Frank. Am alten Fahrweg sind zwei Touristinnen verunglückt und in eine Schlucht gestürzt. Sie sind in einem ziemlich kritischen Zustand. Richte bitte Labor B als Notunterkunft für sie her.« Als er mit seinen Anweisungen fertig war, steckte er das Telefon wieder zurück.

»Und was ist das nun für ein Zeug, Paulo?«, fragte er und deutete auf den Haufen von gelbgrünen Pflanzenteilen, aus dem zwei riesige, wie Muscheln geformte Blätter ihn mit bärtigen Mündern anzulächeln schienen. Ein Übelkeit hervorrufender süßlicher Gestank überlagerte den frischen, feuchten Geruch des Waldbodens. Frank betrachtete die Blätter eingehend. Selbst hier im Regenwald mit seiner fantastischen Vegetation kamen sie ihm höchst befremdlich vor. »Sieht fast wie eine Venusfliegenfalle aus. Aber die werden nicht so groß.«

»Eine Venusfliegenfalle?«, fragte Paulo.

»Ja, eine Fleisch fressende Pflanze.«

»Über vier Meter groß?«

»Ja, das ist seltsam. Wir bringen das Zeug ins Labor. Ben kann sie sicher genauer bestimmen.«

Die beiden Männer beugten sich zum größeren der beiden Fangblätter hinab und hoben es auf.

»Gib mir mal deine Machete, por favor«, sagte Frank. Dann hebelte er mit der stumpfen Seite der Klinge so lange zwischen den beiden aneinander festgesogenen Teilen eines Fangblatts herum, bis es sich mit einem schmatzenden Geräusch öffnen ließ.

»Großer Gott, was für ein Gestank!«, rief Frank aus. Er klemmte die Machete zwischen die Hälften des Blattes. Das rosafarbene Innere des Blattes war mit einem klebrigen Schleim ausgekleidet, der Frank, als er ihn mit dem Zeigefinger der linken Hand vorsichtig prüfte, sofort auf der Haut brannte.

»Sieh an, da ist ja eine Perle in der Auster«, murmelte er und beugte sich weiter in den weit geöffneten Rachen hinein. Tief im Inneren des Blattes hatte er den zweiten Schuh der einen Touristin entdeckt.

»Das würde ich lieber nicht tun«, warnte ihn Paulo, aber Frank ließ sich nicht beirren. Er streckte seinen rechten Arm aus und griff ganz tief ins Innere des Fangblattes, wobei er durch den Stoff des Hemdsärmels deutlich den mit zahnartigen Spitzen bewehrten Blattrand spüren konnte. Plötzlich verrutschte die Machete, und das Fangblatt klappte zu. Hätte Paulo nicht geistesgegenwärtig einen kräftigen Stock in den grünen Rachen geschoben, hätte sich dieser um Franks Oberkörper geschlossen.

»Herrgott noch mal!«, schrie Frank, während er sein kreidebleiches Gesicht aus dem Schlund der Pflanze zog, die Augen glasig und blutunterlaufen.

»Ich habe dich gewarnt, alter Freund«, sagte Paulo lachend. »In so was steckt man besser nicht den Kopf hinein.«

Frank wurde auf einmal schlecht.

»Mist, das stinkt ja gottserbärmlich!«, keuchte er und erbrach sein hastig hinuntergeschlungenes Frühstück auf den Urwaldboden.

»Jetzt stinkst du auch«, sagte Paulo und deutete auf Franks besudelte Stiefel.

Als es Frank wieder besser ging, fischten sie mit Hilfe eines zweiten Stocks den Wanderstiefel der jungen Frau aus dem Fangblatt, dessen scharfe Säfte ihn bereits teilweise aufgelöst hatten.

»Das ist doch kaum zu glauben«, sagte Frank. »Das scheint tatsächlich eine Venusfliegenfalle zu sein. Aber wie konnte die so groß werden? Soviel ich weiß, ist ein halber Meter bei diesen Pflanzen das absolute Maximum, die meisten sind nicht höher als ein paar Zentimeter. Normalerweise fressen die Grillen und Fliegen, aber ich hatte als Kind mal eine, und die habe ich mit Hackfleisch gefüttert. Ewig schade, dass du die Pflanze zerstört hast.«

»Ich hatte keine andere Wahl«, entgegnete Paulo und wies auf die beiden bewusstlosen Frauen. »Es ging um Leben und Tod.«

»Gibt es denn noch andere hier in der Gegend?«, fragte Frank.

»Touristen?«, gab Paulo trocken zurück.

»Nein, solche Pflanzen.«

Paulo deutete hinter den Stumpf, wo eine kleinere Pflanze wuchs, die etwa einen halben Meter hoch war und aussah wie eine ganz normale, wenn auch sehr große Venusfliegenfalle. Frank ging hinüber, strich mit den Fingern fast zärtlich über den Stängel der Pflanze und untersuchte die Stelle, an der er aus dem Waldboden kam.

»Moment mal«, murmelte er und fing an, mit bloßen Händen in der Erde rund um den Stängel zu graben, wo etwas Rotes seine Aufmerksamkeit erregt hatte. Unter einer Schicht verfaulter Blätter beförderte er schließlich die Überreste eines zerfetzten Plastikbeutels zu Tage, auf dem ein paar aufgedruckte Buchstaben zu entziffern waren:

GEFA ... BFALL ... EIG ... UM VON

»Jetzt schlägt's dreizehn«, murmelte Frank. »Das ist ein Abfallbeutel, wie wir ihn im Labor zur Entsorgung von giftigem Sondermüll verwenden.«

»Und wie kommt er hierher?«, fragte Paulo.

»Keine Ahnung.«

Frank machte Fotos von der Pflanze und zeichnete auf seiner topografischen Landkarte ihren genauen Standort ein. Dann kam Rico zurück und brachte eine zusammengeklappte hölzerne Krankentrage. Er sah nicht gut aus.

»Was ist denn los mit dir, Junge?«, rief Paulo ihm zu. »Alles in Ordnung?«

»Mir geht's gut«, erwiderte Rico.

Aber es ging ihm nicht gut. Der seltsame Fleck befand sich immer noch an seinem Arm. In Somba hatte er versucht, ihn mit Wasser und Seife abzuwaschen, aber das hatte ihn nur noch größer gemacht.

Jetzt fühlte der Fleck sich wie eine feste, an Hartgummi erinnernde Masse an. Und auch wenn Ricos Haut nun nicht mehr so brannte wie am Anfang, so spürte er doch ein beständiges Kribbeln unterhalb des Flecks.

Er musste unbedingt nach Hause und sich das Zeug mit dem Rasiermesser abschaben, und so eilte er wieder den Abhang hinauf und überließ Frank und Paulo den Abtransport der beiden Frauen.

»Wird der Junge in dieser Sache den Mund halten?«, fragte Frank, während er Rico hinterherblickte. »Zumindest so lange, bis Ben die Pflanzen klassifiziert hat?«

Paulo nickte. »Ich denke schon. Und wenn nicht, würde sicher niemand kommen und nachsehen, denn die meisten Leute hier in der Gegend halten diese Schlucht für einen verwunschenen Ort, den sie nie betreten würden.«

»Es wäre trotzdem gut, wenn der Junge nichts sagen würde.«

Es dauerte eine knappe Stunde, bis sie die beiden Frauen hinauf zum Pick-up gebracht hatten.

»Wo ist eigentlich der Junge?«, fragte Frank, als sie fertig waren.

Rico war verschwunden. Paulo rief nach ihm, aber er antwortete nicht.

»Der Rotzlöffel hat meine Jacke geklaut«, zischte Frank, während er sich ans Steuer setzte. »Ich hatte sie hinten auf die Ladefläche gelegt.«

»Ich hole sie dir zurück«, sagte Paulo.

»Dazu ist jetzt keine Zeit«, erwiderte Frank. »Die beiden müssen unbedingt in ärztliche Behandlung. Lass uns später nach ihm suchen.«

»Einverstanden«, sagte Paulo und nickte.

»Und behalte das für dich, okay? Irgendetwas stimmt mit diesen Pflanzen nicht, und solange wir nicht herausgefunden haben, was es ist, gehen sie niemanden etwas an. Das gilt auch für den Jungen.« Er ließ den Motor an und fuhr den alten Fahrweg entlang in Richtung Somba.

Als der Pick-up verschwunden war, kam Rico aus dem Gebüsch. Er wollte auf keinen Fall mit ins Labor, denn wenn die amerikanischen Wissenschaftler den Fleck auf seinem Arm sahen, würden sie ihn fragen, wo er ihn herhatte, und dann würde er ihnen von dem Jeep erzählen müssen.

Rico rannte bis zur nächsten richtigen Straße. Aber er wollte nicht hinter dem Pick-up her, sondern in die entgegengesetzte Richtung nach Manacapuru. Er wusste, dass alles, was mit den Wissenschaftlern zu tun hatte, für einen Jungen wie ihn nur Ärger bedeutete. Großen Ärger.

Franks große Jacke schützte seinen Arm vor den Strahlen der Sonne. In eine ihrer Taschen hatte er die Kompaktkamera gesteckt, die er in der Schlucht gefunden hatte, in die andere die Uhr, die er aus dem Zelt der beiden Frauen gestohlen hatte. Vielleicht würde Billy Walker sie ihm abkaufen. Wenn er das tat, bevor die beiden Frauen starben, würden »os fantasmas de morte«, die Todesgeister, ihn in Ruhe lassen, und vielleicht würde sogar die grünliche Schicht auf seinem Arm wieder verschwinden.

Aber tief in seinem Inneren glaubte Rico das nicht.

5

»Os fantasmas de morte«, die Todesgeister, waren bereits unterwegs.

Susan fuhr viel zu schnell, und während sie die Aus-Taste an ihrem Satellitentelefon betätigte, über das sie soeben mit Frank gesprochen hatte, hätte sie fast eine große, schwarze Kuh übersehen, die zwanzig Meter vor ihr mitten auf der Straße stand. Susan trat auf die Bremse und riss das Lenkrad herum. Der Landrover geriet auf der vom Regen verschlammten Fahrbahn ins Rutschen und schlitterte ganz knapp an der Kuh vorbei in Richtung Straßengraben. Im letzten Augenblick gelang es Susan, das drohende Unheil abzuwenden. Sie nahm kurz den Fuß vom Bremspedal und riss, als die Räder wieder Griff hatten, das Lenkrad mit einem entschlossenen Ruck in die andere Richtung, bis der schwere Geländewagen wieder in der Mitte der Piste war.

Im Rückspiegel sah Susan, dass die Kuh noch immer mitten auf der Straße stand. Ihr Rücken, der von dem Gewitter noch nass war, glänzte hell in der Sonne.

»Blödes Vieh!«, brummte Susan.

Und dann fiel ihr etwas auf. Die Pflanze, die Ben ausgegraben hatte, kam ihr im Rückspiegel auf einmal irgendwie ... größer vor. *So, als wäre sie gewachsen.*

Susan drehte sich um und blickte nach hinten. Ja, die Pflanze sah tatsächlich irgendwie größer aus. Und mehr Blätter schien sie auch zu haben. Andererseits hatte Susan sie vorhin, als Ben sie ausgegraben hatte, nicht so genau angesehen. Stattdessen hatte sie sich insgeheim über ihren Kollegen mokiert, der selbst dann, wenn er dringend zum Flughafen musste, nicht aus seiner Haut konnte und wie ein kleiner Junge irgendwelche Pflanzen ausbuddelte. Wahrscheinlich war der Eimer hinten im Wagen bei dem scharfen Schlenker eben so verrutscht, dass die Pflanze jetzt einfach anders aussah. Plötzlich dachte Susan wieder an das seltsame Gespräch mit Frank. Er hatte ihr am Telefon nichts Genaueres sagen wollen, aber er hatte sie gebeten, so schnell wie möglich zurück nach Somba zu kommen. Das war höchst ungewöhnlich, denn normalerweise waren sie dort froh, wenn sie mal eine Weile fort war.

Susan fuhr so schnell, wie es die Straßenverhältnisse zuließen.

Nur einen Meter hinter ihr wucherten unterdessen Tausende dünner, blasser Fäden über die Werkzeugkisten, Düngersäcke und Plastikeimer auf der Ladefläche des durch die Schlaglöcher holpernden Landrover, die bald mit einem feinen, grünen Netz überzogen waren.

Wie langsam, aber unaufhaltsam anschwellende Wasserläufe verdickten sich die dünnen Zellulosefäden immer mehr zu wild wuchernden, hellgrünen Ranken, aus denen schließlich winzige, grüngelbe Blätter hervorbrachen.

Es waren Ranken, die nach Nahrung suchten.

6

Trotz ihres außerplanmäßigen Aufenthalts am Golanpass hatte Ben am Flughafen von Manaus noch viel Zeit, denn wegen des Gewitters verzögerte sich der Abflug seiner Maschine. Nachdem er sein Ticket gekauft hatte, schlenderte er noch eine Weile durch die Souvenirstände im Abfertigungsgebäude und stand schließlich vor einem grellgrünen T-Shirt mit einem bunten Papagei darauf, von dem er schon jetzt wusste, dass Jack es niemals tragen würde. Aber irgendetwas musste er seinem Sohn ja schließlich mitbringen.

Seit seiner Scheidung hatte Ben viel von seinem natürlichen Selbstvertrauen als Vater verloren. Der Grund dafür war seine Exfrau, die ihn gegen seinen Willen in eine völlig überstürzte Scheidung getrieben hatte. Nach fünfzehn Jahren Ehe hatte Emily plötzlich einen starken Freiheitsdrang verspürt und sich mit Hilfe eines gerissenen Scheidungsanwalts nicht nur das gemeinsam gekaufte Haus unter den Nagel gerissen, sondern auch noch hohe Unterhaltszahlungen für sich und den Jungen erstritten.

Viel schlimmer als das Finanzielle aber war, dass sie Jack, ihr einziges Kind, systematisch von seinem Vater entfremdet hatte. Auch wenn sich Jack als erstaunlich resistent gegen die Manipulationen seiner Mutter erwies, war sein Verhältnis zum Vater seit Jahren gestört und von Misstrauen geprägt. So war es dazu gekommen, dass Ben in zunehmendem Maße seine Vaterpflichten vernachlässigt und nur noch für seine wissenschaftliche Karriere gelebt hatte – ein Umstand, der nicht gerade dazu beigetragen hatte, die Beziehung zu seinem Sohn zu entspannen.

So kam es, dass der in seinem Beruf so sichere und entscheidungsfreudige Dr. Ben Maxwell selbst bei so harmlosen Aufgaben wie dem Aussuchen eines Mitbringsels für seinen Sohn völlig überfordert war.

»Zum Teufel«, murmelte er nach längerem Hin und Her, »dann soll er es eben in die nächste Altkleidersammlung geben.« Er kaufte das T-Shirt und stopfte es in seine Computertasche.

Eine Stunde und zwei Cola light später wurde der Flug Varig RG 2201 von Manaus nach San Paulo aufgerufen. Er stellte die erste Etappe einer fast 16-stündigen Reise dar, die Ben zum Dulles International Airport in Washington, D. C., führen würde. Und das alles für eine dreistündige Beerdigung und eine einstündige Präsentation vor dem Vorstand, dachte er mit einem leichten Kopfschütteln.

Beim Start schaute Ben aus dem Fenster und warf einen Blick hinab auf die rasch kleiner werdende Landschaft.

Von hier oben betrachtet, sah der Regenwald aus wie ein dicker, grüner Teppich, der bis zum Horizont die natürlichen Konturen der Landschaft überzog. Hier und da waren tiefe, gewundene Einschnitte in dieser glatten Fläche zu sehen, die Ben gern mit den Falten in einem menschlichen Gesicht verglich. Es waren Flüsse, die sich durch den undurchdringlichen Urwald wanden, Flüsse wie der Rio Manaus, wo tausend Meter unter ihm Frank Steinmann gerade eine sensationelle botanische Entdeckung gemacht hatte.

An manchen Stellen konnte Ben große Flächen sehen, wo in großem Stil Holz geschlagen wurde. Er sah Dutzende von spielzeugkleinen Frontladern und Schleppern, die geschäftig die Stämme der bis zu dreihundert Jahre alten Urwaldriesen zu einer Straße zogen, die sich kerzengerade in den Urwald gefressen hatte.

Der Anblick des Kahlschlags tat Ben in der Seele weh. Von hier oben war ganz deutlich zu erkennen, wie der grüne Teppich des Urwalds an vielen Stellen von Viehweiden und bewirtschaftetem Wald unterbrochen wurde. Ben wusste, dass jede Minute 40 Hektar Regenwald der Abholzung oder Brandrodung zum Opfer fielen. Pro Jahr waren das 21 Millionen Hektar, ein Gebiet von der Größe des Staates Washington.

Wenn sie wirklich noch ihren sensationellen Wirkstoff im Regenwald finden wollten, mussten sie sich beeilen, bevor er auf die Größe eines Stadtparks zusammengeschrumpft war.

Der Jet durchbrach jetzt die Wolkendecke, und bald hatte er seine Reiseflughöhe erreicht.

»Quer una bebida?«, fragte ein Stewart, dessen Gesicht Ben an ein Waldmurmeltier erinnerte. »Etwas zu trinken?«

»Sim. A cerveja, por favor«, antwortete Ben und deutete auf seine Armbanduhr. »Quando chegamos em San Paulo?«

»In viereinhalb Stunden.«

Ben nickte und zog seinen Laptop aus der Computertasche.

//file: ... Somba/Laboraufzeichnungen/Dorothy

Es war das Projekt Dorothy gewesen, für das Ben nach Amazonien gekommen war. Zuvor hatte er vier Jahre lang unter dem jetzt verstorbenen Michael Petersen die Abteilung für Botanische Chemie bei ChemGen geleitet, aber daneben auch schon spezielle Projekte für Dr. Abe Skinner, den wissenschaftlichen Direktor des Konzerns, betreut. In der Welt der Pharmazie galt Skinner als ein Senkrechtstarter, dessen frühe Veröffentlichungen über »springende Gene« die biologische Forschung im vergangenen Jahrzehnt entscheidend geprägt hatten. Skinner, nicht Petersen, hatte Ben in den Regenwald geschickt, um den verloren gegangenen Wirkstoff des Projekts Dorothy erneut zu entdecken. Dazu hatte es einiger Überredungskünste bedurft, denn Somba hatte auf Bens Liste möglicher Arbeitsstellen nicht gerade einen der oberen Plätze eingenommen. Am Ende war er nur deshalb nach Brasilien gegangen, weil er damit für eine Weile dem Horror seiner Scheidung hatte entfliehen können.

Der Steward kam und brachte Ben eine Dose brasilianisches Bramah-Bier, aus der Ben gleich einen großen Schluck nahm. Das Bier beruhigte seinen Magen und half gegen die Reisekrankheit.

Vor ein paar Jahren, als das damalige Team in Somba erste viel versprechende Arbeitsergebnisse in die Firmenzentrale gemeldet hatte, war Skinner höchstpersönlich nach Amazonien geflogen und hatte sich in dem damals noch sehr bescheidenen Labor die bisherigen Forschungsergebnisse zeigen lassen. Kurz darauf hatte er das gesamte Projekt zur Chefsache erklärt und komplett unter seine Leitung gestellt. Er hatte dafür gesorgt, dass Somba mit nagelneuen High-Tech-Geräten ausgestattet wurde und ein satellitengestütztes Kommunikationssystem erhielt, das später in der gesamten pharmazeutischen Industrie zu einem Musterbeispiel für die gelungene Anbindung von Außenlabors an eine weit entfernte Konzernzentrale werden sollte.

Außerdem sorgte Skinner dafür, dass seine Wissenschaftler Zugang zum Stammesgebiet der Eingeborenen bekamen. Die Erlaubnis dafür erkaufte er sich unter anderem damit, dass er der in der Nähe gelegenen Stadt Manacapuru eine großzügige Spende zum Ausbau ihrer Infrastruktur leistete, was sich in einer Zeit, in der lokale Regierungen und Umweltschutzorganisationen die negativen Auswirkungen der Anwesenheit von Pharmafirmen in den entlegenen Dschungelgebieten dieser Erde anzuprangern begannen, als ein geschickter Public-Relations-Coup für ChemGen erwies.

Alles lief hervorragend, bis das Projekt mit dem Verschwinden von zwei hoch angesehenen Wissenschaftlern einen schweren Schlag erlitt, von dem es sich nie wieder erholte. Im Nachhinein kam heraus, dass diese Wissenschaftler hinter dem Rücken von Michael Petersen, dem von Skinner eingesetzten Projektleiter in der Konzernzentrale, nicht genehmigte Versuche an einem einheimischen Mädchen vorgenommen hatten, was das gesamte Projekt noch weiter diskreditierte. Es dauerte fast ein ganzes Jahr, bis ein neues Team unter Ben und Susan die Arbeit in Somba wieder aufnehmen konnte, was nicht zuletzt daran lag, dass Petersen sich nach Bekanntwerden der vorgefallenen Unregelmäßigkeiten vollständig vom Projekt Dorothy distanziert hatte. Dass das Labor nicht vollständig geschlossen wurde, war einzig und allein der massiven Unterstützung von Seiten Skinners zu verdanken.

Inzwischen aber, seit Mitte des Jahres, schien auch Skinner nicht mehr seine schützende Hand über Somba halten zu können. Ben vermutete, dass das damit zu tun hatte, dass man im Vorstand seit Monaten über eine Fusion mit dem Konkurrenten Glaxo nachdachte. Seitdem wurde die Suche nach dem Wundermittel aus der Aya-Ranke hauptsächlich von Susan Plotkin vorangetrieben, die das Projekt zu ihrer persönlichen Sache gemacht hatte. Susan setzte alles daran, zu beweisen, dass Skinner zu Recht an den Aya-Wirkstoff geglaubt hatte. Ben wiederum hatte es eigentlich nie so richtig eingeleuchtet, weshalb Skinner und ChemGen sich so sehr für die Behandlung einer Krankheit interessierten, von der nur ein verschwindend geringer Bruchteil der Weltbevölkerung betroffen war.

»Uma outra cerveja?«, fragte der Steward, der wieder an seinen Platz gekommen war.

»Sim«, antwortete Ben. Ihm war vom Fliegen inzwischen so schlecht, dass er seinen Laptop zuklappte und die Augen schloss.

»Ich hasse das Fliegen!«, murmelte er. »Irgendwie bin ich mit der Erde verwurzelt. Wie eine Pflanze.«

Pflanzen hatten Benthall »Ben« Maxwell, den Sohn eines englischen Kartoffelbauern, schon seit seiner frühesten Kindheit fasziniert. Noch bevor er in die Schule kam, brachte er sich selbst das Lesen bei und verschlang jedes Buch, das er in die Finger bekam, und als er mit fünf Jahren auf ein Internat geschickt wurde, machte er dadurch auf sich aufmerksam, dass er sich jeglichen Lehrstoff mühelos und bis ins kleinste Detail einprägen konnte.

Schon damals war Ben vollkommen klar gewesen, dass er niemals Farmer werden würde.

Jahrzehnte später erzählte er in Vorlesungen seinen Studenten bisweilen, dass er als Kind »gezwungen war, dem Gras beim Wachsen zuzusehen« und sich daraufhin entschlossen habe, mehr über das Gras und alle anderen Pflanzen herauszufinden. Nach dem Tod seines Vaters verkaufte Bens Mutter die Farm und zog mit ihm nach London, wo er die Town Hall Prep School besuchte. Von dort aus ging er nach Oxford und wurde zu einem der jüngsten jemals dort zum Studium zugelassenen Studenten.

Geprägt von seinen frühen Erfahrungen in der Landwirtschaft, widmete sich Ben dem Studium der Botanik, und kurz nach seinem Abschluss wurde er von der Drucker Food Company in Richfield, New Jersey, als Chef der Abteilung Biochemie unter Vertrag genommen. Hier traf er Abe Skinner, der ebenfalls für Drucker arbeitete, und nachdem Skinner 1997 als Wissenschaftlicher Direktor zu ChemGen übergewechselt war, überredete er Ben ein Jahr später dazu, ebenfalls bei dieser Firma anzuheuern. Bei ChemGen lernte Ben dann Dr. Michael Petersen kennen.

7

Als er den Streifenwagen näher kommen sah, verschwand Rico rasch in einem Laden an der Hauptstraße von Manacapuru, einer ziemlich heruntergekommenen, zirka 80 Kilometer südwestlich von Manaus gelegenen Provinzstadt. Im Kautschukboom der Vierzigerjahre hatte Manacapuru einen steilen Aufschwung erlebt, aber heute lag es wie eine abgegriffene alte Münze mitten auf dem sattgrünen Teppich des Regenwalds.

Im Laden hob Rico seinen Arm und spähte in den Jackenärmel. Der seltsame, grünliche Fleck hatte aufgehört zu brennen. Er juckte nicht einmal mehr.

Aber er war größer geworden, und das beunruhigte den Jungen.

Der Fahrer des Holzlasters, mit dem Rico in die Stadt getrampt war, hatte sich den Arm zeigen lassen und gelangweilt gemeint, es sei bestimmt ein Pilz, den man mit Clorox oder Terpentin leicht entfernen könne. Und falls das nicht gelänge, sollte sich Rico das Zeug einfach mit einem Messer abschaben wie die Schuppen von einem Fisch.

Das aber traute sich Rico noch nicht, weil er Angst hatte, sich dabei in den Arm zu schneiden.

»Olá, que você quer?«, rief ein bärenhaft aussehender

Mann hinter der Theke des stickig heißen, nur schlecht erleuchteten Ladens. *»Was willst du?«*

»Nada ...«, antwortete Rico, während er sich in den Warenregalen umsah.

»Saia de daqui agora«, rief der Mann und deutete auf die Tür. *Raus, auf der Stelle!*

»Dann willst du also kein Geschäft mit mir machen, Fettsack?«, schrie Rico zurück. »Ich möchte das hier kaufen!« Er deutete auf ein Paar Gummihandschuhe, die auf der Ladentheke lagen.

»Zeig mir erst, ob du Geld hast«, knurrte der Ladenbesitzer.

Rico runzelte die Stirn und ärgerte sich, weil er etwas kaufen musste, was er genauso gut hätte stehlen können. Weil ihm aber nichts anderes übrig blieb, bezahlte er die Handschuhe und ging wieder hinaus auf die Straße. Der Streifenwagen war verschwunden, und ein streunender Hund streckte seinen Kopf aus einer umgefallenen Abfalltonne und fletschte die Zähne, als wolle er Rico angrinsen. Es war heiß und schwül, und die Regengüsse des Vormittags hatten für keinerlei Abkühlung gesorgt. Die Sonne brannte gnadenlos herunter und trieb Rico den Schweiß auf die Stirn.

Nein, sagte sich Rico, er würde sich nicht den Arm mit einem Messer abschaben.

Stattdessen würde er den grünen Fleck ersticken. Und zwar mit einem Gummihandschuh.

Der Fleck hatte sich inzwischen von seinem Unterarm bis hinunter zum Handgelenk ausgeweitet. Irgendwie kam es Rico so vor, als würde er nur wachsen, wenn er Licht bekam, und das konnte er mit dem Handschuh verhindern.

Rico beschleunigte seine Schritte und eilte die Strada Janus entlang, in deren Straßengraben vor sich hin gärender, mit menschlichen Exkrementen vermischter Abfall einen bestialischen Gestank verbreitete.

Rico blieb stehen und lauschte dem blechernen Plärren eines Radios, das aus dem Haus am Ende der Straße kam: »*... livin' la vida loca ...*«

Mit langsamen Schritten ging er auf das Haus zu und klopfte, nachdem er tief Luft geholt hatte, an der Tür.

Es dauerte eine Weile, bis ein Mädchen öffnete, das nur ein übergroßes, weißes Männerhemd am Leib trug. Rico erkannte das Mädchen sofort. Sie hieß Fatima und verdiente sich ihr Geld damit, dass sie den wohlhabenderen Einwohnern von Manacapuru und manchmal auch durchreisenden Fremden für gewisse Dinge zur Verfügung stand.

»Fatima, você ganha muito dinheiro?«, fragte Rico, aber Fatima tat so, als verstünde sie ihn nicht.

»Was willst du, mein Junge?«, fragte sie gestelzt auf Englisch mit einem falschen britischen Akzent.

»Geh und hol deinen Freier, du Hure«, sagte Rico auf Portugiesisch und setzte sich auf die Bank neben der Haustür. Er hatte so schrecklichen Durst, dass sein Mund ganz ausgedörrt war.

Fatima beugte sich über ihn, schlug ihr Hemd auf und brachte ihre üppigen Brüste ganz nah an sein Gesicht. Ihr langes, schwarzes Haar duftete zitronig und frisch.

»Die kannst du dir nicht leisten, mein Kleiner«, zog sie ihn auf. »Viel zu teuer für dich.«

»Nicht mehr lange!«, erwiderte Rico und grabschte nach Fatimas Busen. »Und jetzt hol mir Billy Walker!«

Fatima murmelte etwas Unverständliches, schloss das

Hemd wieder und ging ins Haus. Rico folgte ihr und sah sich um. Billy lebte nicht schlecht, fand er. Im Esszimmer standen zwei geöffnete Kartons auf dem Boden, in denen, in Holzwolle gebettet, halbautomatische Gewehre und Pistolen lagen.

»Was willst du denn hier?«, hörte Rico auf einmal eine tiefe Stimme hinter seinem Rücken fragen.

»Mister Walker, por favor«, sagte Rico. »Ich habe etwas, was ich Ihnen gern verkaufen möchte.«

»Kein Interesse«, sagte der Mann, dessen massige Silhouette drohend über dem Jungen aufragte. Walker galt überall als ein brutaler Bursche, der ohne Skrupel auch Kinder und Frauen schlug.

»Es ist etwas ganz Wertvolles. Eine goldene Uhr.«

Der Mann kam näher, und Rico machte einen Schritt nach hinten. Billy Walker war ein fast zwei Meter großer Kleiderschrank von einem Mann, der am ganzen Körper dick mit Muskeln bepackt war. Sein Oberkörper war nackt. Er trug eine olivgrüne Militärhose und schwarze Cowboystiefel, und am Gürtel hing ein Holster mit einer Pistole. Sein Haar war kurz geschoren und am Hinterkopf hoch ausrasiert, aber an seinen Wangen liefen lange, sorgfältig gepflegte Koteletten nach unten. Obwohl er mit seiner hellen Haut und seinem durchtrainierten Körper aussah wie ein regelmäßiger Besucher eines nordamerikanischen Fitnessstudios, verriet seine Kleidung den lokalen Guerillakrieger, der sich als Söldner im Regenwald verdingt hatte.

»Zeig sie mir«, sagte Billy und streckte die Hand aus. Rico sah, dass auf seinen Unterarm eine Klapperschlange tätowiert war. Er zog die Uhr aus der Jackentasche und legte sie in die Hand des Mannes.

»Von Cartier«, sagte er und lächelte Billy mit seinen schlechten Zähnen an.

»Wo hast du die gestohlen, Junge?«

»Das sage ich nur Hopkins.«

Billy sah ihn misstrauisch an. »Vergiss es«, sagte er. »Hopkins redet nicht mit Abschaum wie dir.«

»Wenn Sie mich zu Hopkins bringen, verkaufe ich Ihnen die Uhr ... für einen fairen Preis. Zweihundert Dollar, weil Sie es sind.«

»Keine Chance.« Billy gab Rico die Uhr zurück und drängte ihn aus der Tür. Als er sie schließen wollte, steckte Rico seine Hand zwischen Türblatt und Türstock.

»Sie tun mir weh!«, schrie er, weil Walker ihm rücksichtslos die Finger einklemmte. »Okay, hundert Dollar.«

»Não«, erwiderte Billy ungerührt.

»Meine Hand! Sie machen mir die Hand kaputt«, winselte Rico. »Fünfzig. Das ist mein letztes Angebot!« Sein Mund war ganz trocken.

Billy öffnete die Tür. »Gib sie mir.«

»Aber dafür bringen Sie mich zu Hopkins, okay?«, fragte Rico, während er eintrat und ihm die Uhr reichte.

»Wenn du unbedingt willst. Aber ich warne dich: Wenn du ihm irgendeinen blöden Scheiß erzählst, mache ich dich fertig. Und zwar gründlich, kapiert? Hopkins mag es nicht, wenn man seine Zeit verschwendet.« Billy begutachtete die Uhr. Es war tatsächlich eine echte Cartier: der Sekundenzeiger wanderte kontinuierlich über das Zifferblatt und nicht ruckweise wie bei den Quarzwerken, mit denen die Fälschungen ausgestattet waren. »Ich gebe dir zwanzig Dollar für die Uhr, und morgen bringe ich dich zu Hopkins.«

»Dreißig!«, verlangte Rico. »Sonst gebe ich sie nicht her.«

»Für den Preis kannst du sie der Polizei verkaufen. Die wird dich bestimmt nicht runterhandeln.«

Rico schaute auf den Boden, wo eine riesige Küchenschabe zwischen den Dielen hervorkrabbelte.

»Okay, okay!«, rief er. Es gab in der Stadt niemanden, dem er die Uhr sonst hätte verkaufen können.

»Dann sind wir uns also handelseinig«, sagte Billy und holte das Geld. »Komm morgen wieder, aber nimm vorher ein Bad. Du stinkst wie der Abfall auf der Straße.«

Rico öffnete die Tür und rannte aus dem Haus.

Das Erste, was er sich von seinem Geld kaufen würde, war eine große Flasche eiskaltes, sauberes Wasser. Und dann würde er zurück zu der Schlucht gehen und seinen Schatz heben.

Drinnen im Haus zündete Billy sich eine Zigarette an und nahm den Telefonhörer ab.

»Rooster? Hier Walker. Hol mir Hopkins an die Strippe.« Er musste nicht lange warten, bis sich eine Stimme mit einem aufgesetzten englischen Akzent meldete.

»Hallo, Billy, was gibt's?«

»Kann ich morgen bei Ihnen im Hotel vorbeischauen, Sir?«, fragte Billy in militärisch knappem Tonfall.

Eine kurze Pause. Dann: »Kommt drauf an, wozu.«

»Ich bringe einen Jungen mit. Er arbeitet manchmal als Träger für Paulo und sagt, er hätte Informationen für Sie.«

Wieder blieb die Leitung stumm. Hopkins liebte diese dramatischen Pausen, aber Billy hasste sie.

»Du meinst wohl diesen Rico. Ja, ich habe von ihm gehört«, sagte Hopkins schließlich. »Ein ehrgeiziger kleiner Kerl. Was hat er denn für mich?«

»Das wollte er mir nicht sagen. Er hat mir eine goldene Damenuhr verkauft, die er wohl einer Touristin geklaut hat. Aber wo er sie wirklich herhat, will er nur Ihnen sagen. Soll ich ihn zum Teufel jagen?«

»Wenn der Junge für Paulo arbeitet, dann hat er möglicherweise Interessantes zu berichten. Bring ihn doch morgen früh zum Frühstück. Sagen wir so gegen acht.« Ohne ein Wort des Abschieds beendete Hopkins das Gespräch.

Billy legte auf und betrachtete liebevoll die Uhr. Rico hatte Recht, sie war ein teures Stück, für das man locker hundert Dollar erlösen konnte. Von dem Geld würde er sich ordentlich besaufen. Schließlich hatte er seit drei Tagen keinen anständigen Rausch mehr gehabt.

»Das nenne ich einen erfolgreichen Nachmittag«, murmelte er und lachte laut auf. Gerade hatte er sich einen ganzen Wochenlohn verdient, ohne einen einzigen Schritt aus dem Haus gemacht zu haben. Zufrieden schlenderte er ins Schlafzimmer und zog sich die Hose aus. Fatima lag bereits nackt auf dem Bett und zeigte ihm, was sie zu bieten hatte. Es würde das letzte Mal sein, dass er sie nahm, beschloss Billy. Dann würde er sie hinauswerfen und sich in der Gekko-Bar eine neue Frau suchen. Eine mit größeren Brüsten und besseren Zähnen. Billy hasste Frauen mit schlechten Zähnen.

Jetzt aber legte er sich neben sie und blickte an seinem durchtrainierten Körper nach unten.

»Jawoll«, sagte er und salutierte lächelnd. »Nun zeig mal, was du kannst, Puppe!«

8

Am Geruch merkte Susan, dass etwas nicht in Ordnung war.

Bis Somba waren es noch etwa vierzig Minuten Fahrt, und obwohl sie die Klimaanlage voll aufgedreht hatte, durchzog den Landrover ein ganz merkwürdiger, irgendwie einlullender Duft nach frischem Lavendel. Zuerst glaubte sie, dass sie an einer Stelle mit wild wachsenden Kräutern vorbeigefahren war, aber der Geruch ließ auch nach einigen Kilometern nicht nach.

Dann wurde der schwere Geländewagen auf einmal langsamer, als schleppe er urplötzlich eine enorme Last hinter sich her.

Susan schaute auf die Benzinanzeige, aber der Tank war fast voll, schließlich hatte sie ja in Manaus getankt. Sie trat das Gaspedal bis auf den Wagenboden durch, aber der Landrover kam über vierzig Stundenkilometer nicht mehr hinaus. Und er wurde rasch noch langsamer.

Auf einmal kitzelte sie etwas von hinten am Hals. Sie rieb sich die Stelle mit der Hand und verfluchte im Stillen Frank Steinmann, zu dessen Aufgaben es gehörte, die Landrover und den Pick-up technisch in Ordnung zu halten. Hier in Amazonien war die gefährlichste Situation, in die eine Frau geraten konnte, nicht etwa die

Begegnung mit einem Jaguar oder einem Alligator, sondern ein Fahrzeugdefekt auf einer verlassenen Dschungelpiste.

Wieder berührte sie etwas, diesmal an der rechten Schulter. Susan zuckte zusammen, wagte aber nicht den Blick von der Straße zu nehmen, aus Angst, noch einmal einer Kuh zu begegnen.

»VERDAMMTE MOSKITOS!«, rief sie verärgert aus. Der Wagen gab ein kreischendes Geräusch von sich, als ob sich die Bremsklötze auf den Scheiben festfräßen, und kam abrupt zum Stehen.

In den Lavendelduft mischte sich nun ein beißender Geruch nach Verbranntem. »Mistkarre!«, verfluchte Susan den Wagen und schaltete die Zündung aus. Sie vermutete, dass die lange, schnelle Fahrt in der sengenden Sonne den Motor überhitzt hatte. Es wäre nicht das erste Mal. Nachdem sie eine Weile gewartet hatte, drehte sie den Zündschlüssel wieder um.

Der Anlasser fing an zu kurbeln, aber der Motor wollte nicht anspringen.

»Verflixt und zugenäht!«, fluchte Susan und schlug mit den Fäusten auf das Lenkrad. Wieder und wieder versuchte sie den Wagen zu starten, aber beim fünften Mal ging mit einem lauten Knall der Anlasser kaputt. Der Geruch nach verschmorter Elektrik erfüllte das Innere des Wagens, und auf einmal funktionierte gar nichts mehr – weder das Radio noch die Klimaanlage.

Ohne den Zustrom gekühlter Luft verwandelte sich das Innere des Wagens rasch in ein Gewächshaus auf Rädern, und Susan, die sofort zu schwitzen begann, war froh, dass sie am Morgen Bens Sticheleien zum Trotz ihr Tanktop angezogen hatte.

Sie spürte ein Kribbeln an den Oberschenkeln und dachte zunächst, es käme vom Schweiß, der ihr an den Beinen nach unten lief, aber als sie ihn mit der Hand wegwischen wollte, berührte sie zu ihrem Entsetzen etwas Weiches. Im Regenwald kam es relativ häufig vor, dass Spinnen sich im Inneren eines Fahrzeugs verkrochen und erst dann, wenn ihr ahnungsloses Opfer mit dem Lenken des Fahrzeugs beschäftigt war, an seinen Beinen nach oben krochen. Das plötzliche Auftauchen einer Vogelspinne im Schritt des Fahrers hatte in Amazonien schon mehr als einen Verkehrsunfall verursacht.

Aber das, was an Susans Beinen hinaufkroch, war keine Spinne. Es sah aus wie ein gelblicher Faden, der aus der Dunkelheit unter dem Sitz kam und sich um ihren Unterschenkel wand.

»Was ist das bloß?«, fragte sich Susan und tastete vorsichtig unter ihren Sitz. Hoffentlich fange ich mir damit keinen Spinnenbiss ein, dachte sie. Wenn sie wieder in Somba war, musste sie Angie und Boomer dazu verdonnern, den Landrover einer gründlichen Innenreinigung zu unterziehen.

Auf einmal wickelte sich etwas um ihren rechten Daumen.

Susan schrie so laut auf, dass ihre Stimme von der Windschutzscheibe widerhallte.

Sie wollte die Hand zurückziehen, aber sie konnte es nicht. Susan hielt sich mit der anderen Hand am Lenkrad fest und zog noch einmal. Diesmal gelang es ihr, die Hand zu befreien, aber der Ruck war so heftig, dass ihr ganzer Körper nach vorn schnellte und sie mit der Stirn gegen die Windschutzscheibe schlug. Sie spürte, wie warmes Blut ihr über das Gesicht rann.

Mit klopfendem Herzen richtete Susan sich wieder auf und besah sich ihre Hand. Eine gelbe Ranke von der Dicke eines Schnürsenkels hatte sich dreimal um ihren Daumen gewickelt und war, als sie daran gezogen hatte, ein Stück weiter unten abgerissen. Die Ranke sah aus wie die einer Pflanze.

»Aber das ist doch nicht möglich«, flüsterte sie.

Dann spürte sie wieder etwas an ihrer Schulter, und als sie in den Rückspiegel blickte, sah sie, dass die gesamte Lehne des mit Leder bezogenen Fahrersitzes von gelben und blassgrünen Ranken überzogen war. Manche von ihnen waren haarfein, andere so dick wie Bindfäden. Auch vor den Sitzen drängten sich immer mehr von diesen Ranken vom Wagenboden her nach oben und versuchten, sich wie winzige Schlangen um ihre Beine zu winden.

Susan schrie laut auf und rutschte auf dem Sitz nach vorn. Überall im hinteren Teil des Wagens – an den Fenstern und an der Decke – wucherten wild zuckend Abertausende von an gelblich grüne Spaghetti erinnernde Ranken, unter denen die Rückbank bereits nicht mehr zu sehen war. Alle schossen sie in atemberaubender Geschwindigkeit aus der orangefarben blühenden Pflanze hervor, die Ben am Golanpass ausgegraben hatte.

Es konnte nur noch Minuten dauern, bis sie das ganze Innere des Landrover vom Boden bis zur Decke ausfüllten.

Susan musste aus dem Wagen. Und zwar sofort.

Sie zog am Türgriff, aber die Tür ließ sich nicht öffnen. Offenbar hatten die allgegenwärtigen Ranken bereits ihren Weg in die Mechanik der Schlösser gefunden und sie außer Funktion gesetzt.

Susan zwängte sich hinüber auf den Beifahrersitz, wo die Ranken noch nicht hingelangt waren, und nahm das Satellitentelefon vom Armaturenbrett. Nachdem sie ein paar nach ihr tastende Wurzeln beiseitegeschlagen hatte, schaltete sie es ein und hörte das Freizeichen.

»GOTT SEI DANK«, keuchte sie atemlos. Sie hatte Empfang. Mit zitternden Händen tippte sie Franks Nummer und sah, wie die Worte »VERBINDUNG WIRD HERGESTELLT« auf dem kleinen Display erschienen. Susan schwitzte am ganzen Körper und bekam Atembeschwerden. Im Inneren des Wagens war es mittlerweile so heiß und feucht wie in einer Sauna, in der jemand gerade einen mit Lavendelöl versetzten Aufguss gemacht hat. Susan wurde schwindelig. Die aromatischen Dämpfe hatten eine benebelnde Wirkung auf sie.

»Heb ab, Frank, VERDAMMT NOCH MAL!«, schrie sie und starrte das Satellitentelefon an, als wollte sie es hypnotisieren. Das Display verkündete noch immer »VERBINDUNG WIRD HERGESTELLT«. Ein halbes Dutzend Ranken von der Dicke eines Elektrokabels hatten sich vom Fahrersitz aus quer über die Mittelkonsole vorgearbeitet und zwangen Susan dazu, sich mit dem Rücken an das Armaturenbrett zu pressen, den einzigen Ort im Wageninneren, den die Pflanze noch nicht erobert hatte.

Und dann erkannte sie schlagartig die Sinnlosigkeit ihres Unterfangens. Selbst wenn es ihr gelänge, Frank zu erreichen, würde er niemals rechtzeitig bei ihr sein, um sie zu retten. Wenn sie nicht sofort selbst etwas unternahm, würde sie in ein paar Minuten tot sein, erwürgt und erstickt von einer außer Rand und Band geratenen Pflanze.

Susan legte das Telefon beiseite und schlug mit beiden

Händen nach den Ranken, die sich beharrlich immer weiter zu ihr vorarbeiteten. Einige krochen an der Wagendecke entlang und ließen sich von oben auf ihren Kopf fallen.

Es war nur noch eine Frage der Zeit, bis Susan sie nicht mehr von sich fernhalten konnte.

Mit den Fäusten trommelte sie gegen die Windschutzscheibe und die Seitenfenster, aber das Glas war zu dick, als dass sie es hätte zerbrechen können. Sie probierte es mit den Ellenbogen und schließlich mit der Schulter, aber die Fenster hielten auch diesen Versuchen stand. Zwei Wurzelranken wanden sich von unten in Spiralen an ihrem linken Unterschenkel empor wie Girlanden an einem menschlichen Maibaum.

Die Pflanze versuchte sie zu fesseln.

Susan schrie vor Verzweiflung laut auf. Tränen liefen ihr über die Wangen, während sie wild herumfuchtelnd Hunderte von Pflanzenfäden auf einmal abzuwehren versuchte, die nun von allen Seiten nach ihr griffen.

Wenn ihr nicht sofort etwas einfiel, würde der Landrover zu ihrem Sarg werden.

Und dann erinnerte sie sich plötzlich an die Walther PPK.

Zum Glück hatten die Wurzeln das Handschuhfach noch nicht erreicht. Mit zitternden Händen holte Susan die Pistole heraus, entsicherte sie und lud sie durch und zielte dann genau auf die orangefarbene Blüte der Pflanze im hinteren Teil des Wagens. Sie schloss die Augen und drückte ab. Der Schuss hallte ohrenbetäubend laut durch den engen Raum.

Volltreffer! Schlagartig hörten die Ranken auf, sich zu bewegen.

Aber noch bevor Susan erleichtert durchatmen konnte, erwachten sie zu neuem Leben und schlängelten sich erneut auf sie zu.

Sie hatte direkt durch die Blüte der Pflanze geschossen, aber das hatte sie nur ein paar Sekunden lang innehalten lassen.

In ihrer Panik gab Susan einen weiteren Schuss ab, dann noch einen und noch einen. Jedes Mal traf die Kugel voll in die Blüte, und jedes Mal hörten die Wurzeln einen Augenblick lang mit dem Wachstum auf, nur um kurz darauf von neuem loszuwuseln.

Mit Schüssen war die Pflanze nicht zu stoppen.

Die Ranken hatten jetzt ihren Oberschenkel erreicht und fingen an, ihr das Blut abzuschnüren, und dann kam Susan der rettende Einfall. Sie konnte die Pistole ja zu etwas anderem als zum Schießen verwenden!

Mit der rechten Hand packte sie den von den Schüssen noch ganz heißen Lauf und hämmerte mit dem Griff der schweren Waffe wie eine Besessene auf das Seitenfenster neben ihr ein. Einem halben Dutzend Schlägen hielt das Glas stand, dann zerbröselte es in einer Kaskade von kleinen Splitterteilen.

Rasch entfernte Susan mit dem Griff der Pistole grob das restliche Glas und zwängte sich durch das Fenster ins Freie. Aber die Wurzeln, die ihr linkes Bein umschlungen hatten, ließen sie nicht los, sodass sie wie eine Stoffpuppe in der Tür hing, halb drinnen, halb draußen, wobei sich letzte Bruchstücke der zerkrümelten Scheibe schmerzhaft in ihren Bauch bohrten.

Die Pflanze wollte sie nicht entkommen lassen.

Irgendwie musste Susan es schaffen, dass die Ranken sie einen Augenblick lang losließen.

Nur einen Augenblick lang.

Susan drehte ihren Oberkörper, steckte die Hand mit der Pistole wieder ins Innere des Wagens und gab noch einen Schuss auf die Blüte der Pflanze ab.

Wieder erschlafften die Ranken für eine Sekunde, und Susan nutzte diese Zeit, um sich freizustrampeln und neben dem Wagen auf den Boden fallen zu lassen.

Von draußen sah sie, dass sämtliche Fenster des Landrovers von innen mit einem Geflecht aus Ranken überzogen waren. Alle, bis auf eines: das Fenster, durch das sie gerade entkommen war.

Durch dieses quoll die Pflanze wie ein grüner Wasserfall aus dem Wagen, kroch in Sekundenschnelle über die Windschutzscheibe und das Dach und fing an, auf der Suche nach frischer Erde über die Straße zu wuchern ...

Sie musste sie unbedingt aufhalten!

Susan trat an das kaputte Fenster heran, aus dem sich die Ranken schlängelten wie dünne, grüne Schlangen. Als sie mit der flachen Hand nach ihnen schlug, gingen sie kurz in Deckung, sodass Susan sich die Thermosflasche schnappen konnte, die auf dem Armaturenbrett lag. Eine der Ranken, die aggressiver zu sein schien als die anderen, begann sich als Erste wieder zu bewegen. Susan packte sie, drückte sie gegen ein Stück Fensterglas, das noch im Rahmen verblieben war, und schnitt sie daran in zwei Teile. Der abgetrennte Teil wand sich wie ein verwundeter Aal, als Susan ihn in die Thermosflasche stopfte.

»Du gehst ins Labor«, murmelte sie, während sie den Verschluss zuschraubte. »So, und jetzt ist Schluss mit lustig.«

Sie humpelte zwanzig Meter hinter den Landrover und legte sich flach auf den Boden. Weil sie nur noch einen Schuss im Magazin der Pistole hatte, hielt sie die Waffe mit zwei Händen fest, stützte sich mit den Ellenbogen auf und zielte sorgfältig.

Susan hörte den Knall des Schusses und sah gleich darauf, wie der Tank des Landrovers in einem riesigen Feuerball explodierte. Die Detonation war so heftig, dass der schwere Geländewagen einen halben Meter hochgehoben wurde und wieder auf die Straße krachte, wo er wie ein zerknäulter Haufen aus Blech, brennender Innenausstattung und zersplittertem Glas liegen blieb. Das hintere Nummernschild wurde von der Explosion wie ein Geschoss durch die Luft geschleudert und flog nur wenige Zentimeter über Susans Kopf hinweg ins Unkraut neben der Straße. Susan blieb so lange am Boden liegen, bis der Landrover vollständig ausgebrannt war.

In seinem Inneren bewegte sich nichts mehr.

Die seltsame, artischockenartige Pflanze war tot.

Susan stand auf, ging hinüber zu dem Wrack und spähte vorsichtig hinein, um sich zu vergewissern, dass aus den verkohlten Resten der Pflanze nicht doch neue Wurzeln sprossen.

Sie sah nichts als Asche und ein paar noch immer züngelnde Flammen.

Susan musste so schnell wie möglich nach Somba und den anderen von ihrem Erlebnis berichten.

»Es ist ein Grundgesetz der Wissenschaft, dass es von allen Dingen mehr als eines gibt«, dachte sie und strich über die Thermosflasche in ihrer Hand. Was immer Ben da ausgegraben hatte, es mussten noch weitere Exemplare davon existieren. Und die mussten sie finden, und falls ihnen das nicht gelang, mussten sie zumindest dem Geheimnis dieser einen Pflanze auf die Spur kommen.

»Du entkommst mir nicht mehr, du Bastard«, sagte sie in Richtung Thermosflasche. »Ich finde heraus, was du bist, verlass dich drauf.«

Die Dämmerung würde bald über sie hereinbrechen, und Susan musste sich beeilen, um nach Somba zu kommen. Und so packte sie die Thermosflasche fest mit der rechten Hand und fiel in einen lockeren Dauerlauf.

»Os fantasmas de morte«, die Todesgeister, waren ganz nahe.

SETZLINGE

9

Um drei Uhr früh kündigte der Chromatograph mit einem lauten Piepsen an, dass die Analyse des Materials aus den Stängeln der Monster-Venusfliegenfalle – wie Frank sie inzwischen nannte – beendet war. Das Labor war dunkel bis auf das Licht der Monitore und den hellen Schein des Mondes, der durch das Fenster auf den Betonboden und die gekachelten Wände fiel. Labor A war, wie alle anderen Räume in Somba auch, mit einer Menge technischer Geräte vollgestopft, zwischen denen Töpfe und Kübel mit zu untersuchenden Pflanzen herumstanden. Das Piepsen hörte auf, und der Chromatograph spuckte stumm einen langen Papierstreifen voller Daten aus.

ChemGen hatte das Labor auf einer entlegenen Lichtung mitten im Regenwald von Amazonien errichten lassen, die von der nächsten menschlichen Ansiedlung, der Stadt Manacapuru, zwei Autostunden entfernt war. Diese Lage fernab jeglicher Zivilisation hatte zwar ihre Nachteile, bot den Wissenschaftlern aber die einmalige Gelegenheit, ihre Arbeit mitten im Regenwald verrichten zu können. Hinzu kam ein nicht zu vernachlässigender Sicherheitsaspekt: Das Labor lag so weit ab vom Schuss, dass es weder von neugierigen Besuchern noch von spionierenden Konkurrenten leicht ausfindig gemacht werden konnte.

Außer den drei Labors, von denen Labor A das größte war, umfasste der Komplex Gebäude mit Wohnräumen und Büros sowie einen Küchenbau mit Gemeinschaftsraum, in dem auch die Mahlzeiten eingenommen wurden. In der Mitte des Geländes gab es neben einem großen Lagerschuppen den so genannten »Lustgarten«, ein stark verunkrautetes Stück Rasen, auf dem ein paar Gartenstühle und -tische aus Plastik sowie ein alter Grill herumstanden. An der Außenwand des Schuppens befanden sich die beiden einzigen Duschen von Somba – zwei Holzverschläge, von denen einer von beiden Geschlechtern, der andere nur von Frauen benutzt werden durfte.

Hinter dem Lustgarten führte ein schmaler, gewundener Pfad etwa eine Viertelmeile weit durch den Dschungel zu einer größeren Lichtung, auf der sich eine holprige Landepiste für die viersitzige Cessna befand, mit der Frank Steinmann normalerweise die Wissenschaftler zum Flugplatz von Manaus flog. Nur Ben Maxwell weigerte sich beharrlich, in die kleine, einmotorige Maschine zu steigen.

Im zwischen Labor A und Labor B gelegenen Wohnbereich des Komplexes stieß Angie Braxton auf ihrer Pritsche einen lauten Schrei aus.

Ein schwarzes Affengesicht mit kleinen, spitzen Zähnen grinste sie aus nächster Nähe an.

»VERDAMMTER MIST!«, schrie sie, woraufhin der Affe begeistert auf und ab hüpfte und gutturale Grunzlaute ausstieß, als wolle er sich über sie lustig machen.

»Eines Tages stecke ich das verdammte Vieh in die Mikrowelle, Boomer«, drohte Angie. Der Affe sprang beleidigt in die Arme des grinsend auf der Bettkante sitzenden Mannes.

»Untersteh dich!«, sagte der Mann, während er den Affen kraulte. »Mein kleiner Cappy hat dich doch so lieb!«

»Ich kann diese Ratte mit Händen nicht ausstehen.«

»Sag so was nicht. Kapuzineraffen sind die intelligentesten Tiere der Welt«, erwiderte Boomer und gab Cappy ein Küsschen. Er hatte den kleinen Kerl schwer verletzt neben der Straße nach Manacapuru gefunden und ihn mit viel Liebe gesund gepflegt. Dann hatte er ihn auf den Namen Cappy getauft und ihm alle möglichen Tricks beigebracht, und jetzt konnte das gelehrige Tier bereits täuschend echt Susan Plotkins spitze Schreie nachahmen und sogar auf Kommando furzen, was Boomer mit ganz besonderem Stolz erfüllte.

»Wenn du zu mir ins Bett willst, muss der Affe draußen bleiben«, sagte Angie und schlug die Decke zurück, sodass Boomer im Mondlicht ihren nackten, schlanken Körper sehen konnte. Boomer legte sich neben sie und gab dabei rhythmische Geräusche von sich, die direkt aus seinem Kehlkopf zu kommen schienen.

»Boom-badda-badda-boom-ditty-boo«, rappte er mit tiefer Stimme. Bernard Carter, der sechsundzwanzig Jahre alte Absolvent der University of California in L.A., trug seinen Spitznamen Boomer nicht umsonst, denn er war ein begeisterter Fan von Eminem und Charla.

Angie lächelte und genoss die Wärme von Boomers festem, durchtrainiertem Körper, den er ganz eng an den ihren presste. Nachts fand sie Somba besonders unheimlich, und die Tatsache, dass die vorige Bewohnerin ihres

Zimmers unter mysteriösen Umständen im Regenwald verschwunden war, trug nicht gerade zu ihrer Beruhigung bei.

Als man Angie vor zwei Monaten auf der University of Illinois das Praktikum in Amazonien angeboten hatte, war ihr das wie ein großer Glücksfall vorgekommen. Welche Studentin der Biochemie hätte sich nicht alle zehn Finger danach geleckt, wenn man ihr ein Stipendium bei Dr. Susan Plotkin angeboten hätte? Dr. Plotkin war eine hoch angesehene Wissenschaftlerin und eine der wenigen Frauen, die in einem weltumspannenden Pharmakonzern Karriere gemacht hatten. Die ersten paar Wochen in Somba freilich hatten Angies Illusionen gründlich zerstört. Das Leben in diesem gottverlassenen Dschungelcamp war langweilig und eintönig, und die Arbeit in den Labors kam ihr geradezu stumpfsinnig vor, weil Dr. Plotkin sie nur die niedersten Routineaufgaben verrichten ließ. Susan mochte eine brillante Wissenschaftlerin sein, eine gute Lehrerin war sie nicht.

Zum Glück war ein Ende ihres Aufenthalts bereits in Sicht. Es war schon Oktober, und die Regenzeit würde bald einsetzen. In sechs Wochen durfte Angie heim nach Chicago, wo sie erst einmal einen langen Urlaub machen würde, um den ganzen Horror hier zu vergessen.

»Heute ist mir irgendwie nicht nach Sex, Boomer«, sagte sie müde. »Ein bisschen Schmusen, mehr nicht, okay?«

»Wie kommst du denn drauf, dass ich mehr will?«, fragte Boomer mit einem frechen Grinsen.

»Das *spüre* ich«, erwiderte Angie lächelnd, während Boomer seinen Körper in rhythmischen Bewegungen an dem ihren rieb. Zu Hause hätte sie einen Typ wie ihn keines zweiten Blickes gewürdigt, aber bereits nach einer Woche im heißen, feuchten Regenwald hatte Angie ein unbezähmbares Verlangen nach Sex verspürt, und dafür war Boomer genau der Richtige. Was sein Intellekt vermissen ließ, machte sein gut geformter Körper mehr als wett, und so hatte sich Angie mit ihm in ein erotisches Dschungelabenteuer gestürzt, das dadurch, dass sie es vor ihren Kollegen streng geheim hielten, noch einen zusätzlichen Reiz bekam.

Boomers Hände wanderten sanft streichelnd über Angies Hals und Brüste hinunter zu ihrem glatten, flachen Bauch.

»Lass das, Boomer.«

Aber Boomer hörte nicht auf sie. Er legte Angie die Hände auf die Brüste und schaute ihr im Mondlicht bettelnd ins Gesicht. Angie spürte, wie ihr Herz auf einmal schneller schlug.

»Ist es nicht ein bisschen spät dafür?«

»Für mich ist es nie zu spät«, erwiderte Boomer. »Da, fühl mal!« Er hatte keine Hemmungen, wenn es galt, seine Erregung zu zeigen.

»Na schön«, willigte Angie mit einem leisen Seufzer ein. »Aber mach schnell.«

»Ich *liebe* Quickies«, hauchte Boomer ihr ins Ohr. *»Boom-badda-boom-ditty-boom ...«*

10

»*Was war denn das?*«

Diesmal träumte Frank nicht nur, dass eine Frau schrie.

Diesmal war der Schrei Wirklichkeit.

Er fuhr aus dem Bett hoch, in das er sich am Abend zu Tode erschöpft und voll angezogen hatte hineinfallen lassen, und sah auf seine Uhr. Es war drei Uhr zwölf.

Ein weiterer Schrei ertönte. Er kam aus der Richtung von Labor B, in der sie die Krankenstation für Paulos verunglückte Touristinnen eingerichtet hatten.

Paulo sagt, dass bei ihm noch nie ein Tourist zu Schaden gekommen ist, dachte Frank, während er quer über das Gelände zum Labor B eilte. Tags zuvor hatte Angie dort zwei Klappbetten hineingestellt und die Fenster mit olivgrünen Wolldecken zugehängt, die dem Raum das Aussehen eines Feldlazaretts verliehen.

»Wo bin ich?« Jenny Kramer hielt sich die Hand vor Augen, als Frank das Licht einschaltete. Um den Kopf trug sie einen weißen Verband, und ihre schlammbedeckte Kleidung hatte man durch eines von Susans Trägertops und ein paar weite Shorts ersetzt. Arme und Beine waren von blutigen Kratzern übersät.

»In Somba, einem wissenschaftlichen Labor in der

Nähe von Manacapuru«, antwortete Frank leise. »Paulo hat Sie herbringen lassen.«

»Wo ist Trish?«, rief Jenny mit Panik in der Stimme.

»Beruhigen Sie sich, Ihrer Freundin geht es gut«, erwiderte Frank. Er schlug die Decke beiseite, die als provisorischer Raumteiler von der Decke hing, und zeigte Jenny das Klappbett, auf dem Trish Browning lag. Ihr rechtes Bein war dick bandagiert, und auf ihrem Körper war, ebenso wie auf Jennys, ein rötlicher Ausschlag zu sehen.

Die Tür ging auf, und Paulo kam herein. Jenny sprang aus dem Bett und warf sich ihm in die Arme.

»Ruhig, ganz ruhig ...«, flüsterte Paulo und strich ihr übers Haar. »Sie beide haben gestern ganz schön was mitgemacht.«

»Wieso sind wir hier?«, fragte Jenny abermals.

»Paulo hat Sie im Urwald gefunden und uns verständigt. Ich bin Frank Steinmann, und das Labor gehört dem amerikanischen Pharmazieunternehmen ChemGen.«

»Paulo, das tut mir alles so leid«, schluchzte Jenny. »Wir hätten uns nicht aus dem Lager schleichen dürfen ... Es war Trishs Idee ...« Sie wischte sich mit dem Handrücken die Tränen aus dem Gesicht.

»Bitte, beruhigen Sie sich doch«, sagte Paulo mit sanfter Stimme und führte sie zurück zu ihrem Klappbett.

»Wir sind so einer seltsamen grünen Ameisenkönigin gefolgt, die Trish unbedingt fotografieren wollte! Und dann ist Trish ausgerutscht und in die Schlucht gefallen, und da ... hat eine riesige Pflanze versucht, sie aufzufressen! Ich wollte ihr helfen und ...«

»Was war das für eine Pflanze?«, unterbrach Frank ihren Redeschwall.

»Sie war riesengroß und hat abscheulich gestunken, und sie hat Trish an den Beinen gepackt. Ich wollte sie rausziehen, aber ich habe es nicht geschafft ... und Trish ist immer weiter in der Pflanze verschwunden ...«

»Sie heißen Jenny, nicht wahr?«, fragte Frank, der ihren Namen in ihrem Pass gelesen hatte.

»Jenny Kramer aus San Francisco.«

»Jenny aus San Francisco«, wiederholte Frank mit einem nachdenklichen Lächeln. »Sie beide haben wirklich Glück im Unglück gehabt, Jenny. Wie gut, dass Paulo Sie so rasch gefunden hat. Mit einer Unterkühlung ist nicht zu spaßen, und die Moskitos im Regenwald können einen fürchterlich zurichten.«

»Ich rede nicht von Moskitos«, sagte Jenny matt, »sondern von einer Riesenpflanze, die Trish angegriffen hat.«

»Um das mal klarzustellen, Jenny«, sagte Frank mit fester Stimme und sah sie scharf an. »Es gibt keine Pflanzen, die Menschen angreifen. Weder hier im Amazonasgebiet noch irgendwo sonst auf der Welt. Ich muss es wissen, denn wir in diesem Labor tun den lieben langen Tag nichts anderes, als Pflanzen zu untersuchen.«

»Aber ich habe es doch selbst gesehen! Die Pflanze hat Trish verschlungen!«

Paulo hob beschwichtigend die Hände. »Jenny, bitte. Darf ich mal etwas sagen?«

Jenny setzte sich auf den Rand des Klappbetts und blickte den alten Führer erwartungsvoll an.

»Im Regenwald sind Sinnestäuschungen gang und gäbe, besonders, wenn es noch nicht richtig hell ist. Ich selbst habe im Lauf meines Lebens die seltsamsten Dinge gesehen. Die Sache ist noch vor Sonnenaufgang passiert, und unten in der Schlucht war das Licht bestimmt sehr schlecht ...«

»Meine Brille ...«, erinnerte sich Jenny auf einmal und fasste sich an die Nasenwurzel.

»Tragen Sie denn normalerweise eine Brille?«, fragte Frank.

»Ja.«

»Und wie viel sehen Sie ohne sie?«

»Nicht viel. Haben Sie sie gefunden?«

»Leider nicht«, antwortete Paulo und fuhr fort: »Wenn Sie Ihre Brille verloren haben und es zudem noch dunkel war, können Sie in dem Wirrwarr von Blättern und Schlingpflanzen alles Mögliche gesehen haben. Und denken Sie dran, dass der Rio Manaus, an dem wir Sie gefunden haben, erst kürzlich Hochwasser hatte und an seinen Ufern jede Menge Sand und Schlick abgelagert hat. Wer dort in den Treibsand gerät, hat leicht das Gefühl, als würde er von etwas eingesaugt. Es ist schon öfter vorgekommen, dass Kinder und Hunde in diesem Morast verschwunden sind. Aus diesem Grund gilt die Schlucht, in die Sie gefallen sind, bei den Menschen hier als ein verwunschener Ort.«

»Aber Trish hat in einer Art Maul gesteckt«, protestierte Jenny. »Einem riesigen, grünen Pflanzenmaul!«

»Ich bezweifle ja nicht, dass es Ihnen so vorgekommen ist«, gab Frank gelassen zu bedenken. »Auf der Oberfläche des Morasts sammelt sich stets irgendwelches Treibgut – Äste, Blätter, Pflanzenteile, die möglicherweise wie ein Maul ausgesehen haben. Und stinken tun solche Löcher gottserbärmlich.«

»Stimmt. Da war so ein Geruch ...«, sagte Jenny und rieb sich die Schultern.

»Nach Dünger? Oder faulen Eiern?«

»So ähnlich ...«

»Das kommt daher, dass beim Fäulnisprozess Kohlenmonoxid und Schwefelwasserstoff entstehen. Diese Gase können einen ganz benommen machen, und wenn man zu viel davon einatmet, verliert man sogar das Bewusstsein.«

Jenny starrte erst Frank, dann Paulo schweigend an.

»Ich weiß, was ich gesehen habe!«, platzte sie schließlich heraus. »Und wenn ich wirklich in einem Schlammloch gesteckt hätte, wo kommt dann das hier her?«

Jenny zog ihr Trägertop bis zum Hals hoch und entblößte ihren Oberkörper, wo auf Brust und Rücken zwei dicke, horizontal verlaufende rote Striemen zu sehen waren. Es sah so aus, als wäre ihr Brustkorb an diesen Stellen mit siedendem Wasser verbrüht worden.

»Das kann ich Ihnen erklären«, sagte Frank und schaute Jenny dabei in die Augen. »Als Paulo Sie fand, lagen Sie unter einem großen Rippenfarn, dessen Stamm einen Umfang von anderthalb Metern hatte. Diese Pflanzen sind ziemlich schwer, haben aber eine schwache Wurzelstruktur und kippen deshalb ziemlich leicht um. Wahrscheinlich hat Ihre Freundin bei dem Versuch, sich aus dem Treibsand zu befreien, gegen den Farn getreten, der dann umgefallen und auf Sie gestürzt ist.«

Jenny zog das Top wieder herunter und sagte nichts.

»So faszinierend der Regenwald auch ist, er kann für jemanden, der sich dort nicht auskennt, extrem gefährlich werden«, sagte Frank. »Sie beide hatten großes Glück, dass Sie nicht ums Leben gekommen sind. Das haben Sie Paulo zu verdanken, der Sie gefunden, aus dem Morast gezogen und hierher zu uns gebracht hat. Wenn Sie sich ein wenig erholt haben, bringen wir Sie nach Manaus ins Krankenhaus.«

Jenny legte sich wieder auf ihr Klappbett und sah hinüber zu Trish.

»Hauptsache, Ihnen ist weiter nichts passiert«, sagte Frank beruhigend.

»Paulo«, sagte Jenny leise. »Vielen Dank für alles ...«

»Não se preocupe«, antwortete Paulo. »Das heißt auf Portugiesisch so viel wie ›Machen Sie sich keine Sorgen‹. Ich habe noch nie einen Touristen verloren.« Er lächelte, schaltete das Licht aus und folgte Frank in den Flur hinaus.

Auf dem Weg zur Küche schaute Frank noch kurz in Susans Zimmer vorbei. Sie schnarchte laut. An Armen und Bauch trug sie weiße Verbände, aber zum Glück waren die Schnittwunden an ihrem Bauch nicht sonderlich tief.

»Langsam komme ich mir hier vor wie in einem Krankenhaus«, murmelte Frank vor sich hin.

»Ja, in letzter Zeit kommt es ziemlich dick«, sinnierte Paulo.

»Jedenfalls war es gut, dass du hiergeblieben bist. Vielen Dank.«

Paulo nickte. »Nichts zu danken. Euer Essen hier ist so gut, dass ich gern ein wenig bleibe.«

»Und unser Wodka ist auch nicht schlecht, oder?«, kicherte Frank.

»Das stimmt«, erwiderte Paulo ohne rechte Freude. Er wirkte besorgt.

»Was ist los?«, fragte Frank. »Glaubst du, dass Jenny uns die Geschichte nicht abgekauft hat?«

»Doch, ich denke schon. Ich weiß auch nicht ...«

Aber Paulo wusste genau, was ihm Sorgen machte.

Schließlich hatte er mit eigenen Augen gesehen, wie Jenny und Trish in den Fangblättern der riesigen Venusfliegenfalle gesteckt hatten. Aber damit nicht genug. Besonders erschreckend war gewesen, wie die Pflanze auf seinen Angriff mit der Machete *reagiert* hatte.

Es war ihm so vorgekommen, als ob sie seinen Hieben *bewusst ausgewichen* wäre.

Wie ein Wesen, das denken kann.

11

Als Billy Walker am Morgen durch die Straßen von Manacapuru ging, erfüllte eine schrille Kakofonie aus Hahnenschreien und Motorradlärm die angenehm kühle Luft. Am blauen, etwas dunstigen Himmel waren hier und dort ein paar kleine Wolken zu sehen, und in den ersten Aufwinden des Tages zogen große Geier ihre Kreise. Die unappetitlichen, parasitenbefallenen Kreaturen, die sich von Aas und Abfall entlang der Straßen ernährten, waren in Manacapuru allgegenwärtig. Billy, der einmal mitbekommen hatte, wie sie mit ihren krummen Schnäbeln am stark verwesten Fleisch einer vom Fluss angespülten Wasserleiche herumgezupft hatten, bewunderte ihren Überlebenstrieb. Geier verstanden es, auch aus den schlimmsten Situationen das Beste zu machen.

Genau wie Billy Walker.

Auf seinem Weg durch die Stadt kam Billy an einem kleinen Markt vorbei, auf dem sich die Einheimischen mit Lebensmitteln, Fleisch und Haushaltswaren versorgten. Einige der Händler winkten dem Söldner, der in der Stadt bekannt war wie ein bunter Hund, freundlich zu. Billy erwiderte ihren Gruß und ging zügig weiter bis zum Grandhotel Mercedes, einem beeindruckenden Bau im

Kolonialstil, der am Ende einer kurzen Sackgasse stand. In der angenehm klimatisierten Lobby trat Billy an die Rezeption, sagte einer Angestellten, sie solle Hopkins sagen, dass er da sei, und ließ sich in einen der dunkelroten Plüschsessel fallen, in dem er prompt einschlief.

Billy und das Mädchen mit den schlechten Zähnen hatten eine lange Nacht hinter sich.

»Guten Morgen, Billy«, hörte er auf einmal eine voll tönende Stimme sagen. »Zeit zum Aufstehen. Willst du eine Tasse Tee?«

Vor ihm stand Roberto Hopkins. Er trug einen hellen Leinenanzug und einen weißen Hut, unter dem sich eine sonnengebräunte Glatze verbarg. Der korpulente Mann, dessen Bewegungen trotz seines Leibesumfangs etwas von der Geschmeidigkeit eines Jaguars hatten, sprach Englisch mit einem übertrieben britischen Akzent und war einer der gebildetsten und reichsten Männer weit und breit. Neben vielen anderen Besitzungen gehörte ihm auch dieses Hotel, das nach internationalem Standard zwar alles andere als erstklassig, in Manacapuru aber das beste Haus am Platz war.

Hopkins lebte auf großem Fuß, was eher ungewöhnlich für einen Umweltschützer war.

Im Gegensatz zu anderen Reichen, die nur an der Ausbeutung der natürlichen Ressourcen Amazoniens interessiert waren, setzte Hopkins sich massiv für die Erhaltung der Natur ein, und aufgrund seiner gesellschaftlichen Stellung fand er mit seinem Anliegen auch Gehör. Seine Farmen, seine Firma, das Hotel, die Bar ... all seine unternehmerischen Anstrengungen dienten nur dem einen Zweck: finanzielle Mittel für seinen Kampf um die Rettung des Regenwalds zu beschaffen.

»Hätten Sie vielleicht auch ein Bier?«, fragte Billy Walker.

»Wie du willst. Und wo ist nun unser mittelloser, junger Freund?«

Mit seinen gestelzten Ausdrücken möchte er mir wohl seine Überlegenheit zeigen, dachte Billy, doch alles, was er sagte, war: »Er wartet draußen.«

Als Billy und Hopkins das Hotelrestaurant betraten, wartete dort bereits Greasy auf sie, ein schwitzender, kräftig gebauter Mann, den Hopkins als Leibwächter engagiert hatte.

Mit seinem dichten, schwarzen Bart und den stechenden Augen hatte er etwas Bedrohliches an sich, was durch die Kalaschnikow in seiner Hand noch zusätzlich unterstrichen wurde.

»Hol den Jungen rein, Greasy«, wies Hopkins ihn an, während er sich mit Billy Walker an einen Tisch setzte.

Kurze Zeit später wurde Rico in den Speisesaal geführt. Er hatte sich die Haare gekämmt und ein sauberes Hemd angezogen, und seine Hand, die Billy ihm tags zuvor im Türstock eingeklemmt hatte, war dick bandagiert, was Billy mit einem gemeinen Grinsen registrierte.

»Also, erzähl mir, was es mit dieser Uhr auf sich hat«, sagte Hopkins, als der Junge vor ihm stand. »Ich habe Mr Walker hundert Dollar dafür bezahlt. Ein wirklich schönes Stück. Wo hast du sie her?«

Rico starrte Billy an und erkannte, dass dieser ihn übers Ohr gehauen hatte.

»Senhor Hopkins«, sagte er und senkte den Blick zu Boden. »Ich habe eine interessante Information für Sie ... ich glaube, sie ist etwas wert.« Er sah kurz auf, stellte Blickkontakt her und schaute dann wieder zu Boden.

Hopkins bemerkte, wie er zitterte, und legte ihm sanft die Hand auf die Schulter.

»Entspann dich, mein Kleiner. Ich beiße nicht. Und jetzt bekommst du erst mal einen Vorschuss für deine Informationen.« Hopkins griff in die Tasche, zog eine lederne Brieftasche heraus und legte einen Fünf-Dollar-Schein auf den Tisch. Amerikanisches Geld, das zu Ricos Verwunderung aussah wie frisch gedruckt.

»Das gehört dir, wenn deine Geschichte gut ist«, fuhr Hopkins fort.

»Ja, Senhor Hopkins!«, sagte Rico mit einem nervösen Lächeln. Und dann schilderte er dem interessiert zuhörenden Hopkins, was in den vergangenen beiden Tagen passiert war.

Er vertraute ihm alles an, was geschehen war, nur von dem Jeep mit den beiden Toten und den Gläsern mit den Goldflocken darin erzählte er nichts.

Als er mit seinem Bericht zu Ende war, lächelte Hopkins.

»Rico, mein Junge, das ist ja eine tolle Geschichte«, sagte er. »Sag mal, würdest du den Ort, an dem diese Pflanzen waren, denn wiederfinden?«

»Aber ja! Diese Pflanzen, sie hatten große Blätter ... groß wie dieser Tisch! Und sie haben sehr schlecht gerochen, diese Pflanzen!«

»Könntest du mir vielleicht ihr Grün näher beschreiben, Junge?«

»Ich weiß nicht so recht ... sie waren eben grün, so wie alles andere im Urwald auch.«

»Schade«, seufzte Hopkins. »Die Stämme im Amazonasgebiet haben über hundert Worte für die Farbe Grün, und dieser Junge kennt nur ein einziges.«

»Grün ist grün. Was soll's da für Unterschiede geben?«, fragte Rico.

Billy rutschte auf seinem Stuhl hin und her. Es war nicht klug, Hopkins zu widersprechen.

»Mein Junge«, sagte Hopkins ruhig und beugte sich über den Tisch. »Die Amazonasindianer haben deshalb hundert Bezeichnungen für Grün, weil ihr Leben von diesen Unterschieden abhängt. Das Grün ist der Schatz, den Mutter Brasilien hütet und den auch du ehren solltest. Wir alle haben die Aufgabe, den üppigen Regenwald mit seiner wunderbaren Vielfalt an Pflanzen zu schützen und zu bewahren und dafür zu sorgen, dass seine Schönheit, seine Geheimnisse und seine Magie auch für zukünftige Generationen erhalten bleiben.«

»'türlich«, gab Rico gehorsam zurück, obwohl er nicht so recht verstand, was Hopkins gemeint hatte.

»Wo sind Paulo und seine Touristinnen jetzt?«

»In Somba. Im Labor.«

Hopkins hob lächelnd den Kopf und sah hinauf zur Decke des Speisesaals.

»Sehr gut«, murmelte er. »Rico, ich mache dich hiermit zu einem Mitglied meines Teams, dessen Aufgabe es ist, die wertvollen natürlichen Ressourcen im Umkreis unserer Stadt zu bewachen. Wenn wir den Regenwald und seine Geheimnisse nicht schützen, wer denn dann? Du wirst unserem Billy Walker hier als Assistent zur Hand gehen. Wie findest du das?«

»Sehr gut, Senhor!«, antwortete Rico und fuhr sich mit der Zunge über die aufgesprungenen Lippen. Er brauchte dringend ein Glas Wasser.

»Deine erste Aufgabe wird sein, Billy zu der Schlucht bei Somba zu führen und ihm den Ort zu zeigen, an dem die Pflanzen waren. Willkommen im Team, Rico. Und jetzt kannst du gehen.«

Während Greasy den Jungen hinausbegleitete, verdrehte Billy die Augen. »Eigentlich habe ich nicht die geringste Lust darauf, den Babysitter zu spielen«, beschwerte er sich.

Hopkins brachte ihn mit erhobener Hand zum Schweigen und schien tief in Gedanken versunken zu sein. Minuten vergingen, in denen Billy gelangweilt das feuchte Etikett von seiner Bierflasche zupfte. Schließlich sagte Hopkins: »Finde heraus, was in Somba vor sich geht. Aber sieh zu, dass man dich nicht bemerkt. Ich will keinen Verdacht erregen. Die beiden Touristinnen und die Wissenschaftler dort müssen sich hier bei uns vollkommen sicher fühlen. Verstanden?«

»Kein Problem«, erwiderte Billy. »Aber der Junge ...«

»Der ist jetzt dein Problem«, gab Hopkins zurück. »Aber lass ihn am Leben. Er könnte uns eines Tages noch von Nutzen sein. Außerdem hat er Courage, und das gefällt mir.«

»Sie haben ihm die Geschichte mit den Killerpflanzen doch nicht etwa abgenommen?«

»Ich bin einfach neugierig«, seufzte Hopkins. »Und wenn Paulo in die Sache verwickelt ist, müssen wir ihr nachgehen.«

Hopkins nippte an seiner Teetasse und starrte aus dem Fenster.

Billy stand auf. Er wusste, wann es Zeit war zu gehen. Er schlug die Hacken zusammen und verließ mit einem militärischen Gruß das Hotel.

Im kühlen Speisesaal trank Hopkins langsam seine Tasse Tee aus.

Er glaubte Ricos Geschichte, und sie weckte Hoffnung in ihm.

Endlich begann der Regenwald, seine düsteren Geheimnisse preiszugeben!

Und zwar keinen Augenblick zu früh. In den vergangenen zehn Jahren hatte Hopkins ungeheuer viel Energie und Geld in den Schutz von Amazoniens schwindenden und dadurch umso wertvolleren Naturreichtümern gesteckt. Es war ein Wettlauf mit der Zeit, und er kämpfte auf verlorenem Posten. Jede Minute wurden in Brasilien 40 Hektar Regenwald abgeholzt! Wie sollte ein einzelner Mensch diesem gigantischen Raubbau Einhalt gebieten?

Hopkins seufzte. In seiner Kindheit war es noch anders gewesen. Damals hatte Manacapuru noch bescheiden vom Kautschukhandel gelebt, jetzt aber, nach Jahrzehnten des Abholzens und des Kahlschlags, war aus der Stadt ein dem Verfall preisgegebenes Drogennest geworden, in dem das Verbrechen blühte und das langsam, aber sicher an seiner Armut zugrunde ging. Das Schlimmste aber war, dass das niemanden zu stören schien.

Niemanden außer Hopkins.

Andererseits war Hopkins der Einzige hier, der sich das leisten konnte. Nur er war jetzt noch in der Lage, die schutzlos der Profitgier ausgelieferten Regenwälder zu retten. Aber dazu brauchte er bezahlte Helfer und viele Lastwagen und Flugzeuge. Und die kosteten Geld. Viel Geld. Geld von großen Konzernen wie ChemGen zum Beispiel. Und noch etwas brauchte er von dem Konzern, etwas sehr, sehr Wichtiges ...

»Senhor?« Greasy, der sich ehrfurchtsvoll dem Tisch seines Herrn genähert hatte, riss ihn aus seinen Gedanken. »Der Junge von vorhin ist noch einmal zurückgekommen.«

»Was will er?«

»Er hat das hier für Sie abgegeben und gesagt, wenn es in irgendeiner Hinsicht von Wert für Sie sein sollte, würden Sie sich hoffentlich an ihn erinnern.«

Greasy hielt eine schlammverkrustete Kompaktkamera in der Hand.

»Cleveres Bürschchen, der Kleine«, murmelte Hopkins anerkennend. »Lass den Film sofort von Jorge entwickeln.«

»Wird gemacht«, erwiderte Greasy und verließ eilig das Hotel, während Hopkins sich noch eine Tasse Tee eingoss.

Riesenpflanzen, die Touristen fressen, dachte er.

Vielleicht sollte er den Wissenschaftlern in Somba einmal einen Besuch abstatten ...

Eine Stunde später – Hopkins saß immer noch im Restaurant und sah sich die Buchhaltungsunterlagen seiner Zementfabrik in Ost-Amazonien durch – eilte Greasy herein und legte einen Stapel Fotos vor ihm auf den Tisch.

»Hübsch ... interessant ... oh ja, sehr schön ...«, murmelte Hopkins unbeeindruckt, während er die noch ein wenig nach Fixiersalz riechenden Abzüge durchsah, auf denen diverse Ansichten des Regenwalds, zwei nordamerikanisch gekleidete Frauen, eine Hängebrücke über einen Urwaldfluss sowie Paulo und der mit Gepäck beladene Rico zu sehen waren.

Erst der letzte Abzug ließ Hopkins wie elektrisiert aufmerken. Das Foto war mit Blitz geschossen und zeigte eine Frau, die bis zur Brust in etwas steckte, was wie ein riesiges, grünes Maul aussah.

»Was zum Teufel ist das denn?«, fragte Hopkins und hielt Greasy das Foto hin.

»Weiß nicht, Senhor«, gab Greasy zurück. »Sieht aus wie eine Frau in einem grünen Schlafsack.«

»Was du nicht sagst«, seufzte Hopkins.

Es war tatsächlich an der Zeit, den US-Wissenschaftlern in Somba einen Besuch abzustatten, um herauszufinden, wie viel sie wussten.

12

Als Ben am Friedhof in Falls Church, einem kleinen Ort in Virginia, aus dem Taxi stieg, war die Trauerfeier für Michael Petersen bereits in vollem Gang. Leise betrat er die Friedhofskapelle, setzte sich auf einen freien Platz in der hintersten Reihe und lauschte den Nachrufen von Freunden und Verwandten, die Petersen die letzte Ehre erwiesen. Er selbst hätte sich am liebsten um eine Ansprache herumgemogelt, aber Michaels Witwe Carol erkannte ihn und winkte ihn nach vorn.

Auf dem Weg zum Rednerpult bemerkte er zu seinem Erstaunen, dass außer ihm niemand von ChemGen anwesend war.

Ben fühlte sich auf Beerdigungen immer schrecklich unbehaglich. Das fing schon mit dem Geruch an, dieser Mischung aus Weihrauch, scharfen Reinigungsmitteln und den Parfüms älterer Damen. Auf dieser speziellen Beerdigung kam hinzu, dass Ben sich in Polohemd, Khakihosen und Treckingweste für diesen Anlass vollkommen unpassend angezogen vorkam, aber er war direkt vom Flughafen hierhergefahren und hatte keine Zeit gehabt, sich umzuziehen. Erst jetzt kam ihm in den Sinn, dass er sich wenigstens eine Krawatte hätte umbinden können, aber Ben verabscheute Krawatten fast noch mehr, als vor einem größeren Publikum reden zu müssen.

Jetzt aber konnte er sich nicht mehr davor drücken.

»Guten Morgen«, begann er nervös, als er an dem kleinen Rednerpult neben dem Sarg stand. Die Trauernden – viele von ihnen weinten leise vor sich hin – richteten ihre Blicke erwartungsvoll auf ihn. »Mein Name ist Doktor Ben Maxwell. Ich habe bei der Firma ChemGen für Michael gearbeitet, und zwar in der Sparte Biochemie. Das klingt für Sie jetzt vielleicht nicht besonders spannend, und wohl die wenigsten von Ihnen werden in Begeisterungsstürme ausbrechen, wenn ich Ihnen etwas von den thermodynamischen Kovalenzen bei der Umwandlung von Zellulose in Energie erzähle.« Zu seiner Erleichterung bemerkte Ben, dass ein paar der gut gekleideten Anwesenden zu grinsen begannen. »Michael aber ist bei solchen Dingen in Verzückung geraten. Er hat seine Arbeit geliebt, und er hat sie besser gemacht als alle seine Kollegen, mich mit eingeschlossen. Im Labor war er mir stets ein väterlicher Berater, der keine Gelegenheit ausließ, mich sanft, aber bestimmt auf meine Fehler aufmerksam zu machen ...« Wieder lächelten ein paar Leute. Offenbar hatte sich Petersens fast pedantische Detailbesessenheit auch in seinem Privatleben bemerkbar gemacht. »Aber jedes Mal, wenn er mich korrigierte oder mir zeigte, dass meine Herangehensweise möglicherweise nicht ganz richtig war, habe ich eine Menge gelernt. Ich denke, dass Michael für viele von uns ein solcher Lehrer war, wenn auch auf unterschiedliche Art und Weise.«

Ben blickte hinauf zu den Holzbalken im Dach der kleinen Kirche und fuhr fort: »Ich frage mich, wie Michael wohl an die wahrlich nicht leichte Aufgabe herangegangen wäre, sein Leben in ein paar Sätzen zusammenzufassen. Wahrscheinlich schaut er mir jetzt von dort oben zu und tippt ganz eifrig an einer E-Mail, in der er mir aufzeigt, wie und warum ich seine Trauerrede vergeigt habe …« Jetzt war der Kirchenraum auf einmal von leisem Gelächter erfüllt. Ben hatte offenbar eine Seite von Dr. Michael Petersen angesprochen, die allen Anwesenden vertraut war.

»Ich vermute, dass Michael an seinen Nachruf in etwa so herangehen würde wie an seine Forschungsprojekte: Zunächst einmal würde er sich weigern, die auf der Hand liegenden Schlüsse zu ziehen. Die waren ihm immer zu banal. Er würde das, was ohnehin jeder weiß, ungesagt lassen und stattdessen den Dingen auf den Grund gehen. Dabei hatte Michael die seltene Gabe, auch die kompliziertesten Sachverhalte so darzustellen, dass sie allgemein verständlich wurden. Lassen Sie mich Ihnen ein Beispiel geben: Als seine erste Enkeltochter zur Welt kam, entwickelte er ein Modell, wie er am Inhalt ihrer Windeln ihr Wohlbefinden überwachen konnte, und schilderte uns Kollegen mit ziemlich drastischen Worten die verschiedensten Gelb-, Grün- und Brauntöne. Haley …«, Ben blickte lächelnd hinüber zu Petersens fünfjähriger Enkelin, die neben ihren Eltern in der ersten Reihe saß, »… wir wissen mehr über dich, als du dir in deinen kühnsten Träumen vorstellen kannst!« Die ganze Kapelle hallte von Gelächter wider. Das war einfach typisch Petersen.

»Wer Michael Petersen kannte, der wusste, dass er nicht nur für seine Arbeit lebte. Er war ein liebender Vater und Großvater, und seine Leidenschaft für Badminton und Wortspiele stand der für die Molekularchemie in nichts nach. Am meisten aber liebte er seine schöne Frau Carol.« Bei diesen Worten blickte Ben hinunter zu Carol, die ihn unter Tränen anlächelte.

»Lieber Michael Petersen«, schloss Ben mit einem Blick auf den Sarg, »das, was wir heute über dich sagen, ist nur ein unzureichender Ausdruck dessen, was wir von dir in unseren Herzen tragen. Deine Entdeckungen, deine Patente und deine Forschungsarbeit werden die Wissenschaft noch auf viele Jahre hinaus maßgeblich beeinflussen, aber es sind deine Liebe und deine Lebensfreude, die uns unvergesslich bleiben und die uns für immer begleiten werden.«

Als Ben wieder auf seinem Platz saß und ihm jemand anerkennend auf die Schulter klopfte, kamen ihm zum ersten Mal seit seiner Scheidung die Tränen.

Während die anderen aufstanden und langsamen Schrittes die Kirche verließen, blieb Ben in Gedanken versunken sitzen und fragte sich, warum außer ihm niemand von ChemGen die Trauerfeier besucht hatte. Immerhin war Petersen einer der ranghöchsten Wissenschaftler des Konzerns gewesen.

»Danke für deinen Nachruf, Ben«, flüsterte Carol, als er sich von ihr verabschiedete. »Er war wirklich sehr schön.«

Ben nickte nur. Er fühlte sich unbehaglich.

»Weißt du schon, dass Michaels Mörder tot ist?«, fragte sie, und als Ben verneinte, erzählte sie ihm, was ihr ein Polizeibeamter vor der Beerdigung mitgeteilt hatte:

Die Polizei von Fairfax County hatte wenige Stunden nach dem Mord in der Tiefgarage von ChemGen einen gestohlenen Wagen gefunden, einen grünen Chevy Nova, der mit hoher Geschwindigkeit gegen einen Baum gefahren war. Der Fahrer, ein Mann mit mehreren Vorstrafen, war bei dem Unfall ums Leben gekommen und hatte, wie sich später bei der Obduktion herausstellte, eine Überdosis Heroin im Blut. In dem Wrack hatte man nicht nur Petersens Aktentasche gefunden, sondern auch ein in ein Handtuch eingewickeltes Messer, an dessen Klinge noch Spuren seines Blutes klebten.

»Vielleicht gibt es ja doch so etwas wie Gerechtigkeit auf dieser Welt«, schloss Carol mit schwacher Stimme. Dann legte sie Ben die Hand auf den Arm, sah sich vorsichtig um und flüsterte: »Ben, ich muss unbedingt mit dir reden.«

»Natürlich«, antwortete Ben.

»Aber nicht hier«, sagte sie leise. »Michael hat dir nämlich etwas hinterlassen.«

Sie führte Ben in die Sakristei und zog einen großen Umschlag aus ihrer Handtasche.

»Nach dem Mord an Michael war nicht nur die Polizei bei mir, sondern auch Leute von eurer Firma. Sie haben Michaels Unterlagen und sogar seinen Computer mitgenommen«, erzählte sie mit stockender Stimme. »Warum nur?«

»Firmeneigentum«, erwiderte Ben. »Außerdem hat Michael an vielen vertraulichen Projekten gearbeitet.«

»Zum Glück haben sie nicht gewusst, dass wir einen Safe haben, in dem Michael vor etwa einem Monat eine CD-ROM und ein paar Dokumente deponiert hat.« Sie lächelte traurig. »Ich habe mich damals darüber aufgeregt, weil ich nicht mehr genügend Platz für meinen Schmuck hatte. Michael hat gesagt, dass ich die Sachen dir aushändigen soll, falls ihm etwas zustößt. Wer konnte denn ahnen, dass es so bald sein würde ... ?«

Sie brach in Tränen aus, und Ben nahm sie tröstend in den Arm. Er wusste nicht, was er sagen sollte. Ich bin eben doch nur ein Wissenschaftler, dachte er, und Wissenschaftler können nun mal nicht gut mit Menschen umgehen.

»Und da ist noch etwas«, sagte sie, als sie halbwegs die Fassung wiedergewonnen hatte. »Ein Zettel.«

»Was für ein Zettel?«

»Die Polizei hat in Michaels Manteltasche einen blutverschmierten Fetzen Papier gefunden, auf den er wohl kurz vor seinem Tod noch einen Namen, eine Telefonnummer und irgendeine Formel geschrieben haben muss. Die Polizei hat niemanden mit diesem Namen gefunden, und zu der Telefonnummer existiert unter der Vorwahl kein einziger Anschluss.«

»Konntest du dir denn einen Reim auf diesen Zettel machen?«

»Nein, aber du kannst das vielleicht. Wo Ben doch wollte, dass du die anderen Sachen bekommst, dachte ich, ich gebe den Zettel auch dir. Vielleicht sagt dir ja wenigstens die Formel etwas.«

Ben nahm den Umschlag und sah ihn nachdenklich an.

»Bitte öffne ihn nicht hier«, bat Carol. »Ich will den Zettel nicht noch einmal sehen. Aber ich wäre dir sehr dankbar, wenn du herausfinden könntest, was es mit seinen letzten Worten auf sich hat. Ich finde, das sind wir Michael schuldig.«

»Ja, Carol, das finde ich auch. Und ich verspreche dir, dass ich der Sache auf den Grund gehen werde.«

Ben trat hinaus in die kühle Luft des Vormittags. Erst als er im Taxi saß, öffnete er den Umschlag. Darin befanden sich einige Finanzunterlagen von ChemGen, eine CD-ROM und ein durchsichtiger Plastikbeutel mit einem zusammengefalteten Stück Papier, auf dem deutlich dunkelbraune Blutflecken zu erkennen waren.

Petersens Blut.

Ben faltete das Papier vorsichtig auseinander und vermied es, die braunen Stellen zu berühren. Der Gedanke, dass ein Sterbender seine letzten Worte auf diesen Zettel gekritzelt hatte, jagte ihm einen eiskalten Schauder über den Rücken. Auf dem Fetzen standen nur drei Zeilen:

A. Praga Hill
1 (815) 195-3716
$He + C_6Mg_{12}N_7+e^- = C_{21}H\ldots$

Ben kannte weder jemanden mit dem Namen »A. Praga Hill«, noch sagte ihm die Telefonnummer auf Anhieb etwas. Und was die chemische Formel anbelangte, so war ihr Ende nach dem »C21H« nicht mehr zu lesen, weil ein dicker Blutfleck die Tinte bis zur Unkenntlichkeit verwischt hatte.

Vielleicht war der Zettel ja wirklich das Letzte, was sein Freund und Kollege in seinem Leben aufgeschrieben hatte. Wenn ja, was hatte er mit dieser kryptischen Mitteilung nur sagen wollen?

Carol hatte ihn darum gebeten, das herauszufinden.

Und Ben Maxwell war wild entschlossen, ihr diesen Wunsch zu erfüllen.

13

Auch Susan Plotkin, die mehrere tausend Meilen weit entfernt von Ben im brasilianischen Regenwald saß, hatte den Entschluss gefasst, einer mysteriösen Sache auf den Grund zu gehen. Immer noch ziemlich angeschlagen und mit einem Verband um den Bauch, betrachtete sie die Thermosflasche aus Edelstahl, die vor ihr auf dem großen Tisch in Labor A stand.

»Du tust ja so, als wäre das eine Bombe, die jeden Augenblick explodieren kann«, sagte Frank mit einem amüsierten Lächeln auf dem Gesicht.

»Wenn *du* in dem Auto gesessen hättest, würdest du dir deine blöden Sprüche jetzt sparen«, gab Susan schroff zurück.

Trotzdem kam Frank sich irgendwie lächerlich vor, wie er so mit dem Bunsenbrenner in der Hand neben Susan stand. Seine Kollegin hatte ihm das Prozedere genau erklärt: Sollte etwas aus der Thermosflasche springen und sie angreifen, musste er es mit der Flamme des Brenners sofort vernichten. Nachdem sich Susan mit einem Blick auf Frank davon überzeugt hatte, dass dieser bereit war, schraubte sie den Deckel der Thermosflasche auf und kippte ihren Inhalt auf die Tischplatte.

»Mann, war das knapp«, spöttelte Frank, während

er auf die welke, etwa dreißig Zentimeter lange Ranke starrte. Das Ding war mausetot, aber Susan war das egal. In jeder Zelle dieses Pflanzenteils steckten alle Informationen, die sie brauchte, um den Geheimnissen der orangefarbenen Artischocke auf die Spur zu kommen.

Sie musste herausfinden, weshalb diese Pflanze mit einer so unglaublichen, allen biologischen Gesetzmäßigkeiten zuwiderlaufenden Geschwindigkeit gewachsen war.

Frank schaltete den Bunsenbrenner ab und ging hinüber ins Labor C, um es für die Untersuchung der Pflanze vorzubereiten.

Kaum hatte er das Labor verlassen, als die ziemlich übernächtigt aussehende Angie hereinkam, um Susan beim Präparieren von Proben der gigantischen Venusfliegenfalle zu assistieren. Den ganzen Vormittag und einen Teil des Nachmittags verbrachten die beiden Frauen damit, hauchdünne Schnitte von verschiedenen Pflanzenteilen unter dem Mikroskop zu untersuchen.

»Erkennen Sie was?«, fragte Susan Angie, nachdem sie sie gebeten hatte, in ihr Okular zu blicken.

»Sieht genauso aus wie die anderen Muster auch«, sagte Angie. »Alles völlig normal.« Irgendwie war sie sich den ganzen Tag über wie im Biologieunterricht an der Highschool vorgekommen: Probe um Probe aus verschiedenen Teilen der Pflanze hatten sie sorgfältig präpariert, auf Glasträger gebracht und unters Mikroskop gelegt, vom Meristem an den Wurzelspitzen über das Zellgewebe des Stammes bis hin zu allen Teilen der Fangblätter, mit denen die Venusfliegenfalle versucht hatte, die beiden Frauen zu verschlingen. Aber alle Zellen, die sie untersucht hatten, waren völlig normal gewesen.

»Irgendetwas an dieser Pflanze *muss* anders sein«, beharrte Susan. »Wie hätte sie sonst so groß werden können?«

»Aber wir haben uns Hunderte von Proben angesehen. Alle waren vollkommen unauffällig.«

»Dann müssen wir eben alles noch mal ansehen ... und uns weitere Proben beschaffen.«

»Doppelte und dreifache Untersuchungen bringen doch auch nichts«, maulte Angie.

Susan sah sie böse an. Angies ständige Versuche, sich vor der Arbeit zu drücken, ärgerten sie schon lange. Als Wissenschaftler kam man nun einmal nicht drum herum, sich durch langwierige Testreihen zu quälen. Geduld und Fleiß waren das A und O in diesem Beruf. Susan wusste, dass es bei der wissenschaftlichen Arbeit keine Überholspur gab. Wenn man ein Rätsel lösen wollte, musste man es geduldig Schicht für Schicht analysieren. Angie hingegen gab sich stets mit einem Minimum an Untersuchungen zufrieden und wollte so schnell wie möglich zum nächsten Punkt übergehen.

»Je tiefer man in die Materie eindringt, desto interessanter wird sie«, dozierte Susan. »Es ist einer der ersten Grundsätze der Laborarbeit, dass unter dem Mikroskop alles anders aussieht. Und nur wer an die Stecknadel im Heuhaufen glaubt, wird sie auch finden.«

»Aber die Zellen dieser Pflanzen sind normal ... vollkommen normal.«

»Wenn sie von diesem monströsen Ding da stammen, *können* sie nicht normal sein.« Susan deutete auf das Blatt, das Frank ins Labor geschleppt hatte. Es hatte die Größe einer Doppelmatratze. »Die größte bisher bekannte Venusfliegenfalle war nicht mal einen halben Meter hoch.«

»Dann haben wir es eben mit einer neuen Pflanzengattung oder einer Laune der Natur zu tun«, gab Angie zurück.

»Kann schon sein. Aber wenn es eine Laune der Natur ist, dann muss sich das auch in den Zellen widerspiegeln«, sagte Susan, die vor lauter Frust begonnen hatte, ruhelos im Labor auf und ab zu gehen. Ihre Miene verriet Ungeduld und Abscheu vor so viel Ignoranz. Sie nahm einen Kugelschreiber vom Labortisch und fuhr damit in der Luft herum. »An der Oberfläche sieht vieles normal aus, aber erst, wenn man in die Tiefe geht, kommt man den Geheimnissen des Lebens auf die Spur. Das ist es, was die Arbeit eines Forschers ausmacht.«

»Dann müssen Sie mir aber sagen, wonach ich suchen soll«, erwiderte Angie und verdrehte die Augen. »Alles, was ich sehen kann, sind stinknormale Pflanzenzellen.«

Susan seufzte und strengte sich an, nicht wütend zu werden. »Na schön«, sagte sie. »Konzentrieren Sie sich auf die Fangblätter und sehen Sie sich alle Proben, die wir von dort genommen haben, noch einmal an.« Angie willigte widerstrebend ein, hatte aber auch nach einer weiteren Stunde Arbeit nichts entdeckt, was ihnen irgendwie weitergeholfen hätte. Susan war trotzdem nicht bereit, die Flinte ins Korn zu werfen.

Sie wusste, was die Entdeckung einer rasch metabolisierenden Pflanze für den Fortbestand des Labors in Somba bedeuten würde.

Und für ChemGen natürlich auch.

Und selbst wenn es ihr nicht gelänge, Somba vor der Schließung zu bewahren, würde eine solche Entdeckung für sie persönlich auf jeden Fall einen gewaltigen Karriesprung bedeuten. Und den wünschte sich Susan von ganzem Herzen. Seit sie nach Amazonien gekommen war, hatte sie davon geträumt, einen natürlichen Wirkstoff zur Herstellung einer bahnbrechenden Arznei zu entdecken – einer Arznei, die man in einem Atemzug mit den aus Pflanzen entwickelten Heilmitteln des vergangenen Jahrhunderts wie Aspirin, Morphium, Codein und Theophylin nennen würde. Nun aber sah sie sich mit bizarren, allen bisherigen Gesetzen der Botanik widersprechenden Pflanzen konfrontiert, die viel mehr waren als einfach nur eine Grundlage für absatzträchtige Pharmazeutika. Was sie hier in ihrem Labor hatte, war eine bahnbrechende Entdeckung, die die gesamte Biochemie revolutionieren würde.

Die Pflanzen waren ihre größte Hoffnung seit dem Projekt Dorothy.

Und darum arbeitete Susan weiter wie eine Besessene, stellte Präparat um Präparat her und untersuchte es unter dem Mikroskop, bis ihr davon die Augen brannten.

Erst kurz vor Anbruch der Morgendämmerung fand sie schließlich unter dem Transmissionselektronenmikroskop die Zelle, die anders aussah als der Rest.

»Sehen Sie die Mitochondrien?«, fragte sie Angie und deutete auf den Bildschirm. »Auf den ersten Blick ganz normal, nicht wahr?«

»Genau wie alle anderen«, bestätigte Angie.

»Und jetzt sehen Sie sich die Vakuolen an.«

Angie vertiefte sich in das Bild der isolierten Pflanzenzelle. In der mehr als 1250fachen Vergrößerung waren die Vakuolen im Zellinneren so groß wie Reiskörner.

»Normal in Größe und Gestalt«, sagte Angie. »Aber sie sind weiß.«

»Ja, und dabei sollten sie transparent sein. Die Vakuolen aller Pflanzen enthalten hauptsächlich Wasser, abgesehen von winzigen Spuren von Ausscheidungs- und Speicherprodukten der Zelle. Transparente Vakuolen sind Grundbestandteil aller bekannten Pflanzenarten. Weiße Vakuolen nicht.«

»Und was ist mit diesen kleineren, dunklen Partikeln?«

»Das ist wahrscheinlich ein Gemisch aus endoplasmatischem Retikulum, Ribosomen, Actin, Mikrofibrillen oder Liposomen. Mit Gewissheit werden wir das erst wissen, wenn wir ein paar Muster zur Untersuchung ins Zentrallabor geschickt haben.« Susan starrte wieder auf den Monitor des Elektronenmikroskops. Sie hatte an diesem Tag bereits Hunderte von Zellen unter die Lupe genommen, und eine mit weißen Vakuolen wäre ihr ganz bestimmt aufgefallen. »Von welcher Pflanze stammen eigentlich diese Zellmuster?«, fragte sie Angie.

»Von der Venusfliegenfalle im Labor C, die Frank in das Ölfass gepflanzt hat.«

»Von der, die noch lebt?«

»Genau.«

»Dann ist das die Lösung! Sehen Sie sich diese Chloroplasten an!« Susan wechselte die Glasplatten, um nun weitere Proben von der lebenden Venusfliegenfalle zu inspizieren. »Eigentlich müssten wir die anomalen Wachstumsanlagen der Pflanze hier an den Chloroplasten sehen, denn da vollzieht sich die Photosynthese. Diese Chloroplasten haben nichts Ungewöhnliches an sich, aber eigentlich müssten sie das. So sind zum Beispiel bei genveränderten Pflanzen stets Anomalien in den Zellchloroplasten erkennbar.«

Susan begann einen weitschweifigen Vortrag darüber, wie die Chloroplasten die Energie des Sonnenlichts verarbeiteten, die Mitochondrien hingegen energiereiche Nährstoffe wie Zucker, und dass im Verlauf der Pflanzenatmung, die größtenteils in den Mitochondrien stattfand, ATP produziert wurde, eine Verbindung, die letztendlich alle wichtigen chemischen Prozesse in der Zelle steuerte. Die Membranen in den Mitochondrien, die Cristae, waren für den Elektronentransport verantwortlich, dort wurde auch ein Großteil des ATP produziert. Vereinfacht könnte man auch sagen, dass dort das Wachstum der Pflanze stattfand.

Angie stand auf. »Diese Proteinverbindungen in der Membran absorbieren Licht, das zur Photosynthese verwendet werden kann.«

»Sehr gut!«, sagte Susan. »Und jetzt sehen Sie sich mal an, wie die Proteinverbindungen in dieser Probe die Thylakoid-Membran durchdringen. Die Membran trennt das Lumen, das Innere des Thylakoids, vom Stroma außerhalb des Thylakoids. Ohne diese strikte Trennung wäre keine Umwandlung der Lichtenergie möglich. Bei dieser Pflanze allerdings ist die Membran praktisch unsichtbar und so gut wie nicht existent.«

»Das heißt?«, fragte Angie.

»Das heißt, dass aufgrund der dünneren Membran die Energieumwandlung von Licht in Zucker und Zellulose sehr viel effizienter vor sich geht als in normalen Pflanzen.«

»Aber die dünnen Membranen finden sich nur in der lebenden Pflanze. Bei den toten Pflanzenteilen haben wir sie nicht gesehen.«

»Stimmt, das ist verwirrend, denn eigentlich sollten

sich die Pflanzenzellen nach dem Absterben nicht mehr verändern. Trotzdem werden wir uns ab sofort auf die lebende Pflanze konzentrieren.« Susan rieb sich die verbundenen Arme und begann dann in ihr Laptop zu tippen:

18.10.2004 – 332 verschiedene Proben aus mehreren Querschnitten der Venusfliegenfalle untersucht. Proben von toter Pflanze zeigen keine Anomalien, Proben von der lebenden zwei mögliche Abweichungen: 1. weiße, opake Vakuolen, die nahelegen, dass während der Photosynthese außer Wasser noch andere Stoffe entstehen. 2. die Thylakoid-Membranen scheinen dünner als vermutet. Das könnte eine höhere Energieumwandlungseffizienz und damit schnelleres Wachstum zur Folge haben.

»Jetzt muss ich erst mal eine rauchen«, sagte Susan, als sie zu Ende getippt hatte, und ging hinaus.

Susan wusste, dass Skinner, sobald er von der Sache Wind bekam, sofort die Nachforschungen an sich reißen würde. Er würde Susan zwingen, die Proben ans Zentrallabor zu schicken, und mit ihrer bahnbrechenden Entdeckung wäre es vorbei. Um das zu verhindern, musste sie so rasch wie möglich möglichst große Fortschritte erzielen.

Irgendwo tief im Inneren dieser Pflanzen musste etwas verborgen sein, was ihr enormes Wachstum bewirkte und woraus sich möglicherweise eine ganze Reihe interessanter und lukrativ zu vermarktender Wirkstoffe herstellen ließen.

Und vielleicht barg die Entdeckung dieser Pflanzen sogar noch viel sensationellere Überraschungen.

Susan dachte an ihr Erlebnis in dem Landrover, dachte

daran, dass eine Pflanze ihr nach dem Leben getrachtet hatte – eine Pflanze, die sich bewegt und gekämpft hatte wie ein denkendes Wesen. Allein das bot hinreichend Stoff für eine Titelgeschichte in *Discovery, Scientific American* oder sogar im *Time Magazine* – von Auftritten in den einschlägigen Talkshows ganz zu schweigen. Eine Pflanze, die sich bewegte und kämpfte wie ein Killerkrake war eine Sensation, und ihre Entdecker würden nicht nur Preise und Anerkennungen einheimsen, sondern auch Gelder aus privaten und öffentlichen Töpfen erhalten. Außerdem hätten sie freien Zugang zu den besten Forschungseinrichtungen auf der ganzen Welt.

Wer eine solche Pflanze entdeckte, war ein Star unter den Wissenschaftlern, der sich um seine Karriere keine Sorgen mehr machen musste.

Für Susan, die selbst als ranghöchste Frau bei ChemGen immer noch im mittleren Management feststeckte, würde es endlich die Beförderung in die Chefetage bedeuten. Es war höchste Zeit, dass eine Frau an die Spitze des Konzerns kam, und wenn es eine verdient hatte, dann sie, darüber waren sich eigentlich alle einig. Mit der öffentlichen Anerkennung im Rücken, die ihr eine Entdeckung wie die der Monsterpflanzen bescheren würde, könnte Dr. Susan Plotkin es endlich bis ganz oben schaffen.

Aber das würde sie nur, wenn sie die Entdeckung dieser seltsamen Pflanzen geheim hielt.

Vorerst jedenfalls.

Doch Susan wusste genau, dass sie ihr Geheimnis ChemGen und Skinner gegenüber nicht lange würde bewahren können. Eine Woche vielleicht, maximal zwei.

Entschlossen trat sie ihre Zigarette aus und ging wieder ins Labor.

14

Jack wusste, dass er den Covenant Elite mitten in die Brust treffen musste – sonst war er, der Master Chief, ein toter Mann.

In dem schwachen Licht sah es fast so aus, als ob sich hinter dem dunklen Helmvisier seines Gegners ein menschliches Antlitz verberge, aber Jack wusste, dass es sich nur um eine Reflektion handeln konnte. Der einzige Mensch weit und breit war der letzte ihm verbliebene Marine, der hinter der auf dem HumVee befestigten Waffe kauerte und auf seine Befehle wartete.

Jack hörte, wie in der Ferne eine Frau nach ihm rief, aber er durfte ihr keine Beachtung schenken. Erst musste er den Covenant ausschalten.

»Jack – JACK!«, rief die Frau erneut, gerade als der Covenant vor ihm aus dem Schatten hinter den Felsen auftauchte.

Ich muss seinen Schutzschild außer Funktion setzen, dachte Jack, sonst habe ich keine Chance gegen ihn.

Jack ging hinter einer Säule in Deckung und bereitete sich auf den Angriff vor, aber die schrille, durchdringende Stimme hinter ihm wurde jetzt so laut, dass er sich nach ihr umdrehen musste. Das war ein Fehler, denn auf einmal wurde er von einer ganzen Meute orange- und silberfarbener Grunts angegriffen, und sein einziger ihm verbliebener Schuss prallte am metallisch glänzenden Schutzschild des Covenant Elite ab. Binnen Sekunden wurde sein Marine niedergemäht, die Grunts kreisten ihn ein, und ein gut gezielter Schuss des Covenant ließ Jack in einem grellen Lichtblitz verglühen.

»Echt cool«, sagte Jack Maxwell.

Er nahm den Kopfhörer ab und strich sich durch sein dichtes, schwarzes Haar. Jack trug viel zu große, abgerissene Jeans, ein burgunderrotes Washington-Redskins-Sweatshirt und weder Socken noch Schuhe. Neben ihm auf dem dicken Teppich hockte sein bester Freund und Klassenkamerad Ian Low. Mit seinen 85 Kilo war Ian nicht nur der bulligste Junge in Jacks Klasse sondern auch der Star der Footballmannschaft an der Fairfax County Highschool.

Dafür galt Jack als der unumstrittene Videospiel-Champion von Fairfax County.

»So ein Mist«, schimpfte Jack. »Wenn Mom nicht gerufen hätte, hätte ich den Covenant erledigt.«

»Ja, deine Mom ist wieder mal an allem schuld«, zog Ian Jack auf und kniff ihn dabei in den Arm.

»He, vergiss nicht, dass ich dir dreimal die Haut gerettet habe.«

»Viermal sogar«, antwortete Ian.

Auf dem Fernsehschirm waren die Worte GAME OVER zu lesen.

»Irgendwann einmal schaffen wir es zusammen bis in die oberen Level«, sagte Jack. »Da wird das Spiel erst richtig cool.«

»Willst du noch mal spielen?«

Jack schüttelte den Kopf. »Geht nicht, ich muss packen. Mein alter Herr holt mich heute Abend ab, und Mom flippt aus, wenn sie länger als eine Viertelstunde mit ihm allein ist.«

»Ach, komm schon, nur noch ein Spiel«, bettelte Ian. »Wer weiß, vielleicht tut es deinen Eltern gut, wenn sie ein bisschen miteinander plaudern.«

»Von wegen Plaudern! Sie wird ihn wahrscheinlich umbringen ...«

Ian fischte eine Spielkassette aus dem Stapel neben dem Fernseher. »MX Unleashed? Oder lieber Metro Copter?«, fragte er und hielt eine Hubschraubersimulation in die Höhe. »Lass uns doch ein bisschen mit der KA 52 herumballern.«

»Das ist doch Pipifax«, sagte Jack abfällig. »Da hab ich was viel besseres. Den offiziellen Flugsimulator für die Kadetten der Luftwaffe. Total illegal natürlich. Aber erste Sahne.«

»Mann, dein Alter bringt dich um, wenn er das erfährt.«

»Ach was. Der kann doch keiner Fliege was zu Leide tun.«

»Echt geil, dass er dich mit nach Brasilien nimmt ... ich wünschte, mein Dad würde mal sowas tun.«

»Wieso willst du nicht kapieren, dass das eine Strafe ist?«, seufzte Jack. »Du weißt doch, die haben mich für zwei Wochen von der Schule verwiesen. Und weil Mom diesmal nicht den Gefängniswärter spielen will, muss eben er ran.«

»Geschieht dir recht, wieso musstest du auch letzte Woche beim Sportfest die Stromversorgung der ganzen Schule lahmlegen?«

»Weil ich wissen wollte, ob ich das mit meinem Computer hinkriege«, grinste Jack. Er freute sich überhaupt nicht darauf, so viel Zeit mit seinem Vater zu verbringen, denn erstens arbeitete der Alte ständig, zweitens gab er ihm nicht genügend Taschengeld, und drittens hatte er sich nicht zur Wehr gesetzt, als seine Frau ihn aus dem Haus geworfen hatte. Aus diesen drei Gründen hatte Jack schon vor langer Zeit aufgehört, Ben Maxwell ›Dad‹ zu nennen. Seit der Scheidung seiner Eltern war er für ihn nur noch ›Ben‹. Oder einfach ›der Alte‹.

Das war nicht immer so gewesen. Im Gegenteil, als kleiner Junge hatte Jack seinen Vater idealisiert. Er konnte sich noch gut daran erinnern, wie er im Garten in Bens Schuhen und Klamotten herumgelaufen war und dabei seinen seltsamen Gang imitiert und seine wissenschaftlichen Begriffe nachgeplappert hatte, ohne zu wissen, was sie bedeuteten. Damals hatte Jack sich sehr bemüht, Ben zu gefallen, doch dieser hatte ihn nie sonderlich beachtet. Ihm war es immer nur um seine Arbeit gegangen. Nach der Scheidung seiner Eltern hatte Jack sich in sich selbst zurückgezogen, und inzwischen verbrachte er den größten Teil seiner Freizeit mit Videospielen oder am Computer. Damit kannte er sich aus, und damit konnte er Macht ausüben.

Aber nur, solange er nicht erwischt wurde.

»Schau mal«, sagte er zu Ian. »Ich zeige dir jetzt einen genialen Hack.« Stolz drehte er seine schwarze XBOX-Spielkonsole um und zog das Klebeband ab, mit dem er den Boden am Gehäuse befestigt hatte.

»Du hast sie ja kaputt gemacht!«, rief Ian, während er ins Innere der Konsole starrte.

»Nein, ich habe nur das Motherboard ein wenig aufgemotzt. Wusstest du, dass die XBOX mehr Power hat als viele PCs?« Jack fischte eine Tastatur unter seinem Bett hervor und schloss sie an die Spielkonsole an.

»Wozu denn aufmotzen? Die funktioniert doch auch so schon gut genug.«

»Zum Spielen vielleicht. Aber ich habe sie in eine High-End-Workstation umgebaut. Da, schau mal!« Jack war einsame Spitze, was Computer und Elektronik anbelangte, und für einen Vierzehnjährigen unglaublich neugierig. Bis in die frühen Morgenstunden hinein zerlegte er in seinem Zimmer alles, was er in die Finger bekam, um es anschließend wieder zusammenzubauen: Radios, Telefone, Computer und manchmal sogar Küchengeräte, womit er seine Mutter regelmäßig zur Verzweiflung trieb. Die Nacht vor dem ersten Verkaufstag der XBOX hatte Jack im Schlafsack vor dem Wal-Mart verbracht, nur um garantiert einer der Ersten zu sein, die so ein Wunderding in die Hände bekamen. Zuerst hatte er darauf tatsächlich ein paar Spiele gespielt, aber kurze Zeit später hatte er das Gehäuse nach Schrauben abgesucht, um an die Innereien der XBOX zu gelangen.

Schließlich hatte er sich das Gerät, das als erste Spielkonsole über eine eingebaute Festplatte verfügte, aus einem bestimmten Grund gekauft. Während andere ihre Computer aufrüsteten, um darauf immer aufwändiger programmierte Spiele laufen zu lassen, ging Jack den umgekehrten Weg: er verwandelte eine Spielkonsole in einen leistungsfähigen Computer. Dazu musste er mehrere von Microsoft hardwaremäßig eingebaute Sicherungsmechanismen ausschalten, durch ein nachträglich eingebautes ATA-100-Kabel den Datendurchsatz zwischen Prozessor und Festplatte verbessern und mehrere Softwarecodes auf verschiedenen Ebenen knacken, um das BIOS der Konsole für seine Zwecke anpassen zu können. Eine ganze Woche hatte er gebraucht, bis er auf seiner XBOX Windows-Standardsoftware laufen lassen und über den Ethernet-Anschluss der Konsole ins Internet gehen konnte.

»JACK! Bist du fertig mit Packen?«, rief Emily Maxwell aus dem Garten, wo sie Unkraut jätete. »Dein Vater wird gleich hier sein!«

Jack tat wieder, als hätte er sie nicht gehört.

»Warum besorgst du dir nicht einfach einen neuen Laptop, Jacker?«, fragte Ian.

»Weil mein Alter ein Embargo über mich verhängt hat, das weißt du doch. Dieses Jahr gibt es für mich keinen Computer mehr.«

»Eigentlich kannst du ihm deshalb keinen Vorwurf machen. Wenn du noch mal beim Hacken erwischt wirst, gehst du in den Jugendknast.«

»Wer soll mich denn erwischen? Die Bullen etwa? Dafür sind die doch viel zu blöd«, entgegnete Jack selbstsicher.

»Da wäre ich mir mal nicht so sicher.«

»Und wenn schon. Ich verstoße schließlich nicht gegen meine Auflagen. In denen steht lediglich, dass ich keinen *Computer* benutzen darf.«

»Tust du das denn nicht?«

Jack grinste.

»Das ist eine *Spielkonsole,* mein Freund. Und von einer XBOX hat der Richter nichts gesagt.«

›Jacker der Hacker‹, wie Jack sich selbst gern nannte, galt bei seinen Klassenkameraden als Einzelgänger, der sich mit seiner Leidenschaft für Computer immer wieder Ärger einhandelte. Erst im Mai hatte man ihn dabei erwischt, wie er sich in den Computer der Führerscheinstelle des Staates Virginia gehackt hatte, und zwei Monate davor hatte er die Firewall des Computers der Fairfax County Highschool außer Gefecht gesetzt und sich und ein paar Mitschülern die Unterlagen über einen bevorstehenden Mathematiktest verschafft. Die Schule hatte die Polizei eingeschaltet, und diese war Jack schließlich auf die Schliche gekommen. Zunächst hatte die gegen ihn erhobene Anklage sehr ernst geklungen: »Widerrechtlich erzwungener Zugang zu einem Computersystem, verbrecherischer Vandalismus und Verschwörung zum Zweck von Kommunikationsbetrug.« Dann war die Strafe aber doch – wie bei den meisten jugendlichen Hackern, die keinen wirklichen Schaden angerichtet hatten – relativ milde ausgefallen: Jack war ein Jahr lang verboten worden, ins Internet zu gehen, und außerdem war er zwei Wochen lang vom Unterricht suspendiert worden. Und weil der Schulcomputer an ein staatliches Netz angeschlossen war, hatte ihn das FBI auch noch auf seine Rote Liste der Computerhacker gesetzt.

Emily, die befürchtete, dass ihr Sohn früher oder später im Gefängnis landen würde, hatte so lange an Ben hingeredet, bis dieser ihrem Sohn seine beiden Computer weggenommen hatte. Und dass er die heißgeliebten Stücke auch noch zu einem Spottpreis verkauft hatte, würde Jack seinem Vater nie verzeihen, zumal Emily es auch noch so hingestellt hatte, als wäre das nicht ihre, sondern einzig und allein Bens Idee gewesen.

So lief es eigentlich immer seit der Scheidung: Obwohl Ben seinen Sohn nach wie vor liebte und finanziell unterstützte, hatte er bei Jack keine Chance, weil Emily ihn permanent als den schlechtesten Vater der Welt hinstellte.

Jack indes war sich beim Hacken keines Unrechts bewusst. In seinen Augen war es völlig legitim, wenn man im Dienste der Informationsfreiheit jedes auch noch so raffinierte Sicherungssystem austrickste. Romantisch verklärt sah er sich als einen Robin Hood des Internetzeitalters, der den Privilegierten das kostbare Gut Information entriss und es den Benachteiligten – sprich: computermäßig weniger Versierten – zur Verfügung stellte. Schon im Alter von zehn Jahren hatte er sich beigebracht, in andere Computer einzudringen und auf diversen Websites harmlosen Schabernack getrieben. In einem Chatroom für Hacker hatte er sich dann mit ein paar alten Hasen angefreundet und sich von ihnen in endlosen nächtlichen Sitzungen einige ihrer Tricks beibringen lassen. Keinen dieser neuen Freunde, die er nur unter ihren Decknamen wie BorgMAN, xMobiLEE und T4 kannte, hatte er jemals zu Gesicht bekommen. Seine einzige Verbindung zu ihnen bestand über das Internet, und von dem ein Jahr lang ferngehalten zu werden war für ihn fast so schlimm wie eine Gefängnisstrafe.

»Ist das Ding schon abgestürzt?«, fragte Ian und deutete auf das blaue Bild auf dem Fernsehmonitor.

»Immer mit der Ruhe«, erwiderte Jack herablassend und tippte auf der Tastatur herum, bis die Login-Seite von ChemGen erschien. Mit seiner frisierten XBOX war es ihm gelungen, sich in weniger als einer Minute bei der Firma seines Vaters einzuhacken.

Ian schüttelte ungläubig den Kopf.

»Ist doch unglaublich«, sagte Jack. »Da geben diese Konzerne Millionen aus, um ihre Großrechner und Websites vor Spam und Würmern zu schützen, aber um sich in ihre Mailserver zu hacken, braucht man nur seine IP zu tarnen, ein bisschen Code in C und Perl zu schreiben, und schon ist man drin!«

»Und die Passwörter?«

»Kein Problem. Ich habe ein Programm geschrieben, das sich im Mainframe aus Benutzernamen und Personaldaten Informationen herausholt und sie mit den allgemeinen Sicherheitsprozeduren im Netzwerk in Korrelation setzt. Auf diese Weise kriege ich so gut wie jedes Passwort heraus.«

Der Bildschirm wurde für ein paar Sekunden schwarz, dann tauchte eine in Blau und Grau gehaltene Schablone auf, die sich nach und nach mit Symbolleisten und Icons füllte. Es war ein Mailprogramm, das auf Microsofts Exchange Server basierte.

»Echt cool, was?«, sagte Jack stolz, während er Ben Maxwells Inbox öffnete. »Schau mal, er hat mindestens ein Dutzend ungelesene Mails. Wahrscheinlich ist seine Kiste im Dschungel mal wieder abgeschmiert ...«

Eine Mail erweckte Jacks Interesse ganz besonders, weil sie von dem erst kürzlich ermordeten Dr. Michael Petersen war.

----Original Message----
Von: Dr. Michael Petersen [mailto: mpetersen@chemgen.com]
Gesendet: Freitag, 15. Oktober 2004, 11:04
An: Dr. Ben Maxwell

Betreff: Somba

Ben, bevor du zu der Vorstandssitzung gehst, muss ich unbedingt mit dir sprechen. Wir haben, was die Glaxo-Diskussionen betrifft, nicht viele Möglichkeiten, und die Zeit drängt. Nimm dir Urlaub vom Labor und bleibe noch ein paar Tage in den Staaten. Warum, erkläre ich dir nach der Sitzung.

MP.

»Das wäre echt nicht auszuhalten, wenn der sich Urlaub nimmt und hierbleibt«, kommentierte Jack, auch wenn er mit dem Rest der Nachricht nicht viel anfangen konnte.

»Können wir jetzt bitte das Hubschrauberspiel machen?«, fragte Ian, der sich als Zeuge von Jacks illegalem Treiben nicht sonderlich wohl fühlte.

Jack sah auf die Uhr. Sein Alter würde warten müssen.

»Von mir aus«, gab er zurück. »Wenn du dich traust, mit dem Master Chief zu fliegen ...«

15

Ben war bisher nur ein einziges Mal im vierten Stock der Zentrale von ChemGen gewesen – und zwar an dem Tag, an dem er seinen Anstellungsvertrag unterzeichnet hatte. In der luxuriös ausgestatteten, aber ziemlich einschüchternd wirkenden Chefetage herrschte eine fast schon unheimliche Stille. Bereits seit einer Stunde saß Ben nun schon in dem tiefen, mit Brokat bezogenen Sessel im Vorzimmer des Konferenzraums und wartete darauf, endlich vor dem Vorstand seinen Vortrag halten zu dürfen.

Auch wenn er nicht an den Erfolg seiner Mission glaubte, so wollte er sie wenigstens hinter sich bringen.

Ben fuhr langsam mit den Fingern über das goldgrüne Blattmuster der Armlehne und bemerkte, dass ihn die Empfangsdame von ihrem Tisch aus dabei mit kritischen Blicken beobachtete.

»Euphorbia pulcherrima«, sagte Ben verlegen.

»Ich kann kein Latein«, gab die Frau barsch zurück und warf Ben über den Rand ihrer Lesebrille einen vernichtenden Blick zu.

»Das ist der Name einer Pflanze«, erklärte Ben. »Sie ist in Lateinamerika beheimatet und kann in der freien Natur gut drei Meter hoch werden.«

»Und ich dachte immer, es sei ein stinknormaler Weihnachtsstern«, gab sie mit ausdruckslosem Gesicht zurück. »Wie dumm von mir.«

»Nein, Sie haben schon Recht«, beeilte sich Ben zu sagen. »Die euphorbia pulcherrima ist die meistverkaufte Topfpflanze der Welt.« Obwohl seine Scheidung schon zwei Jahre zurücklag, fühlte er sich beim Smalltalk mit Frauen noch immer ziemlich unbehaglich – ganz abgesehen davon, dass ihn der Umgang mit Menschen, besonders wenn sie weiblichen Geschlechts waren, eigentlich immer nervös machte.

»Gut zu wissen. Ich hoffe, ich erinnere mich dran, wenn ich das nächste Mal in einer Quizshow im Fernsehen auftrete«, sagte die Frau sarkastisch.

Ben seufzte und dachte daran, dass er vor seinem Rückflug nach Brasilien Carol unbedingt noch ein paar Blumen schicken musste. Plötzlich klingelte das Telefon auf dem Schreibtisch der Empfangsdame. Sie hob ab, hörte kurz zu und winkte dann Ben. »Für Sie«, sagte sie.

Es war Susan. »Na, was hat der Vorstand gesagt?«, fragte sie ohne ein Wort des Grußes. »Und wieso hast du mich nicht angerufen?«

»Nicht so schnell«, gab Ben verärgert zurück. »Wieso fragst du mich nicht erst mal, wie es bei Michaels Trauerfeier war?«

»Weil ich mir schon denken kann, dass sie gut verlaufen ist. Was machst du gerade?«

»Ich zeichne mit dem Finger die Blätter von Weihnachtssternen nach ...«

»Wie bitte?«

»Ja, auf dem Polster der Sessel hier oben. Aber der Maßstab stimmt nicht ...«

»Weich mir nicht aus, Ben«, fauchte Susan ins Telefon. »Es geht hier um etwas Wichtigeres als Weihnachtssterne, verdammt noch mal! Hast du schon mit Skinner gesprochen?«

»Nein. Ich glaube ...«

»Ich habe dir ein Fax in dein Hotel geschickt«, tönte sie weiter. »Hast du es denn nicht bekommen? Und hast du meine E-Mail gelesen? *Ach, Mist* ...« Ihre Stimme war so laut, dass Ben den Hörer vom Ohr hielt und die Empfangsdame verlegen grinsend ansah. Dann wandte er sich wieder dem Telefon zu und fragte sich geistesabwesend, wieso an dem Apparat ein rotes Licht blinkte.

»Susan, ich warte hier jetzt schon seit einer geschlagenen Stunde darauf, dass man mich in die Sitzung holt. Es ist also noch überhaupt nichts entschieden.«

»Umso besser. Wir haben hier nämlich ganz erstaunliche Pflanzen entdeckt. Ich habe dir ein Spektrogramm gefaxt und ein paar zusätzliche Daten als E-Mail geschickt. Hast du sie schon gesehen?«

»Nein, ich habe noch nichts bekommen.«

Susan schwieg, aber Ben kannte sie lange genug, um zu wissen, dass sie innerlich vor Wut kochte.

»Worum geht es denn?«, fragte Ben neugierig. »Soll ich Skinner gegenüber etwas erwähnen?«

»Tu das bloß nicht«, sagte sie. »Das mache ich schon selbst, wenn es an der Zeit ist.«

»Wie du willst. Ach, übrigens, kennst du vielleicht jemanden mit dem Namen A. Praga Hill?«, fragte Ben.

»Nein. Wer soll denn das sein?«

In diesem Augenblick öffnete sich die Tür zum Sitzungssaal, und eine Frau in einem braunen Kostüm kam auf ihn zu.

»Sind Sie Dr. Maxwell?«, fragte sie. »Die Herren erwarten Sie.«

»Sieh zu, dass du noch drei Monate für uns rausschlägst!«, rief Susan ins Telefon. »Sie dürfen Somba nicht dichtmachen. Und denk dran: V hoch drei.«

»Na klar, Susan. V hoch drei.«

Ben legte auf und wurde in den Sitzungsraum geführt. Sein Herz klopfte wie verrückt.

Er musste sich konzentrieren, musste seine Gedanken ordnen. Vor allem aber musste er den Vorstand überzeugen.

Trotzdem kam ihm immer wieder der blutverschmierte Zettel in den Sinn, den Petersen geschrieben hatte, kurz bevor er in der Tiefgarage dieses Gebäudes in seinem Auto gestorben war.

Die mysteriösen drei Zeilen ließen Ben nicht los.

Was mochten sie wohl bedeuten?

Nachdenklich betrat er den dunklen, mahagonigetäfelten Konferenzraum, der von ein paar kleinen Wandleuchtern nur schwach erhellt wurde. Sechs Männer saßen um einen großen ovalen Tisch herum.

Der entscheidende Augenblick war gekommen.

16

Sie haben ihn noch nicht mal reingeholt«, berichtete Susan, als sie nach ihrem Telefongespräch mit Ben, das sie mit ihrer dritten Zigarettenpause an diesem Nachmittag verbunden hatte, wieder zurück ins Labor A kam.

»Irgendwas stimmt nicht mit diesem Blatt da«, sagte Angie und deutete in eine Ecke des Labors. Das Fangblatt der Venusfliegenfalle war nicht mehr grün, sondern braun und verschrumpelt.

»Keine Pflanze kann so schnell austrocknen«, sagte Susan, während sie die spröde Oberfläche des Blattes inspizierte. »Nicht bei der hohen Luftfeuchtigkeit hier.« Normalerweise dauerte es im Regenwald Tage, manchmal sogar Wochen, bis abgeschnittene Pflanzenteile zu welken begannen. Das Blatt der riesigen Venusfliegenfalle jedoch sah aus, als hätte man es gefriergetrocknet.

»Extreme Plasmolyse«, bemerkte Susan und meinte damit, dass sich das Cytoplasma von den Zellwänden abgelöst hatte und keine Wasseraufnahme mehr möglich war. »Aber deswegen kann die Pflanze trotzdem nicht so schnell austrocknen. Das ist vollkommen unmöglich.«

»Genauso unmöglich wie eine vier Meter hohe Pflanze, die zwei Touristinnen verschlingt«, entgegnete Angie.

17

Jack ließ Ian den Hubschrauber allein weiterfliegen und ging auf sein Zimmer, um zu packen. Irgendwie hatte er keine rechte Freude mehr an Flugsimulatoren, denn längst beherrschte er sämtliche Flugzeuge und Hubschrauber so gut, dass selbst die illegal heruntergeladenen Übungsprogramme des Pentagon für ihn keine echte Herausforderung mehr darstellten.

Der Haufen mit Sachen, die er sich für die Reise nach Brasilien zurechtgelegt hatte, war erschreckend groß: Regenjacke und -hose, Shorts, T-Shirts, Unterhosen, Baseballmütze, Treckingstiefel, Socken, Schlafsack, Taschenmesser, Kompass und Insektenschutzmittel, Sonnencreme, Feldflasche und Desinfektionstabletten, Taschenlampe, Badehose, Sonnenbrille, Sweatshirt, Fernglas, zwei Einwegkameras, Waschzeug sowie ein Erste-Hilfe-Set zur Behandlung von Schlangenbissen und Insektenstichen.

Dann suchte er aus dem hintersten Regal noch seinen alten Gameboy heraus, den er seit einer Ewigkeit nicht mehr in der Hand gehabt hatte. Auch wenn die Spiele überhaut keine Herausforderung mehr für ihn darstellten, waren sie während des langen Fluges vielleicht besser als gar nichts.

»Das sollte reichen«, murmelte Jack, während er die Sachen in einen Koffer stopfte.

Als er fertig war, ließ er sich aufs Bett fallen und starrte hinauf zu dem Britney-Spears-Poster an der Wand. Vielleicht hatte Ian ja Recht, und es war gar nicht so schlimm in Brasilien. Vielleicht machte es ja tatsächlich Spaß, auf wackeligen Plankenwegen unter dem Blätterdach riesiger Urwaldbäume herumzulaufen oder in einem Kanu auf dem Amazonas herumzupaddeln und nach Flussdelphinen Ausschau zu halten.

Außerdem hatte er einen wichtigen Grund, nach Brasilien zu fahren.

Und damit meinte er nicht die Möglichkeit, Zeit mit seinem Alten zu verbringen.

Was Jack wirklich interessierte, war, mit einem Computer online zu gehen, der an das brasilianische Internet-Backbone angeschlossen war, denn von dort würde nicht einmal das FBI seine Spur zurückverfolgen können.

Wer weiß, vielleicht konnte er schon morgen Nacht von einem ChemGen-Computer im Somba-Labor aus den größten Hack seiner Karriere vollbringen.

18

Als sich Bens Augen an das Halbdunkel im Sitzungssaal gewöhnt hatten, erkannte er Trevor Douglas, den Finanzchef der Firma.

»Schön, Sie zu sehen, Ben«, sagte Douglas mit leiser Stimme und schüttelte Ben die Hand. »Schlimme Sache, das mit Petersen. Wie war die Trauerfeier? Ich wäre so gern hingegangen, aber leider war ich hier unabkömmlich. Wie geht es Carol?«

»Gut«, brachte Ben mühsam hervor. Natürlich glaubte er Douglas kein Wort. Der Finanzchef tat nur so, als würde er sich für die persönlichen Belange seiner Mitarbeiter interessieren.

Schlagartig wurde Ben klar, wie gerissen die Mitglieder des Vorstands doch waren. Diesen Leuten würde er niemals ein X für ein U vormachen können. Keinem Einzigen von ihnen.

»Meine Herren«, kündigte Douglas mit etwas lauterer Stimme an. »Ich habe das große Vergnügen, Ihnen Dr. Ben Maxwell vorstellen zu dürfen. Ben hat unter dem verstorbenen Dr. Petersen unsere Abteilung für Botanische Chemie geleitet und wird uns jetzt in Bezug auf das Labor in Somba auf den neuesten Stand bringen. Er arbeitet seit sechs Jahren – sind doch sechs, nicht wahr,

Ben? – für uns und ist ein hochkarätiger Experte für die Flora Lateinamerikas.«

»Guten Tag«, begann Ben nervös und ging zu einem kleinen Rednerpult in der Ecke des Raumes. »Ich habe Ihnen ein Videoband mitgebracht, das ich gern abspielen würde.«

Douglas nickte und winkte die Frau im braunen Kostüm herbei, die sich von Ben die Videokassette geben ließ.

»Bitte, fangen Sie an«, sagte Douglas mit einem Blick auf die Uhr. »Sie haben fünfzehn Minuten Zeit und danach noch einmal zehn Minuten zur Beantwortung von Fragen, falls das nötig sein sollte.«

Mist!, dachte Ben. *Nur fünfzehn Minuten!* Was er vorbereitet hatte, würde mindestens eine Stunde in Anspruch nehmen. Er musste also improvisieren.

»Meine Herren, ich danke Ihnen, dass Sie sich Zeit für unser Anliegen genommen haben«, begann er wie geplant. »Ich möchte Sie über den Stand unserer Arbeit in Somba informieren, das, wie Sie sicher wissen, mitten in Amazonien liegt.« Während dieser Worte sah er sich in dem abgedunkelten Raum nach Skinner um, konnte ihn aber nirgends entdecken.

Das war kein gutes Zeichen.

Die Dame im braunen Kostüm kam aus dem Nebenraum und hatte nun eine Videokamera in der Hand. Bei der Vorstellung, dass seine Präsentation mitgeschnitten wurde, brach Ben der kalte Schweiß aus. So etwas war höchst ungewöhnlich. Er räusperte sich und begann.

»Vor ein paar Jahren haben unsere Forscher im amazonischen Regenwald eine faszinierende Pflanze entdeckt, von der sie vermuteten, dass sie bestimmte Formen der

Progerie heilen könnte. Die ersten Versuche waren so viel versprechend, dass Dr. Skinner in Somba ein erstklassig ausgestattetes Labor einrichten ließ. Heute stehen wir kurz davor, Ihnen die erhofften Ergebnisse präsentieren zu können.« Ben blickte auf. Ein untersetzter Mann am gegenüberliegenden Ende des Konferenztischs sah ihn mit skeptisch gerunzelter Stirn an.

Ich muss es diesen Kerlen zeigen, dachte Ben.

»Können wir jetzt bitte das Band abspielen?«, fragte er. Nach einer entsetzlich langen Pause erschien auf dem großen Monitor neben dem Rednerpult eine Panoramaaufnahme des Regenwalds am Amazonas, gefolgt vom Logo der Firma ChemGen.

»Der Regenwald birgt unzählige bisher noch unbekannte Heilpflanzen«, begann Ben seinen einstudierten Vortrag. »Obwohl er nur sechs Prozent der Erdoberfläche bedeckt, sind dort mehr als die Hälfte aller Tier- und Pflanzenarten unseres Planeten beheimatet ...«

Ein Mann im hinteren Teil des Raumes hob die Hand, als wollte er etwas sagen, aber Ben tat so, als hätte er es nicht gesehen, und versuchte, sich nicht aus dem Konzept bringen zu lassen. »Somba liegt, wie Sie alle wissen, in der Nähe des Äquators, wo wir im Jahresdurchschnitt etwa 6000 mm Regen haben. Zusammen mit dem warmen Klima hat das ein üppiges Pflanzenwachstum zur Folge. Viele Bäume dort werden höher als zwanzigstöckige Häuser und werden mehrere Hundert Jahre alt.« Durch die Unterbrechung war Ben nicht mehr ganz synchron mit dem Video, sodass er die nächsten Bilder nur in Stichworten kommentieren konnte.

Schließlich war auf dem Monitor das dichte Blätterdach des Urwalds am Amazonas zu sehen.

»Im feuchtwarmen Halbdunkel unter den Kronen der Bäume gedeiht eine ungeheure Fülle von verschiedenen Pflanzenarten, aber es herrscht auch eine unerbittliche Konkurrenz zwischen den einzelnen Arten. Vor allem der immerwährende Kampf um die wenigen im Boden vorhandenen Nährstoffe ist es, der den Regenwald für uns Pharmazeuten so interessant macht, denn er zwingt alle Lebewesen zu ständiger, beschleunigter Evolution. Anders ausgedrückt: Eine derart nährstoffarme Umgebung bringt die erstaunlichsten Lebensformen hervor.«

Die um den Konferenztisch versammelten Männer rutschten unruhig auf ihren Stühlen herum, unterbrachen Ben aber nicht.

»Viele der heute eingesetzten Medikamente gehen auf Pflanzen zurück, die im Regenwald entdeckt wurden. So verwendeten einige Indianerstämme eine Pflanze namens *Rauwolfia Serpentina,* um die Spitzen ihrer Pfeile zu vergiften. Heute nennen wir den Wirkstoff Reserpin und stellen daraus Mittel gegen hohen Blutdruck her. Der Jaborandi-Busch, eine andere Wildpflanze aus dem Amazonasbecken, liefert uns das Pilocarpin, das bei der Behandlung von Glaukomen zum Einsatz kommt. Auch Contrixin und Envitorex, zwei der erfolgreichsten Arzneimittel von ChemGen, gehen auf Substanzen zurück, die im Regenwald entdeckt wurden.«

Ben erwähnte die beiden Medikamente nicht ohne Grund, denn mit ihnen hatte die Firma Millionen verdient: Contrixin war ein äußerst erfolgreiches Verhütungsmittel, das auf dem natürlichen Wirkstoff Diosgenin basierte, und in Envitorex, dem meistverkauften Antidepressivum des Konzerns, kam das in einer Kletterpflanze aus dem Amazonasgebiet entdeckte Glazinovin zum Einsatz.

Nun erschien auf dem Bildschirm eine Tortengrafik. »Alles in allem hat ChemGen siebenundzwanzig Patente auf direkt aus Pflanzen gewonnene Wirkstoffe angemeldet. Aber obwohl über fünfundzwanzig Prozent aller in den USA verschriebenen Medikamente aus Pflanzen gewonnen werden, beläuft sich ihr Anteil in unserer Produktpalette nicht einmal auf ein halbes Prozent. Und genau aus diesem Grund muss das Labor in Somba erhalten bleiben: um unsere Forschungsarbeit im Regenwald weiter voranzutreiben, eine Arbeit, die für den langfristigen Erfolg von ChemGen von entscheidender Bedeutung ist.«

Als Ben sah, dass die Vorstandsmitglieder seine Ausführungen nun offenbar mit Interesse verfolgten, entspannte er sich ein wenig.

»Bisher sind nur ein Prozent ...«, Ben machte eine Kunstpause, um seinen Worten mehr Gewicht zu verleihen, *»nur ein Prozent* aller tropischen Pflanzen wissenschaftlich untersucht worden. Da fragt man sich unweigerlich, welche Heilkräfte und Wirkstoffe in den verbleibenden neunundneunzig Prozent noch schlummern mögen. Und darum ist Somba für ChemGen so wichtig.«

Aufnahmen der Forschungseinrichtung flimmerten über den Bildschirm. »Mir ist vollauf bewusst, dass es hier und heute darum geht, ob wir weiterhin in Somba investieren sollen. Die Antwort lautet: Wir *sollen* nicht nur, wir *müssen*. Erstens kostet Somba nicht die Welt. Es ist nur eine relativ bescheidene Forschungseinrichtung, gerade mal tausend Quadratmeter groß, mit einem Hektar Testgelände. Ursprünglich war das Labor für ein Team von über zwanzig Forschern konzipiert, aber heute leben und arbeiten dort nur noch fünf Wissenschaftler und Hilfskräfte. Personal- und Materialkosten belaufen sich auf gerade mal 8 Millionen Dollar im Jahr.«

Aus einer hinteren Ecke des Raumes kam ein lautes Husten. Der Vorstand wurde ungeduldig.

»Dr. Maxwell«, fragte ein schlanker Mann asiatischer Abstammung, »wann hat Somba für ChemGen zuletzt greifbare Ergebnisse geliefert?«

»Darauf komme ich gleich zu sprechen ...«, erwiderte Ben, dem der Schweiß auf die Stirn trat.

Plötzlich wünschte er, Susan wäre bei ihm.

»In unmittelbarer Umgebung von Somba wachsen in großer Zahl kleine blühende Büsche, die man brasilianisches Immergrün nennt. Da die Einheimischen diese Pflanze zur Heilung vieler Leiden – von der Zuckerkrankheit bis zum Wespenstich – verwenden, begann die Lily Corporation bereits vor Jahrzehnten damit, diese Pflanze eingehend zu untersuchen. Es gelang ihnen, mehrere Verbindungen zu isolieren, unter anderem Vinblastin, das heute gegen Morbus Hodgkin eingesetzt wird. Aus einem anderen Wirkstoff, dem Vincristin, wurde ein Mittel gegen Krebs gewonnen. Lily ließ sich diese beiden Verbindungen unter den Namen Oncovin und Velban patentieren, die 1962 vom National Cancer Institute und der American Medical Association als Wundermittel bejubelt wurden. Heute werden sie mit beachtlichem Erfolg zur Heilung von Wilms-Tumor und Burkitts-Lymphom eingesetzt. Auch bei Leukämie im Kindesalter gelten diese Mittel als erste Wahl. Die Entdeckung einer einzigen Pflanze hat also genügt, um Lily zu einem äußerst erfolgreichen Pharmakonzern zu machen.«

Der asiatisch aussehende Herr verzog das Gesicht. »Schluss mit der Geschichtsstunde«, sagte er. »Worauf wollen Sie hinaus?«

»Ich will Ihnen sagen, dass wir drauf und dran sind, einen ähnlichen Coup zu landen wie Lily mit dem brasilianischen Immergrün«, antwortete Ben.

Die Vorstandsmitglieder hoben die Köpfe, als Ben nun auf die Aya-Ranke zu sprechen kam. Ohne das Projekt Dorothy auch nur mit einem Wort zu erwähnen, nahm er Bezug auf das enorme pharmazeutische Potenzial, das in der »Seelenranke« steckte.

»Aber Ben, mein lieber Freund, das wissen wir doch alles«, ließ sich auf einmal eine tiefe Baritonstimme aus einem Lautsprecher vernehmen, die so klang, als spräche ein tadelnder Vater mit seinem uneinsichtigen Kind. Ben erkannte sie sofort. Sie gehörte Abe Skinner, der offenbar in einem Nebenraum die ganze Präsentation mit angehört hatte.

»Ersparen Sie uns Ihre Vorträge über das pharmazeutische Potenzial dieser Pflanze«, sagte Skinner und seufzte hörbar ins Mikrofon. »Wir sind uns voll und ganz bewusst, wie dringend Sie und Ihre Leute den Standort Somba erhalten wollen. Ich will es ja auch, das weiß der Himmel, schließlich habe ich das Labor dort selbst aufgebaut – übrigens mit Geldern, die dieser Vorstand genehmigt hat. Trotzdem will ich nichts mehr über die wundersamen Heilkräfte der Aya-Ranke hören, verstanden? Darüber wird der Vorstand nicht diskutieren.«

Plötzlich wurde sich Ben bewusst, dass ihn die Männer am Tisch mit einer seltsamen Mischung aus Amüsement und Genervtheit betrachteten. »Dr. Skinner«, hob Ben an, wurde aber erneut von dem Asiaten unterbrochen.

»Dr. Maxwell«, sagte er ruhig. »Können Sie uns handfeste Beweise dafür liefern, dass der Wirkstoff aus dieser Ranke tatsächlich in der Lage ist, Progerie zu heilen?«

Ben wusste, dass er dazu nicht in der Lage war. Susan wäre es vielleicht gelungen, diesen Männern etwas vorzumachen, er aber schaffte es nicht. Verlegen starrte er zu Boden.

Skinners Stimme tönte erneut aus dem Lautsprecher. »Diese Beweise gibt es nicht.«

Ben fand, dass sie verärgert klang.

Der Asiate hob die Hand wie ein Schülerlotse, der den Verkehr anhält. »Wenn das so ist, sehe ich keinen Anlass, dass Sie Ihre Theorien weiter vor dieser Runde erörtern, Dr. Maxwell.«

Ben fragte sich, was Susan in dieser Situation wohl getan hätte, und beschloss, aufs Ganze zu gehen.

»Natürlich müssen wir noch weitere Untersuchungen durchführen, Sir«, erklärte er. »Trotzdem sind wir alle in Somba davon überzeugt, dass wir das Geheimnis der Aya-Ranke so gut wie gelüftet haben, und zwar mittels der rekombinanten DNA. Projekt Dorothy steht kurz vor dem Abschluss.«

So. Jetzt war es heraus.

»Alles, was mit diesem verdammten Somba zu tun hat, steht unter einem schlechten Stern«, murmelte der untersetzte Mann am Ende des Tisches und erntete von einigen seiner Kollegen zustimmendes Kopfnicken.

»Und der Name Dorothy ist hier tabu«, sagte der Asiate mit warnendem Unterton und deutete mit seinem Drehbleistift auf Ben. »Haben Sie das verstanden?«

Ben nickte gehorsam.

Die Präsentation war zu Ende. Er war gescheitert.

Aber so rasch wollte er nun doch nicht aufgeben.

»Meine Herren, ChemGen hat in Somba viel Geld investiert, um der in der Aya enthaltenen Substanz auf die Spur zu kommen. Jetzt aufzugeben hieße, einen Marathonlauf wenige Meter vor dem Ziel abzubrechen. Eine Schließung des Labors zu diesem Zeitpunkt würde ein überdurchschnittlich engagiertes Team um die Früchte jahrelanger Forschungsarbeit bringen. Trotzdem respektieren wir die finanziellen Interessen der Aktionäre und machen Ihnen deshalb folgenden Vorschlag: Wenn Sie Somba noch drei Monate weiterlaufen lassen, wären wir bereit, bis zum Abschluss der Arbeiten auf unseren Lohn zu verzichten. Das gilt für das gesamte Team.«

Ben machte eine kurze Pause, bevor er zum Schluss seines Vortrags kam.

»Meine Herren, wir sind vom Potenzial der Aya-Ranke felsenfest überzeugt«, sagte er. »Wenn wir jetzt aufgeben, sind sämtliche Gelder, die bisher in dieses Projekt investiert wurden, unwiederbringlich verloren. Die Betriebskosten für die nächsten Monate hingegen zahlt ChemGen aus der Portokasse. Wir haben gute Chancen, einen echten Durchbruch zu schaffen. Geben Sie uns noch Zeit bis Ende des Jahres. Ich bitte Sie darum.«

Ben schwieg und wartete auf Fragen, aber es kamen keine.

Niemand sagte ein Wort.

»Wir sind zu jedem Opfer bereit, um Somba zu erhalten«, verkündete Ben. »Das Labor darf nicht geschlossen werden. Nicht jetzt, da wir so kurz vor einem Durchbruch stehen!«

Im Raum war es immer noch still. Aller Augen waren

starr und ausdruckslos auf Ben gerichtet. Die Frau im braunen Kostüm schaltete ihre Videokamera aus.

»Vielen Dank, Ben«, sagte Douglas und stand auf. »Ich glaube, das war alles. Bitte übermitteln Sie Ihren Leuten in Brasilien unsere Grüße und unseren Dank für die großartige Arbeit, die sie geleistet haben. Wir haben jetzt eine schwierige Entscheidung zu fällen.«

Ben fühlte sich wie betäubt.

»Gibt es denn keine Fragen?«

Douglas schüttelte den Kopf.

Und damit war Ben entlassen.

19

Rico saß im Schneidersitz auf dem von Unkraut überwucherten Urwaldboden an der äußersten Grenze des Somba-Geländes und trank gierig Wasser aus einer Plastikflasche. Sein Hemd war völlig durchgeschwitzt. Billy Walker lag ein paar Meter entfernt von ihm unter einem Baum und ruhte sich aus. Weil Hopkins angeordnet hatte, dass die Wissenschaftler sie nicht bemerken durften, mussten sie sich so weit vom Labor entfernt aufhalten, dass sie selbst auch nicht viel zu sehen bekamen. Mit seiner behandschuhten Hand hielt sich Rico ein schweres Fernglas vor die Augen.

»Sie untersuchen wieder diese großen Blätter«, berichtete er und kratzte sich. Der Ausschlag hatte inzwischen auch seinen Handrücken und die Finger befallen. Damit er sich nicht noch schneller ausbreitete, ließ Rico jetzt ständig den Gummihandschuh an. Zum Wachstum brauchte der Ausschlag Feuchtigkeit und Sonnenlicht.

Wie eine Pflanze.

Selbst für amazonische Verhältnisse war es an diesem Oktobernachmittag unerträglich heiß. Am Himmel hatten sich zwei ambossförmige Gewitterwolken vor die Sonne geschoben, Windböen zausten die Wipfel der Urwaldriesen, und bald würde es anfangen zu regnen.

Hinter den Fenstern von Somba unterbrachen die beiden über ihre Tische gebeugten Frauen plötzlich ihre Arbeit, um einem Mann ins Freie zu folgen.

»Hey, Billy«, flüsterte Rico. »Die kommen raus!« Billy rieb sich die Augen und schlich dann zusammen mit Rico an der Grenze des Laborgeländes entlang, wobei sie Angie, Susan und Boomer ständig beobachteten.

»Du behältst die Ältere im Auge«, wies Billy Rico an und meinte damit Susan. »Ich folge der Jungen.«

Die beiden Frauen betraten den Wohntrakt des Labors. Billy sah, wie Angie an einem der Fenster wieder auftauchte, sich auszog und ein Handtuch um den Leib wickelte. Dann ging sie ins Freie zu einer der hölzernen Duschkabinen. Hastig kletterte Billy auf eine der umstehenden Platanen, um einen besseren Blick auf Angie zu haben, die sich in aller Seelenruhe ihren sonnengebräunten, nackten Körper einseifte.

»Endlich gibt es hier mal was zu sehen«, brummte Billy, während er in den Schlitz seiner Militärhose griff. Am liebsten hätte er sich das schwere Kleidungsstück ausgezogen, aber er hatte Angst, dabei vom Baum zu fallen. Bei der Vorstellung, zusammen mit der Blonden unter der Dusche zu stehen, den kühlen, pulsierenden Wasserstrahl auf seinem Körper zu spüren und dabei ihre weiche, glänzende Haut zu streicheln, brach Billie der Schweiß aus.

Rico, der am anderen Ende des Wohngebäudes zurückgeblieben war, konnte Susan und Boomer nicht mehr weiter beobachten, denn sie waren in einem Raum verschwunden, dessen Fenster mit Decken verhängt waren. Nachdem er eine Weile gewartet hatte, wurde ihm langweilig, und er schlich sich durch den Dschungel zu dem Labor, aus dem die drei gekommen waren und das jetzt leer stand. Die Tür war nicht abgesperrt, und Rico schlüpfte hinein, um sich ein wenig umzusehen. Als er auf einem Tisch gleich neben der Tür einen Laptop entdeckte, schnappte er ihn sich, ohne lange zu überlegen, und rannte damit aus dem Labor. Wie leicht es doch war, diesen reichen Nordamerikanern etwas zu stehlen, dachte er grinsend. Langsam wurde das für ihn zu einer richtig lukrativen Nebenbeschäftigung.

Als Billy eine Viertelstunde später zu ihrem Beobachtungsposten zurückkehrte, hielt Rico den Laptop wie ein kleines Hündchen im Arm.

»Wo hast du denn den her, verdammt noch mal?«, fragte Billy ärgerlich. »Bring ihn sofort zurück!«

»Nie! Das würde Hopkins bestimmt nicht gefallen! Dieser Apparat wird ihm verraten, woran sie gerade arbeiten!«

»Mist!«, fluchte Billy. »Sie werden Verdacht schöpfen.«

»Na und? Sollen sie es etwa der Polizei erzählen?« Rico lachte. »Hopkins ist hier die Polizei! Vielleicht kassiert er noch eine Belohnung, wenn er ihnen das Ding zurückgibt! Ha!«

Billy überlegte kurz, ob er dem Rotzbengel nicht auf der Stelle die Kehle durchschneiden sollte, ließ es dann aber bleiben. Hopkins sollte entscheiden, wie der Junge zu bestrafen war. Selbst wenn der Computer sich als nützlich erweisen sollte, hatte Rico gegen die Anweisungen gehandelt.

»Steh auf, wir gehen zurück«, sagte Billy. »Und mach das Ding bloß nicht kaputt.«

»Dieses Ding«, gab Rico zurück, »wird Hopkins sagen,

was das da drinnen für eine Pflanze ist. Und er wird mir eine dicke Belohnung geben!« Selbst wenn das nicht der Fall sein würde, war Rico das egal. Er hatte im Moment größere Sorgen als Hopkins' Zorn. Rico brauchte dringend einen Arzt, und Ärzte kosteten in Brasilien eine Menge Geld.

Nicht nur sein Arm machte Rico Sorgen. Er hatte eine robuste Konstitution, die mit einer Hautinfektion spielend fertig wurde, aber als er vorhin unter einem Feigenbaum sein Wasser abgeschlagen hatte, war er zutiefst erschrocken.

Sein Urin hatte sich grün verfärbt.

Es war höchste Zeit, Hopkins von dem Jeep zu erzählen.

Und dann musste er sich einen Arzt suchen, und zwar schnell.

20

Lassen Sie die Uhr ruhig laufen«, sagte Ben zu dem Taxifahrer, als dieser vor einem exklusiven Eigenheim in Georgetown anhielt. »Ich bin gleich wieder da.«

»Von mir aus können Sie sich ruhig Zeit lassen«, erwiderte der Fahrer grinsend und schlug die Sportseite der *Washington Post* auf.

Doch Ben hatte es eilig. Im Laufschritt eilte er auf einem mit rötlichen Platten gepflasterten Gehweg quer über einen sorgfältig gepflegten Rasen zu dem Haus, das Emily kurz nach ihrer Scheidung völlig überteuert gekauft hatte. Wie immer, wenn er seinen Sohn abholte, hoffte er im Stillen, dass seine Exfrau nicht zu Hause war, aber diese Hoffnung erfüllte sich nie. Emily ließ sich keine Gelegenheit entgehen, ihn vor seinem Sohn zu demütigen.

Ben ahnte schon, dass es diesmal besonders schlimm werden würde.

Schließlich hatte sich Emily kategorisch geweigert, sich während des erneuten zweiwöchigen Unterrichtsverweises um Jack zu kümmern. Jetzt sei Ben dran, hatte sie gesagt, und dass er in Brasilien unabkömmlich war, während sie Monat für Monat ihren Unterhalt kassierte und ansonsten halbtags in einem Keramikladen arbeitete, war ihr dabei völlig egal gewesen. Das war typisch Emily: Sie liebte es, Ben in eine Situation zu bringen, in der er nur verlieren konnte.

Ben hatte gar keine andere Wahl gehabt, als seinen Sohn mit nach Brasilien zu nehmen.

Und genau wie Emily es prophezeit hatte, war Jack vehement dagegen gewesen.

Zunächst.

Aber dann war er durch Zufall auf einen Programmierfehler im Online-Programm einer brasilianischen Bank gestoßen. Es war nichts weiter als ein Rundungsfehler beim Umrechnen von einer Währung in die andere – klein genug, um erst mehrere Stellen hinter dem Komma aufzutauchen und somit der Aufmerksamkeit der Bankenaufsicht zu entgehen, aber groß genug, um jemanden, der es verstand, die winzigen Fehlbeträge auf ein Offshore-Konto zu transferieren, im Lauf der Zeit zu einem reichen Mann zu machen. Jack hatte vor, sich unbemerkt ins Computersystem der Bank einzuhacken, und, falls es ihm gelang, diesen Umstand öffentlich zu machen. Das würde ihm bestimmt einen Ruf als Superhacker eintragen, und vielleicht würde die Bank sich auch bei ihm dafür erkenntlich zeigen, dass er ihr eine Sicherheitslücke offenbart hatte. Um seinen Hack überhaupt beginnen zu können, musste Jack aber in das nationale Network-Backbone des betroffenen Landes kommen. Mit anderen Worten: Jack brauchte Zugang zu einem Computer, der in Brasilien stand.

Zum Computer seines Alten in Somba.

Und so hatte Jack zur großen Überraschung seiner Eltern dem Vorschlag, Ben zum Amazonas zu begleiten, relativ rasch zugestimmt.

»Du kommst spät«, war Emilys einziger Kommentar, als sie die Tür öffnete und Ben aus der kühlen Herbstluft Virginias ins Haus treten ließ.

Sie sieht gut aus, dachte Ben. Emily trug ihr übliches Outfit für die Gartenarbeit – ausgewaschene Jeans und ein weißes Männerhemd mit hochgekrempelten Ärmeln – und hatte sich die Haare mit einer Plastikspange hochgesteckt. In einer ihrer Hände hielt sie eine Pflanzkelle, in der anderen zwei Tulpenzwiebeln. Perfekt, dachte Ben. So braucht sie mich nicht zu umarmen und muss mir nicht einmal die Hand geben.

»Hallo, Emily«, sagte Ben mit sanfter Stimme. »Ist Jack fertig?«

»Du kannst ruhig reinkommen«, antwortete Emily, während sie wieder ins Haus ging und die Treppe hinaufrief: »Jack! Er ist da!«

»Danke«, sagte Ben und folgte ihr. In ihrem Wohnzimmer hatte sich seit seinem letzten Besuch vor zwei Monaten nicht viel verändert, wie er mit einem schnellen Blick feststellte. Lediglich auf dem Couchtisch lagen ein paar neue Bücher. Reiseführer.

»Willst du verreisen?«, fragte er.

»Alan nimmt mich für einige Wochen mit nach China«, erwiderte sie lächelnd.

»Wer ist Alan?«

»Ich kenne ihn aus dem Fitnessclub. Er unterrichtet dort Jazzgymnastik, und er ist wirklich super in Form. Und er schreibt.«

»Auf Chinesisch?«, erkundigte sich Ben mit sarkastischem Unterton.

Emily warf ihm einen bitterbösen Blick zu.

»Nein, du Idiot, oder klingt der Name Alan etwa chinesisch für dich?«, fauchte sie. »Und dass du Jack mit in den Urwald zerrst, finde ich *wirklich* eine Schnapsidee. Ich bin dagegen, nur dass du's weißt.«

»Dann nimm du ihn doch mit zu deinem Rendezvous auf der Chinesischen Mauer.«

»Sehr witzig ...«

»Ich denke, Brasilien wird Jack guttun, da kommt er mal in eine andere Umgebung. Es wird uns *beiden* guttun.«

»Da wäre ich mir nicht so sicher«, brummelte Emily.

»Vielleicht wäre es zwischen Jack und mir ganz anders, wenn du mich nicht ständig bei ihm schlechtmachen würdest«, entgegnete Ben.

Emily warf den Kopf zurück und lachte zynisch. »Du hast deine Chance gehabt! Zehn Jahre lang! Jetzt ist es zu spät, den besorgten Vater zu spielen!«

»Es ist nie zu spät. Aber du unterstützt mich nicht gerade dabei ... das hast du auch früher nie getan.«

Emily machte mit der Hand, in der sie die Pflanzkelle hielt, eine abfällige Bewegung, wobei etwas Erde auf den blitzblank gewienerten Holzboden rieselte. »Leg mal eine andere Platte auf, Ben, ich kann die alte Leier nicht mehr hören. Immer sind die anderen an allem schuld, niemals du selbst. Dass Jack dich hasst, liegt nicht an mir – sondern an dir.«

»Ich hasse euch *beide!«,* rief Jack, der mit einem vollgestopften Rucksack in der Hand auf dem oberen Treppenabsatz stand. Hinter ihm erschien Ian, der Jacks Koffer trug. »Fällt euch denn nichts Besseres ein, als darüber zu streiten, wer mich gegen wen aufhetzt? Ich habe das satt, verdammte Scheiße.«

»Aber Jack, mein Liebling ...«, setzte Emily an, doch

Jack, der bereits an der Haustür stand, fiel ihr sofort ins Wort.

»Spar dir das für jemanden, den es interessiert«, knurrte er.

»Seit wann gehört das Wort ›Scheiße‹ zu deinem Wortschatz?«, fragte Ben besorgt.

»Seit ich sechs Jahre alt bin.«

»Ich mag es nicht«, entgegnete Ben.

»Und ich auch nicht«, schob Emily hinterher.

»Hurra!«, rief Jack. »Endlich sind meine Eltern sich mal über etwas einig! Ian, du bist mein Zeuge, also merke dir: Diese Leute hier stimmen zu hundert Prozent darin überein, dass sie es nicht mögen, wenn ich das Wort ›Scheiße‹ sage. Deshalb werde ich ab sofort ›Exkremente‹ sagen«. Er stellte den Rucksack ab und umarmte seine beiden Eltern nacheinander mit übertriebener Geste. »Exkremente! Versprochen! Beeil dich, Ian, und bring den Koffer zum Taxi – sonst sieht es schlecht aus mit deiner Belohnung.«

»Leihst du mir deine Hubschrauber-Spiele, bis du wiederkommst? Alle?«, fragte Ian.

»Nimm sie dir«, erwiderte Jack und hob die Hände wie zu einem Segen.

»Zu Befehl, Master Chief!«, rief Ian und folgte Jack zum Taxi, wo sie noch eine Weile herumalberten, bevor sie sich verabschiedeten.

Ben blickte Emily sprachlos an.

»Sieh zu, dass du ihm das Fluchen abgewöhnst, ja?«, sagte sie.

»Das hat er wohl von dir geerbt«, meinte Ben lächelnd. »Aber ich werde es versuchen.«

Emily sah ihn an und erwiderte sein Lächeln.

»Dann sind wir uns ja schon in zwei Dingen einig«, sagte sie.

»Heute ist wohl unser Glückstag.«

Emily legte ihm die Hand auf die Schulter.

»Auf Wiedersehen, Ben. Und pass gut auf meinen Sohn auf.«

»Mach dir keine Sorgen. *Unser* Sohn ist bei mir in besten Händen.«

Während Ben ins Taxi stieg, fragte er sich, ob das auch wirklich stimmte. Zwei Wochen konnten ganz schön lang werden – vor allem mit einem rebellischen pubertierenden Jugendlichen.

»Wo soll's denn hingehen, Mister?«, fragte der Taxifahrer.

»Zum Hyatt am Dulles Airport«, antwortete Ben, während er sich neben Jack auf die Rückbank setzte.

»Dieses Mal warst du besser«, bemerkte Jack, der sofort angefangen hatte, mit seinem Gameboy zu spielen.

»Was meinst du?«

»Du hast dich nicht unterkriegen lassen. Normalerweise ziehst du immer gleich den Schwanz ein, wenn Mom dich unter Beschuss nimmt. Heute aber hast du ihr ganz ordentlich Kontra gegeben.«

»Danke, mein Sohn. Ich hoffe es.«

»Mach dir keinen Kopf.« Jack hielt unverwandt den Blick auf den Gameboy gerichtet, während er in Lichtgeschwindigkeit an den Tasten herumdrückte.

»Ich weiß deinen Rat zu schätzen, mein Sohn, aber ich weiß auch, dass du nur versuchst, cool zu sein«, sagte Ben. »Aber cool sein ist nicht dasselbe wie ein Macho sein. Oder ein Mann ...«

Jack unterbrach sein Spiel. »Erspar mir den Vortrag

über Testosteron und die biologische Entwicklung bei Jungs, okay? Ich bin in einer emotional äußerst belastenden Umgebung aufgewachsen, in der es sehr schwer war, elementare menschliche Eigenschaften wie Sensibilität oder Mitgefühl oder Wärme zu entwickeln. Und das mit einer Mutter, die in etwa so viel emotionale Intelligenz hat wie ein Bowlingkegel, und einem Vater, der nie da war. Ihr könnt beide froh sein, dass ich mir nicht die Birne weggepustet habe oder an einer Überdosis Crack krepiert bin.«

»Das waren klare Worte«, sagte Ben. Was sollte er auch sonst sagen?

»Die waren auch nötig«, seufzte Jack und wandte sich wieder seinem Spiel zu.

Den Rest der Taxifahrt saßen sie schweigend nebeneinander.

Als sie sich dem Highway zum Flughafen näherten, wurde der Verkehr immer dichter, und sie kamen nur noch langsam voran. Ben betrachtete forschend sein Gesicht im Rückspiegel. Er sah nicht nur müde aus, er war es auch. Zu müde, um Susan anzurufen und sich ihrer Enttäuschung und ihren bohrenden Fragen zu stellen.

Er schaute hinüber zu Jack, der neben ihm auf der Bank saß und mit vier Fingern in rasender Folge feindliche Raumschiffe abschoss. Ben war seinem Sohn dankbar dafür, dass er in seiner schlichten, direkten Art einen weiteren Streit mit Emily verhindert hatte. Irgendwie schien er eine Begabung für den Umgang mit Menschen zu haben. Vielleicht würde es Jack in Somba ja gelingen, die Spannungen ein wenig abzubauen, überlegte Ben.

Vielleicht konnte sein Sohn ihm sogar helfen, seine Beziehung zu Susan zu verbessern.

Sein Sohn.

Es kam Ben ein wenig seltsam vor, von Jack als seinem Sohn zu sprechen. Eigentlich waren sie sich vollkommen fremd. Dieser Aufenthalt im Regenwald des Amazonas war Jacks erste Auslandsreise und darüber hinaus möglicherweise auch eine gute Gelegenheit, wenigstens ansatzweise eine Vater-Sohn-Bindung herzustellen. Und falls Somba tatsächlich dichtgemacht würde, war es vielleicht Bens letzte Chance, Jack nach Brasilien mitzunehmen.

Ben hätte sich so gern auf diese zwei Wochen mit seinem Sohn gefreut, aber jetzt war diese Freude fast schon verflogen. Die Vorstandssitzung bei ChemGen setzte ihm noch immer zu, und dass man Somba höchstwahrscheinlich schließen würde, lastete schwer auf seiner Seele.

Dann fiel ihm Susans Anruf wieder ein und das blinkende rote Licht am Telefon. Ob die Empfangsdame wohl den Anruf mitgeschnitten hatte? Immerhin war bei seiner Präsentation auch diese Frau mit der Videokamera gewesen. Offenbar hatte man versucht, alles, was er tat und sagte, zu dokumentieren.

Was ihn jedoch am meisten beschäftigte, war der blutbefleckte Zettel aus der Manteltasche seines Freundes Petersen.

Ben fragte sich unwillkürlich, ob die Entscheidung des Vorstands, Somba dichtzumachen, und Petersens überraschender Tod etwas miteinander zu tun hatten.

Der Berufsverkehr auf dem Highway war jetzt so dicht geworden, dass sie nur noch im Schritttempo vorankamen. Ben schloss die Augen und lauschte dem leisen Klicken, mit dem der Taxameter eine Viertelmeile nach der anderen registrierte.

Und dann schlief Ben zum ersten Mal seit 26 Stunden ein. Er schlief, während sein Sohn wohlbehalten und zufrieden neben ihm mit seinem Gameboy spielte, schlief mit Petersens CD-ROM, Petersens Notiz, Petersens Blut und Petersens Geheimnis in seiner Westentasche und ahnte nicht, dass über Sombas Schicksal bereits entschieden war.

Aber nicht vom Vorstand von ChemGen.

MITOSE

21

Drei Meilen südlich von Somba sprang plötzlich ein Brüllaffe vor den auf der Urwaldpiste dahinholpernden Konvoi von drei Geländewagen vom Typ Ford Explorer. Der erste Wagen machte einen heftigen Schlenker, aber nicht um dem Affen auszuweichen, sondern um ihn zu überfahren.

»Scheiß Affe«, zischte der Fahrer, dessen Zähne vom Rauchen und Opiumkauen tiefbraun verfärbt waren. Sein Name war Reuben Angel, aber jeder nannte ihn Rooster.

Der Affe sprang unversehrt in den Busch zurück.

»Du willst mich wohl verarschen«, knurrte Rooster drohend. »Pass nur auf, das nächste Mal erwische ich dich.«

Zwanzig Meter weiter tauchte erneut ein Brüllaffe mit schrillem Geschrei aus dem Dickicht auf, hüpfte mitten auf der Piste auf und ab und bleckte seine kleinen, rasiermesserscharfen Zähne. Rooster drückte das Gaspedal so heftig durch, dass der Explorer ins Schleudern kam und nach links ausbrach. Einen Sekundenbruchteil bevor der Geländewagen in den Graben neben der schmalen Piste stürzte, zog Rooster scharf nach rechts und traf den Affen, als dieser gerade wieder in die Luft sprang.

Wumm! Ein gedämpftes, aber unmissverständliches Klatschen. Volltreffer.

»Was hab ich dir gesagt? Verarsch mich nicht«, knurrte Rooster triumphierend.

»Bleib auf der Piste, Rooster«, wies Hopkins den Fahrer vom Rücksitz aus an, während er sich in aller Seelenruhe seine Pfeife anzündete. Süßlicher Tabakrauch durchzog den klimatisierten Wagen. »Sonst bist du der Nächste, den man von der Stoßstange kratzt. Verstanden?«

»Ja, Senhor Hopkins«, antwortete Rooster gehorsam.

Hopkins nahm einen langen Zug aus seiner Pfeife. Er fuhr gern zu den US-Wissenschaftlern, denn sie waren intelligente Leute, mit denen man sich zivilisiert unterhalten konnte. Manchmal sehnte sich Hopkins einfach nach einem Gespräch mit gebildeten Menschen.

Trotzdem besuchte er die Nordamerikaner nicht nur, um mit ihnen zu plaudern. Er wollte Antworten.

Antworten auf Fragen, die ihn schon lange, sehr lange, beschäftigten.

22

Labor A sah aus wie nach einem Wirbelsturm. In den Spülbecken aus Edelstahl türmten sich Bechergläser und Phiolen, auf dem Trockenofen und den Tischen standen überall Tabletts mit Zellpräparaten der Venusfliegenfalle, und auf dem Boden lagen Computerausdrucke verstreut.

Nichts war an seinem Platz, auch nicht Susans Laptop. Sie konnte sich nicht erinnern, wo sie ihn gelassen hatte.

»Haben wir noch irgendwo saubere Pipetten?«, rief sie, während sie über ein Olympus-Lichtmikroskop gebeugt einen weiteren Zellschnitt vorbereitete. Obwohl es noch früh am Tag war, hatte Susan schon drei Stunden lang Tests an Sporen der Venusfliegenfalle durchgeführt. Die rätselhafte Geschichte mit den Vakuolen hatte sie die ganze Nacht nicht schlafen lassen, und sie war fest entschlossen, ihr nun endlich auf den Grund zu gehen.

Wegen des lauten Laufgeräuschs der Zentrifuge hörte Susan nicht, wie Hopkins' Geländewagen die Zufahrt herauffuhren und mit knirschenden Reifen zum Stehen kamen. Erst als Rooster ausdauernd die Hupe betätigte, schreckte sie hoch.

»Mist!«, rief Susan. Sie sah auf und erblickte vor dem

Fenster zwei bewaffnete Männer im Tarnanzug, die direkt auf das Labor zukamen.

Es waren Hopkins' Leibwächter Greasy und ein etwas kleinerer, aber ebenso abstoßend wirkender Mann, der zusätzlich zu seiner Kalaschnikow noch einen Revolver am Gürtel baumeln hatte.

Greasy klopfte an die Tür des Labors und verkündete mit lauter Stimme: »Senhor Hopkins ist da!«

»Wer?«, fragte Susan, während sie die Tür öffnete.

»Senhor Hopkins«, wiederholte Greasy. »Holen Sie die anderen.«

»Warten Sie hier.« Sie wollte die Tür wieder schließen, doch Greasy streckte blitzschnell die Hand aus und stieß die Tür derart heftig auf, dass Susan zu Boden geschleudert wurde.

»Wir warten drinnen«, sagte Greasy ungerührt. »Holen Sie die anderen.«

Susan klopfte sich die Kleider ab. Sie war nicht gerade ängstlich und konnte sich, wenn sie in den Kneipen der Stadt von einheimischen Männern belästigt wurde, recht gut zur Wehr setzen, aber jetzt war die Situation doch ein wenig anders. Nun stand ein stinkender, grobschlächtiger und darüber hinaus auch noch bewaffneter Mann vor ihr, der in dem engen Labor wie ein Riese wirkte.

»Ist ja schon gut, Arschloch«, zischte Susan auf Englisch, während sie sich umdrehte und den Korridor entlangging. »Und Finger weg von unseren Sachen!«, rief sie über die Schulter zurück auf Portugiesisch. Ihre Kollegen waren in der Küche beim Frühstück. Boomer hörte Musik aus seinem Walkman und begleitete das gleichförmige Gewummere mit rhythmischem Kopfwackeln.

Frank und Angie saßen mit müden Augen vor ihren Kaffeebechern und warteten wohl darauf, dass das Koffein seine Wirkung tat.

»Die örtliche Miliz ist da«, sagte Susan. »Sie wollen, dass wir alle ins Labor A kommen!«

»Die Polizei? Was will die denn von uns?«, fragte Frank erstaunt.

»Was redest du denn von Polizei? Hast du mir nicht zugehört? Ich habe doch gesagt, es ist Hopkins mit seiner Miliz«, erwiderte Susan. »Ich schätze mal, dass dein Freund Paulo irgendwas über die Touristinnen ausgeplaudert hat.«

»Das kann ich mir eigentlich nicht vorstellen«, entgegnete Frank. »Hören wir uns doch erst einmal an, was sie wollen.«

»Aber kein Wort über die Pflanzen«, beschwor Susan ihre Kollegen. »Wir erzählen ihnen dieselbe Geschichte wie den beiden Touristinnen, klar?«

Die Gruppe machte sich langsam auf den Weg ins Hauptlabor, wo Greasy inzwischen ein kariertes Tischtuch über einen der Labortische gebreitet hatte und in Hab-Acht-Stellung daneben stand, eine weiße Serviette über dem Arm. Auf dem Tischtuch glänzte eine weiße Teetasse aus Porzellan in der Morgensonne.

»Ich wusste gar nicht, dass du auch Kellner bist, Greasy«, sagte Frank mit einem breiten Grinsen. »Wie wär's, willst du nicht bei uns anheuern? Wir könnten hier dringend einen gebrauchen.«

»Spar dir den Scheiß«, grunzte Greasy. »Wo sind die Touri-Weiber?«

»Wo ist dein Boss?«, gab Frank zurück. »Oder hast du dich mit deinem Kumpel im Wald verlaufen?«

Greasy zog seine Pistole und zielte damit auf Frank. »Wir haben keine Zeit für dumme Sprüche, Frank. Hol sie.«

Frank wandte sich an Boomer. »Hol die beiden.«

»Aber ...«, setzte Susan an. Obwohl sie selbst bei ihrer Befragung der Touristinnen nichts Wichtiges herausbekommen hatte, war es ihr nicht gerade recht, dass Hopkins mit ihnen sprach. Niemand konnte sagen, was für seltsame Geschichten auf diese Weise in Umlauf kamen.

»Nun mach schon!«, sagte Frank grimmig. Boomer verließ grinsend das Labor. Greasy deutete nach draußen auf die Geländewagen und einen groß gewachsenen Mann mit weißem Anzug und Hut, der im Morgendunst des Regenwalds gemessenen Schrittes auf das Labor zuging.

»Wer ist das?«, fragte Angie.

»Das«, flüsterte Frank, »ist einer der mächtigsten Männer Nordbrasiliens. Mit dem ist nicht gut Kirschen essen.«

Hopkins betrat das Labor, ohne ein Wort zu sagen. Schweigend ließ er den Blick prüfend über die technischen Gerätschaften und die Tische mit den zerschnittenen Pflanzenteilen und den Bechergläsern wandern, bevor er langsam zu dem Mikroskop in der Nähe der Eingangstür schlenderte, an dem Susan noch vor ein paar Minuten ihre Präparate auf opake Vakuolen getestet hatte.

»Von welcher Pflanze stammen denn diese Teile?«, fragte Hopkins und deutete auf die abgeschnittenen Stücke der Venusfliegenfalle.

»Von Vanille-Orchideen«, log Susan. Es machte sie nervös, so nah neben Hopkins zu stehen.

»Komisch. Sie riechen ja gar nicht nach Vanille.«

»Deshalb untersuchen wir sie ja.«

Hopkins' Blick fiel auf eine Datura, die Frank in einen Topf gepflanzt hatte, und er strich mit dem Finger behutsam über ihre leuchtend roten, trompetenförmigen Blüten.

»Eine *Brugmansia sanguinea«,* murmelte er. »Ein schönes Exemplar. Schwer, sie als Topfpflanze zu halten.«

Susan räusperte sich. »Sie scheinen sich ja gut auszukennen.«

Hopkins lächelte. »Allein in dieser Region gibt es über ein Dutzend solcher Datura-Arten. Ihre Stechapfel-Variante hier wird hauptsächlich als Zierpflanze verwendet. Sie liefert übrigens ein ganz nettes Halluzinogen. Früher hat man daraus ein Gebräu bereitet, das man den Frauen und Sklaven eines Verstorbenen einflößte, bevor sie mit dem Toten lebendig begraben wurden. Angeblich sollte es ihnen die lange Reise in den Himmel erleichtern.«

Angetan von den Kenntnissen des rundlichen Mannes, entschlüpfte nun auch Susan ein Lächeln. »Heute werden aus dem Stechapfel gewonnene Arzneien überwiegend bei Reisekrankheit eingesetzt«, sagte sie und dachte an Ben. »Die Datura produziert ein eigentlich ganz einfaches Tropan-Alkaloid, aber auf Zellebene ist die Produktion des methylierten Stickstoffs äußerst komplex.«

»Susan, bitte ...«, stöhnte Frank.

»Es ist mir ein Vergnügen, mich mit einer gebildeten Frau zu unterhalten«, erwiderte Hopkins, ohne sich um Frank zu kümmern. »Leider komme ich viel zu selten dazu.«

Er warf einen Blick auf Susans Arm. »Das sieht aber

schlimm aus. Sind Sie einem Jaguar über den Weg gelaufen?«

Susan verschränkte abwehrend die Arme vor der Brust. »Ganz so aufregend war's nicht. Ich habe mich nur im Geräteschuppen ein wenig gestoßen.«

Frank trat ein paar Schritte vor und stellte sich vor Hopkins. »Wie können wir Ihnen heute helfen?«, fragte er mit Nachdruck.

Das Lächeln auf Hopkins Gesicht wurde breiter, doch seine Augen verengten sich.

»Auf mannigfaltige Weise, Mr Steinmann. Zunächst hätte ich gern etwas Wasser für meinen Tee.«

Er schnippte mit den Fingern, woraufhin Greasy ein kleines Holzkästchen öffnete, aus dem Hopkins sich einen Tee aussuchte. »Wer die Wahl hat, hat die Qual ...« Hopkins, dem es in Wirklichkeit egal war, welchen Tee er trank, mimte nur gern den Genießer. In Wahrheit diente das Holzkästchen einem gänzlich anderen Zweck: Außer Teebeuteln enthielt es nämlich ein geschickt im Boden verborgenes Mikrofon samt leistungsstarkem Minisender.

Hopkins war nicht zum Teetrinken und Plaudern gekommen. Er war gekommen, um die Wissenschaftler auszuspionieren.

»Botanisch gesehen ist die Auswahl eher klein«, ließ sich Susan vernehmen. »Sämtlicher Tee kommt von ein und derselben Pflanze.«

»Auch der grüne Tee?«, fragte Hopkins.

»Ja«, antwortete sie. »Auch er stammt von der *Camellia Sinensis*.

Der Unterschied zwischen grünem und schwarzem Tee ist der, dass beim grünen Tee die Blätter lediglich getrocknet werden, während man sie für schwarzen Tee rollt, damit sie welken und fermentieren. Der verschiedene Geschmack kommt durch unterschiedliche Blattgrößen und Verarbeitungsmethoden. Und dann gibt es natürlich auch aromatisierten Tee.«

»Da bringen Sie mich auf eine Idee«, sagte Hopkins lächelnd. »Ich werde einen Earl Grey nehmen, der ist mit Bergamotteöl aromatisiert.« Gerade als er Greasy den Teebeutel reichte, kam Boomer zurück ins Labor, gefolgt von den beiden Touristinnen, die trotz ihrer zwei Ruhetage noch immer ziemlich zerzaust und verheult aussahen.

»Meine Damen«, sprach Hopkins sie an, während er höflich den Hut zog und auf sie zuging. »Mein Name ist Roberto Hopkins, und neben vielen anderen Ämtern bekleide ich auch das des Bürgermeisters von Manacapuru. Ich möchte Sie im Namen aller Einwohner meiner Stadt und ganz Amazoniens hier bei uns aufs Herzlichste willkommen heißen.« Er machte eine langsame, elegante Verbeugung vor den beiden Frauen. »Miss Kramer ... Miss Browning. Als ich von Ihrem Unfall hörte, habe ich mich sofort auf den Weg gemacht ...«

Die beiden Frauen blickten sich fragend an.

»Sehr erfreut«, sagte Trish schließlich. »Wie, sagten Sie gleich noch mal, war Ihr Name?«

»Hopkins. Roberto Hopkins. Bürgermeister von Manacapuru und natürlich auch Geschäftsmann.«

Woher kennt er ihre Namen?, fragte sich Susan.

Und wieso weiß er von ihrem Unfall?

»Hopkins«, schaltete Frank sich ein. »Den beiden Damen geht es nach ihrem kleinen Abenteuer im Regenwald schon wieder sehr viel besser. Ich fliege sie heute

Nachmittag mit meiner Cessna nach Manaus. Nicht wahr, so haben wir das ausgemacht, Mädels?«

»Wenn ich Sie wäre, würde ich lieber nicht in die alte Klapperkiste von einem Flugzeug steigen«, bemerkte Hopkins, klang dabei aber nicht unfreundlich. »Aber das müssen Sie ja auch nicht, meine Damen, denn ich kann Ihnen anbieten, Sie in meinem persönlichen Geländewagen nach Manaus zu fahren. Ein besseres Transportmittel gibt es in ganz Amazonien nicht.« Hopkins deutete nach draußen auf die drei Ford Explorer. »Ledersitze, Klimaanlage, DVD-Spieler – Sie sehen: für Ihre Bequemlichkeit ist gesorgt. Und die haben Sie sich doch wohl verdient, oder?«

Die beiden Frauen sahen sich an und nickten zustimmend.

Hopkins hob bekräftigend die Hände. »Na, dann ist ja alles geregelt. Greasy, kümmere dich um das Gepäck der Damen.«

Der Leibwächter verließ auf der Stelle das Labor. Angie und Boomer liefen hinter ihm her, gefolgt von den beiden humpelnden Touristinnen.

Frank wandte sich an Hopkins. »Es macht mir wirklich nichts aus, die beiden nach Manaus zu fliegen, ich freue mich sogar darauf. Außerdem ist meine Cessna schneller als Ihre Wagen.«

»Mr Steinmann, diese Touristinnen sind nicht Ihre Sache, sondern meine.«

»Warum das?«, wollte Susan wissen.

»Weil die wenigen Besucher, die in unsere bescheidene Stadt kommen, sich hier sicher fühlen müssen. US-Bürger geben eine Menge Geld für ihren Urlaub hier aus ... Es ist mir egal, was ihnen da draußen im Regenwald passiert ist, aber es ist mir nicht egal, was sie zu Hause erzählen. Wir müssen alles tun, um die Situation zu retten.«

»Welche Situation denn?«, fragte Frank.

»Wenn einem Touristen im Regenwald etwas zustößt, gibt es immer entsetzlich viel Gerede. Gerede von Einheimischen, Gerüchte unter Touristen. Irgendwann kriegt vielleicht die Presse davon Wind, und dann haben wir bald überhaupt keinen Tourismus mehr in dieser Gegend. Gut, es ist kein Drama, wenn zwei Frauen hinfallen und sich die Knie aufschürfen, aber diese beiden sind in einem Teil des Waldes verunglückt, der bei den Eingeborenen als verwunschen gilt. So was gibt zu den verrücktesten Spekulationen Anlass.«

»Sie sind also hingefallen. Na und?«, brummelte Frank.

»Und deshalb sollten wir ihnen mit einem freundlichen Lächeln unsere Hand reichen und dafür sorgen, dass sie glücklich und zufrieden möglichst bald zurück in die Vereinigten Staaten kommen«, erwiderte Hopkins. »Und das ist nun mal meine Aufgabe, nicht die Ihre, denn Sie sollten sich voll und ganz auf Ihre Arbeit konzentrieren, nicht wahr? Ihre Forschung ist doch viel wichtiger, als Lufttaxi für Touristen zu spielen.«

»Da haben Sie Recht«, murmelte Susan. Sie hatten hier in der Tat wichtige Dinge zu tun. Mehr als genug. Und es war ihr tatsächlich wesentlich lieber, dass Frank sich im Labor nützlich machte, als dass er mit der Cessna durch die Gegend flog.

Hopkins trank gerade seinen Tee aus, als Greasy mit zwei Rucksäcken zurückkam. Ihm folgten Jenny und Trish, die sichtlich erleichtert schienen, dass ihnen der Flug in Franks kleiner Maschine erspart blieb.

»Meine Damen, darf ich bitten?«, fragte Hopkins lächelnd und ging voraus zu den Wagen.

Die beiden Frauen schrieben Susan noch rasch ihre E-Mail-Adressen auf und verabschiedeten sich.

Das war das Letzte, was Susan von Jenny Kramer und Trish Browning sah.

23

Frank, Susan, Angie und Boomer standen in der heißen Amazonassonne vor dem Labor und sahen zu, wie die schwarzen Explorer mit hoher Geschwindigkeit abfuhren.

»Wie die Eskorte eines Staatspräsidenten«, bemerkte Frank, während Boomer einen Stein aufhob und ihn den Geländewagen hinterherwarf.

»Badda-boom-badda-bing«, sang er. »Nobel geht die Welt zu Grunde.«

»Ich verstehe das nicht«, sagte Susan und zündete sich eine Zigarette an. »Warum macht er nur so viel Trara wegen zweier zu Schaden gekommener Touristinnen?«

»Die sind ihm doch piepegal«, sagte Frank. »Hopkins ist hinter etwas ganz anderem her.«

»Vielleicht hat er von der Venusfliegenfalle erfahren«, meinte Angie.

Frank blickte in den dichten Regenwald hinaus, der das Laborgelände umgab.

»Oder er weiß etwas über die beiden Frauen, was die uns nicht gesagt haben.«

»Badda-boom-badda«, sang Boomer und streckte den Daumen in die Höhe. Dann machte er ein paar schnelle Tanzschritte und rappte dazu mit näselnder Stimme:

»Dann kommt der Bürgermeister,
ein kleiner, dicker, Hopkins heißt er,
und holt sich seine Beute,
zwei leicht lädierte Bräute.«

»Reim dich, oder ich fress' dich«, seufzte Angie. Sie hatte sich auf die Türschwelle gesetzt und rieb sich mit einem Insektenschutzmittel ein.

»Das Zeug können Sie wegwerfen«, sagte Susan. »Das Einzige, was hier draußen hilft, ist DEET.«

»Trotzdem habe ich noch keine Malaria«, gab Angie gereizt zurück. Susan war schließlich nicht allwissend.

»Mir ist dieser Hopkins nicht geheuer«, sagte Susan. »Ich konnte ihn eigentlich noch nie leiden.«

»Er hat mir mal im Gekko die Ohren vollgelabert«, sagte Frank. Das Gekko war eine Kneipe in Manacapuro, die ebenso wie das Hotel Hopkins gehörte.

»Du Armer«, sagte Susan mitfühlend.

Boomer spreizte geziert den kleinen Finger ab und sang, Hopkins' unnatürlichen britischen Akzent imitierend:

»Im Gekko sitzt ein dicker Mann
und zündet Frank Zigarren an!«

»Ihr werdet es nicht glauben, aber er hat mir seine Lebensgeschichte erzählt«, fuhr Frank fort, ohne auf die beiden zu achten. »Hopkins ist im Amazonasgebiet geboren und hat als Kind in den Minen südlich vom Rio Negro gearbeitet. Die meisten Jungs dort sterben, bevor sie zwanzig sind, bei Grubenunglücken oder an Malaria, und die Mädchen werden zur Prostitution gezwungen oder an reiche Männer verkauft. Das ist so eine Art Sklavenhandel mit Kindern ...«

»Dann hat unser Bürgermeister ja eine richtig glückliche Kindheit gehabt«, bemerkte Susan zynisch.

»Als Hopkins zehn war«, erzählte Frank weiter, »ist er von den Minen abgehauen und hat sich auf einem dieser Goldwäscherschiffe verdingt, von denen es hier Dutzende gibt. Wusstet ihr eigentlich, dass das Gold aus den Anden stammt, wo es die Gebirgsbäche aus dem Gestein waschen? Lange hielt Hopkins es auch auf der *Draga* nicht aus. Schon nach ein paar Wochen floh er zusammen mit einem anderen Jungen und versteckte sich in einer verlassenen Goldmine, die schon vor Jahrzehnten aufgegeben worden war. Angeblich war dort kein Gold mehr zu finden, aber Hopkins und sein Freund stießen durch Zufall auf eine ergiebige Goldader, die von den früheren Bergleuten übersehen worden war. Die beiden holten das Gold nach und nach aus der Mine und versteckten es im Urwald, wo sie aber von Banditen überfallen wurden. Hopkins' Freund wurde das Gesicht weggeschossen, doch ihm selbst gelang es, mit einem Teil des Goldes zu fliehen.«

»Und dann?«, fragte Angie. »Was geschah dann?«

»Dann hat sich Hopkins zur Küste durchgeschlagen und ist auf einem Schiff nach England gefahren. Dort hat er sein Gold gut angelegt, ist auf eine teure Schule gegangen und schließlich zu einem erfolgreichen Geschäftsmann geworden, der mit dem Handel zwischen England und Brasilien viel Geld verdient hat.«

»Und irgendwann einmal ist er dann an den Amazonas zurückgekehrt, richtig?«, fragte Susan.

»Ganz genau. Er hat sich ausgedehnte Ländereien und etliche Fabriken gekauft und schließlich ein paar Goldminen – darunter auch die, in der er als kleiner Junge hat schuften müssen. Heute ist er der reichste Mann Amazoniens, dem unter anderem halb Manacapuru gehört.«

»Angeblich soll er sich ja sehr für die Erhaltung des Regenwalds einsetzen«, sagte Susan.

»Stimmt. Seiner Meinung nach ist er Brasiliens wichtigste Ressource und die einzige Chance des Landes, in der Weltwirtschaft mithalten zu können.«

»Der Donald Trump des Amazonas!«, rief Boomer aus.

»Ja, Hopkins ist ein mächtiger Mann, mit dem man sich besser nicht anlegen sollte«, meinte Frank. »Das Gute ist, dass er uns braucht. Er unterstützt unsere Arbeit hier, und er hätte gern, dass ein großes Unternehmen wie ChemGen noch mehr Geld in der Nähe seiner Stadt investiert. Er hofft, dass das auch andere Pharmafirmen anzieht.«

Susan schickte sich an, ins Labor zurückzugehen. »Wenn wir diesen Pflanzen nicht bald ihr Geheimnis entreißen, wird dein Freund Hopkins wohl demnächst auf unsere Anwesenheit verzichten müssen, fürchte ich.«

24

Ich bin froh, dass wir nicht mit Frank geflogen sind«, sagte Trish. »Mit dem Auto sehen wir doch viel mehr vom Land.«

Die beiden Frauen hatten es sich auf der Rückbank des Ford Explorer bequem gemacht und waren froh, Somba verlassen zu können. Rooster, der strikte Anweisung bekommen hatte, die Affen am Pistenrand in Ruhe zu lassen, steuerte schweigend den schweren Geländewagen, während Hopkins auf dem Beifahrersitz den Fremdenführer spielte und angeregt Konversation trieb. Die ganze Fahrt von Somba zum Flughafen von Manaus über erzählte er begeistert und kenntnisreich von seinem Land, von den Stammesriten der Indianer bis hin zum brasilianischen Jaguar, der schon einmal fast ausgestorben war und sich inzwischen wieder vermehrte. Hopkins ließ keinen Zweifel daran, dass ihm sein Amazonien sehr am Herzen lag.

Als die Frauen ihn auf die zunehmende Verstädterung und die schmutzigen, heruntergekommenen Orte ansprachen, brach Hopkins in ein herzhaftes Lachen aus.

»Es kommt mir fast so vor, als hätten auch Sie hier das Paradies auf Erden gesucht!«, rief er aus und verdrehte die Augen. »So wie alle anderen! Sie wollten die majestätische Schönheit unseres Waldes sehen, unsere wunderbare Tierwelt, die grausamen Rituale unserer Eingeborenenstämme, nicht wahr? Und was finden Sie stattdessen? Schmutz und Armut, abgeholzten Regenwald, offene Müllkippen und dieselbe Umweltverschmutzung wie anderswo. Da, schauen Sie nur aus dem Fenster«, sagte er. Sie fuhren gerade auf einer zweispurigen Straße durch eine sanft gewellte Landschaft, die früher einmal üppiger Regenwald bedeckt hatte. Jetzt war hier über viele Meilen hin nur noch ödes, sonnenverbranntes Land zu sehen. »Ihr Paradies gibt es schon lange nicht mehr. Die Leute, die hier den Regenwald abgeholzt haben, wollten eigentlich Felder und Weiden schaffen, aber was haben sie erreicht? Hektar um Hektar, auf denen nichts weiter mehr wächst als anspruchsloses Unkraut. Und dafür mussten all die majestätischen Urwaldriesen sterben!«

»Wir sind nicht den weiten Weg aus Kalifornien gekommen, um Unkraut zu sehen«, sagte Jenny.

»Mehr wird es hier vielleicht bald nicht mehr geben. Jahr für Jahr geht ein Stück Regenwald von der Größe Ihres Bundesstaates Kansas für immer verloren. Siedler holzen ihn ab, Farmer brennen ihn nieder, Baufirmen betonieren ihn zu, und die Regierung überflutet ihn für immer neue Staudammprojekte. In spätestens hundert Jahren wird auch das bisschen Regenwald verschwunden sein, das Sie hier jetzt noch sehen.«

»Aber Paulo hat uns ein paar wunderschöne Stellen gezeigt«, warf Trish ein.

Hopkins runzelte die Stirn. »Aber dafür hat er Sie weit von den Städten wegführen müssen, nicht wahr? Jedes Jahr entstehen hier neue Siedlungen. Als ich ein Kind war, lebten in ganz Amazonien nur hunderttausend Menschen. Heute sind es über drei Millionen. Und diese

Menschen sind nicht wie Sie, sie wollen keine Vögel beobachten oder im Wald herumstreifen. Sie wollen Rinder züchten oder Kaffee und Sojabohnen anbauen. Für sie ist der Regenwald ein Störfaktor, deshalb beseitigen sie ihn. Für immer.«

»Es ist eine Schande«, sagte Jenny, und Trish nickte zustimmend. Sie hörten Hopkins, der voller Leidenschaft von der Erhaltung des Regenwalds sprach, aufmerksam zu. Und während er geduldig jede ihrer Fragen beantwortete, brachte er das Gespräch immer wieder auf den Vorfall in der Schlucht. Er wollte alle Einzelheiten wissen: Wo sie hinabgestürzt waren, was für Pflanzen sie gesehen hatten, was mit ihnen geschehen war. Die beiden gaben die Erklärung weiter, die Frank und Paulo ihnen nahegelegt hatten, und Hopkins tat so, als würde er sie akzeptieren.

Doch er wusste, dass diese Schlucht mehr Gefahren barg als ein paar tückische Schlammlöcher.

Und die Aussagen der Touristinnen bestätigten es.

Etwas wuchs da unten am Rio Manaus heran. Etwas, was Hopkins haben wollte.

Und die Forscher in Somba wussten davon.

»Ich muss mich bei Ihnen entschuldigen, dass ich immer wieder auf Ihren schrecklichen Unfall zurückkomme«, sagte Hopkins, als sie sich dem Flughafen näherten. »Das ist äußerst unhöflich von mir. Aber andererseits bin ich sehr neugierig, was die Pflanzen in dieser Schlucht betrifft. Es wäre doch faszinierend, wenn es in unserem Regenwald bisher noch unbekannte Pflanzen gäbe, die sich gegen die Menschen zur Wehr setzen könnten.«

»Pflanzen, die Menschen angreifen?«, wiederholte Trish mit einem ungläubigen Lachen. Sie war zu dem

Schluss gekommen, dass Frank Recht hatte und dass sie tatsächlich in ein mit Pflanzenranken überwuchertes Sumpfloch gestürzt waren. »Uns doch nicht! Wir sind doch nur harmlose Touristinnen.«

»Hässliche Amerikanerinnen ...«, fügte Jenny scherzhaft hinzu.

»Also *das* kann man nun wahrlich nicht behaupten«, meinte Hopkins charmant. »Aber es wäre doch ein faszinierender Gedanke, wenn die Pflanzen sich den Amazonas zurückerobern würden, finden Sie nicht? Wenn der Regenwald sich selbstständig gegen die Angriffe des Menschen verteidigen könnte ...«

»Da müssten die Pflanzen aber ganz schön schnell wachsen, wenn sie bei dieser Zerstörung mithalten wollen«, sagte Jenny.

»Ja, das müssten sie wohl«, erwiderte Hopkins nachdenklich. »Sehr schnell sogar.«

Sie waren am Flughafen von Manaus angekommen, und Rooster hielt den Explorer direkt vor der Abfertigungshalle an. »Wer ist denn das?«, fragte Trish und deutete auf ein Foto, das sich in einem kleinen vergoldeten Rahmen direkt über dem Handschuhfach befand. Es zeigte ein kleines Mädchen in einem blauen Kleid, das in einem sonnendurchfluteten Garten eine Ziege streichelte.

»Meine Tochter«, erwiderte Hopkins, wobei ihm fast die Stimme versagte. »Leider wurden mir ihre Anmut und ihr Strahlen vor einiger Zeit genommen.« Er strich mit dem Finger zärtlich über den Rahmen.

»Mein Beileid«, murmelte Trish verlegen. »Wie war ihr Name?«

Hopkins senkte kummervoll den Kopf.

»Dorothy«, murmelte er leise.

25

Auch eine halbe Schachtel Winston Lights hatte es nicht verhindern können, dass Susans Gereiztheit im Laufe des Vormittags immer schlimmer geworden war. Da ihr Laptop nirgendwo auf dem Laborgelände zu finden war, hatte sie für sein Verschwinden eigentlich nur noch eine einzige Erklärung: Boomers Kapuzineraffe musste sich damit aus dem Staub gemacht haben. Franks launiger Kommentar, ob sich nicht vielleicht die Gespenster von Somba des Geräts bemächtigt hätten, hatte Susan noch mehr in Rage gebracht. Bis Mittag hatte sich ihre Laune so sehr verschlechtert, dass ihr alle aus dem Weg gingen. Boomer und Frank verzogen sich in den Geräteschuppen, um dort den Haufen toter brauner Blätter, Stängelteile und Wurzeln der Venusfliegenfalle zu sortierten und zu klassifizieren, während Angie zähneknirschend Susan in Labor A assistieren musste. Wenn sie eine gute Note für ihre Doktorarbeit haben wollte, blieb ihr nichts anderes übrig.

In Labor B stand die lebende Venusfliegenfalle, die Frank neben ihrer großen Schwester ausgegraben und in ein ausgedientes 200-Liter-Ölfass gepflanzt hatte. Susan und Angie konzentrierten sich ganz auf Präparate von dieser Pflanze, wiederholten die Tests der letzten vierundzwanzig Stunden und ermittelten aufs Neue die Daten, die zusammen mit Susans Laptop verschwunden waren. Rasch hatte Susan die opaken Vakuolen wieder lokalisiert, die lediglich in der lebenden Venusfliegenfalle zu finden waren.

Doch sie wusste, dass sie mehr brauchte als weiße Vakuolen – sie brauchte eine Hypothese, die Skinners kritischer Prüfung standhalten würde.

Andernfalls würde ChemGen Somba dichtmachen.

»Es wäre vielleicht nicht dumm, eine Sicherungskopie der Daten an die Zentrale zu schicken«, meinte Angie. »Nur für den Fall, dass uns noch mal ein Laptop abhanden kommt.«

»Noch nicht«, erwiderte Susan kurz angebunden.

»Wenn wir es heute Morgen gemacht hätten, müssten wir jetzt nicht alle Tests wiederholen!«

»Hören Sie mir nicht richtig zu oder was?«, fauchte Susan. »Ich habe doch eben gesagt: *noch nicht!*«

»Was ist denn falsch daran, die Zentrale zu informieren?«, gab Angie beleidigt zurück. »Wenn Skinner diese Daten sieht, wird er es nicht mehr wagen, Somba zu schließen.«

Susan zog einen Hocker heran und setzte sich neben Angie. »In der Forschung geht es um mehr als nur um Fakten und Hypothesen«, erklärte sie geduldig. »Ob ein Projekt gefördert wird, ist immer auch eine Frage der Firmenpolitik. Ihnen persönlich kann es egal sein, ob Somba in ein oder zwei Monaten geschlossen wird, Sie sind dann längst wieder zu Hause und schreiben Ihre Doktorarbeit fertig, aber ich grabe nun schon seit Jahren hier im Urwald irgendwelche Pflanzen aus, und ich werde nicht kampflos hinnehmen, dass man mich um die Früchte meiner Arbeit bringt. Die Venusfliegenfalle ist dabei unsere Geheimwaffe, und eine solche zeigt man nicht gleich in der ersten Schlacht ... man setzt sie ein, um im geeigneten Moment den kriegsentscheidenden Angriff zu führen.«

»Wie Sie meinen. Sie sind der Boss«, erwiderte Angie.

»Es wäre mir wirklich lieb, wenn Sie das nicht immer wieder sagen würden. Schließlich sind wir hier ein Team.«

»Was Sie nicht sagen«, erwiderte Angie mit sarkastischem Unterton.

»Wenn wir Skinner und die Chefetage von ChemGen von der Wichtigkeit unserer Arbeit überzeugen wollen, müssen wir verdammt sicher sein, wovon wir reden. Diese weißen Vakuolen könnten der Schlüssel zum Verständnis dieser Pflanzen sein, aber das müssen wir hieb- und stichfest belegen. Ich brauche noch ein, zwei Tage, bevor ich Skinner informieren kann. Wenn ich das zu früh mache, zerreißt er meine Theorie in der Luft.«

»Und was soll ich jetzt machen?«

»Machen Sie weiter mit der Untersuchung der Zellen. Wenn Ben erst mal wieder zurück ist und uns erzählt, wie es auf der Vorstandssitzung gelaufen ist, sehen wir hoffentlich klarer.«

Susan warf einen Blick auf ihre Armbanduhr.

»Mist!«, rief sie aus. »In drei Stunden landet er ja. Ich muss mich beeilen und ihn vom Flughafen abholen.«

»Soll ich mitfahren?«, fragte Angie in der Hoffnung, dass Susan ablehnen würde.

»Nein. Sie bleiben hier und werten die Chlorophyll-Tests von heute Vormittag aus. Und zwar per Hand. Die Zentrale darf davon nichts erfahren!«

Susan lief hinaus in den heißen Amazonastag und setzte sich in den Pick-up, nicht ohne vorher die Fahrerkabine gründlich inspiziert zu haben. Dann ließ sie den Motor an und preschte mit durchdrehenden Reifen los in Richtung Manaus.

26

Susan war noch keine fünf Minuten unterwegs, als die Tür von Labor A krachend aufflog. Angie fiel vor Schreck fast vom Stuhl.

»Boom-badda-badda-da-ta-da!«, trällerte Boomer. Auf seiner Schulter balancierte Cappy, das Kapuzineräffchen. »Ist die böse Hexe fort?«

»Die reitet gerade nach Manaus. Auf ihrem Besen.«

»Wenn wir Glück haben, fliegt sie dabei einer Killerpflanze ins Maul«, sagte Boomer und legte Angie den Arm um die schlanke Taille.

»Sind denn hier heute alle komplett plemplem?«, fragte Angie und zeigte ihm eine Computerdiskette. »Sieh mal, was sie mir aufgetragen hat: Ich soll dieses Zeug hier per Hand auswerten. Eigentlich könntest du das für mich machen.«

»Warum schickst du es nicht einfach an die Zentrale? Die können es dort durch den großen Computer jagen.«

»Susan will die Zentrale erst später einweihen.«

»Du hast schon Recht mit deinem ›plemplem‹. Die Frau leidet unter Verfolgungswahn.«

Angie drückte ihm die Diskette in die Hand. »Da sind alle Daten drauf. Was ich brauche, ist eine komplette Chlorophyll-Analyse.«

»Und die soll ich per Hand erstellen? So ein Schwachsinn!«, sagte Boomer und zeigte ihr einen Vogel. »Da hocke ich ja Stunden um Stunden am Computer! Meine Güte ... Schick das Zeug doch einfach an Marco!«

»Ich habe meine Anweisungen, und du hast jetzt deine«, sagte Angie. »Susan will die Absorptionsspektren in allen Wellenbereichen haben.«

»Mist, das dauert ewig! Dabei bin ich eigentlich gekommen, um dir etwas Interessantes zu zeigen.«

»Zieh Leine, Mann«, sagte sie mit einem Blick auf die Wölbung in seiner Hose. »Kein Bedarf im Moment.«

»Was du immer denkst ... Nun komm schon, es ist in Labor B.«

Angie folgte ihm nach draußen und ging hinter ihm zu einem anderen Gebäude des Laborkomplexes. Dort stand die Venusfliegenfalle, die Frank in das 200-Liter-Fass gepflanzt hatte, mit weit ausgebreiteten Fangblättern in Erwartung ihrer nächsten Beute.

»Die ist gewachsen, oder täusche ich mich?«, fragte Angie. Sie hatte Recht: seit Frank die Venusfliegenfalle vor nicht mal achtundvierzig Stunden nach Somba gebracht hatte, war sie tatsächlich um gut dreißig Zentimeter größer geworden.

»Jetzt pass mal auf«, meinte Boomer. »Das ist eine Fleisch fressende Pflanze, nicht wahr? Eine Venusfliegenfalle.«

»Genau das wollen wir mit dem Chlorophylltest herausfinden, den du noch zu erledigen hast«, erwiderte Angie.

»Und Fliegenfallen fressen *was?*« Boomer ließ nicht locker. »Fliegen! Sie fressen natürlich Fliegen!«

»Worauf willst du hinaus, Darwin?«

»Na ja, ich habe versucht, sie mit Fliegen zu füttern, aber nichts ist passiert. Dann hab ich's mit einem Grashüpfer probiert. Wieder nichts.«

Boomer ging hinüber zu den Regalen auf der anderen Seite des Raumes, in denen sich ein Sammelsurium aus allen möglichen Kartons, Gläsern, Skalpellen, Zangen, Laborbüchern und Papier befand. Er holte eine Metalldose heraus, fasste mit einer extragroßen Pinzette hinein und brachte einen dicken, schwarzen Käfer zum Vorschein.

Angie verzog angewidert das Gesicht. Der Käfer war so groß wie eine Scheckkarte.

Als Boomer den Käfer vorsichtig in die Mitte eines der Fangblätter legte, schloss es sich augenblicklich über dem Insekt.

Durch die Haut des Blattes konnte man sehen, wie der Käfer sich mit wildem Gezappel zu befreien versuchte, doch nach etwas mehr als einer Minute war der Kampf vorbei. Das Fangblatt der Pflanze blieb geschlossen, der Käfer war tot.

»Eine tolle Vorstellung«, sagte Angie. »Warum steckst du das nächste Mal nicht deinen Schniedel rein?«

»Diese Pflanze ist ein echter Gierschlund«, erwiderte Boomer, ohne auf ihre Bemerkung einzugehen. »Sie hat in der vergangenen Stunde zwei von diesen Käfern verputzt. Dafür wächst sie aber wie eine Wilde. Siehst du?« Er zeigte auf eine grobe Tabelle an der Wand hinter der Pflanze. »Ich halte ihr Wachstum in allen Einzelheiten fest.«

Er nahm einen Meterstab, maß die Länge der Pflanze und schrieb dann mit rotem Filzstift eine neue Zeile auf ein großes Blatt Papier mit der Überschrift »Audrey«:

19. Oktober, 12.30 Uhr – 98 cm

»Wieso hast du die Pflanze denn Audrey getauft?«

»Weil so die Alien-Pflanze in ›Mein kleiner Horrorladen‹ heißt«, antwortete Boomer, der übers ganze Gesicht strahlte wie ein stolzer Vater. »Hast du eigentlich nichts anderes im Kopf als Blödsinn?«, stöhnte Angie.

»Doch«, erwiderte Boomer und fasste sich in den Schritt.

»Kommt nicht in die Tüte. Erst lieferst du mir die Messergebnisse. Susan braucht sie, wenn sie zurückkommt.«

»Na schön, ich mach's«, flötete Boomer, »und dann kommst du dran. Hey, vielleicht hat Audrey ja Lust auf einen flotten Dreier. *Boomda-boomda-boo!*«

Ehe Angie Labor B verließ, beugte sie sich zu Boomer, knabberte an seinem Ohr und flüsterte ihm ein Wort hinein, das ihm noch lange im Kopf blieb. Ein ebenso einfaches wie berauschendes Wort.

»Spinner«, hatte sie ihm zugeflüstert. Es gefiel ihm sehr.

Nachdem er Cappy gefüttert hatte, ging Boomer zu seinem Computer und steckte die Diskette hinein. Aber anstatt sich die Daten auf den Bildschirm zu holen und mit der Chlorophyllanalyse zu beginnen, griff er zum Telefonhörer. Nach ein paar Klingeltönen meldete sich eine Stimme mit unverkennbarem New Yorker Tonfall.

»Labor. Mark Blevins.«

»Hi Marco, hier ist Boomer.«

»Na, wie ist es denn so bei euch im Regenwald, Alter?«

»Heiß und feucht, wie bei deiner Mama zwischen den Beinen. Hör mal, du musst mir einen Gefallen tun. Kannst du für mich mal ein paar Tests außer der Reihe durchlaufen lassen?«

»Was produzierst du denn da im Dschungel? Genmanipuliertes Cannabis? Wenn du mal ein Versuchskaninchen für so ein Killerkraut brauchst, stelle ich mich gern zur Verfügung.«

»Versprochen«, erwiderte Boomer lachend und erzählte ihm dann von der fast vier Meter hohen Venusfliegenfalle, die um ein Haar zwei Touristinnen verschlungen hätte.

»Irre Geschichte, Alter«, kommentierte Marco. »Dann lass mir mal die Daten rüberwachsen.«

Boomer nahm per Satellit Verbindung mit dem Firmennetzwerk auf und schickte Marco den Inhalt der Diskette, die Angie ihm gegeben hatte.

»Dann wollen wir mal, Boomer«, sagte Marco. »Ich lasse das Zeug durch den Großrechner. Kann aber ein paar Minuten dauern, bis der was ausspuckt. Inzwischen kannst du mir ja mal erzählen, was mit Angie so läuft.«

Während Boomer Marco im Flüsterton von seinen sexuellen Abenteuern im Regenwald erzählte, schaute er ständig zur Tür des Labors, ob nicht vielleicht Angie hereinkam.

»Du bist ein Glückspilz«, sagte Marco, als Boomer mit seinen Prahlereien fertig war. »Und das nicht nur mit deiner Urwaldbraut. Ich habe vom Rechner gerade das Ergebnis gekriegt. Sieht ganz so aus, als ob euer Pflänzchen tatsächlich eine Venusfliegenfalle wäre.«

»Ist ja super«, sagte Boomer. »Kannst du mir das Ergebnis gleich rüberschicken?«

»Wird gemacht. Ich schicke dir auch gleich noch alles, was unser Archiv über die Pflanze hat. Schmeiß mal den Drucker an.«

»Ist schon angeschmissen.«

Wenig später leuchteten am Laserdrucker von Labor B die Lämpchen auf, und Dutzende von Seiten landeten in der Papierausgabe. Boomer blätterte sie hocherfreut durch.

Die Pflanze, die Angie und Susan analysiert hatten, war tatsächlich eine Venusfliegenfalle. Seit seiner Entdeckung Anfang des 19. Jahrhunderts in North Carolina war das Gewächs in relativ kurzer Zeit umfassend wissenschaftlich untersucht worden, hauptsächlich natürlich deshalb, weil es sich anders ernährte als normale Pflanzen. Aber man hatte an der Venusfliegenfalle auch eine Unmenge von Untersuchungen auf bioaktive Stoffe durchgeführt, von denen man sich unter anderem eine entzündungs- und krebshemmende Wirkung versprochen hatte. Keine dieser Hoffnungen hatte sich jedoch erfüllt, und schließlich hatte man erkennen müssen, dass die Venusfliegenfalle keinerlei medizinische Wirkung hatte. Nicht einmal als Aphrodisiakum taugte sie etwas.

»Super«, sagte Boomer und schob den Papierstapel zusammen. »Marco, du hast mir das Leben gerettet.«

»Freut mich. Zur Belohung kannst du mir ja ein bisschen Ganja vom Amazonas mitbringen«, erwiderte Marco, bevor er auflegte.

Boomer blätterte noch einmal zufrieden die Berichte durch.

Das würde reichen, um Susan fürs Erste zufrieden zu stellen. Er streckte sich entspannt im Stuhl aus und war bald darauf eingedöst.

27

In der ChemGen-Zentrale in Centreville saß Mark Blevins, ein fünfundzwanzigjähriger Programmierer mit einer Vorliebe für Haschisch aus dem Regenwald, in seiner chaotischen Büronische im zweiten Stock kopfschüttelnd vor seinem Computer.

Komisch, dachte er, dass Boomer Informationen über eine Pflanze haben wollte, die nur in den Sümpfen von North Carolina vorkam. Und wie groß war sie? Vier Meter hoch?

Vielleicht hatte Boomer dort unten im brasilianischen Dschungel ein wenig zu viel von seinem selbst gezüchteten Glückskraut geraucht ...

Rauchen war überhaupt eine gute Idee ...

Mark griff nach seinen Glimmstängeln.

»Ich mache eine Viertelstunde Pause«, rief er laut über die Trennwand seiner Büronische hinweg zu seinem Kollegen.

Dann ging er den Flur entlang zum Aufzug, der ihn hinauf in den fünften Stock bringen würde.

Dr. Skinner würde diese Sache bestimmt sehr interessieren.

28

Ben war froh, wieder festen Boden unter den Füßen zu haben. Es war ihm furchtbar peinlich, dass er sich im Flugzeug hatte übergeben müssen, noch dazu unter den sichtlich angeekelten Blicken seines Sohnes.

So etwas war nicht gerade förderlich für die erfolgreiche Wiederbelebung einer Vater-Sohn-Beziehung, fand Ben. Seit der Landung in Manaus war Jack um möglichst viel Abstand zwischen sich und seinem Vater bemüht und ging, während Ben an der Gepäckausgabe wartete, zu einem Stand, an dem ein Verkäufer große, grüne Leguane anbot.

»Der da, der heißen George!«, sagte der Mann in gebrochenem Englisch zu Jack und zeigte ihm einen der Leguane. »George Bush! Präsident von Vereinigte Staaten! Ich mache guten Preis für dich. Schau, er mag dich!«

»Cool«, sagte Jack, während er mit der Hand vorsichtig über die ledrigen Rückenschuppen des Leguans fuhr. Ian hatte letztes Jahr einen zu Weihnachten geschenkt bekommen, aber dann war er irgendwann einmal ausgebüxt, und eine Woche später hatten sie ihn platt gefahren in der Zufahrt eines Nachbarn gefunden.

Der Ladenbesitzer setzte Jack den Leguan auf die Schulter.

»Echt cool«, kicherte Jack, als der Leguan die Schulter entlangkroch und ihn mit seinem langen Schwanz im Nacken kitzelte.

»Jack? Da kommt dein Koffer!«, rief Ben ihm vom Förderband her zu.

Jack gab den Leguan zurück und ging. Der gelbzahnige Mann reichte das Tier an eine alte Frau im hinteren Teil des Standes zurück, die die eigentliche Leguanverkäuferin war.

Dann verließ Greasy den Stand und nahm wieder die Verfolgung der amerikanischen Wissenschaftlerin auf, der er seit Somba hinterhergefahren war.

Ben erkannte Susan sofort. Unter den Einheimischen, die vor dem Ausgang der Ankunftshalle warteten, stach sie ihm in ihrem engen weißen Trägertop, den weiten khakifarbenen Shorts und der schwarzen Baseballkappe sofort ins Auge. Genauso hatte sie auch ausgesehen, als Ben abgeflogen war.

Bis auf den Verband am rechten Arm.

»Weißt du nicht, wie ein Telefon funktioniert?«, schnauzte Susan Ben an, als er in Hörweite kam. »Du hättest mich wirklich mal anrufen können!«

»Was für eine herzliche Begrüßung, Susan«, erwiderte Ben grinsend. »Übrigens: Das ist mein Sohn Jack. Jack, das ist Dr. Susan Plotkin, die weltberühmte Biotechnikerin.«

Jack lächelte Susan freundlich an. »Daheim nennen mich alle ›Jacker der Hacker‹. Ich kann nämlich jeden Computer knacken, oder sagen wir mal: fast jeden. Nennen Sie mich Jacker, wenn Sie wollen. Mich stört's nicht.«

Ben sah in Jacks Augen zum ersten Mal ein bestimmtes Interesse aufflammen, diesen gewissen Blick, den ein

Junge bekommt, wenn er allmählich bemerkt, dass eine Frau eine Frau ist. Ist ja irre, dachte Ben. Jack flirtete mit Susan.

Susan schien das nicht zu stören. Sie beugte sich vor und streckte ihm die Hand hin.

»Gut, also Jacker«, flötete sie. »Willkommen am Amazonas, Jacker.«

»Was ist denn mit deinem Arm passiert?«, fragte Ben und zeigte auf Susans Verband.

»Das erzähle ich dir im Auto.«

Sie kauften ein paar Flaschen kaltes Wasser und Limonade und trotteten hinaus in die glühende Hitze. Das Thermometer zeigte fast vierzig Grad. Ben bestand darauf, selbst zu fahren, und schob sich hinter das Lenkrad des Pick-ups. Kaum hatten sie ein paar Kilometer auf der BR-364 hinter sich gebracht, war Jack auch schon auf der Rückbank eingeschlafen.

»Susan«, sagte Ben, während er die schmale Piste entlangfuhr, »in meiner Tasche ist ein roter Aktenhefter. Kannst du den bitte mal rausholen?« Er ertappte sich dabei, wie er für den Bruchteil einer Sekunde auf Susans Dekolleté starrte. Susan hatte es ebenfalls bemerkt.

»Der Stamm fällt nicht weit vom Apfel«, witzelte sie. »Sieht ganz so aus, als gäbe es im Erbgut der Familie Maxwell ein Busenfetischismus-Gen.«

»Lies bitte die Akte.«

Susan zog die Papiere aus dem roten Plastikhefter.

»Worum geht's denn?«

»Ich weiß nicht genau. Carol hat sie mir gegeben. Sie haben Michael gehört. Einen Tag nach dem Mord war Skinner bei Carol in der Wohnung und hat aus Michaels Arbeitszimmer sämtliche Unterlagen und seinen Computer mitgenommen. Nur diese Unterlagen hier nicht, weil Petersen sie in seinem Safe zu Hause aufbewahrt hat. Zusammen mit einer CD-ROM. Petersen hat Carol gesagt, sie solle mir die Sachen geben ... falls ihm etwas zustoßen sollte.«

»Und dieser Fall ist ja jetzt eingetreten. Aber warum ausgerechnet dir?«

»Keine Ahnung. Es sind Finanzunterlagen über Somba und über die Fusion mit Glaxo, aber ich kenne mich mit diesen Dingen nicht aus ...«

»Was ist auf der CD-ROM?«

»Keine Ahnung. Ich brauche einen Computer, um sie lesen zu können.«

Susan vertiefte sich in die Berichte, während Ben an verlassenen Favelas und Weiden mit mageren Kühen vorbeifuhr. Erst eine Stunde später, dreißig Meilen hinter Manacapuru, ließ Susan die Papiere auf ihren Schoß sinken und starrte stumm aus dem Fenster auf die am Wagen vorbeiziehenden Platanen, Feigenbäume und brasilianischen Eichen.

»Diese Bastarde!«, zischte sie mit kalter, versteinerter Miene.

»Susan –«, setzte Ben an, doch sie schnitt ihm das Wort ab.

»Das ist doch verrückt. Da werden Ausgaben für Somba genannt, die astronomisch hoch sind. Irgendein Schwachkopf in der Buchhaltung muss einen Fehler gemacht haben!«

»So viel habe ich den Unterlagen auch entnommen. Aber möglicherweise wurde das Geld ja auch wirklich ausgegeben ...«

»Was soll das, Ben?«, rief Susan empört. »Du weißt

ebenso gut wie ich, wofür jeder einzelne Cent hier ausgegeben wurde, und zwar seit dem Tag, an dem wir zum ersten Mal das Labor betreten haben. Und letztes Jahr haben wir nicht einmal annähernd sechs Millionen Dollar für Anschaffungen und Betriebskosten gebraucht.«

»Wie gesagt, es könnte ein Buchhaltungsfehler sein«, erwiderte Ben. Der Pick-up rumpelte durch ein tiefes Schlagloch, und Jack bewegte sich auf der Rückbank im Halbschlaf.

»Einen solchen Fehler würde Douglas niemals durchgehen lassen. Und diese Berichte sind vom Vorstand abgesegnet. Siehst du die Unterschriften? Sogar Skinner hat sie abgezeichnet. Ist denn bei der Vorstandssitzung darüber gesprochen worden?«

»Mit keinem Wort.«

»Vielleicht veruntreut ja jemand Gelder der Firma und verschleiert das mit nie getätigten Einkäufen für Somba«, spekulierte Susan.

»Wer solche Berichte manipulieren kann, müsste schon in einer der oberen Etagen sitzen. Der Vorstand weiß, was wir hier tun.«

»Das kann schon sein, Ben«, erwiderte Susan nachdenklich. »Aber das sagt noch lange nichts. Vielleicht läuft da ein ganz krummes Ding, und der Vorstand steckt mit drin!«

»Wegen der paar Millionen Dollar würden diese Leute doch kein solches Risiko eingehen.«

»Ein paar Millionen ist gut! Wenn man alles zusammenrechnet, müssen es mindestens zehn Millionen sein.«

»Immer noch zu wenig, um wegen getürkter Bilanzen ins Gefängnis zu gehen. Es sei denn, Douglas steckt wirklich mit drin. Als Finanzchef hat er die Möglichkeiten, so etwas unentdeckt durchzuziehen.« Ben dachte einen Augenblick lang nach. »Allzu lange ist er ja noch nicht bei ChemGen. Und wenn er wirklich Dreck am Stecken haben sollte, erhebt sich die Frage, wie wir damit umgehen sollen.«

»Wenn wir Douglas auf Fehler in der Buchführung aufmerksam machen, reagiert er vielleicht sauer und sperrt uns das Labor zu, nur um nicht das Gesicht zu verlieren. Aber wenn wir nichts sagen, glaubt der Vorstand, dass Somba ein Fass ohne Boden ist, und macht uns aus diesem Grund platt. Wie man's auch dreht und wendet, es bedeutet immer, dass in Somba die Lichter ausgehen.«

Ben seufzte. »Ich finde, wir sollten mit Skinner reden. Er weiß sicher, was zu tun ist.«

»Einverstanden.«

»Die Vorstandssitzung war sowieso sehr merkwürdig. Eigentlich hatten die überhaupt kein Interesse an meiner Präsentation, und es bestand keinerlei Zweifel daran, dass Somba dichtgemacht wird. Aber wenn sie das Labor sowieso schließen wollen, warum musste ich dann extra kommen und ihnen unser Anliegen vortragen? Es ist wirklich seltsam.«

Ben dachte an die Frau mit der Videokamera. Warum nur hatten sie seinen Auftritt aufgezeichnet?

Susan schüttelte den Kopf und schaute aus dem Fenster. Erste Regentropfen hinterließen Schlieren auf der staubigen Scheibe; bald würde ein schwerer Sturm losbrechen.

»Hier, ich muss dir noch etwas anderes zeigen«, sagte Ben. Er zog Petersens kryptische Notiz aus seiner Westentasche und reichte sie Susan.

A. Praga Hill
1 (815) 195-3716
$He + C_6Mg_{12}N_7+e^- = C_{21}H\ldots$

»Wer ist A. Praga Hill?«, fragte Susan verwirrt.

»Wenn ich das wüsste. Und die Zahl darunter ist keine Telefonnummer, jedenfalls hat die Polizei keinen Anschluss dazu gefunden. Ich glaube sowieso, dass es eine Art Code ist. Ich habe schon versucht, die Zahlen in Buchstaben umzuwandeln, aber das führt zu nichts.«

»Also, eines kann ich dir sagen: Mit der chemischen Gleichung in der dritten Zeile können wir nichts anfangen. Links stimmen die Moleküle nicht, und der rechte Teil ist unleserlich.«

»Ja, leider. Es gibt so viele Moleküle, die mit C21 anfangen ...«, sinnierte Ben. »Aber irgendetwas muss sich Michael gedacht haben, als er die seltsame Formel auf der rechten Seite hingeschrieben hat ...«

»Pass lieber auf die Straße auf«, entgegnete Susan und starrte wütend aus dem Fenster. Petersens Notiz war ihr ziemlich egal. Was ihr Sorgen machte, war die drohende Schließung von Somba. Irgendetwas war da in der Zentrale im Gange, und es hatte Auswirkungen auf den Fortbestand des Labors. Was hatten dieser verheerende Finanzbericht und gleichzeitig das so offen zur Schau getragene Desinteresse des Vorstands an der Arbeit in Somba sonst zu bedeuten? Die einzige vernünftige Erklärung dafür schien ihr die zu sein, dass Douglas beschlossen hatte, dem ohnehin zu schließenden Labor eine horrende Menge Kosten anzuhängen, die er dann als Verluste abschreiben konnte.

Zum Glück hatte sie Ben vor der Vorstandssitzung

nicht viel über die Venusfliegenfalle oder die Artischockenpflanze erzählt. Jetzt war sie mehr denn je überzeugt, dass sie über die seltsamen Pflanzen so lange Stillschweigen bewahren mussten, bis definitiv klar war, was ChemGen mit Somba vorhatte. Falls das Labor wirklich geschlossen wurde, konnte sie vielleicht diese Entdeckungen einem Konkurrenzunternehmen wie Pfizer, Hammer oder ICG Pharma anbieten.

Selbst wenn der Vorstand von ChemGen Somba dichtmachte, würde die Venusfliegenfalle dafür sorgen, dass ihre Arbeit weiterging.

»Scheiße«, ließ Jack, der schlagartig hellwach war, von der Rückbank aus vernehmen.

»Was ist denn los?«, fragte Ben.

»Neiiin! Scheiße! SCHEISSE!« Jack wühlte verzweifelt in seinem Rucksack.

»Du sollst nicht immer solche vulgären Ausdrücke benutzen!«, sagte Ben ohne viel Überzeugungskraft.

»SCHEISSE!«, wiederholte Jack noch einmal und schleuderte seinen Rucksack zur Seite. »Wir müssen sofort umkehren. Ich habe meinen Gameboy im Flugzeug gelassen.«

»Wir können nicht umkehren«, erwiderte Ben. »Zurück zum Flughafen sind es zwei Stunden Fahrt.«

»Aber wir müssen!«, rief Jack. »Ohne Gameboy werde ich hier unten wahnsinnig!«

»Selbst wenn wir das tun würden«, sagte Ben entschieden, »wäre das Flugzeug vermutlich schon längst wieder gestartet.«

»Vielleicht könnte man im Fundbüro nachfragen?«, warf Susan ein.

Ben lachte. »Hier draußen? Verloren ist verloren.«

»Ich habe ihn in der verdammten Tasche am Vordersitz gelassen«, jammerte Jack. »Bitte, kehr um.«

»Wir fahren weiter, und damit basta.«

»Ich hasse dich, Mann«, zischte Jack leise. »Das ist echt beschissen von dir. Ich hasse dich.«

»Hör auf, mit diesen grässlichen Wörtern um dich zu werfen«, erwiderte Ben. »Ich muss mich ja schämen mit dir.«

»Ich schäme mich mit *dir«,* gab Jack zurück und ließ sich leise fluchend auf die Rückbank plumpsen. Für ihn war der Aufenthalt in Brasilien im Eimer, bevor er richtig begonnen hatte.

Nach einem langen, betretenen Schweigen begann Susan wieder zu sprechen.

»Ben«, sagte sie, »bevor wir nach Somba kommen, muss ich dir noch unbedingt etwas über eine seltsame Pflanze erzählen, die wir hier gefunden haben. Es ist eine Venusfliegenfalle.«

»Hier in Amazonien? Soll das ein Witz sein?«, erwiderte Ben.

»Hör doch einfach mal zu, ja?«, sagte Susan und berichtete ihm nicht nur von der Venusfliegenfalle, sondern auch von der außer Rand und Band geratenen Artischockenpflanze, die sie auf der Rückfahrt von Manaus fast umgebracht hätte. Ben hörte ihr gebannt zu, machte aber ein skeptisches Gesicht, während Jack, als Susan von ihrem Erlebnis in dem Landrover erzählte, leise zu kichern begann.

»Das ist doch Bockmist!«, sagte er. »Ich glaube, ihr kifft euch hier unten alle die Birne zu!« Er blickte nach vorn in der Hoffnung, im Rückspiegel ein Lächeln auf Bens Gesicht zu entdecken, aber sein Vater blieb ernst.

»Warte nur, bis ich dir den Landrover zeige – oder das, was davon übrig ist«, entgegnete Susan.

Kurz darauf kamen sie zu der Stelle, wo Ben vor zwei Tagen die seltsame orangefarbene Pflanze entdeckt hatte. Jack blieb missmutig grummelnd auf der Rückbank sitzen, während Ben und Susan neben der Piste nach weiteren orangefarbenen Blüten suchten. Sie fanden aber lediglich das Loch, wo Ben die Artischockenpflanze ausgegraben hatte. Sie stiegen wieder ein und fuhren weiter zu dem ausgebrannten Landrover. Als sie dort ankamen, war es kurz vor fünf.

»Glaubt ihr mir jetzt?«, fragte sie, während sie sich das Wrack näher ansahen.

»Ich glaube dir, dass das unser Landrover ist«, erwiderte Ben. »Aber es will mir nicht in den Kopf, dass eine Pflanze so etwas tun kann.«

Sogar Jack war von den verrußten Überresten des Geländewagens sichtlich beeindruckt.

Als sie endlich in Somba ankamen, war es bereits dunkel. Jack sagte allen freundlich Hallo und verzog sich dann in das ihm zugewiesene Zimmer, während Frank Ben dabei half, sein Gepäck aus dem Pick-up zu laden.

»Ich weiß nicht, was du denen in Virginia erzählt hast, aber es muss gut gewesen sein«, sagte Frank.

Ben brummte. »Das bezweifle ich. Der Vorstand interessiert sich nicht für Somba. Oder unsere Arbeit.«

»Offenbar doch. Skinner hat angerufen. Er kommt her. ›Ich will mir mal persönlich anschauen, was ihr da unten so treibt‹, hat er gesagt.«

29

Ein intensiver Geruch nach Grillfleisch erfüllte die Luft auf dem Laborgelände von Somba. Neben dem Rost standen Jack und Frank und sogen, während sie abwechselnd den großen Metallspieß mit einem Riesenstück Rindfleisch drehten, genüsslich den köstlichen Duft ein. Obwohl die brennenden Scheite eine starke Hitze verströmten, standen die beiden nahe am Feuer, denn der Rauch hielt ihnen wenigstens die Moskitos vom Leib.

Frank schnitt ein Stück von dem gegrillten Rindfleisch ab und reichte es Jack.

Jack biss hinein und nickte kauend. »Perfekt«, sagte er.

»Ich wette, ihr in Virginia könnt das nicht mal halb so gut«, sagte Frank und klopfte sich demonstrativ auf seinen wohlgenährten Bauch.

»Das kann ich nicht beurteilen«, erwiderte Jack stirnrunzelnd. »Seit meine Alten getrennt leben, geben sie keine Grillpartys mehr.«

Die beiden nahmen dicke Tücher zum Schutz gegen die Hitze, packten jeder ein Ende des Spießes und trugen das fertig gegrillte Fleisch in die Küche. Auf dem Tisch standen bereits die Beilagen, darunter auch ein großer

Topf mit Feijoada, einem dicken Eintopf aus schwarzen Bohnen und Räucherfleisch, dazu Reis, Limetten und Orangen, und ein Farofa genanntes Gericht aus Maniokmehl mit Röstzwiebeln und Öl.

»Das Essen ist fertig!«, rief Frank laut. Boomers zahmer Affe sprang auf den Tisch und wollte sich eine Süßkartoffel schnappen, aber Frank konnte ihn gerade noch rechtzeitig wegscheuchen. Nach und nach kamen auch die anderen hereinmarschiert und setzten sich. Alle außer Ben, der seit seiner Rückkehr nach Somba das Labor nicht mehr verlassen hatte.

Ben war so sehr mit den seltsamen Pflanzen beschäftigt, dass er sogar Jack vollkommen vergessen hatte.

Was er sah, erschütterte seinen Glauben an die Gesetzmäßigkeiten der Biologie grundlegend. Insbesondere die Venusfliegenfalle. Das Pflanzenreich teilte sich in zwei Hauptkategorien: Pflanzen mit Flüssigkeit transportierendem vaskulärem Gewebe und Pflanzen ohne solches Gewebe.

Die Venus zählte zu den vaskulären Pflanzen. Sie war ein Bedecktsamer, der Blütenknospen ausbildete, und gehörte zu der relativ kleinen Gruppe der Carnivoren oder Fleisch fressenden Pflanzen. In seiner jahrelangen Arbeit auf dem Gebiet der organischen Chemie und Paläobotanik war Ben jedoch noch nie eine vier Meter hohe Venusfliegenfalle untergekommen. Selbst bestens gepflegte Exemplare erreichten höchstens eine Höhe von zwölf bis fünfzehn Zentimetern, während die Fangblätter nicht über einen Durchmesser von zwei oder drei Zentimetern hinauskamen. Es war völlig unmöglich, dass eine Fleisch fressende Pflanze eine so enorme Größe erreichte. Und doch hatten sie es hier mit drei Meter langen Fangblättern zu tun, die groß genug waren, um eine Ziege oder ein Wildschwein zu verschlingen.

Oder einen ahnungslosen Touristen.

Und noch etwas war seltsam: Die Venusfliegenfalle kam nachgewiesenermaßen nur in dem sauren, sandigen Grasland in der Gegend von Wilmington, North Carolina, vor. Im Regenwald Amazoniens hatte sie nichts zu suchen.

»Komm zum Essen, Ben«, sagte Susan, die unbemerkt in das Labor getreten war. »Sonst wird deine Suppe kalt.«

»Apropos Essen – womit füttert ihr denn die Pflanze?«, fragte Ben.

»Mit Käfern.« Susan zeigte auf ein großes Glasbehältnis auf dem Regal über ihnen. »Aber Audrey mag nur die großen.«

»Audrey?«

»Boomer hat sie so getauft.«

Als Ben das Glas aus dem Regal nahm, begannen die vier Käfer der Art *Titanus gigantus,* jeder so groß wie seine Handfläche, hektisch darin herumzukrabbeln. Er stellte das Glas schnell wieder zurück.

»Was ist los?«, fragte Susan.

»Widerliches Ungeziefer«, knurrte Ben. »Ich hasse dieses Krabbelzeug.«

»Wirklich?«

»Ich bin schließlich Paläobiologe, kein Insektologe.«

»Du solltest dir wirklich ein etwas dickeres Fell zulegen, Ben.« Susan griff nach dem Glasbehälter, schraubte ihn auf und streckte ihre Hand hinein, auf die augenblicklich einer der Käfer krabbelte.

»Igitt«, japste Ben, dem es fast den Magen umdrehte.

»Jetzt weiß ich wenigstens, was ich dir nachts unters Kopfkissen legen kann«, neckte ihn Susan.

Susan hielt ihre Hand dicht an eines der ausgebreiteten Fangblätter der Venusfliegenfalle. Der Käfer spazierte an seinem Rand entlang, aber es schloss sich nicht.

»Was ist? Hast du keinen Hunger?«, fragte Susan die Pflanze.

»Das liegt daran, dass der Käfer nur eine der Auslöseborsten am Blattrand berührt hat«, erklärte Ben. »Solange nicht zwei oder drei einen Impuls bekommen, reagiert die Pflanze nicht. So verhindert sie, dass sie ein falscher Reiz, wie zum Beispiel ein heruntergefallenes Blatt, zum Zuschnappen bringt und sie ihr Fangblatt danach mühsam wieder öffnen muss.«

»Was du nicht sagst«, erwiderte Susan sarkastisch. »Ich komme mir vor wie im Grundkurs Biologie an der Highschool.«

Der Käfer krabbelte in die Mitte des Fangblattes und berührte dabei eine zweite Auslöseborste. Das Blatt klappte so schnell zu, dass Susan und Ben erschrocken einen Schritt zurück machten.

»Guten Appetit, Audrey!«, sagte Ben, der Venusfliegenfallen schon Fliegen und Spinnen hatte schnappen sehen, aber noch nie ein so großes Tier.

»Es ist schon faszinierend«, sagte er. »Je mehr der Käfer zappelt, desto fester schließt sich das Blatt. Die Bewegung sagt der Pflanze, dass sie tatsächlich eine Beute erwischt hat und nicht vom Wind oder einem Regentropfen zum Narren gehalten wurde. Erst wenn das Insekt verdaut ist, öffnet sich das Fangblatt wieder.«

»Die beiden Touristinnen wurden ohnmächtig, als die Blätter zuschnappten«, sagte Susan.

»Dann war das vielleicht der Grund, warum die Pflanze sie nicht erdrückt hat. Weil sie sich nicht bewegt haben.«

»Was macht ihr denn hier?«, fragte Jack und trat durch die Tür des Labors. »Wir warten alle mit dem Essen auf euch.«

»Sieh nur, wie die Pflanze einen Käfer frisst«, sagte sein Vater zu ihm. Jack beobachtete fasziniert das von den Bewegungen des Insekts zuckende Fangblatt.

»Seltsam«, sagte er. »Dass eine Pflanze sich von Tieren ernährt.«

»Das kommt daher, dass sie sich in einem Gebiet entwickelt hat, wo der Boden so gut wie keine Nährstoffe liefert. Insekten allerdings fliegen in ihrer Heimat, den Sümpfen von Carolina, mehr als genug herum. Die Venusfliegenfalle fängt sie mit ihren Blättern und verdaut sie mit Enzymen, die sie ebenfalls dort produziert. Wenn sie alle Nährstoffe aufgenommen hat, öffnet sich das Blatt wieder und gibt den unverdaulichen Chitinpanzer des Insekts frei. Übrigens wurden außerhalb von Carolina noch nie in freier Natur wachsende Venusfliegenfallen gefunden.«

»Gut kauen und schön runterschlucken, Audrey!«, sagte Susan und fasste Ben an der Schulter. »Und jetzt lass uns auch was essen. Frank hat ein wahres Festmahl vorbereitet.«

»Mir ist alles recht – solange es keine Käfer sind«, erwiderte Ben trocken und folgte Susan aus dem Labor.

Es war wirklich ein Festmahl, ein reichhaltiges Büffet mit brasilianischen Speisen zu Ehren ihrer Gäste: des Jungen, den man Jacker der Hacker nannte, und der mysteriösen Monsterpflanze, die den Namen Audrey bekommen hatte. Es war schon lange her, dass sich das Team von Somba zu einem gemeinsamen Abendessen an einen Tisch gesetzt hatte.

Trotzdem stand Ben, kaum dass er seinen Teller leer gegessen hatte, schon wieder auf.

»Ich muss bis morgen früh noch die DNA-Clusteranalyse fertig kriegen«, verkündete er. »Willst du mitkommen, mein Sohn?«

»Danke für das Angebot«, erwiderte Jack bestimmt, »aber Laborarbeit ist nun wirklich nicht mein Ding.«

Ben verbarg seine Enttäuschung und verließ die Küche. Die anderen sagten nichts, sondern aßen stumm weiter und beobachteten dabei Jack, der lustlos in seinem Essen herumstocherte.

Dann schob Frank entschlossen seinen Stuhl zurück.

»Weißt du was, Chief?«, sagte er zu Jack. »Morgen drehen wir eine Runde mit dem Flugzeug. Sobald wir hoch genug sind, darfst du selbst fliegen.«

Jack blickte wie elektrisiert auf.

»Ich weiß nicht, ob das eine gute Idee ist, Frank«, bemerkte Susan mit vollem Mund.

»Wieso? Ich bin doch schließlich dabei«, erwiderte Frank.

Er besaß nicht nur sämtliche Pilotenscheine, die man als Privatmann erwerben konnte, sondern hatte einmal sogar einen der wichtigsten Kunstflugwettbewerbe seines Bundesstaats gewonnen.

»Außerdem *kann* ich fliegen«, sagte Jack. »Es gibt im Internet eine Website, auf der man als Online-Flieger virtuelle Pilotenscheine machen kann. Ich habe da sogar die Hubschrauberlizenz gemacht.«

»Darfst du da auch die Bell 427 fliegen?«, fragte Frank.

»Alle Bells, sogar die älteren der 200er-Serie.«

»ChemGen hat übrigens einen Firmenhelikopter. Lass dich doch von deinem Vater mal mitnehmen.«

»Mein Alter? Der steigt doch in keinen Hubschrauber. Er würde ja eh nur kotzen!«

Frank, dem die direkte Art des Jungen gefiel, machte mit Jack noch einen kleinen Spaziergang über das nächtliche Laborgelände und erzählte ihm, wofür man die Forschungseinrichtung gebaut hatte.

»Arbeiten Sie gern mit Ben?«, fragte Jack, als sie von einem Labor zum anderen gingen.

»Klar. Er ist ein hervorragender Wissenschaftler.«

»Ben hat gesagt, dass ein paar von Ihren Kollegen spurlos verschwunden sind.«

»Das stimmt. Vor gut drei Jahren.«

»Ben meint, es ging dabei nicht mit rechten Dingen zu.«

»Wieso sagst du eigentlich nicht Dad zu ihm? Oder Paps oder sowas?«

»Weil er meine Computer verkauft hat«, erwiderte Jack. »Und Mom heiratet vielleicht bald ihren Freund. Den werde ich dann Dad nennen.«

»Ah so«, murmelte Frank.

»Sie haben ja gesehen, wie wenig Ben sich um mich kümmert. Wahrscheinlich schnippelt er schon wieder an dieser Pflanze herum, die die Touristinnen gefressen hat.«

»Sie hat sie nicht gefressen«, entgegnete Frank. »Aber es stimmt, er ist mit der Chefin in Labor A, dort drüben.«

»Oh, ich dachte, Sie sind hier der Chef«, erwiderte Jack überrascht.

Ich sollte es sein, dachte Frank bei sich. *Der Junge trifft den Nagel auf den Kopf.*

»Nein, der bin ich nicht«, antwortete er. »Aber ich kümmere mich darum, dass hier alles problemlos läuft, von der Küche bis zu den Geräten in den Labors. Und ich sorge dafür, dass wir reichlich Ess- und Trinkbares und Zigaretten haben, dass das Abwassersystem funktioniert, der Strom nicht ausfällt und die Einheimischen uns vom Leib bleiben. All diese wichtigen Sachen gehören zu meinem Job.«

»Aber Sie sind kein Wissenschaftler, oder?«, fragte Jack.

»Weißt du, im Grunde läuft für mich alles auf eine simple Unterscheidung hinaus: Wenn es grün ist, ist es Biologie, wenn es stinkt, ist es Chemie, wenn es mit Zahlen zu tun hat, Mathematik. Und wenn es nicht funktioniert, dann ist es Technik, und da komme ich ins Spiel«, meinte Frank lachend. »So, und jetzt zeige ich dir unsere Bibliothek.«

Sie gingen auf eine Tür zu, an der ein Schild mit der Aufschrift »Labor L« befestigt war. Eigentlich mochte Frank Teenager nicht besonders, aber an Jack hatte er spontan einen Narren gefressen. Der Junge hatte Mumm, und so etwas nötigte Frank Respekt ab.

Frank öffnete die Tür, und sie betraten einen Raum mit unzähligen Büchern und Nachschlagewerken sowie einem Computer, der auf einem Tisch in der Mitte stand.

»Da wären wir«, sagte Frank.

Jack ließ sich auf einen Drehstuhl vor dem großen Flachbildschirm plumpsen und drückte auf die Tastatur, um den Computer aus dem Ruhezustand zu holen.

Während er ungeduldig mit dem Stuhl herumschwang, erschien auf dem Bildschirm das Windows-XP-Logo, gefolgt von einem großen, grünen Blatt, das sich in das Firmenemblem von ChemGen verwandelte.

»Willkommen«, sagte eine sanfte, erotisch angehauchte Frauenstimme, bei der Jack spontan an die von Britney Spears denken musste.

»ChemGen begrüßt Sie ganz herzlich zu …«

Jack beugte sich vor und beendete die Animation mit einem Druck auf die Escape-Taste.

»Recht hast du, überspring den Firmenscheiß einfach«, sagte Frank. »Hier, das ist interessanter …«

Auf dem Bildschirm erschien ein in gelb-grünen Farben gehaltenes Menü:

Pflanzenzellen – Pflanzenstrukturen – Blühende Pflanzen – Pflanzen und Menschen – Genetik

Jack klickte auf den Eintrag »Pflanzenzellen«, und der Bildschirm füllte sich mit Mikroskopaufnahmen, die verschiedene Teile einer Pflanzenzelle zeigten.

»Ebenso wie Sie und ich besteht jede Pflanze aus unzähligen Zellen. Eine Zelle ist die kleinste Struktur- und Funktionseinheit eines lebenden Organismus, die sich aus sich selbst heraus reproduzieren kann …«

Es erschien ein Foto, das den gesamten Bildschirm ausfüllte: Die einzelnen Teile einer Pflanzenzelle wurden nacheinander in verschiedenen Farben markiert, während die Frauenstimme ihre Funktion für Wachstum und Reproduktion der Pflanze erläuterte.

Jack drückte seufzend auf die Escape-Taste.

»Lang-wei-lig«, maulte er.

»Ich seh mal schnell in der Küche nach dem Rechten«, sagte Frank, bevor er hinausging, »und nachher gehen wir die Pflanze füttern, abgemacht?«

»Abgemacht«, erwiderte Jack.

Sowie Frank aus der Tür hinaus war, begann Jack wie ein Wilder in die Tasten zu hauen. Nach ein paar Minuten hatte er den Aufbau des Firmennetzes durchschaut und sich Zugang zu den Servern verschafft. Jack hatte Glück, denn der Computer war mit dem Mainframe von ChemGem verbunden. Er musste also nur noch die Firewall überwinden, und schon war er mitten im Firmennetz.

Jacker der Hacker war schnell. Raphael, sein großes Vorbild, wäre stolz auf ihn gewesen. Trotzdem: Auch wenn Jack in den mit kryptischer Geheimsprache gespickten Hacker-Boards im Internet durchaus mithalten konnte, war er noch lange nicht so gut wie ein Raphael Gray. Raphael war der selbst ernannte »Heilige des E-Commerce«, der von seinem Zimmerchen im walisischen Clynderwen aus mit spektakulären Hacks auf Sicherheitslücken bei Kreditkartenfirmen aufmerksam gemacht hatte.

Dasselbe wollte Jack nun bei der Banco do Brasil, der größten Bank in Südamerika, machen, und das System von ChemGen bot ihm mit der Workstation seines Vaters in Somba die ideale Ausgangsbasis dafür. Jack hatte dazu ein Programm geschrieben, das er auf einem USB-Stick dabeihatte. Jetzt steckte er den Stick in einen freien USB-Port und legte los.

Als Frank eine Stunde später zurückkam, klebte Jack immer noch am Computerbildschirm.

»Na, ist dir noch immer langweilig?«, zog er den Jungen auf.

Jack dachte, es könne nicht schaden, wenn er Frank von seinem Programm erzählte. Er mochte Frank, und es drängte ihn, sein Können jemandem zu zeigen. Wie alle Hacker war er ganz begierig darauf, dass seine Arbeit auch gebührend gewürdigt wurde. Und selbst wenn Frank ihn bei seinem Vater verpfiff, konnte Jack mit ein paar Tastendrücken in Sekundenschnelle sämtliche Spuren verwischen.

»Das hier«, sagte Jack stolz und zeigte auf die linke Seite des Bildschirms, »sind Währungsumrechnungstabellen der Banco do Brasil. Und da rechts kann ich die Datenbank mit allen Konten einsehen, die in den letzten dreißig Tagen eröffnet wurden. Sehen Sie das hier unten mit dem grünen Balken? Das habe ich soeben für meine Zwecke eingerichtet.«

»Du hast dich ins System einer Bank eingehackt?«, fragte Frank entgeistert. »Nimm sofort die Finger von diesem Computer, Junge. Du bringst uns noch alle ins Gefängnis.«

»Es war gar nicht schwierig, wirklich. Ich habe ein Programm geschrieben, das Geld von einem Konto abbucht, den Betrag von brasilianischen Real in Euro und dann in Dollar umrechnet. Die Dollar werden kurz auf einem anderen Konto verbucht und sofort wieder abgehoben, in Euro und dann in Real zurückgerechnet und wieder auf das erste Konto überwiesen.«

Frank verstand nur Bahnhof. »Was für ein Hacker bist du eigentlich? Ein böser oder ein guter?«

»Solche Etiketten sind für Lahmärsche«, erwiderte Jack. »Ich will nur etwas tun, was zuvor noch keinem gelungen ist. Ich will niemandem Schaden zufügen, sondern aufzeigen, was möglich ist.«

Und vielleicht eine kleine Belohnung dafür einstreichen, dachte Jack.

Frank schüttelte den Kopf. »Bin ich froh, dass du nicht mein Sohn bist. Weiß dein Vater denn davon?«

»Nein, aber was könnte er tun, wenn er es wüsste? Soll er etwa zur Polizei gehen und mich anzeigen? Außerdem kann ich die Datensätze und das Programm mit einem einfachen Befehl sofort wieder löschen, sodass keine Spuren davon zurückbleiben. Dafür habe ich ein Killerprogramm entwickelt, das ich XPURGE genannt habe. Cooler Name, oder? Es könnte übrigens auch das komplette Computersystem von ChemGen innerhalb von Minuten löschen.«

»Wie bitte?«, fragte Frank verwirrt.

»Ja. XPURGE kann sämtliche Partitionen sämtlicher Festplatten in einem ganzen Netzwerk löschen. Und das so gründlich, dass niemand sie mehr wiederherstellen kann.«

»Kannst du mit dem Computer eigentlich noch etwas anderes machen, als anderen Leuten ihr System kaputt machen?«

»Klar. Verschlüsselte E-Mails lesen, zum Beispiel. Da habe ich bei Ihrer Firma gerade ein paar ziemlich interessante entdeckt.«

»Welche zum Beispiel?«

»Zum Beispiel eine, in der steht, dass dieses Labor hier zum Monatsende geschlossen werden soll.«

Frank starrte Jack ungläubig an. »Du willst mich wohl auf den Arm nehmen«, murmelte er und wusste nicht recht, ob er dem Jungen glauben sollte oder nicht.

»Lesen Sie selbst. Hier ist die E-Mail von einem Typen namens Skinner.«

»Skinner? Abe Skinner?«

Frank beugte sich vor und las die E-Mail, die Jack ihm per Tastendruck auf den Bildschirm geholt hatte. Sie stammte tatsächlich von Skinner, war vom Vortag datiert und an den Vorstand gerichtet. Frank las die Mail Zeile für Zeile durch.

»Das gibt's doch nicht …«, flüsterte er.

Doch nicht die Tatsache, dass das Labor geschlossen werden sollte, überraschte Frank, denn das hatten sie ja schon länger befürchtet. Was ihn schockierte, waren die Gründe, die in der Mail für die Schließung von Somba angegeben wurden.

Die Vorwürfe waren schlicht unglaublich. Kriminell.

»Lass den Bildschirm so stehen!«, rief Frank aus und rannte aus dem Zimmer. Jack lehnte sich auf dem Drehstuhl zurück, knackte mit den Fingerknöcheln und grinste zufrieden vor sich hin.

»Jacker der Hacker schlägt wieder zu«, murmelte er bei sich. »Kann gut sein, dass der Alte noch vor mir ins Gefängnis wandert.«

30

Da, lest selbst«, sagte Frank und deutete auf den Bildschirm. Ben und Susan beugten sich nach vorn und lasen Skinners E-Mail:

Von: Dr. Abe Skinner [mailto:askinner@chemgentix.com]
Gesendet: Montag, 18. Oktober 2004, 14.43
An: Vorstand ChemGen
Betreff: Schließungen im Bereich Forschung und Entwicklung

Meine Herren,

angesichts der jüngsten Diskussionen über eine Fusion mit Glaxo und der damit erhobenen Forderung nach Ertragssteigerung habe ich beschlossen, das Labor in Somba am 31. Oktober endgültig zu schließen. Sämtliche Forschungsprojekte mit hoher Priorität werden in der Firmenzentrale in Centreville weitergeführt.

Im Zuge einer Überprüfung der Finanzen des Labors sind alarmierende Unregelmäßigkeiten in der Buchführung entdeckt worden, die auf eine betrügerische Buchhaltungs- und Einkaufspraxis von Seiten der für das Labor Verantwortlichen schließen lassen.

Ich werde persönlich nach Somba reisen, um zu prüfen, ob es dort wirklich zu Unterschlagungen gekommen ist. Wenn ja, könnte sich der finanzielle Schaden auf über 10 Millionen Dollar belaufen. Von dieser Überprüfung wird es abhängen, ob wir gegen die Verantwortlichen Strafanzeige stellen, um bei den Fusionsgesprächen keine Angriffsfläche zu bieten.

Ich werde Sie über die weitere Entwicklung auf dem Laufenden halten.

Mit freundlichen Grüßen

Abe Skinner

»Unglaublich!«, rief Susan aus. »Haarsträubend! Betrügerische Einkaufspraxis? Unterschlagung? Der hat sie wohl nicht mehr alle!«

»Und was tun wir jetzt?«, fragte Frank.

»Nichts«, erwiderte Ben ruhig. »Wir tun nichts.«

»Aber was ist, wenn hier wirklich krumme Dinge gelaufen sind?«, entgegnete Frank. »Dann könnten wir alle im Gefängnis landen!«

Susan schlug mit der Faust derart fest auf den Schreibtisch, dass der Bildschirm flackerte.

»Herrgott, Frank, schau dich doch mal um! Siehst du hier Ausrüstung für zehn Millionen Dollar herumstehen? Wo, zum Teufel, soll denn das Geld sein, das wir angeblich unterschlagen haben? In meiner Tasche ist es nicht, so viel ist sicher. Ist es vielleicht in deiner, Ben?«

»Nein ...«, erwiderte Ben gehorsam.

»In deiner, Frank?«

»Natürlich nicht!«

»Wer hat dann das Geld? Wir drei sind die Einzigen, die hier unten Ausstattung und Waren kaufen dürfen, und alles wird in der Zentrale dreimal geprüft! Ich sage euch, da will uns jemand etwas anhängen!«

»Unmöglich ... Nicht bei ChemGen!«, rief Frank.

Susan wies mit dem Finger auf den Computer. »Sei doch nicht so verdammt naiv, Frank! Die E-Mail da ist doch der Beweis! Jemand in der Zentrale möchte uns fertigmachen!«

Ben legte Susan den Arm um die Schulter.

»Susan, beruhige dich. Was heißt das denn konkret? Dass sie irgendwelche Buchungsfehler gefunden haben, als sie für den abschließenden Finanzbericht die Zahlen zusammengestellt haben, richtig?«

»Stimmt«, pflichtete Frank bei.

»Dann hat vielleicht der Rechnungsprüfer Mist gebaut«, fuhr Ben fort. »Wir haben seine Zahlen gesehen, nicht wahr, Susan? Du und ich, wir wissen, dass diese Berichte falsch sind, absolut falsch.«

»Und warum hat Skinner bei seinem Anruf nichts davon gesagt?«, fragte Susan.

Ben überlegte einen Moment. »Versetzen wir uns doch mal in seine Lage. ChemGen macht gerade eine schwere Zeit durch, der Vorstand bemüht sich um eine Fusion mit unserem Konkurrenten Glaxo. Um die Firma dafür fit zu machen, beschließt der Vorstand, die Ausgaben für Forschung und Entwicklung zu reduzieren, und fragt Skinner, wo er den Rotstift ansetzen würde.«

»Es ist weder sein Fehler noch der unsere«, bemerkte Frank. »Skinner muss seinen Job machen.«

»Ist ja gut, Ben!«, rief Susan ungeduldig. »Ich verstehe, was du eben gesagt hast! Was mir aber nicht in den Kopf will, sind diese Vorwürfe, dass wir Firmengeld veruntreut haben sollen.«

»Darauf wollte ich gerade zu sprechen kommen«, erwiderte Ben ruhig. »Nehmen wir doch mal an, die Leute von der Finanzabteilung haben tatsächlich Mist gebaut und aufgrund von falschen Zahlen einen Bericht zusammengestellt, aus dem hervorgeht, dass hier in Somba Geld veruntreut wurde. Sie überprüfen die Zahlen einmal, zweimal, vielleicht noch öfter. *Wir* wissen, dass die Vorwürfe gegen uns nicht stimmen, aber der Vorstand weiß das nicht. Und er darf solche Anschuldigungen nicht auf die leichte Schulter nehmen, denn täte er das, und sie würden sich als wahr herausstellen, müsste zumindest Douglas seinen Hut nehmen. Skinner weiß das, und deshalb kommt er her, um sich selbst ein Bild zu machen.«

»Ein Bild wovon?«, rief Susan wütend.

»Ob wir wirklich zehn Millionen veruntreut haben oder nicht. So was nennt man ›Kontrolle vor Ort‹. Erst danach kann Skinner von Douglas verlangen, dass er den Fehler in der Finanzabteilung sucht. Mit dieser Mail will Skinner Douglas in Zugzwang bringen. Vielleicht will er ihm, nachdem er bewiesen hat, dass wir keinen Dreck am Stecken haben, ja auch einen Deal vorschlagen: Douglas lässt Somba weiterbestehen, und dafür schwärzt Skinner ihn nicht beim Vorstand an.«

»Warum, um Himmels willen, sollte Skinner so ein Spiel spielen?«, fragte Susan. »Als Chef der Wissenschaftlichen Abteilung hat er das doch gar nicht nötig.«

»Vielleicht stinkt es ihm, dass ChemGen wegen der Fusion an Forschung und Entwicklung spart, und er will es auf diese Weise dem Vorstand heimzahlen.«

Susan saß schweigend am Schreibtisch und starrte auf den Bildschirm. Schließlich sagte sie: »Vielleicht gibt es einen Hoffnungsschimmer. Frank, wann kommt Skinner, hast du gesagt?«

»In zwei Tagen. Er landet mit dem Firmenjet in Manaus.«

»Wenn Skinner hier ist, zeigen wir ihm gleich die Venusfliegenfalle. Und wenn wir zusätzlich auch noch die Medien einweihen, kann er das Labor nicht einfach mir nichts, dir nichts zusperren. Ich kenne Skinner. Wenn wir ihm nur eine einzige vernünftige Erklärung dafür liefern, weshalb diese Pflanzen auf einmal so groß werden, zieht er auf der Stelle einen Labormantel an und versucht höchstpersönlich, ihnen ihr Geheimnis zu entreißen.«

»Und was ist mit diesem Buchhaltungsmist?«, fragte Frank.

»Den sollen gefälligst die in der Zentrale klären. Wir haben uns nichts vorzuwerfen. Douglas kann graben, so viel er will, er wird hier nichts finden, was seine Behauptungen stützt.« Susan stand auf. »Leute, jetzt müssen wir dieser Venusfliegenfalle wirklich auf den Leib rücken. Bald wird Skinner hier sein. Ganz gleich, was in dieser E-Mail steht, wenn wir ihm bei seiner Ankunft den Weg zu einem vermarktbaren Wirkstoff präsentieren, dann sind wir aus dem Schneider.«

»Einverstanden«, erwiderte Ben zustimmend, bevor er mit den anderen ins Labor A ging. Jetzt ging es darum, der Firmenzentrale zu zeigen, dass man sie nicht umsonst in den Regenwald geschickt hatte.

Sondern für den ganz großen Wurf.

31

Es war kurz vor Mitternacht, als Angie in die Küche kam und auf Boomer traf, der mit nacktem Oberkörper vor dem Mixer stand. Auf der Küchentheke hockte sein Kapuzineräffchen und kaute, das Gesicht voller Zuckerkristalle, auf einer Limette herum.

»Was machst du denn da?«, fragte Angie mit lauter Stimme, um das Geräusch des Mixers zu übertönen.

»Caipirinhas!«, brüllte Boomer zurück und hob ein Glas mit einer grünlichen Flüssigkeit empor. »Wenn wir schon untergehen, dann wenigstens mit Stil!« Nachdem er die Hälfte ausgetrunken hatte, reichte er das Glas an Angie weiter.

»Himmel, das ist aber stark!«, bemerkte sie hustend. Cappy fiel vom Tresen und schüttete dabei ein Glas um. »Und es wäre besser, wenn du deinem Affen Manieren beibringen würdest.«

Boomer fasste sich an den Schritt. »Diesem Affen?«

»Nein, du Idiot. Dem da«, sagte sie und deutete auf Cappy. »Der ist doch knülle, siehst du das nicht?«

Angie hatte Recht. Das Kapuzineräffchen rollte völlig betrunken auf dem Boden herum.

»Der arme Cappy hat einen in der Krone ...«, kicherte Boomer.

»Kannst du mir vielleicht was anderes mixen als dieses Limettenzeug?«, fragte Angie.

»Wieso? Caipirinha ist das brasilianische Nationalgetränk«, erwiderte Boomer mit schon merklich schwerer Zunge. »Wenn du ein Glas davon trinkst, willst du die ganze Nacht nur noch Samba und Tango und Rumba und Mambo tanzen!«

»Tango ist argentinisch«, sagte Angie und nahm stirnrunzelnd noch einen Schluck von dem Gebräu. »Es könnte etwas mehr Zucker vertragen«, sagte sie.

»Ein bisschen herb soll ein Caipirinha schon sein«, erwiderte Boomer. »Dann wachsen einem davon Haare auf der Brust.«

»Bei dir hat's aber nicht funktioniert, wie ich sehe.«

»Hier, meine Süße. Bring dem alten Benny-Boy diesen Krug in sein Labor, und sag ihm, der Nachschub ist für diese Nacht gesichert!«

Als Angie ging, wandte Boomer sich wieder dem Mixer zu, um weiteres Eis zu zerkleinern. Das Geräusch erschreckte Cappy, den betrunkenen Affen, so sehr, dass er laut kreischend auf dem Boden herumhüpfte.

32

Seit fast zwei Stunden saß Ben jetzt in Labor L am Computer und ging eine Datei nach der anderen durch. Er konnte nicht glauben, was auf der CD-ROM war, die Petersen in seinem Safe weggeschlossen hatte mit der Anweisung, sie für den Fall, dass ihm etwas zustoßen sollte, an Ben zu übergeben.

Und es war ihm etwas zugestoßen. Etwas Schreckliches.

Ben fragte sich, ob das wohl etwas mit der CD-ROM zu tun haben könnte, deren Inhalt er gerade betrachtete.

Immerhin waren darauf sämtliche Schritte von »Projekt Dorothy« gespeichert.

Gründlich dokumentiert, umfassend getestet und untermauert mit hieb- und stichfesten Analysen. Die Fragen zu dem Wirkstoff, den man aus der Aya, der »Seelenranke« gewinnen konnte, waren sämtlich gelöst und mit detaillierten chemischen Formeln fein säuberlich dokumentiert. Darüber hinaus gab es minutiöse Anweisungen zur Verarbeitung und Stabilisierung des Wirkstoffs und eine Auflistung der dazu benötigten Gerätschaften. Auch Fragen der Qualitätskontrolle und der Umweltbelastung durch die Produktion wurden umfassend behandelt, und sogar für Verpackung und Vertrieb des neuen

Medikaments waren detaillierte Vorschläge vorhanden. Das ganze Projekt war reif zur Vorlage bei der Arzneimittelbehörde.

Die Unterlagen des ersten Somba-Teams waren also doch nicht verloren gegangen. Und sie waren vollständig und einwandfrei. Petersens CD-ROM bewies, dass es durchaus möglich war, sowohl auf dem Papier als auch im Laborversuch aus der Aya-Ranke eine stabile Verbindung zu synthetisieren und daraus eine Arznei gegen Progerie herzustellen.

Aber warum hatte man sie bisher noch nicht produziert?

Und warum hatte man Ben und Susan in den Regenwald geschickt, damit sie einem Geheimnis auf die Spur kamen, *das Petersen und sein Team bereits vor drei Jahren gelüftet hatten?*

Petersen hatte gewusst, warum. Und das hatte ihn vermutlich das Leben gekostet.

Hatte Petersen sein Wissen um das Medikament für sich behalten und es der Firma gar nicht mitgeteilt?

Oder hatten sie hier im Regenwald etwas ganz anderes finden sollen?

Ben fasste sich mit der Hand an die Brust, wo in der Tasche Petersens zusammengefaltete Notiz steckte. Sie fühlte sich bleischwer an. Petersen hatte versucht, ihm etwas mitzuteilen.

Etwas, was Ben wissen sollte, ohne dass ChemGen etwas davon erfuhr.

Aber was?

33

Im Labor A lief Susan unruhig auf und ab und spielte nervös mit einem Bleistift herum. Sie hatte keine Zigaretten mehr, und der Nikotinentzug machte sich langsam bemerkbar.

»Was ist, wenn es nicht die Zellstruktur ist, die diese Venusfliegenfalle zum Wachsen bringt?«, fragte sie stirnrunzelnd. »Könnte es vielleicht ein in der Zellstruktur verborgenes Virus sein oder irgendein Bakterium, das wir nicht finden, weil -«

»Weil es inaktiv ist?«, führte Angie den Satz zu Ende, als sie, mehrere Gläser Caipirinha auf ihrem Klemmbrett balancierend, das Labor betrat.

»Genau. Es gibt zwei Möglichkeiten für das extreme Wachstum dieser Pflanzen. Die erste wäre ein interner Auslöser wie ein Hormon oder irgendein Katalysator in der Pflanzenzelle, der urplötzlich eine explosionsartige Wachstumsreaktion in Gang setzt, die zweite ein Einfluss oder Katalysator von außen, wie beispielsweise etwas im Wasser oder der Erde.«

»Oder in der Luft«, ergänzte Angie. »Sollten wir nicht Ben dazuholen? Vielleicht erkennt der, was wir übersehen haben.«

»Nicht nötig«, ließ sich eine Stimme von der Tür her

vernehmen. Es war Ben, der eben das Labor betrat. Er ging lächelnd zu Susan hinüber, schloss sie in die Arme und drückte ihr einen Kuss auf die Stirn.

»Was ist denn auf einmal mit dir los?«, fragte Susan amüsiert. »Hast du in Boomers Bar zu tief ins Glas geschaut?«

»Nein, ich habe am Computer gesessen und mich mit etwas viel Besserem beschäftigt«, sagte er und hielt die CD-ROM hoch. »Ich habe mir Petersens Dateien angesehen. Und du wirst nicht glauben, was ich entdeckt habe.«

»Sag's mir.«

»Das komplette Dorothy-Projekt. Alles, wonach wir die ganze Zeit über gesucht haben, ist da drauf.«

Susan schüttelte ungläubig den Kopf.

»Petersen hat die Antworten die ganze Zeit über gehabt. Das Medikament gegen Progerie mit dem Wirkstoff aus der Aya-Ranke ist machbar – und wir jagen ihm seit drei Jahren wie einem Phantom hinterher.«

»Das ist unmöglich«, sagte Susan trotzig. »Aus welchem Grund sollten sie uns hierherschicken und ...«

»Du kannst es dir selbst anschauen, wenn du willst, aber glaub mir, alles, was man braucht, um den Wirkstoff zu synthetisieren, ist in Petersens Dateien zu finden, dazu genaue Produktionsanweisungen und sogar ein Plan für klinische Studien. Das Medikament ist fix und fertig zur Patentanmeldung.«

»Wie kann das sein?«, entgegnete Susan.

»Keine Ahnung.«

Susan ließ sich auf einen Hocker sinken. »Aber warum? Warum sollten sie uns hier vor uns hin arbeiten lassen, wenn sie die Lösung schon gefunden haben?«

Doch sie wusste es. Und Ben wusste es auch.

»Deswegen.« Ben deutete auf die Wandtafel mit Susans hingeworfener Zeichnung einer Venusfliegenfalle. »Es ging bei unserer Arbeit niemals darum, Projekt Dorothy zu Ende zu bringen. ChemGen wollte aus irgendeinem Grund, dass wir diese Pflanzen finden, und damit wir keinen Verdacht schöpften, hat man uns an dem Medikament für Progerie arbeiten lassen.«

»Das kapiere ich nicht«, sagte Susan. »Was hat denn ChemGen mit diesen Pflanzen zu tun?«

»Vielleicht haben John und Cheryl ja irgendwas an ihnen manipuliert, und als die beiden verschwanden, wusste niemand mehr, wo die Pflanzen waren und was mit ihnen geschehen ist. Und deshalb mussten sie jemanden hier haben, der da draußen ständig auf der Jagd nach Pflanzen ist. Früher oder später mussten wir ja über diese Anomalien hier stolpern.«

»Und warum haben sie uns nicht einfach reinen Wein eingeschenkt?«, fragte Susan. »Wenn man weiß, wonach man sucht, findet man es doch viel schneller.«

»Wenn ich das wüsste ...«, antwortete Ben nachdenklich.

34

Es war drei Uhr morgens, und alle außer Ben und Susan waren schlafen gegangen.

Gemeinsam waren die beiden noch einmal Petersens CD-ROM durchgegangen und hatten nach Hinweisen gesucht, die Projekt Dorothy mit den monströsen Venusfliegenfallen in Verbindung gebracht hätten. Aber sie fanden keine.

»In Petersens Arbeit werden nirgendwo Wachstumsbeschleuniger bei Pflanzen erwähnt. Es geht nur um die Synthetisierung des Wirkstoffs aus der Aya-Ranke«, sagte Ben.

»Aber warum haben sie den Wirkstoff dann nicht synthetisiert?«

»Das weiß ich nicht. Aber vergessen wir Projekt Dorothy mal für einen Augenblick, und fragen wir uns, warum diese Venusfliegenfallen so enorm gewachsen sind« sagte Ben. »Meiner Meinung nach gibt es dafür nur drei plausible Erklärungen.«

»Und die wären?«

»Entweder haben diese Exemplare eine bisher noch unentdeckte Anomalie im chemischen Aufbau ihrer Zellstruktur, oder ...«

»Oder?«, fragte Susan.

»... oder es sind ganz gewöhnliche Pflanzen, denen irgendetwas Wachstumsförderndes von außen zugeführt wurde. Über die Erde, das Wasser.«

»Und was ist die dritte Möglichkeit?«, fragte Susan.

»Dass wir es nicht mit gewöhnlichen Pflanzen zu tun haben«, sagte Ben. »Sondern mit dem Produkt eines Quantensprungs in der Evolution. Einer Veränderung, die sich mit Darwins Theorie einer langsamen, kontinuierlichen Evolution nicht erklären lässt.«

»Sondern nur durch die Theorie vom ›unterbrochenen Gleichgewicht‹?«, fragte Susan lächelnd. »Die ist ja seit langem so eine Art Steckenpferd von dir.«

Sie hatte Recht. Die Theorie vom ›unterbrochenen Gleichgewicht‹, die der amerikanische Paläontologe Stephen Jay Gould als Erster propagiert hatte, war für Darwinisten der blanke Unfug, aber Ben fand sie sehr überzeugend.

Im Gegensatz zu Darwins Vorstellung von einem sehr langsam und kontinuierlich verlaufenden Entwicklungsprozess postulierte Gould in den Siebzigerjahren des 20. Jahrhunderts, dass sich die Evolution sprunghaft und in enorm beschleunigten Schüben vollzog.

»Gould und seine Kollegen haben sich versteinerte Landschnecken angesehen«, sagte Ben, »und dabei entdeckt, dass sich bei ihnen relativ kurze Perioden sehr starker Veränderungen mit vergleichsweise langen Perioden sehr langsamer Entwicklung abwechselten. Daher auch der Begriff ›unterbrochenes Gleichgewicht‹.«

»Ich weiß«, sagte Susan.

»Es gibt überzeugende Hinweise auf plötzliche und sehr rasche Entwicklungsschübe in der Geschichte der Erde«, fuhr Ben fort und führte weiter aus, wie Gould und Niles Eldredge sehr schlüssig bewiesen hatten, dass Veränderungen an Pflanzen und Tieren mal langsam und mal rasend schnell vor sich gehen. Sie hatten auch nachgewiesen, dass sich viele kleine Veränderungen über lange Zeit hin anhäufen konnten, bis sich dann auf einmal eine sprunghafte, qualitativ entscheidende Veränderung vollzog.

»Auch das ist mir bekannt«, sagte Susan und runzelte die Stirn. »Und du glaubst, dass wir es hier mit einer solchen punktuellen Veränderung zu tun haben?«

»Eigentlich nicht«, erwiderte Ben nachdenklich. »Selbst ein Evolutionsschub, wie Gould ihn postuliert, braucht nach unseren Begriffen doch eine ganze Menge Zeit. In der Erdgeschichte sind hunderttausend Jahre ein Klacks, für uns Menschen bedeuten sie eine Ewigkeit. Viel wahrscheinlicher ist, dass diese Venusfliegenfallen von Menschen manipuliert wurden.«

»Na wunderbar«, bemerkte Susan und gähnte. »Erst nervst du mich bis zum Gehtnichtmehr mit deiner Evolutionstheorie, und jetzt willst du mir weismachen, dass irgendwer diese Killerpflanzen genetisch manipuliert und in den Regenwald gepflanzt hat. An wen hast du denn dabei gedacht? An Aliens, die Brasilien unter ihre Kontrolle bringen wollen?«

Auch Ben musste gähnen. »Lass uns morgen weitermachen, Susan. Wir sind beide müde«, sagte er und verließ mit ihr das Labor.

»Weißt du, was der Unterschied zwischen dir und mir ist?«, fragte Ben, während sie durch die warme Nacht zum Wohnbau hinübergingen.

»Nein ...?«

»Ich bin Forscher, und du bist Ingenieurin. Eine Ingenieurin will, dass die Dinge funktionieren, ein Forscher will wissen, *warum* sie funktionieren.«

»Dann ergänzen wir uns doch großartig«, erwiderte Susan. »Und gemeinsam wird es uns vielleicht gelingen, dieses Labor vor der Schließung zu bewahren. Aber wir müssen uns beeilen, ganz gleich ob nun als Forscher oder Ingenieure. Die Zeit wird langsam knapp.«

BESTÄUBUNG

35

Ein wolkenverhangener Tag brach über dem Amazonasbecken an, und Ben saß bereits in Labor A über ein Mikroskop gebeugt und arbeitete konzentriert. Normalerweise genoss er es, wenn er morgens allein im Labor war, doch heute fühlte er sich nicht wohl und rutschte unruhig auf dem Metallhocker hin und her. Erst nach der zweiten Aspirin waren seine hämmernden Kopfschmerzen etwas erträglicher geworden. Früher hatte er deutlich mehr Caipirinhas vertragen.

Susan kam mit zwei großen Bechern Kaffee herein.

»Morgen, Forscher«, sagte sie.

»Morgen, Ingenieurin«, brummelte Ben zurück und starrte auf die Skizze einer Pflanzenzelle, die Susan in der Nacht auf die Wandtafel gezeichnet hatte.

»Du warst gestern irgendetwas auf der Spur«, sagte er.

»Und du hast mir was von Gould und seinem Kollegen erzählt«, erwiderte Susan und reichte Ben einen der dampfenden Becher. »Außerdem hast du das Rätsel um Dorothy entschlüsselt.«

»Das war Petersen«, seufzte Ben. »Und du weißt, was mit ihm passiert ist. Er muss gewusst haben, dass er in Gefahr schwebte, denn sonst hätte er die CD-ROM nicht in seinem privaten Tresor versteckt. Ich verstehe das alles nicht. Zuerst lässt ChemGen uns hier an der Entwicklung eines Medikaments arbeiten, das längst zulassungsfertig in der Schublade liegt, und dann versuchen sie, uns eine millionenschwere Unterschlagung anzuhängen ...«

»Boomer war übrigens gerade bei mir«, sagte Susan. »Die Venusfliegenfalle in Labor C ist über Nacht um 30 Zentimeter gewachsen.«

»Dann wird es höchste Zeit, dass wir ihr auf die Schliche kommen, bevor sie uns noch das Dach vom Labor sprengt«, sagte Ben.

»Du hast doch gestern gesagt, dass möglicherweise etwas im Boden für das Wachstum der Pflanzen verantwortlich ist«, sagte Susan. »Meinst du, dass das vielleicht eine Erklärung für die opaken Vakuolen in meinen Zellpräparaten sein könnte?«

»Das lässt sich sehr leicht nachprüfen«, erwiderte Ben. »Wir müssen nur eine andere Pflanze ins selbe Erdreich einsetzen und nach ein paar Tagen deren Vakuolen untersuchen.«

»Gute Idee«, sagte Susan. »Wir könnten die Erde aus der Tonne nehmen, in die Frank die Venusfliegenfalle gepflanzt hat. Frank hat sie aus der Schlucht mitgebracht, in der er die Pflanze ausgegraben hat.«

Ben nahm einen kleinen Topf und ging damit hinüber ins Labor C, wo die Venusfliegenfalle stand. Die Pflanze war tatsächlich größer als am Vortag, und während Ben mit einer kleinen Schaufel etwas Erde aus der Tonne entnahm, war ihm ein wenig seltsam zu Mute, weil er an Susans Erlebnis in dem Landrover denken musste.

Er trug den mit Erde gefüllten Topf hinüber ins Labor B, wo eine Reihe von Töpfen mit Schösslingen der Aya-

Ranke standen. Einen davon topfte er sorgfältig aus, spülte ihm unter fließendem Wasser die restliche Erde von den Wurzeln und setzte ihn in den mit Erdreich aus der Schlucht am Rio Manaus gefüllten Blumentopf, den er mit einem Etikett markierte.

Zufrieden mit seiner Arbeit stellte Ben die Aya-Ranke neben die anderen und ging zurück zu Susan, die nachdenklich ihren Kaffee trank.

Gemeinsam arbeiteten sie dann durch bis zum Mittagessen und sahen sich noch einmal die Präparate an, die Susan und Angie am Tag zuvor schon einmal unter dem Mikroskop gehabt hatten.

Wieder konnten sie nichts Auffälliges an den Zellen der Venusfliegenfalle erkennen. Doch zum ersten Mal seit vielen Monaten arbeiteten Ben und Susan zusammen, ohne sich in die Haare zu geraten, sich anzuschreien oder miteinander zu streiten.

Als sie sich zu den anderen an den Küchentisch setzten und darauf warteten, dass Frank das Mittagessen auftrug, sah Ben, dass Jack draußen auf einem umgestürzten Baum hinter dem Gebäude hockte und mit den Füßen die staubige Erde kickte. Er sah aus, als würde er sich tödlich langweilen.

»Ich bin ein beschissener Vater, nicht wahr?«, sagte Ben so laut, dass die Kollegen es hörten. Er wäre gern ein besserer Vater gewesen, aber er wusste einfach nicht, wie er das anstellen sollte. Also hatte er mit Jack gemacht, was er immer machte, wenn er es mit Menschen zu tun hatte, zu denen er keine Beziehung aufbauen konnte: Er hatte ihn ignoriert. Genauso hatte er es mit Emily gemacht, die ihn erst betrogen, dann aus dem Haus geworfen und schließlich seinen eigenen Sohn gegen ihn aufgehetzt hatte, und mit Skinner, der Bens Forschungsergebnisse für seine eigenen ausgegeben hatte.

Nun aber wurde Ben schlagartig klar, dass das mit Jack nicht so weitergehen konnte. Wenn er seinen einzigen Sohn ebenso ignorierte wie dessen Mutter, würde er auch ihn verlieren. Und zwar für immer.

So wichtig es auch war, dass er das Rätsel der Venusfliegenfalle löste, auf einmal war Ben sich bewusst, dass es etwas gab, was ihm weit mehr bedeutete.

36

Der Rio Edileno, ein kleiner Zufluss zum Rio Negro, war nur wenige Kilometer von Somba entfernt. Dort hatten die Wissenschaftler ein kleines Kanu liegen, mit dem sie hin und wieder entlang des Flussufers Pflanzenproben sammelten oder in ihrer Freizeit einen geruhsamen Ausflug machten. Ben hatte vor, mit Jack flussabwärts bis zum Rio Negro zu paddeln und dann umzukehren, damit sie vor Einbruch der Dunkelheit wieder in Somba waren.

Jack stimmte Bens Vorschlag nur deshalb zu, weil er herausfinden wollte, ob Ben es wirklich ernst meinte. Sein Alter war nicht allzu sportlich, und auch zu Hause hatte er noch nie einen Ausflug mit ihm unternommen, vom Paddeln in einem Kanu ganz zu schweigen. Mal sehen, wann er schlappmacht, dachte Jack.

Der Weg zum Fluss hinunter führte sie durch feuchtes, sumpfähnliches Gelände. Wenn es nicht gerade regnete, wimmelte es hier von Insekten, und auch jetzt sirrten die Moskitos in dichten Wolken um sie herum. Auf dem Boden wuselten Myriaden roter Ameisen, die ihnen, sobald sie stehen blieben, um einen Schluck Wasser zu trinken, zu Hunderten an ihren Stiefeln hinaufkrabbelten.

Als sie auf einem überwachsenen Pfad hinunter zum

Fluss gingen, sah Jack, wie sich im Blätterdach über ihnen etwas bewegte. Er blieb stehen und deutete in den Wipfel eines Baumes, wo in fünf Metern Höhe ein Hirsch mit weit ausladendem Geweih langsam seinen Kopf von einer Seite auf die andere schwenkte.

»Das gibt's doch nicht«, flüsterte Jack. »Wie kommt denn der Hirsch da auf den Baum?«

»Psst«, zischte Ben. »Beweg dich nicht.«

Jack gehorchte und sah weiter den seltsamen Bewegungen des Hirschkopfs zu. Es sah aus, als sähe sich das Tier beständig im Wald um. Aber dann senkte sich das Geweih, und Jack erkannte, dass sie es gar nicht mit einem Hirsch zu tun hatten, sondern lediglich mit seinem Kopf. Der Rest des Körpers war verschwunden.

Er steckte im mächtig angeschwollenen Leib einer riesigen Anakonda, aus deren weit geöffnetem Maul der breite Nacken des Hirsches herausragte. Durch Schütteln versuchte nun die vollgefressene Schlange, den Teil ihrer Beute loszuwerden, den sie wegen des Geweihs nicht verschlingen konnte.

»Die ist bestimmt zehn Meter lang«, flüsterte Ben. »Anakondas schnappen sich häufig Wild, wenn es zum Trinken ans Wasser kommt. Sie verschlingen es mit Haut und Haaren und verdauen es dann nach und nach.« Ben deutete auf den Körper der Schlange, an dem sich die Umrisse eines Hirschs erahnen ließen. »Nur das Geweih passt nicht hinein, deshalb muss sie jetzt warten, bis der Kadaver so stark verwest ist, dass sie den Kopf durch Schütteln vom Hals trennen kann.«

»Echt cool«, kommentierte Jack und verzog das Gesicht. Bei dem Anblick kam ihm fast das Frühstück wieder hoch, aber er schwor sich, auf keinen Fall vor seinem

Vater zu kotzen. Er räusperte sich und spuckte aus, woraufhin die Anakonda mit dem halb verdauten Hirsch im Maul fluchtartig das Weite suchte, wobei die schweren Geweihstangen mit einem dumpfen Geräusch gegen die Baumstämme schlugen.

»Gut gemacht!«, sagte Ben. »Dass jemand eine Anakonda mit Spucken verjagt, habe ich noch nie gesehen.«

Er lachte.

Jack lachte auch.

Zum ersten Mal seit Jahren lachten sie gemeinsam.

Während sie schweigend und immer noch beeindruckt von ihrem Erlebnis mit der Anakonda weiter den Pfad entlanggingen, hielt Jack Ausschau, ob sich wieder irgendwo ein Geweih oder etwas anderes im Schatten bewegte. Die Anakonda hatte ihm einen Augenblick lang einen fürchterlichen Schrecken eingejagt. Doch der Schreck hatte auch etwas Gutes gehabt.

Seitdem fühlte er sich Ben ein wenig näher.

Bens Erschrecken über die Begegnung ging etwas tiefer. Die Tatsache, dass sie an Land auf eine Anakonda getroffen waren, beunruhigte ihn so, dass er sich fragte, ob dieser Vater-und-Sohn-Ausflug in den Regenwald eine gute Idee gewesen war.

Auf dem Weg zum Fluss redeten sie nicht viel, und das war gut so, denn Ben wurde auf einmal schmerzlich klar, dass er seinem Sohn nicht viel zu sagen hatte. Fast kam ihm Jack wie ein Fremder vor. Vielleicht, so dachte er, konnte er ja wirklich nicht mit Menschen umgehen, vielleicht fehlten ihm einfach die Gene, die einen guten Vater ausmachten.

Jack hatte Mühe, mit Bens Tempo mitzuhalten, und

wunderte sich, wie gut der Alte durchhielt. Vielleicht versuchte sein Vater ja, ihm auf seine seltsame, eigenbrötlerische Art zu beweisen, dass er kein Bücherwurm, sondern ein echter Mann war.

Aber das kaufte Jack ihm nicht ab, nicht einmal ansatzweise.

Im Weitergehen rutschte Jack unter einer mächtigen Platane auf einmal auf etwas Weichem und Feuchtem aus.

»Igitt!«, rief er aus, als er sah, dass sein rechter Stiefel voll braunem Dreck war. »Was ist das?«

»Frischer Jaguarkot«, erwiderte Ben. »Aber keine Sorge. Siehst du die kleinen weißen Splitter in den Fäkalien? Das sind Affenknochen. Der Bursche hat also erst kürzlich gefressen.«

»Bist du jetzt auch noch ein Experte für exotische Tiere?«, fuhr Jack ihn gereizt an. Warum musste ihn sein Alter jedes Mal mit seinem ungeheuren Wissen plattmachen? Warum konnte er nicht wie ein normaler Mensch mit ihm reden? Er war auf einem Haufen Jaguarscheiße ausgerutscht, na und? Jeder normale Vater wäre mit seinem Sohn in brüllendes Gelächter ausgebrochen, Ben aber musste ihm gleich eine Vorlesung halten.

»Ich weiß eine ganze Menge über wilde Tiere«, erwiderte Ben, der die Verstimmung seines Sohnes nicht mitbekommen hatte. »Das gehört zu meinem Job.«

Jack ließ den Kopf auf die Arme sinken. »Wie schade, dass ich mein Notizbuch nicht dabeihabe, sonst könnte ich mir deine Weisheiten aufschreiben«, maulte er und fügte hinzu, dass er zu erschöpft sei, um weiterzugehen. Ben willigte in eine kurze Pause ein und ging mit Jack zu einem umgefallenen Baum, auf dem sie eine Weile schweigend saßen und auf die vielfältigen Geräusche der Tiere ringsum lauschten.

Der Regenwald war in ein weiches, milchiges Licht getaucht, und durch das dichte Blätterdach konnten sie nur ab und zu den Himmel sehen. Als sie wieder aufbrachen, folgten sie einem von seltsamen Kerben an den Bäumen markierten Weg. Die Markierungen stammten von Kautschuksammlern, erklärte Ben, und dienten, ähnlich wie Brandzeichen bei Rindern, als Nachweis, wer Anspruch auf den zähen Milchsaft der Bäume hatte. Die Zeichen machten Ben ein wenig nervös, denn Kautschuksammler waren nicht gerade umgängliche Zeitgenossen. Er wollte ihnen nicht unbedingt über den Weg laufen. Jack hingegen hätte es cool gefunden, einen zu sehen. Von weitem.

Wenig später schreckten sie eine Herde Tapire auf, die aussahen wie eine Kreuzung aus hornlosem Rhinozeros und Wildschwein. Der Tapir war das größte in Brasilien heimische Tier und wurde wegen seines reichlichen, wenn auch etwas trockenen Fleisches geschätzt. Da sie sich gegen Raubtiere nicht verteidigen können, ergreifen Tapire bei jedem Anzeichen von Gefahr die Flucht und stürzen sich in das nächstliegende Gewässer, in das ihnen kein Jaguar hinterherkommt. Dabei trampeln sie alles nieder, was sich ihnen in den Weg stellt. Ben und Jack folgten den Tapiren bis zum Rio Edileno hinunter, wo sie das am Ufer versteckte Kanu aus Aluminium fanden. Während Ben die Kette aufschloss, mit der es an einen riesigen Baum gehängt war, ließ Jack sich zu Boden fallen.

»Dad, ich sterbe vor Hunger«, stöhnte er.

»Hey – du hast eben Dad zu mir gesagt«, erwiderte Ben

schmunzelnd. »Da musst du wirklich einen Riesenhunger haben.« Er nahm seine Machete und verschwand im Dickicht am Flussufer. Jack hörte, wie er im Gebüsch herumhackte, und kurze Zeit später kam er zurück und reichte seinem Sohn etwas, was wie ein weiches, nasses Stück Holz aussah.

»Iss das«, sagte Ben.

»Was ist das?«

»Palmito.«

Jack verzog das Gesicht.

»Palmherz«, erklärte Ben. »Ein Grundnahrungsmittel der Indianer.«

Jack biss hinein. Es war erstaunlich zart und süß, viel intensiver im Geschmack als die Palmherzen aus der Dose, die man in den Vereinigten Staaten kaufen konnte und die sich im Mund eher wie durchgefeuchtetes Kreppband anfühlten.

»Sei vorsichtig, wenn du ins Kanu steigst«, mahnte Ben. »In diesem Fluss gibt es Alligatoren.« Jack runzelte die Stirn, suchte aber sorgfältig das Ufer ab. Zu seiner Erleichterung entdeckte er nur das Übliche – Schlamm, Kletterpflanzen, Bäume und Blätter.

Dann ließen sie sich unter dem Blätterdach der über Dutzende von Metern hohen Bäume, das sie vor der sengenden Nachmittagssonne schützte, von der sanften Strömung des Rio Edileno forttragen. An den Stämmen und Ästen wuchsen so viele Kletterpflanzen, Bromelien und Epiphyten, dass man die einzelnen Bäume nicht mehr voneinander unterscheiden konnte. Die Vegetation entlang der Ufer bildete eine Art natürlichen Tunnel, durch den der graubraune Fluss träge dahinzog und das kleine Kanu mit sich nahm.

Jack war froh, dass er endlich im Kanu saß, denn von dem Marsch durch den Urwald hatte er bereits Blasen an den Füßen. Bens Ausdauer und Durchhaltevermögen überraschten ihn. Der Alte saß mit dem Paddel in der Hand hinten im Boot und hielt den Blick nach vorn gerichtet, um das Kanu nicht gegen einen treibenden Baumstamm oder auf eine versteckte Sandbank zu steuern. Plötzlich wurde das Kreischen, Zirpen und Zwitschern der Vögel von einem lauten Motorengeräusch unterbrochen, das von hinter der nächsten Flussbiegung zu kommen schien. Ben paddelte rasch ans Ufer, wo er das Boot hinter den dichten Luftwurzeln einer Hängepflanze versteckte.

»Steig aus«, flüsterte er Jack zu. »Aber sei leise.«

»Was ist denn los?«, fragte Jack, während er an Land stieg. Sein Vater warf ihm ein Tau zu und folgte ihm. Nachdem er das Kanu am Stamm des Baumes festgebunden hatte, wandte er sich an Jack.

»Das ist eine Draga«, erklärte er. »Mit den Leuten, die auf solchen Kähnen arbeiten, ist nicht gut Kirschen essen. Am besten paddeln wir denen nicht in die Arme.« Er ging ein paar Meter in den Regenwald hinein. »Komm«, sagte er, »wir sehen sie uns an.«

Vorsichtig arbeiteten sie sich im Schutz des dichten Gestrüpps am Ufer entlang, bis sie die Flussbiegung umrundet hatten. Dann teilte Ben vorsichtig die Blätter eines mannshohen Baumfarns und blickte hinaus aufs Wasser, wo ein lang gestreckter Lastkahn zu sehen war, der mit dicken PVC-Rohren den Sand vom Boden des Flusses ansaugte und ihn über mehrere Meter lange Bahnen aus schräg gestellten Holzbrettern pumpte, über die er wieder zurück in den Fluss glitt. Die Bretter waren mit einem dicken, synthetischen Teppich bezogen, der die schwereren, goldhaltigen Partikel des Sandes zurückhielt. Die meisten *Dragas* hatten fünf oder sechs solcher Bretterbahnen, aber die, auf die Ben und Jack blickten, besaß mehr als ein Dutzend davon. Jack sah Männer und Jungen mit nacktem Oberkörper, die Kästen mit Sand nach Goldflitter durchsuchten.

»Lass den Kopf unten«, befahl Ben. »Wenn diese Burschen uns entdecken, haben wir keine Chance. Die würden sich bestimmt lieber mit uns beschäftigen, statt zu arbeiten.«

Jack verstand sofort und duckte sich gehorsam. Langsam fuhr die D*raga* an ihnen vorbei stromaufwärts und verschwand hinter der Biegung, ohne die beiden Beobachter am Ufer entdeckt zu haben.

»Wenn sie weg sind, kette ich das Kanu an einen Baum, und wir gehen zu Fuß zurück«, sagte Ben. »Der Fluss ist mir im Moment nicht geheuer.«

Der Rückweg nach Somba war für beide so anstrengend, dass sie kaum miteinander sprachen. Erst als sie in der hereinbrechenden Abenddämmerung das Labor vor sich sahen, hob Ben die Hand zum Zeichen, dass Jack stehen bleiben sollte.

»Ich höre etwas!«, flüsterte Ben. Auf dem ganzen Marsch hatten sie kein Tier gesehen, das größer als ein Baumfrosch war. Jetzt bewegten sich dreißig Meter über ihnen die Zweige im Blätterdach.

»Da!«, flüsterte Ben und zeigte auf einen Copaibabaum ganz in der Nähe. Sechs braun-weiße Tamarinaffen schwangen sich laut kreischend von Baum zu Baum.

»Echt cool!«, flüsterte Jack.

»Eine Familie. Sie bleiben immer zusammen«, erklärte

Ben aufgeregt. »Nachts klammern sie sich aneinander, um sich zu wärmen, was dann aussieht wie ein riesiger Fellball. Diese Art sieht man sehr selten.«

»Hier gibt's ne Menge irre Tiere«, erwiderte Jack.

»Das hat seinen Grund«, meinte Ben und begann zu erklären, dass Südamerika vor fünfzig Millionen Jahren eine im Atlantik schwimmende Insel war, die von Urwelttieren wie Gürteltier, Riesenfaultier und Säbelzahntiger bewohnt wurde. Dann bildete sich dort, wo heute Panama ist, eine Landbrücke nach Nordamerika, und die Tiere der beiden Subkontinente vermischten sich. Die langsamen und schwachen starben aus. Im kalten Norden überlebten nur wenige – wie Opossums, Faultiere und Gürteltiere, doch im heißen, üppigen Regenwald des Amazonas konnten sich Tausende neuer Arten entwickeln, denn Nahrung und Wasser waren reichlich vorhanden.

Plötzlich hörten sie lautes Gekreisch, und die Affen hangelten sich mit blitzartiger Geschwindigkeit durch das Geäst der Bäume davon.

»Ganz schön cool«, meinte Jack.

»Nicht ›echt‹ cool?«

»Nein, ganz schön cool.«

»Gut, dann ist vielleicht die Geschichte, wie der Mensch hierhergekommen ist, echt cool. Wusstest du, dass die Stämme des Amazonas vor 50 000 Jahren über die Beringstraße von Asien her nach Alaska gekommen und langsam immer weiter nach Süden gewandert sind?«

»Echt? Die sind den ganzen Weg von Alaska hier runter marschiert?«

»Ja, aber dafür haben sie ein paar tausend Jahre gebraucht. Deshalb haben viele Amazonasstämme Bräuche, die an die bestimmter asiatischer Kulturen erinnern. Und Gegenstände wie das Blasrohr. Und Penisfutterale.«

»Penisfutterale?«

»Das ist sozusagen die Alltagskleidung für die Eingeborenen hier im Regenwald. Du nimmst einen Flaschenkürbis oder ein Stück Holz, polierst es schön glatt und steckst es über dein bestes Stück. Dann dekorierst du das Futteral mit Perlenschnüren. Soll angeblich die Manneskraft stärken.«

»Das ist ja scheußlich!«, lachte Jack. »Ich würde mir bestimmt keinen Flaschenkürbis über meinen Schwanz stülpen!«

»Sag mal, darfst du denn zu Hause ›Schwanz‹ sagen?«, fragte Ben. »Schimpft deine Mutter da nicht?«

»Emily? Doch, klar. Ich darf ja nicht mal ›Scheiße‹ sagen. Oder ›ficken‹.«

»Verstehe. Wie geht es deiner Mutter denn so?«

»Keine Ahnung. Warum fragst du sie nicht selbst?«

Sie marschierten weiter. Ben spürte, dass Jack sich bei dem Thema nicht wohl fühlte, deshalb beschloss er, den Ausflug nicht dadurch zu verderben, dass er mit seinem Sohn über die Scheidung sprach.

»Sie ist zufrieden«, sagte Jack schließlich von sich aus. »So zufrieden wie du, nehme ich an.«

»Na großartig«, seufzte Ben.

Ben hätte mit Jack gern darüber geredet, warum die Kommunikation zwischen ihnen nicht klappte, hätte Jacks Probleme in der Schule ebenso gern angesprochen wie seinen langsamen Rückzug von Freunden und Familie. Doch er unterließ es, denn ihm war auf einmal bewusst geworden, dass sie hier, tief im Regenwald des

Amazonas, wie Männer miteinander geredet hatten, ohne sich anzuschreien oder sich Beleidigungen an den Kopf zu werfen. Diese gute Stimmung wollte er nicht durch eine väterliche Gardinenpredigt zerstören.

»Aber die Penisfutterale sind nicht die einzige Errungenschaft der Stämme hier«, sagte Ben, um das Thema zu wechseln. »Im Lauf der Jahrhunderte haben sie herausgefunden, dass bestimmte Pflanzen eine medizinische Wirkung haben. Zum Beispiel Katzenkralle bei Malaria und Gelbfieber, Immergrün bei Leukämie. Dieses Wissen wurde über Generationen von einem Schamanen an den nächsten weitergegeben. Diese klugen Medizinmänner vermehrten die Arzneipflanzen entlang alter Wanderpfade durch den Urwald, die heute längst vergessen sind. Und jetzt kommen wir Forscher aus Nordamerika und Europa und versuchen, neue Medikamente aus ihnen herzustellen.«

»Warum steigt ihr nicht in die Produktion von Penisfutteralen ein?«

»Gute Idee. Vielleicht könnte man bei pubertierenden Jugendlichen damit gute Geschäfte machen«, sagte Ben, und beide lachten. Ben legte seinem Sohn den Arm um die Schulter, und Jack ließ es geschehen. So gingen sie nebeneinander das letzte Stück Weg in Richtung Somba. Plötzlich kam ein Ameisenbär von der Größe eines Neufundländers aus dem Wald und jagte ihnen einen gehörigen Schrecken ein. Das Tier sah sie jedoch nur uninteressiert an, während es gemächlich ihren Pfad kreuzte, um auf der anderen Seite eine Reihe verrotteter Baumstümpfe nach Ameisen zu durchstöbern.

»Das war *super cool!«*, sagte Jack, als sie in Somba ankamen. Er hatte Affen gesehen, Vögel, Tapire, einen

Ameisenbär, eine Anakonda, riesige Mistkäfer und einen Schwarm Blattschneiderameisen. Vor allem aber hatte er endlich mal wieder mit seinem Vater geredet.

Der kurze Ausflug mit Ben, seinem Vater, den er kaum kannte, hatte Jack gefallen, aber er hatte noch etwas anderes verspürt: eine seltsame, nicht genau definierbare Verbundenheit mit dem Regenwald, der ihm sicher und gefährlich zugleich vorgekommen war.

Jack wollte es sich zwar nicht eingestehen, aber es war ein gutes Gefühl, wieder mal mit seinem Alten zusammen zu sein. Er spürte, dass Ben sein Bestes versuchte, und das konnte er ihm nicht vorwerfen.

Vielleicht machte das der Regenwald.

37

Boomer hatte Susan kein Wort davon gesagt, dass er sich mit der Zentrale in Verbindung gesetzt und sich von Marco in Minutenschnelle die Informationen besorgt hatte, für die er normalerweise viele Stunden gebraucht hätte. Und Susan war so sehr darauf fixiert, möglichst schnell hinter das Geheimnis der Venusfliegenfalle zu kommen, dass sie Angie nie gefragt hatte, wie sie die Tests so schnell hatte fertigstellen können. Das war eines von vielem, was ihr in letzter Zeit entging.

Bevor Skinner in Somba eintraf, wollte sie unbedingt herausbekommen, was die Venusfliegenfalle und die orangefarbene Artischockenpflanze zu einem derart explosiven Wachstum angeregt hatte.

Ihrer Überzeugung nach lag die Antwort in den milchig-weißen Vakuolen, während Ben sich sicher war, dass das Wachstum auf einen externen Katalysator zurückging, der möglicherweise im Boden verborgen war.

»Ich dachte gerade an das, was ich schon mal gesagt habe«, sagte Ben zu Susan, als er von seinem Ausflug zurückgekehrt war und wieder neben ihr im Labor saß. »An die Nährstoffe und Mineralien im Boden ... irgendein externes Element, das das Wachstum der Pflanzen beschleunigt. Irgendetwas in der Erde.«

»Aber was?«, fragte Susan. »Und außerdem ernähren sich Venusfliegenfallen nicht von Stoffen, die in der Erde sind, sondern von Insekten. Wenn deine Theorie mit dem Katalysator stimmt, dann müsste der in den Insekten sein, und das ist ziemlich unwahrscheinlich.«

»Auch Venusfliegenfallen haben Wurzeln, mit denen sie durchaus etwas aus der Erde aufnehmen können«, entgegnete Ben. »Und hast du vergessen, dass Frank im Boden neben der Pflanze einen Plastiksack aus dem Labor gefunden hat? Es könnte doch sein, dass dieser Sack etwas enthielt, was die Pflanzen zum Wachsen brachte.«

»Oder die Pflanzen selbst, als sie noch klein waren«, gab Susan zurück. »Venusfliegenfallen kommen nun einmal nicht im amazonischen Regenwald vor, also wäre es nur logisch, wenn jemand sie dort eingepflanzt hätte.«

»Und wer sollte das deiner Meinung nach gewesen sein?«

»Keine Ahnung. Ich war es jedenfalls nicht.«

38

Es war schon Morgen, als Ben, der über ein Mikroskop gebeugt an einem Tisch im Labor A saß und immer noch die Wurzeln der Venusfliegenfalle auf irgendeinen ungewöhnlichen Wachstumskatalysator untersuchte, von draußen lauten Lärm hörte.

»Was ist denn das?«, murmelte er. »Doch nicht etwa Motorräder?«

Ben eilte zum Fenster, denn irgendwie hatte er das Gefühl, als ob das Geräusch etwas mit Jack zu tun haben könnte.

Dem war auch so.

Sein Sohn saß auf einer der beiden zum Fuhrpark des Labors gehörenden Honda-CRF-150-Geländemaschinen und schnallte sich gerade seinen Helm fest. Auf dem anderen Motorrad saß Frank.

»Runter mit dir! SOFORT!«, brüllte Ben, doch der Motorenlärm übertönte seine Stimme. Er wedelte hinter der Fensterscheibe wie verrückt mit den Armen, aber Jack reagierte nicht. Dann sah Ben, wie Frank auf den Gasgriff und den Kupplungshebel des Motorrads deutete. Offenbar erklärte er Jack, wie er es fahren musste.

Eigentlich wäre Ben am liebsten nach draußen gestürzt und hätte Jack das Motorrad weggenommen, aber dann sah er, was für ein glückliches Gesicht sein Sohn machte. »Was soll's«, dachte Ben bei sich und sah zu, wie die beiden Motorräder mit lautem Knattern im Regenwald verschwanden. »Es wird ihm schon nichts passieren. Frank ist ja bei ihm.« Aber als er dann wieder an seine Arbeit ging, bedauerte er es doch, dass er Jack nicht aufgehalten hatte. Die fürchterliche Vorstellung, seinen Sohn vielleicht im Rollstuhl ins Haus seiner Mutter schieben zu müssen, quälte ihn eine Weile, bis er wieder Jacks freudiges Gesicht unter dem schlammbespritzten roten Helm vor Augen hatte.

Jack war kein kleiner Junge mehr. Er wuchs langsam zu einem Mann heran, einem Mann, der selbst auf sich aufpassen konnte.

Einem Mann, der bald keinen Vater mehr brauchte.

Ben beschloss, sich noch einen Kaffee zu holen. Auf dem Weg zur Tür fiel sein Blick auf die große Schautafel an der Wand.

Das Periodensystem der chemischen Elemente. Es hing in dieser oder ähnlicher Form in Tausenden von Labors auf der ganzen Welt. Ben hatte es schon so oft gesehen, dass er es nicht mehr bewusst wahrnahm.

Jetzt aber stach es Ben in die Augen, als hätte es soeben jemand neu dort hingehängt. Und ein kühner Gedanke blitzte ihm durch den Kopf.

Was wäre, wenn die Zahlen auf Petersens blutgetränkter Notiz gar keine Telefonnummer wären, sondern sich auf das Periodensystem bezögen?

Für den Chemiker war das Periodensystem, das im Jahr 1869 vom russischen Chemiker Dmitri Mendelejew aufgestellt worden war, die Grundlage seiner gesamten Wissenschaft. Es verzeichnete alle bekannten Elemente –

von den Metallen bis zu den Edelgasen – und stellte sie in eine ebenso geniale wie effektive Ordnung.

Petersen war ein großer Bewunderer des Periodensystems gewesen. Gut möglich, dass er dessen Ordnungszahlen zum Kodieren seiner Botschaft an Ben benutzt hatte!

Ben holte den blutbefleckten Notizzettel aus der Tasche seines Labormantels. Er faltete ihn auseinander, schrieb die vermeintliche Telefonnummer auf einen Laborblock und suchte sich auf der Tafel des Periodensystems die den einzelnen Zahlen entsprechenden Elemente zusammen.

Bei der Vorwahl 1 (815) ergab sich Folgendes:

1 = Wasserstoff (H)
8 = Sauerstoff (O)
1 = Wasserstoff (H)
5 = Bor (B)

Ben schrieb sich die Buchstaben in eine Zeile und überlegte, was Petersen ihm wohl damit hatte sagen wollen.
H (OHB)

Was konnten diese Buchstaben bedeuten? Sollte das eine Abkürzung sein? Oder wollte Petersen ihn auf einen bestimmten Stoff hinweisen? Zweimal H und einmal O könnte H_2O ergeben, die chemische Formel für Wasser, aber was bedeutete dann das übrig gebliebene B? In Wasser gelöstes Bor? Konnte das die Erklärung für das enorme Wachstum der Pflanzen sein? Ben bezweifelte es. Außerdem stand das eine H innerhalb, das andere außerhalb der Klammer. Warum? Eine halbe Stunde lang grübelte Ben darüber nach, kam aber zu keinem brauchbaren Ergebnis.

Dann kam er auf die Idee, dass »15« nicht nur für Wasserstoff und Bor, sondern auch für Phosphor stehen könnte, das die Ordnungszahl 15 hat. Jetzt konnte er die gesamte »Telefonnummer« transkribieren:

Wasserstoff (H)
Sauerstoff (O)
Phosphor (P)
Kalium (K)
Jod (I)
Stickstoff (N)
Schwefel (S)

Das freilich ergab einen Sinn. Einen sehr klaren sogar:
H O P K I N S

Ben blickte wieder hinauf zu der Schautafel mit dem Periodensystem. Die Antwort hatte die ganze Zeit dort an der Wand gehangen – Petersens Botschaft hatte etwas mit Hopkins zu tun.

Er rannte aus dem Labor, um Susan zu suchen.

39

Satte 27 PS aus 150 Kubikzentimetern Hubraum, und das bei einem Gewicht von nur 97 Kilogramm – für Jack war diese Honda ein Traum.

»Geiiil!«, brüllte er in den Fahrtwind, während die Bäume des Regenwalds wie ein unscharfer Film an ihm vorbeiflogen. Nachdem sie ein paar Meilen auf der Urwaldpiste hinter sich gebracht hatten, war Frank langsamer geworden und hatte Jack an sich vorbeigewinkt, um von hinten beobachten zu können, wie Jack mit dem Motorrad umging.

»Es scheint, du hast den Dreh raus«, sagte Frank, als sie bei einer Kreuzung stehen blieben. »Bist du denn zu Hause schon einmal Motorrad gefahren?«

»Nur im Computerspiel«, erwiderte Jack aufgeregt. »Aber in Wirklichkeit ist das noch viel besser!«

»Hier biegen wir ab und fahren auf der alten Versorgungsstraße Richtung Rio Manaus. Da kannst du dann richtig Geländefahren üben.«

»Klingt cool!«

Auf einmal nahm Jack im Dschungel eine Bewegung wahr.

»Was ist das?«, rief er und deutete nach links, wo sich eine pelzige, bluttriefende Masse in die Luft erhob. Vor lauter Schreck verlor Jack das Gleichgewicht und stürzte mit seinem Motorrad um, wobei ihm der heiße Auspuff fast das Bein verbrannt hätte.

»SCHEISSE!«, schrie Jack.

Über ihren Köpfen schwangen die halb verwesten Überreste eines kleinen Brüllaffen in der Luft, getragen von den breiten, braunen Schwingen eines großen Geiers, der sich an dem Kadaver gütlich getan hatte und jetzt, aufgescheucht vom Lärm der Motorräder, seine Beute in Sicherheit brachte.

»Krass!«, rief Jack. »Der frisst die toten Tiere von der Straße!«

»Alles in Ordnung?«, fragte Frank und klopfte dem Jungen auf den Rücken.

»Nichts passiert«, antwortete Jack und rappelte sich verlegen auf. »Anders lernt man's nicht, oder?«

Sie ließen die Maschinen wieder an und fuhren einen schmalen Pfad entlang, der immer tiefer hinein in den Regenwald führte. Weil sie immer wieder absteigen und die Maschinen um quer über dem Pfad liegende Baumstämme herumwuchten mussten, kamen sie nur langsam voran. Schließlich gelangten sie zum Hochufer des Rio Manaus, wo sie eine Pause einlegten und hinab auf das glitzernde Wasser starrten. Zu Jacks großer Enttäuschung entdeckten sie keine Anakondas oder springenden Fische. Den Tieren war es offenbar zu heiß.

»Frank«, sagte Jack, nachdem sie aus einer Feldflasche, die Frank dabeihatte, Wasser getrunken hatten, »können wir an die Stelle fahren, wo Sie diese Killerpflanzen gefunden haben?«

»Von mir aus. Mit dem Motorrad kommst du ja jetzt klar. Dann mal los!«

40

Ben fand Susan in Labor A am Chemostaten.

»So ein Mist«, knurrte sie das Gerät an. Ben sah, dass die Lämpchen an der Kühleinheit dunkel waren, ebenso wie die Anzeige am Inkubator.

»Es liegt nicht am Chemostaten. Der Strom ist wieder weg«, sagte er.

»Diese Bastarde drehen uns schon den Saft ab«, knurrte Susan mit bösem Gesicht, aber Ben wusste, dass sie nur Spaß machte. Das Labor verfügte über seinen eigenen Generator, der hin und wieder nicht funktionierte.

»Susan, sieh dir mal an, was ich herausgefunden habe.« Er zeigte Susan seine Entschlüsselung von Petersens »Telefonnummer«.

1(815)195-3716
H O P K I N S

»Seltsam«, sagte Susan nachdenklich. »Was will er uns wohl über Hopkins mitteilen?«

»Keine Ahnung. Aber es muss wichtig gewesen sein, denn es war das Letzte, was er in seinem Leben geschrieben hat.«

»Was ist mit dem Rest? Gib mir den Zettel«, verlangte

Susan. »Und du gehst jetzt nach draußen und bringst das Notstromaggregat in Gang.«

Zehn Minuten später gingen die Lichter an den Maschinen wieder an, und der Chemostat begann zu summen. Ben kam mit ölverschmierten Händen zurück.

»Der Diesel für den Generator reicht gerade noch für acht Stunden.«

»Dann sag Frank, er soll in die Stadt fahren und Nachschub holen«, wies Susan ihn an.

»Aber Boomer und Angie sind schon auf dem Weg.«

Susan fuhr herum. »Was? Ich brauche Angie hier!«

»Frank hat sie losgeschickt, um Vorräte einzukaufen.«

»Frank hat kein Recht, Leute aus meinem Team abzuziehen! Ich brauche Angie hier! Schließlich wollen die uns das Labor zusperren! Ausgerechnet jetzt, wo wir kurz vor einem großen Durchbruch stehen ... Aber das lasse ich nicht zu!«

»Susan, vielleicht solltest du dich nicht so sehr dagegen sträuben. Alles hat seinen Sinn.«

»Nein, in diesem Fall nicht! Es gibt keinen Grund, uns den Stecker rauszuziehen. Nicht jetzt.«

Susan saß schweigend da und starrte durch das Fenster hinaus in den üppig grünen Wald. Sie hatte ihren speziellen Blick, den Ben nach drei Jahren der Zusammenarbeit nur zu gut kannte.

»Was ist los, Susan?«

»Ich habe eine Idee, wie wir das Labor vielleicht noch eine Weile länger offen halten können.« Susan hielt ein Stück von der Venusfliegenfalle hoch. »Sobald etwas darüber bekannt wird, wird hier ganz schön was los sein: die wissenschaftliche und medizinische Presse, das brasilianische Fernsehen, CNN – alle werden kommen! Dieses Ding schreit geradezu nach einer Titelgeschichte! Wenn wir der Pflanze schon kein Medikament entlocken können, dann kriegen wir zumindest eine Riesenstory, eine, die ChemGen zwingen wird, Somba weiterarbeiten zu lassen.«

»Ist das der Grund, warum du der Zentrale noch nichts gesagt hast?«

»Unter anderem. Wir warten damit so lange, bis wir eine echte Schlagzeile haben. Und sollten wir nicht herausfinden, was diese Pflanze so rapide wachsen lässt, geben wir einfach die Meldung von ihrem bloßen Vorhandensein an die Presse. Und zwar kurz bevor Skinner ankommt.«

Ben sah auf seine Armbanduhr. »Das ist in etwa vierundzwanzig Stunden.«

»Ich weiß, und deshalb brauche ich dich, Boomer und Angie hier – jeden, der an diesen Pflanzen arbeiten kann. Wenn wir morgen damit live auf Sendung sind, haben wir die gesamte Presse hier, noch bevor Skinner landet. Und der wird dann garantiert dafür sorgen, dass die Lichter in Somba nicht ausgehen.«

»Ich weiß nicht so recht.« Ben schüttelte den Kopf. »Aber das überlasse ich dir, Susan. Du bist die Kämpferin.«

Susan lächelte. »Wenn man die Leute nicht mit brillanten Argumenten überzeugen kann, muss man es eben mit Tricks probieren. Plan A lautet, dass wir bis heute Abend eine wasserdichte wissenschaftliche Hypothese entwickeln, die Skinner überzeugt. Gelingt uns das nicht, dann läuft morgen früh Plan B an – wir starten eine Medienkampagne, die uns so bekannt macht, dass ChemGen es nicht wagt, unser Labor zu schließen. Somba bleibt offen, so oder so.«

»Du bist nicht umsonst der Boss hier.« Ben packte ihre Hand und schüttelte sie heftig.

»Lass das, Ben«, sagte Susan. »Ich muss dir etwas zeigen ...« Susan griff nach einem Blatt Papier, das auf dem Tisch lag. »Während du den Generator wieder zum Laufen gebracht hast, habe ich über diese Notiz von Petersen nachgedacht. A. Praga Hill. Das ist kein Name. Das ist ebenfalls ein Code.«

»Tatsächlich?«

»Das ›A‹ ist wohl der Hinweis auf das Periodensystem, mit dessen Hilfe du ja die vermeintliche Telefonnummer entschlüsselt hast. Und das Wort ›Hill‹ lenkt unsere Aufmerksamkeit auf ein weiteres Ordnungssystem. Das Hill-System für organische Verbindungen.«

»Wieder das Periodensystem!«, rief Ben aufgeregt. Petersen war konsequent.

»Je weiter links ein Element im Periodensystem steht, desto weiter links steht sein Buchstabe auch in der Formel. Enthält eine Formel Kohlenstoff, dann wird dieser zuerst hingeschrieben, gefolgt vom Wasserstoff. Danach werden alle anderen Elemente in alphabetischer Reihenfolge aufgeführt. Ich habe mir mal die Gleichung auf Petersens Zettel daraufhin angesehen. Die rechte Seite ist ja leider unleserlich, aber die linke habe ich entsprechend dem Hill-System neu angeordnet.« Susan schob Ben ihren Block hinüber:

$He + C_6Mg_{12}N_7 + e^- = C_{21}H\ldots$

$+ C_6He_2Mg_{12}N_7 + e^- = C_{21}H\ldots$

»Aber das ist ja noch immer keine gültige chemische Formel«, sagte Ben verwirrt.

»Stimmt, aber sieh dir mal die Buchstaben auf der linken Seite an.« Susan kritzelte eine weitere Zeile aufs Blatt:

+ CHeMgeN = C_{21}(Rest unlesbar)

»ChemGen!«

»Ja. Und nun lies das ganze mal im Zusammenhang.«

»Susan, du hast den Code geknackt!«, rief Ben und umarmte sie stürmisch. »Petersens Notiz bedeutet ganz klar folgendes: Hopkins und ChemGen ist gleich ... Schade, dass wir den Rest nicht lesen können. Aber immerhin wissen wir jetzt, dass irgendetwas zwischen Hopkins und ChemGen laufen muss, und Michael hat es uns auf seine ganz eigene Art und Weise mitgeteilt. Er hat dieses verdammte Periodensystem geliebt – kein Wunder, dass er es zur Verschlüsselung seiner letzten Worte verwendet hat!«

»Und warum hat er seine Botschaft nicht einfach hingeschrieben? Wozu musste er sich die Mühe machen, sie derart zu verschlüsseln?«

»Weil er wollte, dass nur wir es erfahren.«

»Was erfahren?«, fragte Susan perplex.

»Die Warnung, die auf diesem Zettel steht.«

»Vor wem wollte er sie denn geheim halten?«

»Ich weiß nicht. Vor Douglas? Oder vielleicht Skinner?«

»Aber das ist doch lächerlich, Ben. Skinner ist auf unserer Seite, hast du das schon vergessen?«

»Ist er das wirklich?«

»Warum fragst du ihn nicht selbst, wenn er herkommt?«

»Das werde ich. Vielleicht weiß er ja, was ›Praga‹ bedeutet.«

»Das kann ich dir sagen«, erwiderte Susan und lächelte stolz. »Das bedeutet ›Plage‹ auf Portugiesisch.«

»Plage, Unglück ...?«

»Willst du noch ein portugiesisches Wort hören?«, fragte Susan seufzend. »›Fechado‹. Das heißt ›geschlossen‹, und wenn wir mit diesen Bodenproben nicht fertig werden, ehe der Generator wieder schlappmacht, ist dieses Labor übermorgen ›fechado‹. Kapiert?«

»Du hast Recht. Aber was meint Petersen mit Plage?«, wunderte sich Ben kopfschüttelnd.

Sie kehrten schweigend an die Arbeit zurück, um ihre Tests fortzusetzen.

Am anderen Ende des Laborgeländes, in einer Ecke von Labor C, waren die Fangblätter der Venusfliegenfalle inzwischen so groß wie die Beckenteller eines Schlagzeugs.

Einige davon waren geschlossen, und in dem mit der größten Ausbeulung befand sich Cappy, Boomers zahmer Affe. Er bewegte sich schon lange nicht mehr, und die Enzyme der Pflanze verdauten ihn bereits seit Stunden. Das Kapuzineräffchen würde nie wieder auf Kommando furzen oder seinem Herrn einen Schluck Caipirinha stibitzen.

41

»Die haben doch tatsächlich vor, eine Ladung Paparazzi hier einzufliegen«, brummte Billy Walker mit einem grimmigen Lächeln. Er saß allein im Keller des Grandhotel Mercedes, wo er den Tag über die Gespräche im Labor A von Somba auf Tonband mitgeschnitten hatte. Das von Hopkins zurückgelassene Holzkästchen mit dem Tee, das Greasy kurz vor ihrer Abfahrt geschickt versteckt hatte, sendete noch immer.

Billy war kein einziges Wort von Susans großartigem Plan entgangen.

»Das wird Hopkins interessieren«, sagte er und stand auf.

Ein Stockwerk höher beendete Hopkins gerade eine Besprechung mit mehreren Viehzüchtern, in der es um die Erschließung von Land nahe der peruanischen Grenze ging. Billy wartete, bis die Männer gegangen waren, dann stellte er den Rekorder vor Hopkins auf den Tisch, drückte auf den Startknopf und spielte die entscheidende Stelle ab.

Hopkins zündete seine Pfeife an. »Das Letzte, was ich in meinem Regenwald gebrauchen kann, ist eine Horde von Reportern und Biopiraten, die überall herumschnüffeln«, seufzte er. »Und wenn sie die Forscher in Somba mit Fragen bombardieren, können die sich auch nicht mehr auf ihre Arbeit konzentrieren. Die Presseheinis werden alles ruinieren ... alles, was ich hier aufgebaut habe.«

»Dann haben wir ein Problem«, sagte Billy.

Hopkins dachte lange nach. »Wir müssen dafür sorgen, dass Plotkin weiter an ihrem Medikament arbeitet! Wir können es uns nicht leisten, dass ChemGen sie abzieht ... nicht jetzt. Die Forscher müssen sich auf ihre Arbeit konzentrieren ... sicher vor Ablenkung.«

»Sicher ist immer gut«, sagte Billy grinsend.

Hopkins seufzte. »Du sagst es, Billy. Wir leben in gefährlichen Zeiten und in einem gefährlichen Teil der Welt. Umso wichtiger ist es, dass wir dafür sorgen, dass die Forscher aus den USA bei uns so sicher wie nur irgend möglich sind. Nur so können sie in Ruhe ihre wichtigen Versuche durchführen und uns beim Erreichen unserer Ziele helfen. Aber das Ganze basiert auf Gegenseitigkeit. Und deshalb dürfen wir es nicht zulassen, dass ChemGen das Labor in Somba schließt. Nicht, wenn Plotkin und Maxwell kurz vor dem endgültigen Durchbruch stehen.«

»Aber es ist doch bloß ein stinknormales Labor«, warf Billy ein.

Hopkins sah ihn finster an. Billy merkte sofort, dass er etwas Falsches gesagt hatte.

»Dann verstehe ich nicht ...«

»Natürlich verstehst du es nicht!«, blaffte Hopkins ihn an. »Niemand versteht es! Hast du denn eine Vorstellung davon, wie es ist, wenn dir das eigene Kind vor deinen Augen wegstirbt? Wenn du mit ansehen musst, wie es leidet und es ihm täglich schlechter geht? Das ist der blanke Horror! Es wäre viel leichter zu ertragen, wenn

Dorothy plötzlich gestorben wäre. Aber miterleben zu müssen, wie grauenvoll sie dahinsiecht ... das habe ich nicht verdient! Nicht nach allem, was ich getan habe!« Hopkins hieb mit der Faust auf den Tisch, dass das Porzellan klirrte.

Jetzt verstand Billy. Es ging nicht um ChemGen. Es ging um Dorothy, Hopkins' Tochter, von der er nur wusste, dass sie vor Jahren sehr krank gewesen und auf wunderbare Weise geheilt worden war. Seither hatte niemand sie wieder gesehen. Ob sie wohl einen Rückfall erlitten hatte?

»Ich brauche dieses Heilmittel!«, rief Hopkins. »Koste es, was es wolle. Und wenn wir dazu die Sache selbst in die Hand nehmen müssen, dann tun wir das eben! Diese Forscher sind meine einzige Hoffnung. Sie haben die Antwort, nach der ich suche, und ich werde nicht zulassen, dass sie einfach abgezogen werden. Sie müssen ihre Arbeit beenden, ganz gleich, was ChemGen mit ihnen vorhat.«

Erschöpft ließ Hopkins sich in seinen Stuhl zurückfallen. »Dorothy, meine süße Dorothy ...«, murmelte er schmerzerfüllt.

Billy sagte kein Wort, sondern blieb stumm vor Hopkins stehen, der seine Augen zusammenkniff, die Fäuste ballte und ein verzweifeltes Gesicht machte.

Irgendwann hatte Hopkins sich wieder im Griff und blickte auf. »Billy, nun hör mir genau zu«, begann er. »Ich will, dass du Folgendes tust ...«

Billy hörte aufmerksam zu. Als Hopkins zu Ende war, nahm er den Rekorder und ging hinaus. Seine Anweisungen waren eindeutig.

Morgen würde er Somba übernehmen.

42

Boomer warf das Satellitentelefon auf den Rücksitz und stieß einen genervten Seufzer aus.

»War sie sauer?«, fragte Angie. Sie saßen nebeneinander im Pick-up und waren unterwegs nach Manacapuru, um Vorräte einzukaufen und sich ein paar schöne Stunden zu machen.

»Auch nicht mehr als sonst«, erwiderte Boomer. »Aber sie will, dass wir ihr Diesel für den Generator mitbringen.«

»Und wie steht's mit deinem Generator da unten?«, flötete Angie und nestelte am Reißverschluss von Boomers kurzer Hose herum.

»Nicht hier, nicht auf dieser Straße«, sagte Boomer und schob ihre Hand fort. »Wenn ich hier nicht jede Sekunde aufpasse, landen wir in der Schlucht.« Boomer hatte Recht. Die unbefestigte Straße zwischen Somba und Manacapuru war kurvenreich und schmal und während der Regenzeit oft so aufgeweicht und schlammig, dass sie unpassierbar war. Kleine, primitive Holzkreuze, die alle paar Meilen am Straßenrand standen, erinnerten daran, dass hier schon viele in den Tod gestürzt waren.

»Da ist wieder eins«, sagte Boomer und zeigte auf ein

großes weißes Kreuz, das aus einem Haufen welkender Blumen und Gestrüpp neben der Straße ragte. »Irgendwie macht einen das schon nachdenklich.«

»Ach was, entspann dich«, sagte Angie und streichelte die Wölbung in seinen Shorts.

»Hey, ich brauche mein Blut hier oben in der Birne«, erwiderte Boomer nach einem raschen Blick auf seinen Schritt.

»Nun komm schon, Boomer, oder willst du auf einmal nicht mehr boomsen?«, flüsterte sie.

»Klar doch – *badda-bing!* Aber jetzt muss ich auf die Straße achten. Auf ein Kreuz mit meinem Namen drauf bin ich echt nicht scharf.«

Angie seufzte enttäuscht und zog den Reißverschluss wieder hoch, ließ ihre Hand aber in seinem Schoß.

»Was hältst du eigentlich von unserer Riesenpflanze?«, fragte sie.

»Echt geiles Teil, sollte ins Guinness-Buch der Rekorde«, sagte er. »Aber Somba werden sie trotzdem schließen.«

»Susan ist überzeugt davon, dass sie das nicht tun werden.«

Boomer zuckte die Schultern. »Ben ist anderer Meinung. Audrey hat medizinisch keinen Wert, sagt er. Ein Präparat zur Wachstumsförderung von Pflanzen könnte man vielleicht daraus entwickeln, aber das ist schon alles. Das Ding ist höchstens von akademischem Wert.«

»Genau meine Meinung, aber du kennst ja Susan – stur wie ein Ochse.«

»Glaubst du eigentlich die Geschichte von der Pflanze, die sie ausgegraben haben und die Susan angeblich angegriffen haben soll?«

»Natürlich nicht. Ich glaube, dass sie den Rover in den Graben gefahren hat und es einfach nicht zugeben will. Irgendwelche Einheimischen haben das Wrack dann ausgeschlachtet und angezündet. Susan hatte in letzter Zeit einfach zu viel Stress. Kein Wunder, dass sie langsam durchdreht.«

»Das kannst du laut sagen! Besonders jetzt, wo Oberboss Skinner nach Somba kommt, um ihr wegen der Veruntreuung von Geldern die Hölle heißzumachen«, erwiderte Boomer.

»Na ja, für Klamotten hat sie die Millionen jedenfalls nicht abgezweigt – wenn sie es überhaupt war.«

Boomer grinste. »Oooch, ich glaube, sie könnte ganz schön scharf aussehen, wenn sie sich ein bisschen herrichtet.«

»Mit einem bisschen wäre es da nicht getan, würde ich sagen«, brummte Angie, dann lächelte sie. »Apropos scharf ... », zwitscherte sie und rieb seinen Schritt.

Boomer blickte stur nach vorn auf die Straße, die jetzt geteert war und wie ein schwarzer Kanal aus Asphalt kerzengerade den Regenwald durchschnitt. Sie hatten das schlimmste Stück hinter sich. »Copilot, übernehmen Sie den Steuerknüppel«, sagte er.

»Aye, aye, Captain«, antwortete Angie und ließ ihren Kopf auf seinen Schoß sinken.

»Boom-ba-ba-boom-ba-da-da!«, sang Boomer mit seiner Gangsta-Rap-Stimme und trommelte den restlichen Weg bis nach Manacapuru auf dem Lenkrad den Rhythmus dazu.

43

Frank und Jack knatterten auf ihren Geländemotorrädern die alte Fahrstraße über dem Rio Manaus entlang, bis Frank nahe der Stelle, an der Paulo Jenny Kramer und Trish Browning aus den Fängen der riesigen Venusfliegenfalle gerettet hatte, seine Maschine anhielt.

Irgendetwas stimmte nicht.

Frank hatte frische Reifenspuren auf der alten Straße entdeckt.

»Schweres Gerät«, bemerkte er und deutete auf zwei Kipplaster, die ein paar Meter weiter vorn auf der Straße standen. »Sehen wir nach, was hier los ist.« Sie versteckten ihre Maschinen im Gebüsch und kletterten in die Schlucht hinab. Sechs halb nackte, schwitzende Männer füllten große Rupfensäcke mit Erde, um sie anschließend den steilen Abhang hinaufzuschleppen.

»Sie graben nach irgendwas«, stellte Jack fest.

»Es geht um die Pflanzen. Sie sind bestimmt auf der Suche nach weiteren Exemplaren«, erwiderte Frank.

»Was sind das für Männer?«

»Hopkins' Leute. Er nennt sie ›soldados verdes‹, grüne Soldaten, aber in meinen Augen sind sie nichts weiter als üble Schlägertypen.«

»Sehen nicht besonders freundlich aus«, meinte Jack.

»Ganz deiner Meinung.« Frank zog ein Fernglas aus seiner Umhängetasche. Einen der *soldados verdes,* den Fettwanst, der den anderen Anweisungen erteilte, erkannte er: Es war Greasy.

»Es sind tatsächlich Hopkins' Schläger. Verziehen wir uns lieber.«

Aber statt sofort zu gehen, beobachtete Frank noch eine Weile, wie Greasy die Männer in der Schlucht herumkommandierte. Aus einem tragbaren Radio dröhnte Mambomusik.

Aus dem Gebüsch neben der Stelle, an der Paulo die Venusfliegenfalle umgehackt hatte, trat ein Junge, der sich gerade den Hosenschlitz zuknöpfte. Es war Rico, der immer noch Franks Jacke trug.

»Wusst' ich's doch«, murmelte Frank. »Der Kleine hat geplaudert.«

»Wollen wir nicht lieber gehen?«, fragte Jack, der langsam nervös wurde.

»Gute Idee. Na, jedenfalls weißt du jetzt, wo die Pflanzen herkommen.«

»Aber warum graben sie hier alles um?«

»Keine Ahnung. Nach irgendwas suchen sie, so viel steht fest. Vielleicht Samen.«

Das Getöse eines Lastwagenmotors schnitt ihm das Wort ab. Plötzlich begann es im Dickicht zu rascheln, und ein dickes Kabel mit Stahlkern, das von der Straße bis in die Schlucht hinunterhing, straffte sich. Die Pflanzen um Rico und Greasy herum erbebten.

Plötzlich tauchte unter ihnen die hintere Stoßstange eines schrottreifen roten Jeeps aus dem undurchdringlichen Dickicht auf.

Frank erkannte ihn sofort.

Es war der Jeep, in dem vor drei Jahren Cheryl Casey und John Madison das Laborgelände verlassen hatten.

»Frank …?«, begann Jack, als wollte er ihn warnen.

Doch schon hallte ein Schuss durch den Urwald. Am Boden der Schlucht, in etwa fünfzig Metern Entfernung, zielte Greasy mit seiner Pistole auf sie. Ein kleiner, violetter Rauchfaden tanzte vor der Mündung. Der Baumstamm direkt neben Jacks Kopf splitterte und barst.

»SCHEISSE!«, brüllte Jack.

»LAUF!«, schrie Frank.

Ein weiterer Schuss zerriss die Luft. Diesmal verfehlte die Kugel sie gründlich und pfiff durch das Blattwerk über ihnen. Die Männer in der Schlucht diskutierten lautstark auf Portugiesisch und deuteten zu ihnen hinauf.

»SCHEISSE!«, schrie Jack erneut.

Dann rannte er hinter Frank her, der einen kleinen Abhang hinunter ins dichte Buschwerk gesprungen war. In diesem Augenblick pfiffen weitere Schüsse von oben auf sie herab. Jack begriff. Hopkins' Männer waren bereits über ihnen auf der Straße. Sie saßen in der Falle. Entkommen konnten sie nur nach unten.

Während der amazonische Regenwald ihn verschluckte, wurde Jack plötzlich bewusst, dass er, weit weg von seinem Vater, auf den Fersen eines dicken, schwitzenden Mannes, den er erst Tage zuvor kennengelernt hatte, blindlings durch den Dschungel rannte.

Und er empfand Angst. Große Angst.

Als das Gelände ebener wurde, holte er Frank spielend ein. Hinter ihnen knallten immer noch Schüsse, die sie aber in dem dichten Unterholz nicht trafen. Plötzlich blieb Frank stehen und lauschte.

Jack hielt den Atem an. In der Ferne war ein lauter Donnerschlag zu vernehmen. Aber Frank hatte noch etwas anderes gehört.

Und jetzt hörte es auch Jack.

Hundegebell.

»Lauf weiter!«, keuchte Frank, und sie rannten noch tiefer in den Regenwald hinein, schlugen Haken an Bäumen und riesigen Farnen vorbei, bis sie endlich eine Lichtung erreichten, an der ein schmaler, von Farnen und Ranken halb zugewucherter Pfad begann.

»Dem folgen wir«, sagte er und versetzte Jack einen Klaps auf die Schulter.

»Aber der führt ja wieder in Richtung der Hunde!«

»Er führt auch zum Fluss, und das ist der schnellste Weg aus diesem Dickicht heraus!«

Gemeinsam rannten sie den Trampelpfad entlang, der stellenweise nur schlecht zu erkennen war. Frank lief voraus, Jack hinterher, bis Frank schließlich auf einen großen Paradiesnussbaum deutete und – bemerkenswert behände für einen so beleibten Mann – an seinem Stamm hinaufzuklettern begann. Jack tat es ihm nach und erklomm dicht hinter Frank den Baum.

Während die beiden sich auf einen dicken Ast in etwa zehn Metern Höhe kauerten, kam das Hundegebell rasch näher.

»Zu Hause in Ohio hatte ich früher mal einen Jagdhund«, flüsterte Frank. »Wenn wir Glück haben, werden sie am Stamm unsere Spur aufnehmen und ihr zurück zur Straße folgen.«

Und genau das taten die Hunde. Sie blieben kurz stehen, schnupperten auf dem Trampelpfad herum und rannten dann weiter, einer Witterung nach, die sie zurück zur Schlucht mit dem Jeep führen würde.

Frank und Jack blieben noch eine Weile auf dem Paradiesnussbaum und warteten. Erst als das Gebell in der Ferne verhallt war, kletterten sie wieder herunter und krochen unentdeckt den Abhang hinauf zu den Motorrädern.

»Alles startklar?«, fragte Frank, während sie ihre Maschinen wieder auf die Straße schoben.

»Fast …«, antwortete Jack. Er sprang auf die Honda, aber gerade als er seinen Helm schließen wollte, tauchte ohne jede Vorwarnung ein schlammgrüner Pick-up auf, der in kaum hundert Metern Entfernung die unbefestigte Straße entlang auf sie zuraste. Die *soldados verdes* hatten die Jagd noch nicht aufgegeben. Auf der Ladefläche des Pick-ups standen zwei Männer mit Gewehren.

»Vergiss den Helm!«, rief Frank. »Wir müssen los, und zwar sofort!«

Jack startete sein Motorrad und folgte Frank. Er gab so viel Gas, dass ihm auf der glatten, von Furchen und Schlaglöchern übersäten Erde immer wieder das Hinterrad wegglitt. Greasy und seine Leute kamen ihnen immer näher.

In einer engen Kurve bremste Frank ab und winkte verzweifelt.

»Runter von der Straße!«, rief er, und sie fuhren durch eine Schneise in den Regenwald. Nachdem der Pick-up die Kurve genommen hatte, raste er vorbei, während die Männer auf der Ladefläche wie wild die Straße entlangfeuerten.

»Wir haben sie abgehängt«, flüsterte Jack.

»Vielleicht«, antwortete Frank ruhig. Nachdem die Schüsse in der Ferne verklungen waren, war nur noch das leise Rascheln der Blätter über ihnen zu hören.

Dann vernahm Frank wieder ein anderes Geräusch. Motorräder.

Sie kamen auf der Straße langsam näher.

Es war nur eine Frage der Zeit, bis man sie aufstöberte.

»Los, Jack«, flüsterte Frank. »Wir müssen querfeldein weiter.«

»Und wenn ich das nicht kann?«

»Dann lassen wir deine Maschine stehen, und du fährst bei mir mit«, gab Frank zurück.

»Nein, ich schaffe das schon.«

Reglos saßen sie auf ihren Motorrädern im Gebüsch und beobachteten, wie auf der Straße zwei Geländemotorräder näher kamen. Die Fahrer waren junge, bärtige Männer in schlammbespritzten Jeans und T-Shirts, die keine Helme, aber dunkle Sonnenbrillen trugen. Systematisch suchten sie die Straße nach Spuren ab, bis einer der Männer stehen blieb und auf den Boden zeigte.

»Hey!«, zischte er. *»Da verlieren sich die Spuren.«*

Nun suchten sie mit den Augen den Wald ab.

»Da!«, rief einer von ihnen und deutete auf das Gebüsch. »Da sind sie!«

»FAHR! FAHR! NUN FAHR SCHON!«, schrie Frank. Einer der Hopkins-Leute wendete seine Maschine, um die Verfolgung aufzunehmen, während der andere etwas in sein Walkie-Talkie brüllte.

Jack trat auf den Kickstarter und ließ die Maschine an.

»Fahr wie der Blitz, Jacker!«, versuchte Jack sich Mut zu machen, während er sein Bike den kaum sechzig Zentimeter breiten Pfad entlangdirigierte, aber Franks Maschine vor ihm hüllte ihn nicht nur in eine dichte Abgaswolke, sondern ließ auch den Schlamm aufspritzen, sodass Jack nur mit Mühe sehen konnte, wo er hinfuhr. Das Motorgeräusch war ohrenbetäubend laut, und tief hängende Zweige schlugen ihm ins Gesicht und streiften seine Hände. Obwohl Jack Franks Abgaswolke so schnell folgte, wie er sich traute, fiel er zurück. Zu weit zurück. Und doch wagte er nicht, sich umzublicken, aus Angst, die *soldados verdes* könnten bereits direkt hinter ihm sein.

Jack gab verzweifelt Gas. Blut rann aus den Schnittwunden und Kratzern an seinen Armen. Zwischen seinen keuchenden Atemzügen schmeckte er Dreck, bittere Magenflüssigkeit und den benzingeschwängerten Dunst, den Franks Maschine hinterlassen hatte. Sehen konnte er Frank allerdings nicht mehr.

Jetzt wünschte sich Jack, er wäre bei dem langweiligen alten Ben im Labor geblieben.

Warum wartet Frank nicht auf mich?, fragte er sich. *Ben würde warten ...*

Jetzt ging es bergab, und Jack wurde schneller. Ein Blick auf den Tachometer sagte ihm, dass er mit 70 Stundenkilometern dahinraste. Als er wieder aufblickte, merkte er sofort, dass er einen Fehler gemacht hatte – aber es war zu spät.

Der Boden unter den Rädern seines Motorrads war verschwunden, und die Maschine und er rasten frei schwebend durch die Luft.

Scheiße, das muss ein Abgrund sein, fuhr es Jack durch den Kopf. Jetzt fiel er rasch nach unten.

Ich muss weg von der Maschine, dachte er.

Über sich sah er den mit dunklen Regenwolken überzogenen Himmel, unter sich die grünen Wipfel mächtiger Urwaldriesen, auf die er mit entsetzlicher Geschwindigkeit zuraste.

Jack ließ den Lenker der Honda los und stieß sich seitwärts von der Sitzbank ab. Das Motorrad stürzte unter ihm in senkrechtem Fall nach unten, während er in einer etwas flacheren Flugbahn in einen Baumwipfel flog.

Der Aufprall raubte ihm den Atem. Ein Ast knallte ihm gegen den Brustkorb, andere schlugen ihm gegen Arme und Beine, Zweige und Blätter peitschten schmerzhaft sein Gesicht, während er durch die Krone des riesigen Baumes nach unten fiel. Das Krachen und Knistern abgebrochener Äste und Zweige war das Letzte, was Jack hörte, bevor ihm schwarz vor Augen wurde.

44

Frank fuhr vom Weg ab, schaltete den Motor aus und wartete auf Jack.

Aber Jack kam nicht.

Wo war der Junge bloß?

Frank wischte sich den Schweiß von der Stirn und spähte den Pfad entlang zurück. Keine Spur von Jack, keine Spur von den *soldados verdes,* keine Motorräder, die den Hügel heraufgerast kamen. Wenn Hopkins' Leute Jack geschnappt hatten, würden sie ihm zumindest eine Tracht Prügel verpassen. Wenn nicht Schlimmeres. Das taten Hopkins' Leute immer.

Er war drauf und dran, auf dem Pfad zurückzufahren, als er hörte, wie sich zwei Motorräder näherten. Nur ein paar Meter von Franks Versteck hielten die beiden Männer ihre Maschinen an und ließen sie im Leerlauf vor sich hintuckern.

»Wo sind sie?«, rief einer von ihnen.

»Weiß nicht!«, antwortete der andere. »Können ja wohl kaum so schnell den Hang raufgedüst sein!«

Frank musste sich anstrengen, um den portugiesischen Slang zu verstehen.

»Sie sind uns entwischt«, sagte einer von ihnen, »Verdammt! Wie willst du das Greasy erklären?«

»Das erklärst gefälligst du ihm, du Scheißkerl! Wenn du besser Motorrad fahren könntest, hätten wir sie längst eingeholt!«

»Dann lass uns zurück zu Greasy fahren. Der weiß bestimmt, wo wir sie finden können.«

Die Männer wendeten ihre Motorräder und knatterten den Hügel wieder hinab. Frank wartete noch eine Weile, dann schob er sein Motorrad zurück auf den Pfad.

Irgendwie hatte Jack es geschafft, Hopkins' Männern zu entwischen.

Aber wie und wo?

45

Als Jack Maxwell langsam das Bewusstsein wiedererlangte, stach ihm die tief stehende Sonne in die Augen. Seine nach Benzin schmeckenden Lippen brannten, und sein Kopf hämmerte, als wollte er zerspringen. Schnell merkte er, warum: er hing kopfüber in einem riesigen Feigenbaum und blickte hinab auf den Urwaldboden, der sich etwa zehn Meter unter ihm befand. Seine Beine waren in mehrere dicke Lianen verheddert, die wie ein Netz seinen Fall aufgehalten hatten.

Als Jack den Kopf nach oben drehte, sah er, dass sein schrottreifes Motorrad ein paar Meter über ihm ebenfalls in den Lianen hing. Das vordere Schutzblech und die Spiegel waren verschwunden, und aus dem abgerissenen Benzinschlauch tropfte ihm der Kraftstoff ins Gesicht.

Jack tat alles weh. Von seinem Knöchel, der in der verschlungenen Liane feststeckte, lief warmes Blut langsam sein Bein herunter. Als er hinaufgriff, um seine Füße aus dem Gewirr der Lianen zu befreien, hielt er inne.

Das Motorrad über ihm hing in denselben Lianen wie er, und je mehr er sie bewegte, desto größer wurde die Gefahr, dass die Maschine auf ihn herabfiel.

Jack verspürte ein Schwindelgefühl, von dem er nicht

wusste, ob es daher rührte, dass er kopfüber hing, oder ob es vom Benzin in seinem Mund kam. Irgendwie musste er seinen Kopf wieder in eine normale Lage kriegen, und zwar schnell, bevor ihm wieder schwarz vor Augen wurde. Die Liane, an der er hing, war grün und biegsam und noch nicht verholzt. Er zog sich vorsichtig an ihr hoch, bis sich sein Oberkörper etwa in der Waagerechten befand. Dabei blickte er immer wieder ängstlich hinauf zu dem Motorrad, das bei seiner Aktion gefährlich ins Pendeln kam.

Jack griff nach einem Ast und versuchte, sich auf ihn hinüberzuziehen. Dabei riss er etwas zu stark an der Liane, in der seine Füße immer noch gefangen waren, und das Motorrad rutschte ohne Vorwarnung etwa zwei Meter tiefer, bis es sich nur wenige Zentimeter von Jacks Turnschuhen entfernt wieder in einem Gewirr aus Schlingpflanzen verfing, die bis zum Zerreißen gespannt waren. Der Ruck an Jacks Liane war so heftig, dass ihm die Hände wieder von dem Ast gerissen wurden.

Er befand sich jetzt nur noch einige Meter über dem Boden, hing aber immer noch mit dem Kopf nach unten. Wenn es ihm nur gelänge, seine Füße zu befreien, dann könnte er am Stamm des Baumes nach unten klettern.

Über sich hörte er ein lautes Rascheln und das knallende Geräusch reißender Ranken.

Das Motorrad begann wieder ein Stück nach unten zu rutschen.

Er musste sich von der Liane befreien.

Verzweifelt griff er nach oben und öffnete die Schnürsenkel seines linken Turnschuhs. Sein Fuß kam frei, und der Schuh fiel nach unten. Das Motorrad, das jetzt nur noch am letzten Rest einer zerfaserten Lianenranke hing, sackte auf einen Ast dreißig Zentimeter über ihm, der sich gefährlich durchbog. Wenn der Ast zerbrach, war es um Jack geschehen.

Er zog sich an der Liane ein weiteres Mal nach oben, band seinen anderen Turnschuh auf und warf ihn nach unten, wo er im weichen Moos landete.

Fast geschafft.

Und dann huschte direkt unter ihm etwas Großes, Dunkles so rasch über den farnbestandenen Urwaldboden, dass Jack nicht sehen konnte, was es war.

Aber seine Turnschuhe waren fort.

Kurz darauf kam es aus der anderen Richtung wieder, und diesmal sah Jack, dass es ein riesiger Jaguar war, der vor dem Feigenbaum stehen blieb, die Nase schnuppernd in die Luft reckte und interessiert zu ihm heraufschaute.

Unwillkürlich zog Jack sich ein Stück an seiner Liane hinauf, aber dadurch zerriss die Ranke, die das Motorrad noch gehalten hatte, der Ast, der allein das Gewicht der Maschine nun nicht mehr tragen konnte, zerbrach, und die fast hundert Kilo schwere Honda sauste in einem Hagel aus abgerissenen Blättern und Zweigen nach unten, direkt auf den Jaguar zu, der bereits dabei gewesen war, den Stamm des Baumes heraufzuklettern.

Jack, dem es im letzten Moment noch gelungen war, seinen Körper aus der Fallrichtung der Maschine zu bringen, sah noch, wie das große Raubtier sich mit einem gewaltigen Sprung in den Dschungel rettete, dann krachte auch schon das Motorrad auf den Urwaldboden und ging fast augenblicklich in Flammen auf.

Im Fallen musste das Motorrad wohl Jacks Lianen durchtrennt haben, denn nun stürzte auch er kopfüber nach unten. Wäre es ihm nicht in letzter Sekunde gelungen, im Fallen noch einen der unteren Äste der Feige zu ergreifen und seinen Körper um 180 Grad zu drehen, wäre er kopfüber auf den Urwaldboden gestürzt. So kam er wenigstens mit den Füßen zuerst auf, aber trotzdem raubte ihm der Aufprall für einen kurzen Augenblick das Bewusstsein.

Als Jack wieder zu sich kam, lag er neben dem brennenden Motorrad, von dem stinkender, schwarzer Qualm nach oben in Richtung Blätterdach zog.

Aus dem nahen Unterholz heraus beobachtete ihn der Jaguar.

»Kusch!«, rief Jack dem Tier zu, das aus der Nähe noch viel größer aussah. Ob das wohl etwas nützt?, fragte er sich. Schließlich hatte er es hier nicht mit einer Hauskatze zu tun.

»HAU AB!«, schrie Jack, so laut er konnte, und warf mit einem abgebrochenen Teil des Motorrades nach ihm, traf ihn aber nicht. Der Jaguar starrte ihn aus großen, grünen Augen an und bewegte sich nicht. Jack schleuderte ein weiteres Wrackteil, und diesmal traf er. Die Raubkatze verschwand mit ein paar raschen Sätzen im Wald.

Jack blieb in der Nähe des brennenden Motorrads und fragte sich, wie er ohne Frank zum Labor zurückfinden sollte. Er hatte keine Ahnung, wo er war. Obwohl ihm sein ganzer Körper wehtat, glaubte er nicht, dass er sich etwas gebrochen hatte. Von den brennenden Reifen der Maschine stieg dicker, schwarzer Rauch hinauf in den nun dicht bewölkten Himmel.

Ein besseres Notsignal hätte Jack sich kaum wünschen können.

Ohne sich allzu weit vom Motorrad zu entfernen,

sammelte er heruntergefallene Äste, mit denen er sein Feuer in Gang halten wollte, um den Jaguar abzuschrecken, falls der sich wieder blicken ließe. Bei einem dieser Gänge fand er seine feuchten, leicht angekauten Turnschuhe. Obwohl sie von den Zähnen des Jaguars an mehreren Stellen durchlöchert waren, zog Jack sie sich wieder an. Immer noch besser als barfuß, dachte er.

Und dann begann Jack zum ersten Mal seit Jahren zu beten. Er betete darum, dass er bald gefunden würde, und zwar von Ben oder Frank und nicht von den *soldados verdes.*

Und er betete, dass der Jaguar nicht wiederkommen möge.

Dann riss er sich von einem nahen Riesenfarn ein paar große Blätter ab, mit denen er sich zumindest notdürftig vor dem Regen schützen wollte, der nun langsam zu fallen begann.

46

Hoch über dem Rio Manaus suchte Frank entlang des Pfades, der sich am Hochufer des Flusses entlangzog, nach Jack. Er hatte sein Motorrad abgestellt und ging zu Fuß, weil er nicht durch das Motorengeräusch Hopkins' Männer auf sich aufmerksam machen wollte.

Gleich würde es anfangen zu regnen, und bevor es zu einem echten Wolkenbruch kam, musste er den Jungen gefunden haben.

Frank musste ziemlich lange suche, bis er mitten in einer scharfen Kurve am Wegrand ein paar abgeknickte Zweige fand. Rasch kroch er ins Dickicht und sah, dass dort etwas eine schmale Schneise bis zu dem steilen Abgrund gerissen hatte, in den es wenige Meter hinter der Straße senkrecht nach unten ging.

Wenn diese Schneise von Jacks Maschine stammte und Bens Junge da hinuntergestürzt war, konnte er unmöglich überlebt haben.

Frank untersuchte den Boden vor dem Abgrund. Da waren Reifenspuren!

Und dann roch er etwas.

Brennendes Gummi.

Zwischen den Kronen der Bäume unten im Tal stieg dichter, schwarzer Rauch empor. Frank wusste, dass diese Gegend unbewohnt war. Der Kokama-Stamm, der das Tal des Rio Manaus für sich beanspruchte, siedelte wegen der häufigen Überschwemmungen nicht an dieser Stelle des Flusses. Der Rauch konnte also nicht von den Indianern stammen – da unten brannte Jacks Motorrad. Der Junge war von der Straße abgekommen und in den Abgrund gestürzt.

Mit Tränen in den Augen ging Frank zurück zu seiner Maschine und raste den Pfad entlang. Ob die *soldados verdes* ihn hörten, war ihm jetzt egal.

Er musste Jack finden.

Und er konnte nur hoffen, dass er noch lebte.

47

Totz des einsetzenden Regens schlugen die Flammen immer noch meterhoch in den Himmel.

»Jetzt kriege ich bestimmt nie ein eigenes Motorrad«, murmelte Jack, während er unter seinem Farnblatt hervorblickend die Überreste der Honda verbrennen sah. Irgendwie fand er den Anblick der Flammen fast tröstlich. Sie erinnerten ihn an die Abende, die er mit seinem Vater am Lagerfeuer verbracht hatte. Das war, ehe Ben die Stelle bei ChemGen angenommen hatte, bevor die endlosen Streitereien mit Mom angefangen hatten.

Plötzlich vermisste Jack seinen Vater fürchterlich.

Er seufzte und starrte hinaus in den nassen Regenwald. Ob er wohl die Nacht hier verbringen konnte? Bald würde das Motorrad ausgebrannt sein, und wenn er kein weiteres Holz mehr fand, wäre er all den Gefahren, die da draußen im Urwald lauerten, schutzlos ausgeliefert. Jaguare, Schlangen, Insekten, Fledermäuse ... all das Getier, das hier in Amazonien unterwegs war, lauerte irgendwo da draußen auf ihn.

Dann hörte er in der Ferne ein Motorengeräusch.

Ob das wohl Frank war? Oder die *soldados verdes?*

Inzwischen war es Jack schon fast egal. Alles war besser als eine Nacht allein hier mitten im Urwald. Er schrie aus Leibeskräften und schwenkte einen brennenden Ast, als wollte er ein weit entferntes Schiff auf sich aufmerksam machen.

Auf einmal sah er Frank langsam durch das Dickicht auf sich zufahren.

Jack rannte auf ihn zu, und sie umarmten sich.

»Gott sei Dank, du bist am Leben!«, rief Frank außer sich vor Freude, während er Jacks blutbeschmierte Arme und Beine musterte. »Bist du soweit in Ordnung, dass du hinten auf meiner Maschine mitfahren kannst?«

»Ja! Hauptsache, ich komme hier weg.«

Frank warf feuchte Zweige auf den Haufen aus brennenden Reifen und heißem Metall, um die Flammen zu löschen. Der Regen würde ein Übriges tun. »Dann steig auf. Und dann nichts wie ab nach Somba!«

»Aber fahren Sie nicht in irgendwelche Abgründe«, sagte Jack, woraufhin Frank erleichtert zu lachen begann.

»Du bist wirklich unglaublich, Junge. Ich weiß nicht, wie du diesen Sturz überlebt hast. Es ist ein Wunder.«

»Der Baum ... es war der Baum«, schrie Jack nach vorn, während sie zurück zur Straße nach Somba fuhren. »Und eine Liane. Eine blöde Liane hat mir das Leben gerettet.«

48

Das wurde aber auch Zeit«, murmelte Ben.

Gerade hatte er die Analyse von Bodensubstratproben aus dem Fass der Venusfliegenfalle abgeschlossen, als er ein Motorrad näher kommen hörte.

Als Jack und Frank zum Mittagessen nicht zurück gewesen waren, hatte Ben begonnen, sich Sorgen zu machen. Jetzt trat er ans Fenster und sah Frank mit seinem Motorrad auf das Laborgelände fahren. Jack saß auf dem Soziussitz.

Irgendetwas stimmte da nicht!

»Was ist passiert?«, schrie Ben, während er nach draußen stürzte und ihnen entgegenlief.

»Man hat uns verfolgt! Und auf uns geschossen!«, rief Jack zurück. Seine Kleidung hing ihm in Fetzen vom Leib, und sein Gesicht war schlamm- und blutverkrustet.

Aber Ben hörte ihm nicht zu. Er war wütend.

»Mein Gott, wie siehst du denn aus? Ich hab's ja geahnt! Wer hat dir überhaupt erlaubt, Motorradfahren zu gehen?«, brüllte er. »Du hättest ums Leben kommen können!«

»Ben«, sagte Frank leise, »das wäre er auch fast. Lass ihn in Frieden, Mann, es war alles meine Schuld ...«

Ben wirbelte herum und starrte Frank böse an. »Mit

dir rede ich später! Jetzt hab ich erst mal mit meinem Herrn Sohn ein Hühnchen zu rupfen.«

»Schön, dich zu sehen«, sagte Jack und stieg von dem Motorrad.

»Du solltest froh sein, dass dein Sohn noch am Leben ist«, meinte Frank.

Verwirrt sah Ben erst Jack und dann Frank an. Erst jetzt registrierte er, was Jack gesagt hatte. »Wer hat auf euch geschossen?«

»Hopkins' Leute«, erwiderte Frank. »Sie haben an der Stelle herumgegraben, wo wir die Venusfliegenfallen gefunden haben. Als sie uns entdeckt haben, sind sie hinter uns her. Lass es dir von deinem Sohn später genauer erklären, aber eines ist sicher: Hopkins wollte uns umbringen.«

Ben erstarrte. Petersens Zettel.

Petersen hatte über Hopkins Bescheid gewusst.

Er hat versucht, uns zu warnen!

Ben rannte seinem Sohn hinterher, der mit langsamen Schritten auf das Wohngebäude zuhumpelte.

»Tut mir leid, Jack«, sagte er. »Geh dich erst mal duschen, und dann kannst du mir erzählen, was da draußen passiert ist.«

Er legte Jack den Arm um die Schulter und führte ihn ins Haus.

49

Als Angie und Boomer kurz vor sieben Uhr in Manacapuru eintrafen, war es schon dunkel, und in den Straßen hing der Geruch von gegrilltem Fleisch. Boomer und Angie fuhren zu mehreren Läden und kauften Konserven, Toilettenpapier und Papierhandtücher, Rum, Batterien, Seile, Reinigungsmittel und ein paar Kisten Bier, Mineralwasser und Coca Cola. Wie jeden Abend surrten dichte Insektenschwärme durch die Straßen der Stadt und stürzten sich auf jeden, den sie finden konnten.

»Verdammte Blutsauger«, zischte Angie, als sie wieder im Pick-up saßen. »Da, schau mal, wo sie mich überall gestochen haben.«

»Du solltest vielleicht doch Susans Insektenschutzmittel verwenden«, sagte Boomer und steuerte eine Tankstelle an, um Diesel für den Generator zu kaufen.

»Wenn ich hier fertig bin, mieten wir uns für die Nacht im Hotel Mercedes ein«, sagte er gut gelaunt.

»Das geht nicht … wir müssen gleich wieder zurück nach Somba.«

»Nein, müssen wir nicht. Ich habe das vorhin mit Frank geklärt. Sie brauchen uns erst morgen am späten Vormittag wieder, und bis dahin haben wir Urlaub.«

»Aber Susan hat gesagt …«, begann Angie, doch Boomer legte ihr mit einem breiten Grinsen die Hand auf den Mund.

»Die Plotkin-Maxwell-Show läuft auch ohne uns weiter«, flüsterte er.

Immer noch nicht völlig überzeugt, schüttelte Angie den Kopf.

»Mach dir keine Sorgen«, fuhr Boomer fort. »Die wird dir deshalb keine schlechtere Note geben. Und ein Gutes hat so ein Mini-Urlaub auf jeden Fall: Heute Nacht müssen wir nicht leise sein wie die Mäuschen, wenn wir boom-boom machen. Diesmal kannst du schreien, so laut du willst.«

Jetzt grinste auch Angie.

»Ich wusste, dass dich das überzeugen würde«, strahlte Boomer.

Im voll klimatisierten Grandhotel Mercedes herrschten im Gegensatz zur feuchten Hitze auf den Straßen angenehm kühle Temperaturen. Nachdem ein Page sie auf ihr Zimmer mit dem großen, weichen Bett gebracht hatte, liebten sich Boomer und Angie lange und ausgiebig. Anschließend schlenderten sie hinüber zu Franks ehemaliger Stammkneipe, der Gekko-Bar. Sie befand sich in einem Flachbau mit einer Neonreklame auf dem Dach, bei der nur noch wenige Buchstaben funktionierten. Unter den wenigen Gästen war einer, den sie sofort erkannten.

Paulo.

Der alte Fremdenführer mit dem silbergrauen Pferdeschwanz sah so aus wie immer: er trug abgerissene khakifarbene Hosen und Weste, und in seinem Gürtel steckte eine Peitsche. Er saß allein in einer Ecke der düsteren Bar und nippte an einem Caipirinha.

»Dürfen wir uns setzen?«, fragte Boomer, während er sich einen Stuhl an Paulos Tisch zog.

Paulo nickte. »Was führt denn euch in diesen Luxusschuppen?«

»Wir verbringen hier unsere Hochzeitsnacht«, gab Boomer mit breitem Grinsen zurück.

»Wenn ich du wäre, würde ich keine Frau hierherbringen«, antwortete Paulo mit ausdrucksloser Miene.

Angie lächelte. »Frank hat uns diese Bar empfohlen.«

»Passt auf, was ihr tut«, sagte Paulo stirnrunzelnd. »Hier ist Ärger vorprogrammiert.«

Boomer ließ den Blick durch die beinahe leere Bar schweifen.

»Aufpassen? Wieso denn? Es ist doch so gut wie niemand da.«

»Das wird sich ändern«, nuschelte Paulo in sein Glas. »Und dann solltet ihr euch besser verziehen.«

Boomer bestellte noch eine Runde Caipirinhas. Wie Paulo vorhergesagt hatte, begann sich die Kneipe nach und nach mit Gästen zu füllen: Minenarbeitern in dreckverkrusteter Kleidung, lärmenden Geschäftsleuten und zahnlosen alten Männern. Sie stellten sich an die schmucklose Mahagonitheke. Angie war die einzige Frau im Lokal.

Paulo trank langsam seinen Drink aus, lächelte Boomer und Angie zu und verließ das Lokal.

»Vielleicht sollten wir seinen Rat befolgen«, sagte Boomer. »Gehen wir zurück ins Mercedes?«

Angie leerte ihr Glas und stellte es auf den Tisch zurück.

»Lass uns noch eine Runde trinken, damit wir für heute Nacht in Stimmung kommen«, bat sie.

Boomer willigte ein, ging zur Bar und kam mit zwei frischen Gläsern zurück. Sie prosteten sich zu und küssten sich. Danach bestellten sie sich noch eine Runde und dann noch eine, und irgendwann nahmen sie die Männer, die die Kneipe inzwischen bevölkerten, ebenso wenig wahr wie den jetzt herrschenden Lärmpegel.

»Was dagegen, wenn ich mich zu euch setze?«, fragte auf einmal eine tiefe Stimme. Boomer und Angie blickten auf. Vor ihrem Tisch stand ein fies dreinblickender Mann mit einem narbigen Gesicht. Er trug eine Armeehose, Cowboystiefel und ein eng anliegendes schwarzes T-Shirt mit abgeschnittenen Ärmeln, das seine ausgeprägten Armmuskeln voll zur Geltung brachte. Angie fand, dass er wie die Karikatur eines Söldners aussah, und lachte in ihrem Alkoholnebel laut auf.

Billy Walker fand das überhaupt nicht witzig.

»Wir wollten sowieso gerade gehen«, sagte Boomer und machte eine einladende Handbewegung. »Der Tisch gehört Ihnen.«

»Nun seid doch keine Spielverderber und trinkt noch einen mit mir«, sagte Billy und sah dabei Angie an.

»Fick dich ins Knie, Herr Feldwebel«, lallte sie.

Billy runzelte die Stirn und stellte seine Bierflasche auf den Tisch.

»Hey, ich habe euch nur auf einen Drink eingeladen«, entgegnete er. »Kein Grund, unfreundlich zu werden.«

»Lad doch die da drüben ein«, brummte Angie und deutete auf die Bar. »Die passen doch viel besser zu dir, du alter Urwaldaffe.« Sie lachte schallend und boxte Billy spielerisch gegen den Oberarm.

Boomer bemerkte, dass der Mann eine Waffe trug.

»Nichts für ungut«, sagte Boomer und hob beschwichtigend die Hände, »Aber wir wollten wirklich gerade gehen. Stimmt's, Angie?«

»Ja, genau«, bestätigte sie und stellte ihr Glas so heftig auf den Tisch, dass das zerstoßene Eis herausspritzte.

Boomer stand auf, aber Billy packte ihn bei der Hand und verdrehte ihm den Arm so brutal, dass Boomers Kopf auf die Tischplatte gedrückt wurde. Angie, die instinktiv aufgesprungen war, holte aus und versetzte Billy einen Kinnhaken. Billy wandte sich zu ihr und sah sie grinsend an. Blut tropfte von seiner Unterlippe.

»Los, schlag noch mal zu, du kleine Hexe«, lachte Billy, ohne Boomer loszulassen. »Ich bin ganz verrückt auf wilde Frauen.«

Angie kam der Aufforderung nach, doch dieses Mal zog Billy den Kopf ein. Als sie über ihn hinwegschlug, ergriff er ihren Arm und drückte auch sie mit dem Kopf nach unten auf den Tisch.

»Versteht ihr mich jetzt vielleicht besser?«, fragte Billy und fletschte seine gelben Zähne. »Wenn ich will, dass ihr hierbleibt, dann bleibt ihr auch gefälligst hier.«

Er ließ los, und Angie und Boomer setzten sich schwer atmend auf. Angie war auf einen Schlag nüchtern geworden und sah den Söldner mit hasserfüllten Augen an, während dieser dem Barkeeper mit einer Handbewegung signalisierte, dass er ihm noch ein Bier bringen sollte.

»So gefallt ihr mir schon besser«, sagte Billy und grinste obszön zu Angie hinüber. »Und jetzt wollen wir es uns erst mal so richtig gemütlich machen.«

»Hey, was soll das?«, keuchte Boomer, »Sie können doch nicht einfach ...«

Er hatte noch nicht zu Ende gesprochen, da gab Billy

einem hinter Boomer stehenden Mann mit einem großen, schwarzen Schnurrbart und hässlichen Zahnlücken ein Zeichen, woraufhin dieser mit ungerührtem Gesicht eine Pistole zog und ihren Griff auf Boomers Schädel herunterkrachen ließ. Boomer stieß einen leisen Schrei aus und fiel von seinem Stuhl zu Boden. Ein dünner Faden Blut rann ihm aus dem Mund.

»Das können Sie nicht machen!«, schrie Angie empört. »Das können Sie nicht machen, verdammt noch mal.«

»Beruhige dich, Puppe!«, sagte Billy in rüdem Ton und starrte auf Angies wohlgeformten Körper, den er bereits in Somba unter der Dusche gesehen hatte. »Wenn du mir ein paar harmlose Fragen beantwortest, werden wir zwei bestimmt bald richtig gute Freunde. Also, fangen wir bei den Pflanzen an, die ihr am Rio Manaus ausgegraben habt.«

Boomer hob den Kopf und spuckte Blut auf sein Hemd.

»Und du da unten spielst mir nicht den Helden, sonst sieht es gar nicht gut für dich aus ...« Er beugte sich zu Boomer herab und schlug ihm mit der Faust mitten ins Gesicht. Am Geräusch berstender Knorpel erkannte Angie, dass der genau platzierte Hieb ihm das Nasenbein gebrochen hatte.

»Tu, was er sagt, Boomer«, flehte Angie, die plötzlich schreckliche Angst bekam.

»Ein kluger Rat, Puppe«, lachte Billy. »Aber jetzt zu diesen Pflanzen. Ich muss wissen, was sie genau sind und ob ihr sie schon untersucht habt in eurem Labor. Na, wer will den Anfang machen und dem guten Onkel alles erzählen?«

Boomer rappelte sich mühsam hoch. »Du kannst mich

mal«, stieß er undeutlich hervor. Mit seiner gebrochenen Nase sah er aus wie ein schwer angeschlagener Boxer.

»Schon wieder die falsche Antwort«, sagte Billy mit gespieltem Bedauern in der Stimme. Dann griff er wie nebenbei nach seiner Bierflasche und ließ sie auf Boomers Schädel niedersausen. Boomer rutschte wieder zu Boden.

»Dann musst du mir eben von diesen Riesenpflanzen erzählen«, wandte er sich an Angie. »Ich bin schon ganz gespannt, was du zu sagen hast.«

»Scheißkerl«, zischte sie.

Billy holte aus und schlug auch ihr mit der Faust ins Gesicht.

Angie fiel bewusstlos neben Boomer auf den Boden.

»Schnappt euch die Kleine und bringt sie zu mir«, sagte Billy zu dem Schnurrbärtigen und einem Mann, der neben ihm an der Bar stand. »Und den da könnt ihr von mir aus den Ratten überlassen.«

50

Alles in Ordnung, Junge?«

Jemand rüttelte Boomer an den Schultern. Er versuchte, die Augen zu öffnen, doch sie waren dick zugeschwollen. Aber die Stimme erkannte er.

»Alles in Ordnung, Junge?«, fragte Paulo zum zweiten Mal. Boomer nickte und spuckte etwas Schleim und Blut aus. »Kannst du mich ... ins Hotel bringen?«, würgte er hervor. Gleichzeitig versuchte er aufzustehen, konnte sich jedoch nicht auf den Beinen halten.

»Nein«, sagte Paulo. »Auf keinen Fall zurück ins Mercedes. Außer, du willst die Nacht nicht überleben.«

Boomer blinzelte ins Dämmerlicht der Bar. Außer ihm und Paulo war niemand mehr hier.

»Angie ...«, stöhnte er. »... wo ist sie?«

Paulo schüttelte den Kopf. Billy Walker und seine Leute waren verschwunden.

Und hatten Angie mitgenommen.

51

Angie lag auf einem schmalen Bett in einem dunklen Raum. Ihre Hände und Füße waren mit dünner Polyesterschnur gefesselt, ihr blutverkrusteter Mund mit Isolierband zugeklebt. Ein tropischer Regenschauer trommelte auf das Wellblechdach über ihr. Sie setzte sich auf und wollte sich aus dem Bett wuchten, fiel dabei jedoch mit lautem Poltern auf den Boden.

Eine Tür öffnete sich.

»Ach, du bist wach«, sagte eine tiefe Stimme. Sie gehörte dem Mann aus der Bar.

»Tut mir leid, dass ich dir den Mund zukleben musste, aber es ist spät, und ich will die Nachbarn nicht wecken«, erklärte Billy. Er hielt eine Schüssel mit warmem Wasser und ein paar Tücher in Händen und setzte sich über ihr auf die Bettkante. »Versuch dich zu entspannen, Puppe. Ich heiße Billy und arbeite für Senhor Hopkins. Hast du verstanden, was ich gesagt habe?«

Das Klebeband erstickte Angies Schreie.

Billy stellte die Schüssel auf den Nachttisch, bückte sich zu Angie, hob sie auf und hielt sie übers Bett, wo er sie wie einen Sack Kartoffeln fallen ließ.

»So, jetzt mache ich dich erst mal sauber«, fuhr er fort und begann, ihre blutigen Wangen vorsichtig mit einem feuchten Tuch abzutupfen. »Und dann wollen wir nett miteinander plaudern, und wenn du dich dann immer noch nicht entspannen kannst, habe ich ein kleines Hilfsmittel für dich.« Billy ging zu einer Kommode neben dem Bett und holte aus einer der oberen Schubladen ein kleines, durchsichtiges Fläschchen und eine lange Spritze hervor.

Angie musterte den Mann, der sie gefangen hielt. Er brachte bestimmt 90 Kilo auf die Waage und war muskelbepackt wie ein Stier.

Billy legte Spritze und Fläschchen beiseite und wischte Angie das Blut aus dem Haar. »Neulich habe ich dir am Labor beim Duschen zugesehen, und ich habe mir dabei gedacht: Was für eine schöne Frau! So langes, blondes Haar ... und so viel Energie.« Er säuberte jetzt Angies Hals. »Und dann habe ich mich gefragt, ob eine so schöne Frau wohl jemals einen Mann wie mich an sich ranlassen würde.«

Angie stieß hinter dem Isolierband ein paar unverständliche Worte hervor.

»Wenn du mich kennen würdest«, sagte Billy und packte sie mit seiner großen Hand am Kinn, sodass sie ihn direkt anblicken musste. »Ich meine *wirklich* kennen, dann *würdest* du mich wollen, das kannst du mir glauben. Du und ich, wir sind gar nicht so verschieden. Wir sind beide Kämpfernaturen, die sich in diesem Rattenloch von einem Land nicht unterkriegen lassen.« Billy ließ seine rechte Hand spielerisch über Angies Brust und ihr Bein wandern. »Und jetzt haben wir uns gefunden.«

Angie versuchte sich freizustrampeln, aber es war umsonst.

»Also, dann will ich mich dir mal vorstellen. Mein

Name ist Billy, und ich komme aus Nevada.« Er öffnete eine Flasche Jim Beam, die am Boden gestanden hatte, hob sie an den Mund und nahm einen tiefen Schluck daraus.

»Ja, du hast richtig gehört. Ich bin Amerikaner, auch wenn man mir das auf den ersten Blick nicht ansieht. Unehrenhaft entlassen aus dem guten alten U.S. Marine Corps, bloß weil ich vor ein paar Jahren in Manila ein bisschen über die Stränge geschlagen habe. Und jetzt hocke ich hier in diesem heruntergekommenen Scheißkaff und muss für einen Tee schlürfenden Fettsack mit falschem englischen Akzent die Drecksarbeit erledigen. Aber eines muss man sagen: Die Bezahlung ist bei ihm sehr viel besser als bei den Marines.«

Während er weitersprach, streichelte er Angies Oberschenkel. »Aber was nützt mir das schönste Geld, wenn ich mir davon hier nicht das Spielzeug kaufen kann, das mir gefällt.« Er nahm noch einen Schluck Bourbon und ließ ein tiefes, trockenes Lachen hören. »Irgendwie stehe ich nicht so sehr auf die brasilianischen Schlampen hier, obwohl manche von ihnen nicht schlecht sind.«

Angie nuschelte etwas hinter dem Klebeband.

»Bist du jetzt bereit, dich nett zu unterhalten? Wenn du versprichst, nicht zu schreien, mache ich das da ab.« Er riss das Isolierband so brutal von Angies Mund, dass ein scharfer Schmerz ihr die Tränen in die Augen trieb.

»Also?«, fragte Billy, während Angie versuchte, ihre Stimme zu finden. »Was hast du mir zu sagen?«

»Dass du dich zum Teufel scheren sollst, du widerlicher Scheißkerl!«, spuckte sie schließlich aus.

Billy lachte und gab ihr ein paar schallende Ohrfeigen.

»Machen wir's uns doch nicht so schwer«, sagte er und klang dabei fast zärtlich. Dann packte er ihren linken Arm, band ihn mit einem Gummischlauch ab, bis ihre Vene deutlich hervortrat, und spritzte ihr 10 ml Rohheroin hinein.

Augenblicklich fiel Angie in eine Art Trancezustand. Ein Gefühl der Taubheit verbreitete sich rasend schnell in ihrem Körper, der bald so schlaff war, dass sie kein Glied mehr bewegen konnte.

Nicht einmal schreien konnte sie mehr.

»Na, jetzt geht's uns doch schon viel besser«, sagte Billy und grinste ihr ins Gesicht.

Angies Augen verdrehten sich hinter den bleischwer gewordenen Lidern.

»Verrecken ... sollst ... du ...«

Ihre mühsam hervorgepressten Worte klangen merkwürdig verzerrt. Angie bemerkte, dass von der Spritze, die Walker immer noch in der Hand hielt, ein essigartiger Geruch ausging. Seltsam, vorhin hatte sie ihn nicht wahrgenommen. Es kam ihr so vor, als hätte die Injektion ihren Geruchssinn enorm geschärft.

»Ich werde ...«, keuchte sie.

»Was du nicht sagst«, meinte Billy grinsend und klebte ihr den Mund wieder zu. Dann griff er wieder in die Schublade und holte eine Chirurgenschere hervor, mit der er Angies T-Shirt vorn aufschnitt. Nachdem er Shorts und Unterwäsche auf die gleiche Weise entfernt hatte, rieb er ihren nackten Körper mit seinem feuchten Tuch ab, das inzwischen eine blutrote Farbe angenommen hatte. Angie starrte ihn mit weit aufgerissenen Augen an, konnte aber nichts mehr tun, um ihn daran zu hindern.

»Na, das sieht doch schon viel besser aus«, sagte Billy fröhlich.

Hilflos musste Angie ihm zusehen, wie er sich eine Zigarette anzündete und sich dann in aller Seelenruhe auszog. Genüsslich malte er sich aus, was er mit dem warmen, lebendigen Fleisch, das da so wehrlos vor ihm lag, alles anstellen würde.

Er würde sich Zeit lassen, beschloss er. Eine solche Gelegenheit bot sich ihm nicht alle Tage. So etwas musste man ganz langsam zelebrieren. Er griff nach der Flasche und schüttete etwas Whiskey auf Angies Brust, um ihn anschließend abzulecken. Angie sah ihm mit geweiteten Pupillen dabei zu. Ihr Brustkorb hob und senkte sich rasch und zuckend. Billy beobachtete es ungerührt – das war beim ersten Kontakt mit Heroin ganz normal.

Er stand auf, schlenderte hinüber zu dem Spiegel an der Wand und betrachtete eine Weile mit bewundernden Blicken seinen muskulösen, tätowierten Körper. Er trank noch etwas Whiskey und beschloss, erst einmal eine lange Dusche zu nehmen. Nur nichts übereilen, dachte er, die Kleine läuft dir nicht mehr davon.

Sobald sie in dem dunklen Raum allein war, begann Angie am ganzen Körper zu zittern wie Espenlaub. Es war erschreckend, dass sie alle Gewalt über ihren Körper verloren hatte und sich überhaupt nicht mehr bewegen konnte. Auch mit dem Sehen hatte sie auf einmal Probleme. Vom Rand ihres Gesichtsfeldes her breitete sich ein grelles, weißes Licht aus, das es ihr zunehmend schwerer machte, die Wellblechdecke des Zimmers klar zu erkennen. Alles wurde immer verschwommener, unschärfer, heller, alles schien in dieses helle Weiß hineinzuschwimmen, sich in ihm aufzulösen, darin unterzugehen.

Ein paar Minuten später kam Billy aus der Dusche zurück. »Na, bist du bereit, Puppe?«, fragte er fröhlich. Er trank den Rest Whiskey aus der Flasche, warf sich neben Angie aufs Bett und presste seinen nackten und immer noch feuchten Körper ganz fest an den ihren. »Und jetzt wollen wir mal das Angenehme mit dem Nützlichen verbinden«, flüsterte er ihr heiser ins Ohr.

Angie gab keinen Laut von sich. Erst als er sich auf sie gewuchtet hatte und anfing, in sie einzudringen, bemerkte Billy, dass sie keinerlei Regung zeigte. Ihre blauen Augen waren weit geöffnet und starrten leer und leblos hinauf zur Decke.

Billy fühlte ihr den Puls. Er war nicht mehr vorhanden.

Angie war tot.

Billys Ärger und Enttäuschung waren grenzenlos. Er schrie laut auf, packte die Whiskeyflasche und schleuderte sie gegen die Wand, wo sie in tausend Stücke zerschellte. Dann fing er an, Angies leblosen Körper mit brutalen Faustschlägen zu traktieren.

»Wach auf, du Schlampe!«, schrie er. »Wach auf, verdammt noch mal. Du kannst mir doch nicht so einfach wegsterben, das kannst du mir nicht antun, verdammte Scheiße!«

Nach einer Weile beruhigte er sich, starrte schwer atmend auf den vor ihm hingestreckten nackten Frauenkörper und beschloss, sich doch noch mit ihm seinen Spaß zu verschaffen, ehe er völlig kalt wurde.

52

Susan, Frank, Ben und Jack saßen um den Küchentisch, und Susan versuchte zum x-ten Mal, Boomer und Angie über das Satellitentelefon zu erreichen. Es ging niemand ran, was aber nichts Ungewöhnliches war. Die Verbindung funktionierte ziemlich häufig nicht, und vielleicht hatte ja Boomer das Telefon auch absichtlich ausgeschaltet, weil er sich nicht von Susan ins Labor zurückbeordern lassen wollte.

Frank berichtete über ihren Zusammenstoß mit den *soldados verdes,* und Ben hörte schweigend zu und machte ein ärgerliches Gesicht, aber bei Jacks anschließender Erzählung von seinem gefährlichen Sturz in die Baumwipfel und seiner Rettung durch Frank verschwand sein strenger Gesichtsausdruck, und er wirkte nur noch ungeheuer erleichtert.

Dann erzählte Frank ihnen von dem Jeep, den Hopkins' Leute aus der Schlucht gezogen hatten, und dass es mit Sicherheit der von John und Cheryl war.

Ben konnte es zunächst nicht glauben, erkannte dann aber sofort, was das bedeutete.

Die beiden hatten etwas mit den Venusfliegenfallen zu tun gehabt!

Es gab keine andere Erklärung dafür.

»Frank, du hast doch bei den Venusfliegenfallen in der Schlucht einen Plastiksack vom Labor gefunden«, sagte er.

»Das stimmt, Ben. Es war einer von den Müllsäcken, in denen wir unseren Sondermüll entsorgen.«

»Könntest du dir vorstellen, dass er vielleicht aus dem Jeep gefallen sein könnte?«

»Ich habe den Jeep ja erst gesehen, als sie ihn aus der Schlucht gezogen haben«, erwiderte Frank. »Aber der Schneise im Unterholz nach zu schließen, muss er ziemlich tief in der Schlucht gesteckt haben. Bei dem Unfall hätte durchaus ein Sack von der Ladefläche bis zum Boden der Schlucht purzeln können. Warum fragst du?«

»Weil das vielleicht eine Erklärung dafür wäre, warum dort unten Venusfliegenfallen gewachsen sind, die sonst nur in North Carolina vorkommen.«

»Da bin ich aber gespannt«, sagte Susan.

»Wenn die Leichen in dem Jeep wirklich Cheryl und John sind, könnte ich mir Folgendes vorstellen«, fuhr Ben fort. »Die beiden wollten sich, nachdem sie sämtliche Daten über ihre Arbeit auf den Firmencomputern gelöscht hatten, mit ihren Forschungsergebnissen aus dem Staub machen. Weshalb und wohin, wissen wir nicht, aber es wäre doch durchaus möglich, dass in ihrem Jeep auch die Venusfliegenfallen waren, an denen sie irgendwelche Veränderungen vorgenommen hatten. Gut möglich, dass die Pflanzen in einem dieser Müllsäcke steckten und dass dieser dann bei dem Unfall von der offenen Ladefläche des Jeeps in die Schlucht hinuntergerollt ist. Irgendwie muss er dabei wohl aufgegangen sein, und die Pflanzen sind herausgefallen. Die meisten von ihnen dürften eingegangen sein, aber zwei von ihnen haben es geschafft, dort unten in der Schlucht Wurzeln zu schlagen. Schließlich lagert der Fluss dort immer wieder feuchten Schlamm ab.«

»Du meinst also, dass die Venusfliegenfallen ursprünglich aus unserem Labor stammen?«

»Für mich gibt es keine andere Erklärung. Schließlich sind sie hier am Amazonas nicht heimisch.«

»Und dann sollen sie Wurzeln geschlagen haben und sich drei Jahre lang friedlich verhalten und sich dann urplötzlich auf zwei Touristinnen gestürzt haben?« Susans Stimme klang skeptisch.

»So weit hergeholt ist das nicht«, erwiderte Ben. »Denk nur an die Pflanze, die dich im Landrover angegriffen hat. Die war zuerst auch völlig normal und hat sich binnen weniger Stunden in ein gefährliches Monstrum verwandelt.«

»Aber sie befand sich nicht in dieser Schlucht, sondern an der Straße von Somba nach Manaus«, sagte Susan. »Ich frage mich, wie sie da hingekommen ist.«

»Keine Ahnung«, musste Ben zugeben. »Aber auch diese Pflanze gehört nicht zu denen, die üblicherweise hier in Amazonien vorkommen. Deshalb ist sie mir ja aufgefallen. Vielleicht haben Cheryl und John sie absichtlich dorthin gepflanzt, als eine Art Freilandversuch. Erinnerst du dich, dass die Artischocke nicht im Urwald wuchs, sondern auf einer abgeholzten Brachfläche, wo sonst nur Unkraut gedeiht? Dort konnten Cheryl und John sie leicht wieder finden und ihr Wachstum beobachten. Sie mussten nur sagen, dass sie etwas in Manaus erledigen wollten, und schon konnten sie auf der Fahrt dorthin unbemerkt nach ihrer Pflanze sehen.«

»Klingt irgendwie einleuchtend«, musste Susan zugeben. »Aber wenn John und Cheryl die Pflanzen irgendwie so manipuliert haben, dass sie schneller wachsen, wieso sind sie dann erst mal drei Jahre lang völlig unauffällig gewesen?«

»Genau das frage ich mich auch«, erwiderte Ben nachdenklich. »Und ich habe sogar schon eine erste Theorie.«

»Dann rück endlich raus damit«, sagte Susan ungeduldig. »Wir haben schließlich nicht die ganze Nacht Zeit.«

»Was wäre, wenn das erste Team hier in Somba nicht nur an einem Heilmittel für Progerie geforscht, sondern gleichzeitig noch ein ganz anderes Projekt vorangetrieben hätte?«, fragte er und stopfte sich langsam seine Pfeife. »Ich denke da an so etwas wie einen genetischen Timer, eine Art biologische Zeitschaltuhr, die man einer Pflanze einbaut und die sie dann nach einem festgelegten Zeitpunkt dazu bringt, bestimmte Dinge zu tun.«

»Zum Beispiel in unkontrolliertes Wachstum auszubrechen«, sagte Susan.

»Genau. Von dem Heilmittel für Progerie wissen wir, dass es hier in Somba entdeckt wurde. Petersens CD-ROM ist der Beweis dafür.«

»Aber warum ist das Medikament dann nicht schon längst auf dem Markt? Warum hat Petersen diese Erkenntnisse für sich behalten und sie nicht der Firmenleitung mitgeteilt?«

»Das kann ich dir auch nicht sagen. Aber irgendeinen Grund muss es dafür geben.«

»Außerdem will mir immer noch nicht einleuchten, wieso man uns drei Jahre lang hierher in den Urwald schickt, damit wir nach etwas forschen, was der Firma schon längst vorliegt.«

»Vielleicht hat das ja auch etwas mit diesem Timer zu tun, den unsere Vorgänger möglicherweise in die Pflanzen eingebaut haben«, sagte Ben, während er sich seine Pfeife ansteckte. Aromatischer Rauch erfüllte die Küche.

»Und was?«

»Nimm einmal an, die biologische Zeitschaltuhr war auf einen Zeitraum von drei Jahren eingestellt, was die Gleichzeitigkeit der Vorfälle mit der Artischocke und der Venusfliegenfalle ja irgendwie nahelegt. Wäre es da nicht klug, während dieser Zeit das Firmenlabor in der Nähe der ins Freiland gepflanzten Exemplare kontinuierlich besetzt zu halten?«

»Aber warum haben sie uns nicht gesagt, worum es bei diesen Versuchen geht? Warum haben sie uns all die Jahre im Dunkeln tappen lassen?«, wollte Frank wissen.

»Das wird uns hoffentlich Skinner sagen, wenn er morgen hier eintrifft.«

»Wir müssen Hopkins den Jeep wegnehmen!«, forderte Susan. »Ich möchte wissen, was in den Reagenzgläsern ist, die Frank auf der Ladefläche gesehen hat. Schließlich gehört das ganze Zeug unserer Firma. Hopkins muss es herausrücken.«

»Theoretisch mag das richtig sein«, antwortete Frank. »Aber meiner Meinung nach bleibt uns jetzt nur noch eines übrig: so schnell wie möglich von hier zu verschwinden! Hopkins' Männer haben auf Jack und mich geschossen. Wir alle sind hier unseres Lebens nicht mehr sicher.«

»Du hast Recht, Frank«, sagte Ben. »Jacks Leben ist mir wichtiger als alles, was in diesem Jeep sein könnte.«

Susan war zunächst nicht gewillt, so ohne weiteres das

Labor zu verlassen, aber nachdem Ben und Frank eine Viertelstunde auf sie eingeredet hatten, gab sie schließlich nach.

»Wir fliegen morgen früh mit Franks Cessna nach Manaus«, verkündete sie. »Bis dahin werden wir ja hoffentlich Verbindung zu Boomer und Angie bekommen und ihnen sagen können, dass sie mit dem Pick-up ebenfalls hinkommen sollen. Dann warten wir, bis Skinner morgen dort auf dem Flughafen landet, und besprechen die ganze Angelegenheit mit ihm.« Entschlossen stand sie auf. »Ich gehe jetzt packen«, sagte sie. »Und ihr solltet das auch tun. Aber nehmt nicht zu viel mit, sonst wird uns die Maschine zu schwer.«

Fast eine Stunde dauerte es, bis Jack geduscht hatte und mit Bens Hilfe seine vielen Kratzer und Abschürfungen an Armen, Beinen und Gesicht desinfiziert und verbunden hatte.

»Also ... bringen wir's hinter uns«, seufzte Jack, nachdem alle Wunden versorgt waren.

»Was denn?«, fragte Ben, während er das Verbandszeug zusammenpackte.

»Deine Standpauke natürlich, was sonst?«

Ben zögerte.

»Du musst mich doch anschreien, weil ich ohne deine Erlaubnis Motorrad gefahren bin«, sagte Jack in herausforderndem Tonfall.

Ben antwortete nicht. Zwar war er in seinem tiefsten Inneren tatsächlich wütend, aber nicht auf Jack, sondern auf sich selbst. Als er Jack blutüberströmt und mit zerfetzten Kleidern auf dem Rücksitz der Honda hatte heranbrausen sehen, hatte er tatsächlich nur eines im

Sinn gehabt: seinen Sohn zu disziplinieren. Aber wofür eigentlich? Dafür, dass Jacks Verhalten seinen Erwartungen nicht entsprochen hatte? Dafür, dass er ein Teenager war und sich als solcher gegen die elterliche Autorität auflehnte? Ben war klar, dass er seit der Scheidung ein jämmerlicher Vater gewesen war, der nur noch seine Arbeit im Kopf gehabt hatte. Sein Vatersein hatte sich jahrelang darin erschöpft, dass er sich nur punktuell in bestimmte Belange eingemischt hatte. So zog man keinen Jungen groß. Kein Wunder, dass Jack Probleme in der Schule und sogar mit der Polizei bekommen hatte. Jack brauchte keinen Vater, der alle paar Monate vorbeikam, um ihm eine Gardinenpredigt zu halten. Er brauchte einen Freund.

Der Anblick von Jacks blutverschmiertem Gesicht hatte in Ben etwas ausgelöst.

»Die Standpauke fällt diesmal aus«, sagte Ben schließlich. »Ich bin einfach nur froh, dass du am Leben bist.«

»Wenn ich dich gefragt hätte, hättest du mir niemals erlaubt, mit dem Motorrad zu fahren.«

»Ich habe dich vor der Abfahrt draußen gesehen. Ich hätte rauslaufen und es dir verbieten können. Aber ich habe es nicht getan.«

»Wirklich?«

»Du bist jetzt vierzehn, Jack. Ich finde, damit bist du alt genug, um selbst die Verantwortung für dein Tun zu übernehmen.«

»So was hast du noch nie zu mir gesagt.«

»Vielleicht tue ich es jetzt, weil du inzwischen kein Kind mehr bist«, antwortete Ben. Dabei starrte er durch das Fenster seines Zimmers hinaus in den dunklen Regenwald und wünschte sich, dass er mit seinem Sohn besser reden könnte. Er wusste nicht recht, wie man sich als Vater verhält, und das machte ihn traurig.

Der Vollmond lugte durch die Gewitterwolken und warf ein bläuliches Licht über die regennasse Anlage. Ben wollte Jack sagen, wie lieb er ihn hatte, und sich dafür entschuldigen, dass er ihm viele Jahre lang so ein schlechter Vater gewesen war, aber er brachte nicht den Mut dazu auf.

Plötzlich tauchten im Regenwald die Lichter eines Fahrzeugs auf.

»Wer kann das sein?«, fragte Jack, der sie ebenfalls bemerkt hatte.

Ben lief hinaus vor das Labor, und sein Sohn folgte ihm. Der Pick-up, mit dem Boomer und Angie nach Manacapuru gefahren waren, näherte sich langsam dem Laborkomplex. Als er anhielt, stieg ein Mann aus, der aber nicht Boomer war.

»Hallo, Ben«, rief er. »Ich brauche eure Hilfe.«

Ben erkannte sofort, dass es Paulo war.

Paulo ging nach hinten zur Ladefläche des Pick-ups, und wenig später kam er mit einer schweren Last auf dem Rücken auf Ben und Jack zu.

Es war Boomers lebloser Körper.

REPRODUKTION

53

Boomers Gesicht war derart zugeschwollen, dass Ben ihn kaum erkannte. Durch seine zertrümmerte Nase bekam er nur schwer Luft, und beim Ausatmen gab er blubbernde Laute von sich.

Susan, die den Wagen ebenfalls gehört hatte, kam aus dem Gebäude von Labor A und verfügte sofort, dass der Verletzte auf sein Zimmer gebracht wurde. Dort versorgte sie ihn, so gut es ging, und hielt an seinem Bett Wache.

»Hoffentlich ist er morgen früh transportfähig«, sagte sie.

Ben und Jack packten ihre Sachen, und kurz darauf warf Jack sich erschöpft auf sein Bett.

Ben löschte das Licht. »Lange wirst du nicht schlafen können«, sagte er. »Morgen in aller Früh brechen wir auf.«

»Dann werden wir wohl keine solche Flusstour mehr machen wie gestern?«, fragte Jack in die Dunkelheit.

»Nein, leider nicht.«

Jack seufzte. »Immerhin haben wir ein bisschen Zeit miteinander gehabt. Ich fand es schön.«

»Wir können doch auch zu Hause etwas unternehmen«, sagte Ben und blickte hinaus in die Dunkelheit. »Ich fliege mit dir zurück, sobald hier alles geklärt ist.«

»Echt? Du kommst mit nach Hause?«, fragte Jack. Er schien es kaum glauben zu können.

»Ich fand es hier schon immer viel zu heiß.«

»Aber unser Ausflug war megacool. Und die Schlange war genial. So ein Riesending.«

»Bitte, Jack, du musst mir glauben, dass ich dich niemals in Gefahr bringen wollte.«

Jack setzte sich auf. »Das weiß ich.«

»Als du von deinem Motorradausflug nicht zurückgekommen bist, habe ich mir große Sorgen um dich gemacht. Es wäre schrecklich gewesen, wenn dir etwas zugestoßen wäre. Das hätte ich mir nie verziehen. Mein Gott, die vergangenen zehn Jahre habe ich bloß mit meiner Arbeit vergeudet und überhaupt nicht mitbekommen, dass du kein kleiner Junge mehr bist. Du bist ja schon erwachsen genug, um Motorrad zu fahren.«

»Ist ja gut ... du brauchst dir keine Vorwürfe zu machen.«

»Tut mir leid. Es war mir einfach wichtig, dir das zu sagen, bevor wir von hier verschwinden.«

»Wenn wir zu Hause sind, wirst du dann wieder mit Emily zusammenziehen?«, fragte Jack aufgeregt.

»Immer eins nach dem anderen, Jack. Eins nach dem anderen.«

Jack gab keine Antwort. Er war plötzlich eingeschlafen.

Ben deckte seinen Sohn zu. Zum ersten Mal seit langem hatte er wieder wirkliche Vatergefühle, was er ziemlich ungewohnt, aber wunderschön fand.

Nachdenklich ging Ben in die Küche, wo Frank und Paulo am Tisch saßen und heftig miteinander diskutierten. Paulo meinte, sie sollten noch vor Sonnenaufgang abfliegen, weil Hopkins und seine Männer jeden Augenblick am Labor auftauchen könnten, aber Frank war dagegen. Er fand es zu riskant, ohne Sicht mit der voll beladenen Maschine von der kurzen Startbahn abzuheben.

»Wie geht es Jack?«, fragte Frank besorgt, als er Ben eintreten sah.

»Ganz gut, denke ich. Er schläft.«

»Paulo«, fragte Ben, »weißt du vielleicht, wohin Hopkins den Jeep bringen lässt?«

»Ich habe gehört, dass er im Norden hinter den Rocha-Bergen eine große Ranch haben soll, auf der er Paranüsse anbaut. Das Gelände wird bewacht wie eine militärische Anlage. Vielleicht schaffen sie den Jeep dorthin.«

»Seltsam, dass Hopkins gerade jetzt gegen uns vorgeht«, sinnierte Ben. »Schließlich sind wir schon seit Jahren hier tätig, und es hat nie ein Problem mit ihm gegeben.«

»Vielleicht hat das etwas mit den seltsamen Pflanzen zu tun, die meine Touristinnen fast aufgefressen hätten«, antwortete der grauhaarige Führer. »Hopkins besitzt mehrere Farmen und hat bestimmt ein großes Interesse an einem Wachstumsmittel für seine Pflanzen. Vielleicht glaubt er, dass ihr ein solches habt, und will es euch mit Gewalt wegnehmen.«

»Aber weshalb hat er versucht, meinen Sohn zu töten?«, fragte Ben.

»Ein Menschenleben gilt hierzulande nicht allzu viel«, erwiderte Paulo.

»Hopkins glaubt also, dass wir den Schlüssel zum enormen Wachstum dieser Venusfliegenfallen gefunden haben?«

»Das kann durchaus sein.«

»Aber da täuscht er sich!«

»Das Problem ist, dass er Angie als Geisel hat«, sagte Paulo nachdenklich. »Bestimmt tritt er bald mit euch in Verbindung und teilt euch seine Forderungen mit.«

»Wenn er mit uns verhandeln will, wieso schießt er dann auf uns?«, hielt Frank dagegen.

»Kann sein, dass seine Männer eigenmächtig gehandelt haben«, spekulierte Paulo. »Diese Burschen fackeln nicht lange, wenn ihnen draußen im Regenwald jemand vor die Flinte läuft. Und wer weiß, was ihnen sonst noch alles einfällt. Dass mit denen nicht zu spaßen ist, seht ihr ja daran, wie sie Boomer zugerichtet haben. An eurer Stelle würde ich schleunigst von hier verschwinden. Seht zu, dass ihr nach Manaus kommt, dort hat Hopkins nichts zu sagen. Hier oder in Manacapuru seid ihr eures Lebens nicht mehr sicher.«

Ben sah Frank an. »Ich bin derselben Meinung wie Paulo. Wenn wir Angie befreien wollen, müssen wir so rasch wie möglich die Polizei in Manaus verständigen.«

Frank warf einen raschen Blick auf die Uhr.

»Einverstanden. Jetzt, da Paulo uns den Pick-up gebracht hat, müssen wir nicht mehr bis zum Morgen warten. Ich verständige Susan und bringe Boomer zum Wagen. Wenn Susan nichts dagegen hat, können wir in zehn Minuten abfahren.«

54

Ich hole Susan, und du weckst Jack«, sagte Frank zu Ben, während sie mit Paulo am dunklen Gebäude von Labor B vorbei zum Wohnbereich gingen. »Und sieh zu, dass dein Junge nicht zu viel Gepäck mitnimmt, sonst passen wir nicht alle auf den Pick-up. Wir können nur das Nötigste mitnehmen.«

»Die Venusfliegenfalle muss mit«, entgegnete Ben. »Die müssen wir unbedingt Skinner zeigen.«

»Tut mir leid, aber das ist völlig ausgeschlossen.«

Ben wollte etwas darauf erwidern, aber dann hielt er inne und legte einen Finger auf die Lippen.

»Psst«, flüsterte er. »Hört ihr das? In Labor B ...«

Alle lauschten angespannt.

KLIRR!

»Hört sich an wie zerbrechendes Glas ... wie ein Laborbecher«, sagte Ben.

»Im Labor B«, sagte Frank. »Das war bestimmt wieder dieser verdammte Affe ...«

KLIRR! – KLOPF, KLOPF.

»Das war kein Affe«, widersprach Paulo.

Frank stand auf und griff nach seiner Pistole. »Dann ist bestimmt irgendein anderes Vieh da drinnen. Hat vielleicht jemand ein Fenster aufgelassen?«

»Frank, lauf rüber in den Wohnbereich und hol Susan und Jack«, sagte Ben. »Und könnten Sie, Paulo, hier draußen nach dem Rechten sehen? Ich warte vor Labor B, bis Frank wieder da ist.«

Während die drei Männer auseinander rannten, wurde das Klirren in Labor B immer lauter.

55

Im Wohnbereich erwachte Jack von einem lauten Geräusch. Es klang, als hätte jemand irgendwo in einem anderen Gebäude eine Fensterscheibe eingeschlagen. Jack stand auf und schaute hinaus in den Urwald, wo er aber nur verschlungene Lianen und Farne sah, die sich im Wind bewegten.

SCHEPPER ... KLIRR!

Jack tastete nach einem Sweatshirt und öffnete die Tür. Der Flur lag im Dunklen, nur durch ein kleines Oberlicht sickerte bläuliches Mondlicht herab. Langsam ging Jack den Gang entlang, dessen Boden sich unter seinen nackten Füßen kalt und feucht anfühlte. Als er von hinten ein Geräusch hörte, wirbelte er herum. Im dunklen Flur bewegte sich etwas langsam auf ihn zu.

»Wer ist da?«, flüsterte Jack.

»Ich bin's, Frank«, antwortete ihm eine vertraute Stimme. »Im Labor B ist jemand. Dein Vater kümmert sich darum.«

Susan trat aus Boomers Zimmer, wo sie an seinem Krankenbett gewacht hatte, und kam auf sie zu. Sie trug khakifarbene Shorts und ein übergroßes pinkfarbenes Sweatshirt mit der Aufschrift »Long Beach Island«.

»Was ist denn los, Frank?«, fragte sie.

»In Labor B fallen die Gläser von den Tischen«, sagte Frank. »Vermutlich ist ein Tier drinnen.«

»Dann lasst uns mal nach dem Rechten sehen«, erwiderte Susan und eilte ins Freie. Frank und Jack folgten ihr. Als sie vor Labor B ankamen, wartete dort Ben auf sie.

»Frank, hast du vielleicht eine Taschenlampe?«, flüsterte er.

»Hier, nimm die!«, flüsterte Jack, griff in die Tasche und reichte seinem Vater eine Minileuchte von der Größe seines Daumens.

»Danke«, murmelte Ben. Er war besorgt. Vorsichtig öffnete er die Tür zum Labor, in dem es stockdunkel war. In der Luft lag ein seltsamer Geruch, aber nicht die übliche Mischung aus Brom, Schwefel und anderen Laborchemikalien. Im Gegenteil, die Luft schien voller Sauerstoff zu sein.

»Da!«, schrie Jack, der etwas über den Boden kriechen sah. »Was ist das?«

Ben antwortete nicht. Er fummelte an der Minilampe herum und versuchte, sie anzuschalten.

»Du musst das Ende mit der Birne drehen«, erklärte Jack.

Auch Ben hatte jetzt das Gefühl, als ob sich direkt neben seinen Füßen etwas bewegte.

»Dad!«, rief Jack.

Endlich war es Ben gelungen, die kleine Taschenlampe einzuschalten. Er leuchtete damit in den Raum hinein.

Die Wände bewegten sich!

»Was zum Teufel ...«, rief Ben. Etwas packte ihn an den Füßen und riss ihn zu Boden. Die Taschenlampe fiel ihm aus der Hand und erlosch.

»DAD!«, brüllte Jack. Frank rannte in das Labor hinein

und packte Bens Arm. Unter seinen Füßen bewegte sich etwas schlangengleich über den Boden. Nur dass es keine einzelne Schlange war, sondern unzählig viele, die sich wild zuckend in alle Richtungen bewegten.

Und diese Schlangen hatten Blätter.

Frank wollte Ben aufhelfen, aber der war wie am Boden festgenagelt.

»Da hält mich was am Bein fest!«, schrie Ben. »Was zum Teufel ist das?«

»Susan!«, brüllte Frank. »Mach das Licht an!« Susan betätigte den Lichtschalter neben der Tür, aber das Licht schien ausgefallen zu sein.

»Schnell! Das Notlicht!«, stöhnte Ben. Alle drei Labore verfügten über eine batteriebetriebene Notbeleuchtung für den Fall, dass auch der Ersatzgenerator ausfiel.

Frank eilte hinüber zum größten Labortisch. Unter seinen Füßen spürte er nicht mehr den gefliesten Boden, sondern Ranken, die bei jedem Schritt nach ihm zu greifen schienen. Er kletterte auf den Tisch und fuchtelte mit der Hand über seinem Kopf herum, um in der Dunkelheit die Schnur zu finden, an der man ziehen musste, um die Notbeleuchtung in Betrieb zu setzen. Er spürte, dass kleine Ranken von der Decke herabhingen. Eine davon wand sich um seine Hand.

»MIST!«, rief Frank. »Es hat meine Hand erwischt!«

»Mach endlich Licht!« Ben strampelte in wilden Zuckungen am Boden. Sein linkes Bein begann taub zu werden, weil etwas seinen Oberschenkel zusammenschnürte wie eine Aderpresse. Als er den Finger zwischen die Ranke und sein Bein schob, um den Druck zu verringern, spürte er, wie sie von Sekunde zu Sekunde kräftiger wurde.

Endlich hatte Frank die Notbeleuchtung angeschaltet, und alle sahen, was los war. Eine dicke Ranke hatte sich dreimal um Bens Oberschenkel gewunden und kroch nun quer über den Bauch hinauf zu seiner Brust. Frank stand mitten im Raum, umgeben von einem Geflecht hängender Ranken, von denen sich eine fest um seine Hand geschlungen hatte. Decke, Wände und Boden des Labors waren mit einem dichten Netz von Ranken und Blättern überzogen. Der grüne Teppich bewegte sich, wand sich und *wuchs!*

»Nehmt mir das Ding da weg!«, rief Ben. »Schnell! Holt eine Axt aus dem Schuppen!«

»Keine Zeit!«, entgegnete Susan und sprang ins Labor. Mit gazellenartigen Sprüngen setzte sie über die Ranken hinweg zu einem Schrank auf der gegenüberliegenden Seite des Labors. Überall um sie her regten sich die Ranken, richteten sich auf, als wollten sie nach ihr greifen, aber Susan, die immer in Bewegung blieb, war zu schnell für sie.

»Was machst du?«, schrie Frank.

»Ich versuche eure Haut zu retten!«, brüllte sie zurück. Dann riss sie die Schranktür auf, suchte die Regale ab und nahm, während die Ranken gierig nach ihren Armen tasteten, einen Plastikbehälter mit Salzsäure heraus. »Gib mir ein Messer ...!«, rief Frank, der es mit bloßen Händen nicht schaffte, sein Handgelenk von der immer dicker werdenden Ranke zu befreien.

Aber Susan hüpfte zuerst zu Ben hinüber, der inzwischen fast vollständig von glänzend grünem Blattwerk überzogen war. Die Ranke hatte sich um seinen Oberkörper gewickelt und kroch auf seinen Hals zu.

»Halt still!«, rief Susan. Sie öffnete den Behälter und

schüttete daraus Salzsäure über die dickste Ranke, die sich unweit von Bens Fuß befand. Mit einem leisen Zischen begann die Säure, die Zellen der Pflanze aufzulösen.

Es funktionierte!

Susan schüttete noch mehr Säure auf die gleiche Stelle, und kurz darauf war dieser Teil der Ranke völlig zerfressen.

»Susan!«, schrie Frank, dessen Hand inzwischen nicht mehr zu sehen war. »Herr im Himmel, die verdammte Pflanze wird mir die Hand abquetschen!«

Susan packte die um Bens Oberschenkel gewickelte Ranke und zog daran. Sie war schlaff und ließ sich leicht entfernen. Keuchend stand er auf und sprang nach draußen auf den Flur zu Jack.

Susan sah hinüber zu Frank. Die Ranke hatte jetzt seinen ganzen rechten Arm umschlungen und arbeitete sich unter seinem T-Shirt weiter nach unten.

»Scheiße!«, schrie Frank. »Die hat es auf meine Eier abgesehen!«

Susan kletterte auf den Labortisch und hielt die Öffnung des Salzsäurekanisters an die von der Decke hängende dicke Ranke, die Franks Arm umschloss.

»Was ist denn los?«, fragte Frank. »Worauf wartest du noch?«

»Ich will dir die Säure nicht auf die Hand schütten«, erwiderte Susan. »Wir müssen sie erst abdecken.«

»Womit denn?«

»Keine Ahnung!«

Sie sah sich um, aber rings um sie gab es nichts als Ranken und Blätter.

»Zum Teufel damit!«, beschloss Frank. »Lieber die Hand als die Eier!«

»Da, halt mal«, rief Susan und drückte Frank den Säurekanister in die freie Hand. Dann streifte sie ihr Sweatshirt ab und wickelte es um sein Handgelenk. Frank blickte sie an und zwang sich zu einem Lächeln. Bis auf ihre khakifarbenen Shorts war Susan jetzt nackt.

»Ich dachte schon immer, dass du eine tolle Figur haben musst«, witzelte er lahm.

»Halt die Schnauze und gib mir den Kanister!«

»Wenigstens habe ich noch was Tolles gesehen, bevor die Pflanze mich erdrückt ...«

Ohne Vorwarnung goss Susan etwas Salzsäure über die Ranke, die von der Decke hing und Franks Arm fest in ihrem Griff hatte. Die Säure zischte und tropfte auf ihr Sweatshirt, wo sie sofort Löcher in den Baumwollstoff fraß. Frank zerrte so heftig an der Pflanze, dass er teilweise mit seinem ganzen Körpergewicht an ihr hing, aber er konnte sich noch immer nicht von ihr befreien.

»Ich muss es anders versuchen!«, rief Susan.

»Eine nackte Frau mit einem Kanister Salzsäure«, stöhnte Frank. »Davon träumt ein jeder Mann ... «

»Vergiss nicht die Pflanze, die nach deinen Eiern greift«, sagte Susan, während sie den Rest der Säure über der Ranke goss.

»Scheiße, das wird heiß!«, brüllte Frank, während ihm die scharfen Dämpfe der von der Säure zerfressenen Pflanze die Tränen in die Augen trieben.

Susan packte seinen Arm mit beiden Händen und zog daran. Die fast durchgeätzte Ranke zerriss, und Frank und Susan fielen vom Tisch. Sie konnten sich gerade noch aufrappeln und zur Tür springen, bevor die Ranken am Boden sie zu fassen bekamen. Als sie draußen im Flur waren, riss Frank das säuredurchtränkte Sweatshirt von seiner Hand, und Ben warf die Tür hinter ihnen zu.

In diesem Augenblick kam Paulo den Flur entlanggerannt, eine Axt und eine Kettensäge in der Hand. »Was zum Teufel ist das denn?«, rief er Frank zu.

»Sieht mir ganz nach meiner Aya-Ranke aus ...«, antwortete Ben mit einem ungläubigen Kopfschütteln. Er saß auf dem Boden und streifte sich die Reste der Pflanze von den Beinen. »Gestern war sie noch gerade mal zwanzig Zentimeter lang, aber jetzt ...«

»Jetzt ist es ein pflanzliches Monstrum, das genau weiß, was es will«, ergänzte Susan, während sie sich Franks Hand ansah. Zum Glück hatte sich die Säure nicht ganz durch das Sweatshirt gefressen.

Jack, der auf dem Boden saß und Ben half, die tote Ranke von seinem Bein zu entfernen, blickte hinauf zur halb nackten Susan, die schweißtriefend über ihm stand.

»Wow«, rief er aus, gefolgt von einem entschuldigenden Grinsen.

Susan kreuzte rasch die Arme vor der Brust. »Wir müssen sofort etwas unternehmen«, sagte sie. »Die Pflanze da drin wächst wie verrückt. Genau wie die Artischocke im Landrover!«

»Wenn wir sie nicht aufhalten, überwuchert sie das ganze Laborgelände«, sagte Ben.

»Aber wie?«, fragte Susan, die Arme immer noch über der Brust gekreuzt. Ihre Blicke begegneten Jacks. Der Junge war wie verzaubert, und das lag nicht an der Ranke, das lag an ihr.

»Na, Jack, möchtest du da nicht auch Wissenschaftler werden?«, fragte Frank mit einem schiefen Grinsen. »Hat durchaus seine Vorteile, der Beruf!«

»Hör auf mit dem Blödsinn«, fauchte Susan, »und gib mir gefälligst dein T-Shirt.«

Frank tat, was sie von ihm verlangte.

»Vielleicht könnten wir sie mit der Kettensäge knapp oberhalb der Wurzeln abschneiden«, schlug Ben vor. »Das erscheint mir die einzige Möglichkeit zu sein, sie am Weiterwachsen zu hindern.«

»Könnte klappen«, gab Susan zurück und streifte sich mit sichtlichem Unbehagen Franks verschwitztes T-Shirt über.

Jack half Ben auf die Beine. Er konnte gehen, auch wenn er ein wenig humpelte. Sein Bein tat ihm immer noch weh.

»Meinst du, du kannst ein Auto fahren?«, fragte Susan.

»Ich denke schon«, antwortete Ben. »Wieso willst du das wissen?«

»Wenn wir an die Pflanze rankommen wollen, müssen wir uns etwas einfallen lassen. Sie stand doch auf dem Tisch an der hinteren Wand des Labors, oder?«

»Auf dem Tisch, auf dem alle unsere Schösslinge stehen. Direkt am hinteren Fenster, neben dem Chromatographen.«

»Und genau da müssen wir hin. Quer durch das Labor schaffen wir es nie, aber wenn du mit dem Pick-up ein Loch in die Rückwand fährst, können wir hineinspringen und die Pflanze fertigmachen.«

»Damit zerstören wir das ganze Labor!«, protestierte Ben.

»Stimmt. Aber wie willst du sonst verhindern, dass diese verdammte Aya das ganze Gelände überwuchert? Viel ist in dem Labor sowieso nicht mehr heil.«

»Egal, was ihr tun wollt, tut es schnell!«, sagte Jack und deutete auf die Tür. Erste kleine Ranken hatten sich schon durch den schmalen Spalt zwischen Tür und Türstock gezwängt.

»Du hast Recht, Susan«, sagte Ben. »Wir müssen das Ding stoppen, bevor es zu spät ist.«

»Dann geh mit Jack und hol den Pick-up«, kommandierte Susan. »Komm zur Rückwand des Labors, dort warten wir auf dich. Und du, Paulo, bringst Boomer irgendwo in Sicherheit, für den Fall, dass wir das Ding nicht in den Griff kriegen und es hinüber zum Wohnhaus wuchert. Am besten schaffst du ihn an eine sichere Stelle im Wald, und dann kommst du so schnell wie möglich zurück.«

Paulo, Ben und Jack rannten ins Freie.

»Dann wollen wir mal«, sagte Frank zu Susan. »Kettensäge oder Axt?«

»Kettensäge«, antwortete Susan lächelnd.

Sie gingen ins Freie, und als sie an der Rückwand des Labors anlangten, kam Ben auch schon mit dem Pick-up herangefahren. Die Scheinwerfer des Wagens tauchten die Rückwand des Gebäudes in helles Licht und schienen durch das große Fenster in sein Inneres, in dem es aussah wie in einem überfüllten Gewächshaus. Ranken und Blätter pressten sich von innen an die Scheibe, als wollten sie sie jeden Moment nach außen drücken.

»Gib Gas!«, schrie Susan Ben zu und zog gleichzeitig am Startseil der Kettensäge, die sofort mit einem infernalischen Geknatter ansprang.

Der Motor des Pick-ups heulte auf, und das schwere Fahrzeug beschleunigte und raste auf die Laborwand zu, wo es mit seiner massiven Schnauze ein gut zwei Meter breites Loch in die dünnen Rigipsplatten riss. Klirrend regneten die Scherben des zerbrochenen Fensters auf die Kühlerhaube des Wagens, die inmitten einer weißen Staubwolke halb im Labor verschwunden war.

»Los geht's!«, rief Susan und schob sich neben dem Pick-up ins Innere des Labors, das fast vollständig mit sich wie Schlangen windenden Ranken und immer größer werdenden Blättern angefüllt war.

Die Pflanze schien ihre Anwesenheit genau zu spüren und versuchte, sie mit Hunderten von nach ihr greifenden Trieben zu fassen zu kriegen, aber Susan bewegte die auf vollen Touren laufende Kettensäge mit diagonal von oben nach unten verlaufenden Bewegungen vor sich her und schnitt sich so einen Tunnel durch die grüne Hölle. Frank, dem der Schweiß in Strömen vom nackten Oberkörper rann, folgte ihr und hieb mit seiner Axt auf die vorwitzigsten der rasch nachwachsenden Pflanzenfinger ein.

»Da drüben!«, brüllte er und deutete auf eine Stelle links vom Pick-up, dessen Scheinwerferlicht vom Blättergewirr vor der Kühlerhaube fast vollständig verschluckt wurde. Hier war das Rankengewirr besonders dicht, und als Susan mit der Kettensäge hineinschnitt, legte sie einen dreißig Zentimeter dicken Stamm frei, der dort, wo früher der Tisch mit den Pflanzenschösslingen gestanden hatte, aus dem Boden wuchs.

»Wahnsinn«, keuchte Frank. »Das Ding muss die Bodenkacheln zerstört und sich einen Weg nach unten gegraben haben.«

Er hob die Axt und ließ sie auf den grünen Stamm herniedersausen, dessen Inneres so weich wie Balsaholz war. Aus den Schnittstellen wucherten sofort wieder winzige Ranken, die sich wie wuselnde Würmer auf ihn zubewegten. Mit drei, vier Axthieben hatte Frank den Stamm durchtrennt, und die Ranken, die über seine Füße krochen, verlangsamten ihr Tempo.

Susan, die versucht hatte, mit ihrer Kettensäge den Raum um sich und Frank von den Trieben der Pflanze freizuhalten, schrie auf einmal laut auf.

Von hinten hatte sich eine dicke Ranke um ihre Hüften gewunden und sie einen halben Meter hoch in die Luft gehoben. Der Ruck war so heftig, dass ihr die Kettensäge aus der Hand fiel. Sofort wurden Motorgehäuse, Griff und Sägeblatt von winzigen Ranken überwuchert.

»Halt still!«, schrie Frank.

»Ich ... kriege keine ... Luft«, keuchte sie. Ihr Gesicht war rot angelaufen, Arme und Beine begannen heftig zu zucken.

»Beweg dich nicht!«

Frank holte aus und schlug mit einem einzigen Axthieb die von der Decke hängende Ranke durch. Susan fiel herab, und Frank packte sie und zog sie durch den rasch wieder zuwachsenden Tunnel zurück zu dem Loch in der Laborwand.

»Schnell! Raus hier!«, schrie Frank. »Ich rieche Gas!«

Offenbar hatte der Pick-up die an der Wand entlanglaufenden Gasleitungen zu den Bunsenbrennern beschädigt, und nun strömte Propangas in das fast völlig von der Pflanze zugewucherte Labor.

»Ben!«, schrie Susan. »Wir müssen Ben aus dem Wagen holen!«

Sie waren am Pick-up angelangt, in dem Ben verzweifelt versuchte, die Fahrertür von innen zu öffnen, was ihm aber nicht gelang, weil die Pflanze bereits einen dichten Blätterkokon um den Wagen gesponnen hatte.

Frank fackelte nicht lange und schlug mit der Axt das Fenster der Fahrertür ein.

»Kletter raus!«, schrie er Ben zu, der sich – unterstützt von Frank und Susan – aus dem schon halb von der Pflanze zugewucherten Fenster wand.

Schwer keuchend und voll abgerissener Pflanzenreste gelangten die drei ins Freie, wo Paulo und Jack auf sie warteten.

»Boomer ist in Sicherheit«, sagte Paulo. »Ich habe ihn hinter dem Geräteschuppen in den Wald gelegt.«

»Wir müssen dieses Mistding aufhalten!«, keuchte Susan.

»Aber wie?«, fragte Ben, der von dem eingeatmeten Propangas noch ganz benommen war.

»Frank, hast du deine Pistole noch?«, fragte Susan, und Frank klopfte auf die Hosentasche, in die er vorhin die Waffe gesteckt hatte.

»Ja, wieso?«

»Gib sie mir«, antwortete Susan. »Und dann geht alle in Deckung. Ich werde jetzt auf den Pick-up schießen. Wenn wir Glück haben, treffe ich den Benzintank wie damals beim Landrover. Oder eine Kugel prallt von einem Metallteil ab und schlägt einen Funken. Bei dem Gas, das inzwischen ausgetreten ist, müsste das eigentlich genügen.«

»Aber dann fliegt das ganze Labor in die Luft«, gab Ben zu bedenken.

»Ich weiß. Aber es ist unsere einzige Chance. Wenn wir die Pflanze nicht aufhalten, sind auch die anderen Labors verloren.«

Gemeinsam rannten sie in den Wald und suchten Deckung hinter dicken Baumstämmen. Dann nahm Susan den Revolver in beide Hände, zielte sorgfältig und schoss.

Der Knall des Schusses hallte durch den Wald und schreckte ein paar Vögel auf, die mit lautem Gekreisch davonstoben. Im Labor passierte nichts.

Susan schoss abermals und kurz darauf noch einmal, aber erst beim vierten Schuss hörten sie das metallische *Pling* eines Querschlägers, und kurz darauf explodierte das Innere des Labors zu einem bläulich grellen Feuerball.

Sofort brannte alles lichterloh. Die Einrichtungen, die Chemikalien in den Regalen, die Aktenordner – und die Pflanze. Staunend sahen Ben und Susan, wie sie in Windeseile und mit einem prasselnden Knistern in Flammen aufging.

»Brennt wie Zunder«, bemerkte Ben.

»Fast so was wie spontane Selbstverbrennung«, bestätigte Susan. »Und das bei einer lebenden Pflanze. Wirklich bemerkenswert.«

»Vielleicht hat das ja mit den milchig opaken Vakuolen zu tun, die dir so am Herzen liegen«, meinte Ben nachdenklich. »Wer weiß, was da drin ist.«

»Macht euch ein andermal Gedanken darüber«, sagte Frank. »Jetzt sollten wir erst mal dafür sorgen, dass das Feuer nicht auf die anderen Labors übergreift.«

An der Außenwand von Labor C befand sich ein Feuerwehrschlauch, den Frank mit Jacks und Paulos Hilfe entrollte, während Ben zum Gastank rannte und das Ventil schloss. Es dauerte nicht lange, bis das Feuer, das bald keine Nahrung mehr fand, so weit unter Kontrolle war, dass nur noch ein paar kleinere Brandherde in den Ruinen des völlig zerstörten Laborgebäudes schwelten.

»Die gehen bei dem Regen von allein aus«, sagte Frank. »Und jetzt lasst uns die anderen Gebäude abschließen und so schnell wie möglich von hier verschwinden.«

Der Himmel wurde langsam hell. Sobald der Tag anbrach, würden sie in Franks Cessna steigen und nach Manaus fliegen.

56

Ein paar Meilen von Somba entfernt steuerte Billy Walker einen von Hopkins' Geländewagen über eine verschlammte Dschungelpiste. Noch war es dunkel, aber der Regen ließ langsam nach, und der im Osten heller werdende Himmel deutete auf den nahenden Sonnenaufgang hin. Die Nacht mit Angie hatte Billy so sehr ermüdet, dass ihm beim Fahren immer wieder für kurze Zeit die Augen zufielen. Rico, der neben ihm saß, hielt die Wasserflasche aus Plastik im Arm, als wäre sie sein Baby. Langsam fuhr der Konvoi aus Lastwagen und schwarzen Geländewagen die schmale, kurvenreiche Straße entlang auf Somba zu, das ein paar Kilometer weiter unten im Tal lag. Diesmal sollte Billy die Wissenschaftler dort nicht nur beobachten, sondern sie und ihre ganze Einrichtung in seine Gewalt bringen.

Sie hielten an, weil Rico dringend pinkeln musste. Der grüne Ausschlag hatte sich inzwischen über die ganze rechte Hälfte seines knochigen Körpers ausgebreitet.

»Hat Doc Xavier dir denn nicht helfen können?«, fragte Billy, als der Junge wieder neben ihm saß und sie weiterfahren konnten.

»Nein«, gab Rico zurück. »Er hat keine Ahnung, was das sein könnte.«

»Lass mich noch mal sehen.«

Rico zog den Handschuh aus, krempelte den Hemdsärmel hoch und hielt seinen Arm so, dass Billy ihn sehen konnte. Die Haut war ganz grün und von einem feinen, kurzen Pelz bedeckt, der Billy an Moos erinnerte.

»Das ist ja widerlich«, sagte Billy angeekelt. Irgendwie erregte der Anblick bei ihm heftiges Unwohlsein. »Aber ansteckend ist das nicht, oder?«, fragte er.

»Ich denke doch«, erwiderte Rico. »Ich glaube, ich habe es von Fatima.«

»Lass die Witze, du kleiner Dreckskerl, und zieh dir sofort den Handschuh wieder an. Wenn du mich anfasst, hacke ich dir den Arm ab, damit das klar ist.«

Rico steckte die Hand wieder in den Gummihandschuh und rollte den Ärmel herunter. Sobald Licht auf den grünen Ausschlag kam, fing er sofort wieder an zu jucken.

»Hast du schon mal versucht, dir das Zeug wegzurasieren?«, fragte Billy.

»Hab ich, aber ein paar Minuten später war es wieder da.«

Rico hatte bereits auf jede erdenkliche Weise versucht, den grünen Ausschlag loszuwerden: Mit Schnaps, Terpentin, Unkrautvernichtungsmittel, Warzentinktur ... nichts hatte auch nur ansatzweise Erfolg gezeigt.

»Dann hilft nur eines«, sagte Billy. »Du musst dir Benzin über den Arm schütten und es anzünden.«

In seiner Verzweiflung hatte Billy sogar das schon in Erwägung gezogen, sich aber bisher noch nicht getraut.

»Vielleicht hast du auch Lepra«, mutmaßte Billy. »Hast du schon mal einen Leprakranken gesehen? Das ist vielleicht widerlich!«

Bei Lepra pinkelt man nicht grün, dachte Rico. Und noch etwas war seltsam. Je mehr sich der Ausschlag auf seinem Körper ausbreitete, desto mehr fühlte er sich vom Regenwald angezogen.

Manchmal musste er sich mit aller Kraft davon abhalten, in den Dschungel zu laufen und für immer darin zu verschwinden.

Außerdem hatte er ständig Durst. In den vergangenen Tagen hatte er Dutzende von Litern Wasser in sich hineingeschüttet und hatte seine Gier nach Feuchtigkeit dadurch nicht einmal annähernd stillen können.

Irgendwie kam es ihm so vor, als hätte eine fremde Macht von ihm Besitz ergriffen, die sich erst seinen Körper und jetzt auch seine Gedanken untertan zu machen versuchte. Er spürte sie, spürte die dunkle Botschaft, die sie ihm auf eine ganz eigentümliche, wortlose Weise zuflüstern wollte.

WACHSE! war das Wort, das aus dem seltsamen grünen Bewuchs auf Arm und Brust in seinen Organismus zu sickern schien, eine Botschaft, die inzwischen sein gesamtes Nervensystem durchzog.

WACHSE!

»Da, sieh mal«, sagte Billy und deutete hinab ins Tal des Rio Manaus. Durch das dichte Blätterdach stieg dunkler Rauch hinauf in den langsam heller werdenden Himmel.

Er brachte den Geländewagen langsam zum Stehen, damit der Konvoi hinter ihm Zeit genug zum Bremsen hatte. Dann nahm er ein Fernglas aus dem Handschuhfach und richtete es auf die Rauchsäule.

»Ich sage lieber mal Hopkins Bescheid«, sagte Billy und griff zum Mikrophon des Funkgeräts.

»Sind das Holzdiebe?«, fragte Rico.

»Nein, die würden niemals so ein großes Feuer machen«, erklärte Billy. »Das muss das Labor sein. Irgendwas brennt dort.«

Jemand musste ihnen zuvorgekommen sein.

57

Ben, Jack und Frank standen vor den schwelenden Trümmern von Labor B, aus denen immer noch dunkle Rauchschwaden aufstiegen. Das Labor war zu nichts mehr zu gebrauchen, aber der Rest der Anlage war von dem Feuer verschont geblieben.

Andere Wissenschaftler liefen hektisch umher.

Susan und Paulo waren hinter dem Geräteschuppen damit beschäftigt, Boomer auf eine Bahre zu schnallen, um ihn zum Flugzeug tragen zu können. Zwar würde es mit dem Verletzten in der Cessna ziemlich eng werden, aber Frank wollte versuchen, das alte Flugzeug trotz des Übergewichts in die Luft zu bringen. Paulo wollte ohnehin zurückbleiben, denn er konnte sich im Regenwald den Nachstellungen von Hopkins' Leuten jederzeit entziehen.

Auf einmal hörten sie einen Schuss, und gleich darauf sahen sie, wie ein Konvoi schwarzer Geländewagen auf das Laborgelände zufuhr.

»Das ist Hopkins!«, rief Susan. »Wir müssen so schnell wie möglich zum Flugzeug!«

Paulo blickte sie an.

»Los, packen Sie an!«, sagte Susan und nahm die Trage an einem Ende.

Paulo hob das andere an, und dann rannten sie mit Boomer auf den Rand des Dschungels zu.

»Lasst mich hier!«, schrie Boomer. »Mit mir schafft ihr es nie!«

»Kommt nicht in Frage«, rief Susan, ohne ihren Lauf zu verlangsamen. Eine Kugel pfiff ganz nah an ihrem Kopf vorbei.

»Verdammte Scheiße, die zielen viel zu gut!«, knurrte sie und rannte schneller.

»Laufen Sie in den Wald!«, rief Paulo von hinten.

»Tu ich doch!«, entgegnete Susan.

Dann hörte sie weitere Schüsse, gefolgt von einem splitternden, seltsam feucht klingenden Geräusch. Susan wagte es nicht, sich umzusehen. Dann hatte sie den Rand des Regenwalds erreicht und rannte zwischen zwei Bäumen ins Dickicht von Büschen und Schlingpflanzen, das sie vor den Blicken ihrer Verfolger schützen würde.

»Stehen bleiben!«, rief Paulo.

Susan verlangsamte ihre Schritte und sah sich um. Als sie erkannte, dass hinter ihnen dichtes Blattwerk den Blick auf das Labor verbarg, setzte sie die Trage auf den Boden und wollte schwer atmend etwas zu Boomer sagen. Der junge Doktorand lag mit halb offen stehendem Mund auf der Trage und blickte mit starren, weit aufgerissenen Augen in den Regenwald. Erst jetzt entdeckte Susan das kleine Loch in seiner linken Schläfe, aus dem ein dünner Blutfaden rann.

»Boomer!«, flüsterte sie und sank auf die Knie.

»Er ist tot«, sagte Paulo. »Ein Kopfschuss, kurz bevor wir den Wald erreicht haben.«

Salzige Tränen schossen Susan in die Augen. Bernie »Boomer« Carter, der für sie gearbeitet hatte und für den sie verantwortlich gewesen war, hatte seinen Ausflug in den brasilianischen Regenwald mit dem Leben bezahlen müssen.

»Kommen Sie«, sagte Paulo und legte ihr eine Hand auf die Schulter. »Wir müssen weg von hier.«

Susan strich Boomer übers Haar. »Es tut mir leid, Boomer«, flüsterte sie und schloss ihm sanft die Augenlider.

Mehr konnte sie nicht mehr für ihn tun.

58

Jack saß mit Ben und Frank hinter dem ausgebrannten Pick-up, als er von der Einfahrt her Gewehrfeuer hörte. Jack spähte um die Ecke des Laborgebäudes und sah, wie eine Reihe schwarzer Ford Explorer und grün lackierter Lastwagen herangefahren kam.

»Wir müssen abhauen«, sagte Jack zu seinem Vater. »Dad, hast du gehört? Wir müssen hier weg, und zwar sofort!«

»Nein«, erwiderte Ben. »Wir ergeben uns. Wir haben keine Chance ...« Frank nickte zustimmend.

»Diese Leute sehen nicht aus, als wollten sie Gefangene machen!«, beharrte Jack. Ungerührt starrte er zu Ben hinüber. Der besorgte, zweifelnde Ausdruck in dessen Augen erinnerte ihn an Ians starren Blick, wenn er ein XBOX-Spiel verlor. Seine Computerspiele hatten Jack schon vor langer Zeit gelehrt, dass es Situationen gibt, in denen ein Zögern einen teuer zu stehen kommen kann.

Und das hier war kein Videospiel. Das hier war die Wirklichkeit.

Jack sprang auf und rannte aus der Deckung des Hauses auf den Regenwald zu.

»Jack!«, brüllte Ben. »BLEIB STEHEN!«

Es kam keine Antwort.

Jack hatte bereits die halbe Strecke bis zum Waldrand zurückgelegt.

»Los, komm!«, rief Frank. »Der Junge hat Recht!« Er stand auf und spurtete Jack hinterher in den Regenwald hinein. Widerstrebend tat Ben es ihnen nach. Kugeln pfiffen durch die Luft, als er die ersten Bäume erreichte. Als sie alle tief im Gebüsch und außer Sichtweite der Angreifer waren, die jetzt die Gebäude umstellten, wandte sich Ben Jack zu. Es gefiel ihm nicht, dass sein Sohn den Helden gespielt hatte. Doch als er Jacks Blick begegnete, erkannte er, dass er es jetzt nicht mehr mit einem kleinen Jungen, sondern mit einem mutigen, selbstbewussten jungen Mann zu tun hatte, der soeben die Initiative ergriffen und sie gerettet hatte.

»Junge ...«, fing Ben an, doch Frank unterbrach ihn.

»Wir müssen zum Flugzeug!«, rief er und rannte los.

Ben hob den Daumen, nicht für Frank, sondern für Jack. Jack lächelte breit. Seine weißen Zähne schimmerten in seinem schmutzigen, schweißüberströmten Gesicht.

»Ben! Frank!«, rief eine vertraute Stimme in unmittelbarer Nähe. »Hier drüben!« Es war Susan.

Plötzlich war ein heftiger Schusswechsel zu hören, gefolgt von abgehackten Rufen auf Portugiesisch.

»Das ist Paulo«, rief Susan. »Er versucht sie aufzuhalten!«

Sie rannten tiefer in das Dickicht hinein, bis sie an die kleine Startbahn kamen. Hinter ihnen wurde weiter geschossen. Ben war außer Atem und hätte eigentlich eine Pause gebraucht, aber die Angst um das Leben seines Sohnes verlieh ihm die Kraft, weiterzurennen, immer ganz dicht hinter Jack her.

59

Paulo lud nach. Er musste die Verfolger mindestens zehn Minuten lang aufhalten. So lange brauchten die anderen, um zum Flugzeug zu gelangen. Zehn Minuten. Das war für einen Einzelnen, der gegen eine erdrückende Übermacht ankämpfte, eine verdammt lange Zeit.

Paulo ging hinter einem umgestürzten Baum in Deckung. Als er den ersten Pulk Söldner in Richtung Startbahn laufen sah, eröffnete er das Feuer. Er schoss nicht, um zu töten, aber er wollte Hopkins' Schergen genügend abschrecken, um den Wissenschaftlern die Gelegenheit zur Flucht zu verschaffen.

Das war nicht einfach für einen, der nur eine Leuchtkugelpistole sowie Franks alte Winchesterflinte mit sechs Schüssen im Magazin zur Verfügung hatte.

Als er einen von Hopkins' Männern in den Oberschenkel traf, ließ dieser seine Waffe fallen und rannte davon. Paulo eilte aus seinem Versteck zu der Waffe, nahm sie an sich und verschwand an einer anderen Stelle wieder im Unterholz.

»Vielleicht sollte ich sie doch töten«, dachte er.

Er legte sich auf die Lauer und sah zu, wie sich ein Trupp von Männern in Tarnanzügen formierte und hinter Baumstämmen Deckung suchte.

»ATIRE!«, brüllte der Anführer und eröffnete das Feuer in die Richtung, in der er Paulo vermutete. Der aber hatte sich längst eine andere Position gesucht, von der aus er sorgfältig zielte, schoss und einen der Angreifer, der sich zu weit aus der Deckung hervorgewagt hatte, mit einem Bauchschuss niederstreckte.

»Aí está! Da ist er!«, rief der Anführer der Soldaten und rannte an der Spitze seiner Männer auf den Wald zu, wobei sie wild in die Richtung feuerten, aus der der Schuss gekommen war.

Geschmeidig wie eine Raubkatze rannte Paulo durchs Unterholz, um sich eine andere Position zu suchen. Er hatte einen Streifschuss am linken Arm abbekommen, was ihn aber nicht weiter behinderte. Er hoffte, dass die Wissenschaftler inzwischen ihr Flugzeug erreicht hatten.

Aus der Ferne hörte er den Anführer seiner Verfolger rufen: »Die Hunde! Lasst die Hunde los!«

Paulo wusste, was das bedeutete. Er machte kehrt und rannte in eine andere Richtung als die der Startbahn. Vielleicht konnte er Verfolger und Hunde dorthin locken, bevor er sie für immer abschüttelte. Im Regenwald hatte niemand eine Chance gegen ihn.

60

Da ist es«, keuchte Ben und zeigte auf das einmotorige Flugzeug, das am Rand einer langen, in den Regenwald geschlagenen Lichtung vor einem kleinen Holzschuppen stand.

»Ist es startklar, Frank?«, wollte Susan wissen.

»Natürlich!«, presste Frank hervor, der so außer Atem war, dass er kaum reden konnte. »Steigt ein, sie können jeden Augenblick hier sein!«

Sie rannten los und kletterten durch die Seitentür in die kleine Maschine, während Frank sich auf den Pilotensitz setzte und den Motor startete. Langsam kam der Propeller auf Touren, und dann setzte sich das schwer beladene Flugzeug langsam in Bewegung und holperte mit laut aufheulendem Motor die unebene Startbahn entlang.

»Schnallt euch an!«, sagte Frank, während die Cessna immer mehr Fahrt aufnahm.

»Vorsicht!«, schrie Ben, der sich neben ihn auf den Sitz des Kopiloten gesetzt hatte. Ein schwarzer Ford Explorer raste die Startbahn entlang direkt auf sie zu.

»Verdammt!«, knurrte Frank und schob den Gashebel ganz nach vorn.

»Heb ab!«, kreischte Susan.

»Vorsicht! Sie schießen!«, rief Ben, der aus dem offenen Beifahrerfenster des Geländewagens einen Gewehrlauf ragen sah. Eine Sekunde später durchschlug eine Kugel das dünne Aluminiumblech der Führerkanzel, richtete aber keinen größeren Schaden an.

»Nun bring doch die verfluchte Kiste in die Luft!«, schrie Susan.

»Wir sind noch nicht schnell genug!«

Der Explorer war vielleicht noch fünfzig Meter entfernt und kam rasch näher.

»Zieh hoch!«, schrie Susan. »Sonst rammt er uns!«

Weitere Kugeln prasselten auf das Blech der Cessna. Frank zog den Steuerknüppel nach hinten, obwohl die Cessna noch nicht ihre Startgeschwindigkeit erreicht hatte. Die überladene Maschine reagierte unwillig, hob sich ein, zwei Meter in die Luft und sackte dann wieder nach unten. Der Explorer war jetzt so nahe, dass Ben das Weiße in den Augen des Fahrers sehen konnte.

Eine Kugel durchschlug das linke Seitenfenster des Cockpits, und Scherben regneten auf Frank nieder.

»Komm schon«, feuerte Frank die Maschine an, während er verzweifelt den Steuerknüppel an sich heranzog. »Du schaffst das ...«

»Der Wagen!«, schrie Ben.

Wenige Meter vor dem auf sie zurasenden Explorer hob die Cessna erneut vom Boden ab. Diesmal blieb sie in der Luft, streifte aber mit dem Fahrwerk die Windschutzscheibe des Wagens, was die kleine Maschine bedenklich ins Schwanken brachte.

»Pass auf die Bäume auf!«, brüllte Susan. Ben sah, wie die Wipfel am Rand der Startbahn rasch auf sie zukamen. Viel zu rasch.

»Nun mach schon!«, schrie Frank. »Du schaffst es!«

Eine Wand aus Blättern flog rasend schnell auf Ben zu. Im letzten Augenblick hob sich die Nase des Flugzeugs über die Wipfel, aber das Fahrwerk blieb an ihnen hängen, was die Aufwärtsbewegung der Maschine abrupt bremste.

Während Frank verzweifelt am Steuerknüppel zog, glitt die Cessna auf den Tragflächen noch ein Stück weit über die Kronen der Urwaldriesen dahin, während unzählige Vögel und Affen laut kreischend in alle Richtungen davonstoben. Dann schlug der Propeller, der sich wie ein wirbelndes Messer einen Pfad durch die oberen Zweige der Bäume geschnitten hatte, gegen einen massiven Stamm und brach entzwei, was dem Flugzeug augenblicklich alle Fahrt nahm. Es kippte vornüber und stürzte, während seine Tragflächen immer wieder gegen Äste krachten und diese zerbrachen, rasch nach unten.

Das Letzte, was Ben sah, waren moosbedeckte Äste und nasse Farne. Dann spürte er einen mächtigen Aufprall, und auf einmal wurde alles schwarz um ihn.

BEFRUCHTUNG

61

Hopkins war außer sich vor Wut. Er stand auf der Veranda des Hauptgebäudes von Ganso Dourado, seiner Ranch in einem versteckten Winkel Amazoniens, und blickte hinauf zu den Nachmittagswolken, die träge über den Regenwald hinwegzogen. Wie zwei begossene Pudel standen seine beiden Unterführer, Billy Walker und Greasy, vor ihm und sahen ihren Chef mit betretenen Mienen an.

»Ihr solltet das Labor einnehmen, nicht in Brand stecken!«, brüllte Hopkins und stampfte dabei wütend mit dem Fuß auf. »So ein Verhalten dulde ich nicht!«

»Aber das Labor hat schon gebrannt, als wir dort ankamen«, stammelte Greasy. »Nicht wahr, Billy?«

»Lichterloh hat es gebrannt«, bestätigte Walker. »Die Eierköpfe haben es selber angezündet.«

»Und warum sollten sie das tun?«, fragte Hopkins.

»Keine Ahnung. Vielleicht ist ihnen eines ihrer Experimente um die Ohren geflogen.«

»Und was war mit den Amerikanern?«, wollte Hopkins wissen. »Warum habt ihr mir nur drei von ihnen lebend gebracht?«

»Einer von ihnen ist bei dem Flugzeugabsturz ums Leben gekommen«, erklärte Billy.

»Und der andere? Der mit dem Kopfschuss?«

»Den hat leider einer meiner Leute erschossen. Es war ein Versehen.«

»Ein Versehen? Dass ich nicht lache. Irgendjemand muss ihm den Befehl dazu gegeben haben!«

»Die Leute handeln manchmal eigenmächtig«, sprang Greasy seinem Kumpan bei.

»Eigenmächtigkeiten dulde ich nicht!«, brüllte Hopkins. »Habt ihr das verstanden?«

»Ja, Sir«, murmelte Billy.

»Und was ist mit der anderen Frau? Wieso ist die nicht dabei?«

»Vielleicht hat sie es nicht mehr zum Flugzeug geschafft und treibt sich jetzt mit Paulo im Wald herum«, erwiderte Billy, der genau wusste, dass das nicht stimmte. »Ich habe meine Leute mit den Hunden nach ihnen suchen lassen, aber wir konnten niemanden mehr finden.«

Hopkins machte einen Schritt auf Billy zu und sah ihm direkt in die Augen.

»Billy Walker, du bist jetzt schon seit vielen Jahren bei mir. Und du hast bisher immer gute Arbeit geleistet.«

»Danke, Sir«, antwortete Billy matt.

»Aber ich lasse es nicht zu, dass meine Befehle missachtet werden, ist das klar? Ich habe klare Anweisung erteilt, dass den Amerikanern kein Schaden zugefügt werden darf, oder etwa nicht?«

»Ja, Sir. Das haben Sie.«

»Eigentlich müssten jetzt sechs Amerikaner hier sein, aber wir haben nur fünf. Und zwei von ihnen stecken in einem Leichensack. Sag mir mal, wie ich das deren Regierung erklären soll, wenn sie nach ihnen fragt!«

Billy schwitzte. Es war nur eine Frage der Zeit, bis Hopkins herausfand, dass auch Angie tot war. Irgendwann musste er ihm gestehen, was passiert war, aber nicht jetzt.

Greasy suchte Billys Blick, aber Billy wich ihm aus. Hopkins schwieg eine Weile.

»Ich denke, mir bleibt nichts anderes übrig, als die Schurken zur Verantwortung zu ziehen, die das US-Labor zerstört und die Wissenschaftler dort getötet haben«, sagte er schließlich und trat hinter die beiden Männer. »Nur so können wir die internationale Öffentlichkeit davon überzeugen, dass wir uns hier unermüdlich für Recht und Ordnung einsetzen und alles tun, um die Investitionen ausländischer Firmen in unserem Land bestmöglich zu schützen.«

»Ich verstehe nicht ganz«, murmelte Billy fast unhörbar. »Welche Verantwortlichen denn?«

Hopkins zog langsam einen Revolver aus der Jackentasche. Als die beiden das Klicken hörten, mit dem er die Waffe entsicherte, fuhren sie herum, aber es war zu spät. Hopkins hob den Revolver und schoss Billy Walker mitten ins Gesicht.

Der kräftige Amerikaner fiel wie ein gefällter Baum zu Boden.

Hopkins ließ die Waffe sinken. »Und du beseitigst die Schweinerei hier«, befahl er Greasy und deutete auf die Blutlache, die sich um die Leiche herum ausbreitete.

Greasy nickte und fragte sich gleichzeitig, ob er danach wohl die nächste Kugel abbekommen würde.

»Und dann bringst du die Leiche nach Manacapuru. Erklär den Leuten, dass Billy Walker gegen mich putschen und die Wissenschaftler als Geiseln nehmen wollte. Sag ihnen, dass er an allem Schuld war, und lass seine Leiche auf dem Hauptplatz liegen, bis die Geier sie fressen.«

Greasy packte den Toten, dessen dunkle Augen starr nach oben blickten, bei den Füßen und schleppte ihn von der Veranda, wobei er eine breite Blutspur hinterließ.

»Ach, und noch etwas«, sagte Hopkins. »Ich will, dass die Amerikaner so bald wie möglich mit der Arbeit beginnen. Habt ihr ihnen die Dinger injiziert, so wie ich gesagt habe?«

»Vor zwei Stunden haben sie ihre Spritzen bekommen.«

»Der Junge auch?«

»So, wie Sie es befohlen haben.«

»Na wunderbar, dann ist ja alles in Ordnung«, brummte Hopkins und ging ins Haus.

62

Ben erwachte, weil Sonnenlicht ihm direkt in die Augen stach. Er setzte sich auf, schaute sich um und sah, dass er sich in einem Raum mit Holzwänden befand, der aussah wie ein Lagerschuppen.

»Guten Morgen, du Schlafmütze«, sagte Susan, die auf ihn herabsah.

»Wie lange war ich denn weg?«, ächzte Ben.

Susan blickte auf die Uhr. »Ungefähr sechzehn Stunden.«

»Wie das?«

»Sieh dir deinen Arm an«, sagte sie.

Ben zog den Hemdsärmel hoch. Wenige Zentimeter über dem linken Handgelenk deuteten ein Einstich und ein kleines Hämatom darauf hin, dass man ihm irgendetwas injiziert hatte.

Jack saß ein paar Meter entfernt von ihnen auf einer Kiste.

»Gott sei Dank, dass du da bist, Junge«, sagte Ben. »Alles in Ordnung mit dir?«

»Mir geht's gut«, erwiderte Jack.

Ben bemerkte, dass die Augen seines Sohnes blutunterlaufen waren.

»Junge, was ist denn mit deinen Augen los?«

»Keine Ahnung. Sehen tu ich gut. Deine schauen übrigens genauso aus.«

»Wo ist Frank?«

»Frank ist tot«, antwortete Susan. »Er war der Einzige, der im Flugzeug nicht angeschnallt war. Er wurde aus dem Cockpit geschleudert und hat sich das Genick gebrochen.«

»Und Angie?«

»Keine Ahnung.«

»Wo sind wir hier?«

»Irgendwo im Regenwald«, erwiderte Susan. »Ich schätze, wir befinden uns auf irgendeiner Ranch oder Farm.«

»Hopkins' Ranch ...«, sagte Ben und blickte auf.

Aber welche Ranch hatte vergitterte Fenster?

Susan ging zu Ben hinüber und umarmte ihn. Sie hielten sich lange in den Armen, schweigend, ohne ein Wort. Jack saß unterdessen in einer Ecke des Schuppens und sah ihnen zu. Schließlich ging Ben zu ihm und gab ihm ein paar aufmunternde Klapse auf den Rücken.

»Es tut mir so leid, mein Junge ...«

Jack lächelte, während er sich insgeheim wünschte, sein Vater würde auch ihn in die Arme schließen. »Ist ja nicht deine Schuld ...«

»Wir hätten uns einfach ergeben sollen«, murmelte Ben.

Jack schüttelte den Kopf. »Ich hätte bei Mom in Virginia bleiben sollen.«

Ben erkannte, dass sein Sohn Recht hatte. Er konnte weder Jack noch irgendjemanden sonst für das Geschehene verantwortlich machen. Sie mussten froh sein, dass sie noch am Leben waren.

»Kommt man hier eigentlich raus?«, fragte Ben. Er stand auf und rüttelte an der Tür, doch sie war von außen mit einer Kette verschlossen.

»Das habe auch ich schon probiert«, sagte Susan.

»Ich auch«, echote Jack.

Trotzdem setzte Ben seinen Rundgang durch ihr Gefängnis fort, überprüfte die vergitterten Fenster und suchte vergeblich nach einem Weg ins Freie. Eine Vogelspinne huschte durch den Raum, aber sie war nicht schnell genug. Ben zertrat sie mit seinem Stiefel. Als er die große Spinne zwischen dem Schuh und dem harten Lehmboden zerquetschte, war ein feuchtes Knacken zu hören.

»Vogelspinnen können mit ihrem Gift ein Huhn umbringen«, erklärte Ben.

»Wir sollten uns bei der Hotelleitung beschweren«, versuchte Jack sie ein wenig aufzuheitern.

Ben brummte der Schädel. Er brauchte dringend einen Kaffee. Und Aspirin.

»Habt ihr eigentlich auch solche Stellen am Körper?«, fragte Susan.

Sie zog behutsam den Halsausschnitt von Franks T-Shirt ein Stück weit nach unten und zeigte ihnen, dass sich oberhalb ihrer linken Brust unter der Haut drei, vier erhabene Stellen abzeichneten, aus denen eine rötlich blasse Flüssigkeit trat.

»Was ist *das* denn?«, fragte Ben. »Sieht nicht gerade appetitlich aus.«

»Keine Ahnung«, antwortete Susan. »Aber es juckt wie die Hölle.«

Ben knöpfte sein Hemd auf und fand auf seiner Brust knapp oberhalb des Herzens eine ganz ähnliche Stelle, die jetzt, da er darauf aufmerksam wurde, ebenfalls zu jucken begann. Auch Jack hatte einen ähnlichen Fleck, nur dass er bei ihm etwas kleiner war.

»Wisst ihr, was das ist?«, fragte Jack mit vor Angst geweiteten Augen.

»Nicht genau ...«, flüsterte Ben. »Vermutlich eine Tropenkrankheit.«

Auf einmal waren von draußen Stimmen zu hören. Die Kette rasselte, und die Tür wurde geöffnet. Drei Männer in Militärkluft betraten den Raum und trieben Susan, Ben und Jack nach draußen und über das Grundstück. Ben sah, dass sie sich tatsächlich auf einer Art Ranch befanden, die mitten im tiefsten Regenwald lag. Es gab eine große, fensterlose Scheune mit Wänden aus Aluminium sowie ein großzügiges, aus Holz erbautes Wohnhaus.

»Mitkommen!«, schnauzte einer der Soldaten sie an.

Er führte sie hinüber zu dem Wohnhaus, das von hohen, alten Bäumen umstanden war. Am Rand der Lichtung, auf der die Farm lag, sah Ben Befestigungen aus Sandsäcken und darüber die Läufe von Maschinengewehren.

»Sieht aus wie eine Festung«, murmelte Susan.

»Was ist denn das für ein riesiges Loch da drüben?«, fragte Jack und deutete auf einen Bagger, der ein etwa fünfzig Meter langes und zehn Meter breites Loch in den Erdboden gegraben hatte. Am Rand des Lochs stand ein Lastwagen, der gerade eine Ladung dunkelbrauner Erde in das Loch schüttete.

»Das ist ja einer von den Lastwagen, die Frank und ich am Rio Manaus gesehen haben«, rief Jack erstaunt aus. »Und gleich darauf haben sie auf uns geschossen!«

»Maul halten«, raunzte einer der Söldner und brachte

Jack mit einem Schubs seines Gewehrkolbens zum Weitergehen.

Die Söldner führten sie am Wohnhaus vorbei zu einem weiteren Gebäude mit fensterlosen Wänden aus Schlackensteinen und einem tarnfarben gestrichenen Wellblechdach.

Drinnen in dem Haus wurden sie einen von Neonröhren beleuchteten Gang entlang in einen kleinen Raum gebracht, in dem es außer einem kleinen Tisch und ein paar Plastikstühlen keine Möbel gab. An der Wand hing eine Schiefertafel.

»Was auch immer sie uns verabreicht haben, es juckt jedenfalls wie die Hölle«, sagte Jack, nachdem die Soldaten sie allein gelassen hatten.

»Irgendwie ergibt das alles keinen Sinn«, sagte Ben, der ebenfalls gegen die Versuchung ankämpfen musste, sich an der Brust zu kratzen. »Bisher dachte ich immer, Hopkins wäre an unserer Arbeit interessiert. Wieso hetzt er uns dann auf einmal seine Leute auf den Hals und lässt uns hierher entführen?«

»Vielleicht, weil er in dunkle Machenschaften verwickelt ist.«

»Der Meinung war Petersen auch«, sagte Ben. »Zumindest hat er versucht, uns mit seiner kodierten Botschaft vor Hopkins zu warnen.«

»Und vielleicht hat das alles – Petersens Tod und Hopkins' plötzliche Aggressivität – auch etwas mit den außer Rand und Band geratenen Pflanzen zu tun. Es kann doch kein Zufall sein, dass das alles gleichzeitig passiert.«

»Ich habe ja alle möglichen Theorien bezüglich der Venusfliegenfalle entwickelt«, erwiderte Ben. »Bis hin zu einem Quantensprung der Evolution, aber jetzt bin ich hundertprozentig davon überzeugt, dass wir es mit Pflanzen zu tun haben, die ChemGen irgendwie verändert hat. Ich glaube, dass unsere Vorgänger in Somba genmanipulierte Pflanzen gezüchtet haben, und es kann gut sein, dass Hopkins hinter diesen Pflanzen her ist. Wahrscheinlich sind wir deshalb jetzt hier. Petersen hat davon gewusst ... und deshalb musste er sterben.«

»Wieso bist du dir da so sicher?«, wollte Susan wissen.

»Weißt du noch, wie ich gestern diese Aya-Ranke in die Erde aus dem Fass der Venusfliegenfalle gepflanzt habe? Ich wollte wissen, was der Boden für einen Einfluss auf die Pflanze hat.«

»Mit einem geradezu umwerfenden Ergebnis«, warf Jack ein.

»Ich war der Meinung, dass der Erdboden für das übermäßige Wachstum der Pflanzen verantwortlich war, aber eigentlich hatte diese Theorie einen Denkfehler.«

»Und welchen?«, fragte Jack.

»Hast du dir schon mal den Boden im Regenwald genauer angesehen?«, fragte Ben seinen Sohn. »Da wachsen auf engstem Raum unzählige unterschiedliche Pflanzen. Wenn also einzig und allein etwas im Boden für ein überproportionales Wachstum verantwortlich wäre, müsste das eigentlich für alle Pflanzen in einem bestimmten Bereich gelten.«

»Richtig«, sagte Susan. »Aber es hat nur die Venusfliegenfallen betroffen. Und die seltsame orangefarbene Artischocke, die du am Golanpass ausgegraben hast.«

»Und die Aya-Ranke in Labor B, die ich in die Erde von der kleinen Venusfliegenfalle gepflanzt habe. Und die hat mich auf eine ganz neue Erklärung für das Phänomen gebracht.«

»Was für eine Erklärung?«, fragte Susan ungeduldig. »Nun sag schon.«

»Ich habe ja nicht irgendeine Aya-Ranke aus dem Regenwald in die Erde gepflanzt, sondern einen Ableger der Pflanzen, an denen John und Cheryl vor drei Jahren ihre Versuche angestellt haben. Wir haben sie all die Jahre über vermehrt, weil wir dachten, so am ehesten an die Ergebnisse unserer Vorgänger heranzukommen.«

»Und was ist jetzt daran so Besonderes?«

»Verstehst du denn nicht? Wenn wir davon ausgehen, dass John und Cheryl aus irgendeinem Grund genmanipulierte Pflanzen hergestellt haben, liegt es doch nahe, dass sie das auch mit den Aya-Ranken getan haben. Erinnerst du dich noch daran, dass wir uns überlegt haben, die Venusfliegenfallen müssten eine Art genetischen Timer eingebaut haben, Susan? Und jetzt geh einen Schritt weiter mit mir: Was wäre, wenn dieser genetische Timer *und* eine Substanz in der Erde dafür verantwortlich wären, dass das Wachstum der Pflanzen völlig außer Kontrolle gerät? Eine Kombination aus zwei Faktoren, die eine sehr viel genauere Steuerung eines Vorgangs erlaubt als nur ein einzelner Faktor. Pflanzt man ganz normale Pflanzen in die speziell präparierte Erde, passiert überhaupt nichts. Pflanzt man die mit einem genetischen Timer manipulierten Pflanzen in gewöhnliche Erde, geschieht auch nichts. Nur wenn beide Faktoren zusammenkommen, genmanipulierte Pflanze in speziell präparierter Erde, geht die Post ab: Die Pflanze legt urplötzlich ein völlig übersteigertes Wachstum an den Tag – so, wie wir es mit unseren eigenen Augen gesehen haben.«

»Da könnte was dran sein«, sagte Susan nachdenklich. »Die milchigen Vakuolen ...«

»... könnten ein Anzeichen dafür sein, dass die Pflanzen manipuliert wurden. Vielleicht sitzt ja in ihnen der genetische Timer.«

»Dann meinst du also, dass John und Cheryl die Erde in der Schlucht am Rio Manaus irgendwie präpariert und genmanipulierte Venusfliegenfallen dort eingesetzt haben?«

»Richtig. Die Stelle ist so abgelegen, dass praktisch niemand dorthinkommt, und bei den Eingeborenen gilt sie als verwunschenes Tal. Ein idealer Ort für einen Freilandversuch mit geheimen, genmanipulierten Pflanzen.«

»Dann sind die Pflanzen also gar nicht aus dem Jeep gefallen und haben in der Schlucht Wurzeln geschlagen?«

»Nein«, sagte Ben und widerstand dem Bedürfnis, sich an der Brust zu kratzen. »Ich vermute, dass John und Cheryl sie absichtlich dort gepflanzt haben.«

»Und wieso hat man dann das Wrack ihres Jeeps in der Schlucht gefunden?«, fragte Jack.

»Darüber kann ich natürlich nur Vermutungen anstellen«, antwortete Ben. »Aber wir wissen, dass die beiden erst sämtliche Aufzeichnungen über ihre Forschungen auf den Computern gelöscht und dann mit dem Jeep das Labor verlassen haben. Vielleicht wollten sie in der Schlucht die von ihnen manipulierten Pflanzen ausgraben und mitnehmen und sind bei einem Unwetter von der Straße abgekommen.«

»Jetzt ist mir auch klar, warum sie Venusfliegenfallen und keine heimischen Pflanzen für den Freilandversuch gewählt haben«, sagte Susan. »Weil sie die immer von den normalen Pflanzen des Regenwalds unterscheiden konnten.«

»Und mit der orangefarbenen Artischocke verhält es

sich genauso«, ergänzte Ben. »Ich bin mir sicher, dass sie auch am Golanpass die Erde präpariert haben.«

»Und jetzt lässt Hopkins Erde aus der Schlucht hierherkarren.«

»Das erklärt auch das Riesenloch da draußen«, meinte Jack.

»Ob er wohl weiß, dass sie nur bei bestimmten Pflanzen wirkt …?«, fragte Ben, als mit einem Ruck die Tür aufgerissen wurde.

»Na, ausgeschlafen?«, fragte Hopkins, der eine Teetasse in der Hand hielt und sie freundlich anlächelte.

63

Schönen guten Tag, Dr. Maxwell, herzlich willkommen auf meiner Ranch ›Ganso Dourado‹. Wir haben ja so viel miteinander zu besprechen!«, sagte Hopkins und streckte Ben die Hand entgegen. »Ich hoffe, Sie hatten einen angenehmen Aufenthalt in den Vereinigten Staaten. Und dieser sympathische Junge muss wohl Ihr Sohn Jack sein.

Ehrlich gesagt, er sieht Ihnen nicht im Geringsten ähnlich.« Jack schnitt eine Grimasse und wich vor dem dicken Mann im weißen Anzug zurück.

»Ich möchte mit unserer Botschaft in Brasilia telefonieren. UND ZWAR SOFORT!«, explodierte Susan.

»Hallo, Dr. Plotkin ... auch Sie heiße ich herzlich willkommen. Leider haben wir momentan keine Zeit für Bürokratie. Wir müssen in die Gänge kommen ...«

»Was soll das heißen?«, unterbrach Ben.

Hopkins ging zu Jack hinüber.

»Junge, heb mal dein T-Shirt hoch«, sagte er.

Jack gehorchte, und Hopkins begutachtete die Stelle an Jacks Brust.

»Ich sehe, es hat angeschlagen«, erklärte Hopkins, und obwohl er ein besorgtes Gesicht machte, klang seine Stimme beschwingt, fast fröhlich. »Wissen Sie, normale

Dasselfliegenlarven brauchen Wochen, um in den Blutkreislauf einzudringen, aber in Ihrem Fall handelt es sich um eine ganz seltene Art, die nur hier im Regenwald beheimatet ist und die wir genetisch ein wenig verändert haben.«

»Wie bitte?«, fragte Ben und griff sich an die Brust. »Sie haben uns mit genmanipulierten Dasselfliegenlarven infiziert?«

»Nicht ich«, berichtigte Hopkins. »Das war ein Insekt. Wie Sie ja vielleicht wissen, gelangen die Eier der Dasselfliege mit einem Moskitostich unter die Haut. Der Moskito ist hier sozusagen nur der Postbote, der das Paket mit den Larven abliefert. Wirklich faszinierend. Das Ei mit der Larve ist von einem Kokon umgeben, der sich mit Widerhaken so unter der Haut festsetzt, dass man das Ei kaum mehr herausbekommt. Und irgendwann schlüpft dann die Larve aus. Bei Ihrem Sohn dürfte es bereits so weit sein. Du hast dich sicher gekratzt, mein Junge.«

»Was machen diese Dasselfliegen?«, erkundigte sich Ben und tastete an der juckenden Stelle herum.

»Normalerweise sind sie ziemlich harmlos, wenn der Patient rechtzeitig behandelt wird«, sagte Hopkins. »Man kann die Dinger herausoperieren, was zwar schmerzhaft, aber durchaus machbar ist. Diese Art hier ist allerdings gefährlicher, denn sie überträgt ein Virus, das bei seinem Wirt nach ein paar Tagen zu einem Zusammenbruch des Zentralnervensystems führt. Erst verliert der Befallene seine motorischen Fähigkeiten, dann fällt er in ein Koma, und die Dasselfliegenlarven fressen ihn von innen auf. Außer ...«

»Außer was?«, fragte Ben.

»Außer, er wird mit einem Mittel behandelt, das Viren

und Larven unschädlich macht. Ich verfüge natürlich über dieses Mittel.«

Ben verstand sofort. Hopkins hatte ihnen eine biologische Zeitbombe eingepflanzt, die sie, wenn sie unbehandelt blieb, über kurz oder lang töten würde.

»Wozu der Aufwand?«, fragte Jack. »Wenn Sie uns umbringen wollen, warum erschießen Sie uns dann nicht?«

Hopkins lächelte. »Ich will niemanden umbringen. So etwas ist nicht mein Stil. Wenn Sie mit mir zusammenarbeiten, wird Ihnen nichts geschehen. Schließlich bin ich kein Unmensch.«

»Wenn Sie kein Unmensch sind, dann lassen Sie uns gehen«, sagte Ben.

»Das kann ich leider nicht tun.«

»Und wieso nicht?«, fragte Jack nach. »Sie sind doch der Boss hier, oder etwa nicht?« Ben war beeindruckt von dem Mut, mit dem sein Sohn Hopkins entgegentrat.

»Weil dein Vater etwas besitzt, was ich brauche«, sagte Hopkins.

Susan und Jack sahen zu Ben hinüber, doch der schüttelte verständnislos den Kopf.

Hopkins lächelte. »Das werde ich Ihnen noch früh genug erklären, aber jetzt machen wir erst noch einen kleinen Rundgang. Schließlich sind Sie meine Gäste. Ich möchte Ihnen etwas zeigen.«

Hopkins führte Ben, Susan und Jack einen schmalen Flur entlang ans andere Ende des Gebäudes. Dort öffnete er eine rot gestrichene Metalltür und knipste das Licht an. Sie standen in einem riesigen Raum, der mit ungestrichenen Gipskartonplatten in verschiedene Bereiche unterteilt war. In dem Raum standen mehr als vierzig

Klapptische aus Metall, und auf jedem befand sich ein Sortiment von Flaschen, Glasgefäßen und Kanistern. Über den Boden zog sich ein Netz schwarzer Gasleitungen, die Dutzende von Bunsenbrennern speisten. Große Fässer mit Chemikalien standen an den Wänden aufgereiht. Ben las die Etiketten einiger von ihnen: Essigsäureanhydrid, Chloroform, Natriumkarbonat und Äthylalkohol. An der Decke rotierten lautlos riesige Ventilatoren, wie sie in Fabrikhallen verwendet wurden.

»Ich dachte, Sie betreiben hier eine Farm, nicht ein Chemielabor«, sagte Susan.

»Das stimmt. Wir erzeugen hier die besten Paranüsse der Welt«. In Hopkins' Stimme schwang ein Anflug von Stolz mit. »Aber wir stellen hier auch unsere eigenen Düngemittel her. Von uns entwickelt und produziert. Eines Tages werde ich mir die Formel in Ihrem Land patentieren lassen und damit eine Menge Geld machen. Aber ein Großteil des Geldes, das diese Farm erwirtschaftet, kommt tatsächlich aus dem Anbau von Paranüssen.« Er nahm eine braune Kapsel mit einem Durchmesser von etwa 30 Zentimetern von einem der Tische und brach sie auf. In ihrem Inneren drängten sich an die zwei Dutzend Paranüsse.

»Wenn diese Dinger von den acht Stockwerke hohen Bäumen fallen, sollte man besser nicht druntersteher«, sagte er lächelnd. »Man sieht hier nicht umsonst ständig verletzte Tiere herumhumpeln, und etliche Menschen sind von ihnen schon erschlagen worden. Seit die US-Amerikaner sie als Knabberei entdeckt haben, machen wir ein Riesengeschäft mit den Nüssen. Wir nennen sie das braune Gold. Ein Grund mehr, die natürlichen Ressourcen Amazoniens zu bewahren.«

»Schön für Sie«, sagte Ben und fragte sich, wieso Hopkins Sandsackbarrieren und Maschinengewehre brauchte, um eine harmlose Nussfarm zu beschützen. Aber im Grunde genommen kannte er die Antwort.

»Behandeln Sie die Nüsse etwa mit Natriumkarbonat?«, fragte Susan und deutete auf die Fässer in der hinteren Ecke.

»Lieber Himmel, nein«, entgegnete Hopkins lachend. »Wie schon gesagt, wir stellen hier auch selbst Kunstdünger her, dessen Einfuhr nach Brasilien verboten ist. Darum stehen die ganzen Chemikalien hier rum ... wir brauchen sie, um den Boden des Regenwalds zu regenerieren. Wie Sie wissen, mangelt es ihm an vielen Mineralien – darum wächst auf den abgeholzten Flächen auch nichts als anspruchsloses Unkraut.« Hopkins ging während seines Vortrags um den Tisch herum. »Das hier ist der größte Raum auf meiner Ranch. Am Fließband produzieren wir zwar nicht, aber wir sind verdammt effizient. Normalerweise ist die ganze Halle voller Arbeiter, aber heute habe ich ihnen freigegeben.«

Hopkins bemerkte, dass Jack die Söldner mit den AK-47 Schnellfeuergewehren anstarrte. »Einige dieser Chemikalien sind sehr teuer«, fügte er hinzu. »Und die meisten Menschen in diesem Land sind arm. Außerdem habe ich viele Feinde.«

Jack nickte. Das wunderte ihn nicht. Er zählte sich selbst auch dazu.

Susan deutete in den hinteren Teil des Raumes. Ein Dutzend Tische waren leer, und daneben an der Wand stand ein Sammelsurium von technischen Geräten und Transportkisten. Susan erkannte die Geräte sofort.

»Die sind von uns!«, rief sie. »Aus Somba!«

»Das ist ja unglaublich«, staunte Ben. Alle größeren Geräte aus den Labors A und C standen hier: die Licht- und Elektronenmikroskope ebenso wie die Geräte zur DNA-Isolierung und -Analyse. Susan ging hinüber zu einem großen Apparat, der aussah wie eine Kreuzung zwischen Kamera, Computer und Vakuumröhre. Er war nagelneu.

»Dieser Chromatograph ist nicht von uns«, sagte Susan erstaunt. »Soviel ich weiß, ist er noch gar nicht auf dem Markt. Wo haben Sie ihn her?«

»Ich verfüge über beste Beziehungen«, erwiderte Hopkins lächelnd. »Jetzt verstehen Sie vielleicht die Sicherheitsmaßnahmen. Diese Geräte sind ein Vermögen wert. Kommen Sie, ich möchte Ihnen den Rest der Ranch zeigen.«

Hopkins führte sie durch einen weiteren Gang in einen abgetrennten Raum, in dem eine Klimaanlage für kühle Luft sorgte. Mitten im Zimmer stand ein Serverschrank mit mehreren HP-Servern.

»Echt cool«, murmelte Jack.

»Alles nur vom Feinsten«, erklärte Hopkins stolz. »Vor ein paar Jahren habe ich diese Farm aufgebaut und sie ›Ganso Dourado‹ genannt. Das ist Portugiesisch und bedeutet ›Goldene Gans‹ – und ich hoffe sehr, dass diese Gans eines Tages goldene Eier legt. Die Zukunft des Amazonasbeckens – ich würde sogar behaupten, die Zukunft ganz Brasiliens – hängt davon ab, dass wir die natürlichen Ressourcen unserer Regenwälder erhalten.«

»Aber wieso brauchen Sie zur Verwaltung einer Nussfarm solche leistungsfähigen Computer?«, fragte Jack. »Die sind dafür doch krass überdimensioniert.«

»Der Nussanbau ist nur eines von mehreren Standbeinen hier«, erklärte Hopkins. »Vor ein paar Jahren hat mich ChemGen auf die biomedizinischen Schätze aufmerksam gemacht, die in diesen Wäldern schlummern. Denn was tun all die nordamerikanischen Pharmafirmen hier? Sie suchen nach Pflanzen, die Krebs oder andere Krankheiten heilen, und verdienen damit Millionen von Dollar. Warum sollten wir hier in Brasilien nicht das Gleiche tun? Und so befassen wir uns in diesem Labor mit Pflanzen, die von medizinischem Nutzen sind. Wenn wir etwas herausfinden, verkaufen wir es an den Konzern, der uns am meisten dafür zahlt. Manchmal ist es ChemGen, manchmal auch ein anderer.«

Ben begriff. Hopkins forschte, genau wie sie es in Somba getan hatten, an Arzneimitteln, die sich aus den Pflanzen des Regenwaldes gewinnen ließen. Nur tat er es nicht, um Aktionäre reich zu machen. Er tat es, um den Regenwald zu retten. Und obwohl Ben diesen Mann hasste, bewunderte er ihn tief in seinem Herzen auch dafür, dass er sich so für die Rettung dieses einmaligen Biosphärenreservats einsetzte.

Aber wo, überlegte Ben, *waren seine Wissenschaftler?*

»Haben Sie sich auf bestimmte Medikamente spezialisiert?«, wollte er wissen.

»Momentan arbeiten wir an einer Arznei gegen Progerie.«

»Progerie!«, rief Susan aus. »Das Projekt Dorothy!«

»Ganz genau. Und deshalb sind Sie jetzt hier. Das haben Sie sich bestimmt schon gedacht.«

»Wieso haben Sie uns entführt?«, stieß Ben hervor. »Wir hätten doch in Somba viel besser arbeiten können.«

Hopkins trat einen Schritt zurück. »Somba brauche

ich nicht. Ich brauche nur Sie. Und außerdem ist Ihre gesamte Ausrüstung hier.«

»Sie haben nicht das Recht, uns als Geiseln zu nehmen!«, fauchte Susan. »Und wie kommen Sie dazu, zwei meiner Leute zu töten?«

»Was hier Recht oder Unrecht ist, bestimme allein ich. Und das mit Ihren Leuten tut mir leid. Der Mann, der dafür verantwortlich ist, hat teuer für seine Fehler bezahlt. Aber Somba ist wirklich nicht von Bedeutung. Wichtig sind Sie, Sie beide mit Ihrem Talent ... Ihren analytischen Fähigkeiten ...«

»Sie könnten doch jeden Wissenschaftler anstellen, den Sie haben wollen«, schnauzte Ben.

»Ja, aber ich bin nur an den Besten interessiert, und das sind nun mal Sie beide. Ich habe mich eingehend über Sie informiert, und glauben Sie mir, ich bin ein Mensch, der das Streben nach Wissen zu schätzen weiß, egal in wessen Diensten es geschieht.«

Susan stöhnte genervt auf. »Ihre falschen Komplimente können Sie sich sparen, Sie verdammter Heuchler! Sie sind ein Monstrum, weiter nichts. Ein eiskaltes, geldgieriges Monstrum, das über Leichen geht.«

»Ich soll ein Monstrum sein?«, fragte Hopkins erregt. »Ich will Ihnen mal was sagen: Im Grunde genommen bin ich kein bisschen schlimmer als Sie. Sie kommen hierher im Auftrag Ihrer stinkreichen nordamerikanischen Firma und scheren sich einen feuchten Dreck um den Regenwald oder die Menschen, die in ihm leben. Alles, was Sie interessiert, ist der Profit, den Sie aus ihm herausziehen können. Was danach mit ihm geschieht, ist Ihnen egal. Ich habe mein Leben lang für die Erhaltung des Regenwalds gekämpft, den Sie und Ihresgleichen be-

rauben, ausplündern und kaputtmachen. Wer ist also hier das Monstrum? Sie oder ich?«

»Aber Frank und Boomer haben Ihnen oder Ihrem blöden Regenwald nicht das Geringste zu Leide getan«, fauchte Ben. »Sie haben kein Recht, sich zum Herrn über Leben und Tod aufzuspielen.«

»Dr. Maxwell, jetzt enttäuschen Sie mich«, erwiderte Hopkins. »Erstens habe ich Ihnen bereits gesagt, dass ich nicht für den Tod Ihrer Mitarbeiter verantwortlich bin, und zweitens hätte ich eigentlich gedacht, dass gerade Sie mich besser verstehen müssten als alle anderen. Sie wissen ebenso gut wie ich, dass schon bald der gesamte amazonische Regenwald verschwunden sein wird. Und das nur, weil irgendwelche geldgierigen Verbrecher erst das Holz verkaufen und dann Sojafelder und Weiden anlegen wollen, die in ein paar Jahren sowieso nicht mehr bewirtschaftet werden können. Finden Sie das etwa gut?«

»Ersparen Sie uns Ihr Öko-Geseire«, zischte Susan. »Für mich sind Sie ein gemeiner Mörder, sonst nichts.«

»Genau wie Sie«, gab Hopkins zurück. »Ihr Firmen aus den USA, Ihr tötet auch, nur auf andere Weise. Ich tue alles, um den Regenwald und die hier lebenden Menschen vor der Vernichtung zu retten, Sie aber interessieren sich für nichts anderes als schnöden Profit, für den Sie auch über Leichen gehen. Und deshalb sind Sie die wahren Mörder hier.«

»So ein Unsinn«, warf Ben ein. »Wir sind hier, weil wir den Menschen helfen wollen!«

»Ach ja? Und was ist mit der kleinen Dorothy? Haben Sie der etwa geholfen?«, fragte Hopkins.

»Dorothy?«, fragte Ben. »Was wissen Sie von Dorothy? Sie ist vor drei Jahren spurlos verschwunden ...«

»Es geht hier nicht darum, was ich von ihr weiß«, fuhr Hopkins ihn an. »Es geht darum, was Sie ihr angetan haben mit Ihrem Medikament, das sie angeblich heilen sollte. Sie haben sie in eine Monstrosität verwandelt.«

»Und woher wollen Sie das wissen?«, fragte Ben.

»Weil Dorothy meine Tochter ist«, erwiderte Hopkins. Seine Worte ließen alle für lange Zeit verstummen.

»Wie kann das sein?«, fragte Ben. »Soviel ich weiß, war sie ein Indianermädchen aus der Nähe von Somba.«

»Das haben meine Leute Ihren Vorgängern weisgemacht«, sagte Hopkins. »Und ganz gelogen war es auch nicht, denn schließlich war ihre Mutter eine Indianerin. Der Tochter eines Weißen hätten Ihre Kollegen niemals ein noch nicht erprobtes Mittel verabreicht. Bei Eingeborenen sieht die Sache schon ganz anders aus – was auch wieder ein Beweis für die Menschen verachtenden Praktiken Ihres Konzerns ist.«

»Aber trotzdem haben Sie sich dieser Menschen verachtenden Praktiken bedient«, sagte Susan verächtlich.

»Ich hatte keine andere Wahl. Als Dorothy sechs wurde, begann sie rasend schnell zu altern. So schnell, dass ihr Tod nur eine Frage von Jahren war. Können Sie sich überhaupt vorstellen, was es für einen Vater bedeutet, so etwas mit ansehen zu müssen?«

»Ja«, sagte Ben. »Natürlich ...«

»Als sie acht wurde, sah sie aus, als wäre sie fünfzig. Und als ihr Körper weibliche Hormone entwickelte, beschleunigte sich der Alterungsprozess noch zusätzlich. Sie wissen ja, dass sich normale Blutkörperchen teilen, um abgestorbene oder beschädigte zu ersetzen. Im Alter – oder bei einer Krankheit wie der Progerie – verlieren die Blutkörperchen diese Eigenschaft, und der

Mensch altert und stirbt schließlich. Und so weit sollte es bei meiner Dorothy nicht kommen. Es tat mir so weh, dass dieses fröhliche, liebe Kind sich rasend schnell in eine alte Frau verwandelte. Ihre Haut wurde trocken und faltig, ihre Knochen brüchig wie die einer Greisin, und ihre Augen ... ihre Augen ... ich konnte ihr schließlich nicht mehr in die Augen schauen. Und dann kamen Ihre Kollegen nach Somba und fingen an, ein Medikament gegen diese schreckliche Krankheit zu entwickeln. Ein Medikament, das die Teilung der Blutkörperchen wieder in Gang setzt, und noch dazu eines, das aus einer Pflanze unseres Regenwalds gewonnen wurde. Ich war felsenfest davon überzeugt, dass das die Rettung für meine Tochter war.«

Hopkins hielt inne. Er zog ein weißes Tuch aus der Jacketttasche und tupfte sich damit die Stirn ab. Trotz der Kühle im Computerraum schwitzte er.

»Ich wusste aber auch«, fuhr er schließlich fort, »wie lange es dauert, so ein Medikament zulassungsreif zu bekommen. Und eines war mir ziemlich schnell klar: dass ich nicht so lange würde warten können. Meine Dorothy hatte einfach keine Zeit mehr. Und deshalb habe ich mit dem Schamanen des Indianerdorfs in der Nähe von Somba einen Pakt geschlossen.«

Ben und Susan hörten aufmerksam zu. Auf einmal wurde ihnen vieles klar.

»Er brachte Dorothy zu Ihren Vorgängern ins Labor und sagte ihnen, sie hätten jetzt die einmalige Chance, ihr Mittel an einem lebenden Menschen zu erproben. An einem Indianermädchen seines Stammes, das an dieser überaus seltenen Krankheit litt. Zuerst wollten sie nicht, aber schließlich willigten sie doch ein. Die Gelegenheit muss wohl zu verlockend für sie gewesen sein. Sie haben meiner Dorothy viele Spritzen mit ihrem Wundermittel aus der Aya-Ranke gegeben. Ich wusste, dass wir damit ein hohes Risiko eingingen, aber es war ihre einzige Chance.«

»Und sie wurde geheilt«, sagte Ben. »Die Progerie ging zurück, nicht wahr?«

»Anfänglich schon. Ein paar Monate lang ging es meinem Liebling wirklich besser. Die Alterserscheinungen gingen zurück, ihre Haut wurde glatt, ihr Gesicht jugendlich, und ihre Augen strahlten wieder. Ich holte sie nach Hause und dachte, die Krankheit wäre besiegt. Aber dann ...«

Hopkins verstummte und wischte sich mit seinem Taschentuch über die Augen. Susan, Ben und Jack schauten ihn erwartungsvoll an.

»Aber dann geschah etwas Merkwürdiges. Etwas Grauenvolles. Viel grauenvoller als die Progerie.«

»Was denn?«, fragte Ben.

»Das will ich Ihnen zeigen.« Hopkins ging zur Tür. »Kommen Sie. Jetzt sollen Sie mal sehen, was Ihre verbrecherische Firma angerichtet hat.«

Mit diesen Worten führte er die drei nach draußen und durch die schwüle Mittagshitze hinüber zum Wohngebäude, um ihnen zu zeigen, was aus Projekt Dorothy wirklich geworden war.

64

Bevor er Ben, Susan und Jack allein in das abgedunkelte Zimmer eintreten ließ, blieb Hopkins stehen.

»Sehen Sie ganz genau hin«, erklärte er, »damit Ihnen klar ist, was Sie zu tun haben.«

Der Raum war nicht nur kühl, er war richtiggehend kalt. Jemand musste die Klimaanlage voll aufgedreht haben. Trotzdem lag ein ekelhaft süßlicher Geruch in der Luft, eine erstickende Mischung aus Chemikalien und einem kaum wahrnehmbaren und deshalb besonders widerlichen Hauch von menschlichen Fäkalien. Ben musste gegen den Drang ankämpfen, sich zu übergeben. Schlimmer als der Geruch war jedoch der Anblick, der sich ihnen bot. Rasch schob er sich vor Jack, um ihn davor zu bewahren, war jedoch nicht schnell genug. Erschrocken und sprachlos blieben sie vor dem Bett stehen.

Endlich wussten sie, wer – oder was – Dorothy war.

In dem schwachen Licht, das durch die geschlossenen Fensterläden drang, sahen sie eine menschenähnliche Gestalt, die nackt auf einem wuchtigen viktorianischen Himmelbett lag. Aber es war kein Mädchen, wie sie erwartet hatten, es war auch keine Frau, die vorzeitig gealtert war. Was da vor ihnen lag, war ... eine Pflanze, die eine menschliche Form hatte.

Die Haut des Wesens war samtig grün und pelzig wie feines, auf einem alten Baumstamm gewachsenes Moos, und aus diesem Moos wuchsen kleine, gelbe Blüten an filigranen, haarfeinen Stängeln.

Ben erschrak und hätte den Blick am liebsten von dieser Monstrosität abgewandt, aber etwas an ihr faszinierte ihn auch. Was hatten John und Cheryl der armen Dorothy nur verabreicht, was sie zu diesem ... Ding hatte werden lassen?

»Ist sie tot?«, fragte Jack, während er aufs Bett zuging.

»Nein. Sieh doch«, erwiderte Ben. Aus dem Beatmungsgerät auf dem Nachttisch drangen ihre flachen, regelmäßigen Atemzüge. Rote und gelbe Lämpchen blinkten an den Monitoren der Herz-Lungen-Maschine. Ein Zerstäuber über dem Bett versprühte alle paar Sekunden ein streng riechendes Aerosol, das gleichzeitig den moosgrünen Körper befeuchtete. Ein Schlauch, der in ihre Luftröhre eingeführt war und grüne Flüssigkeit aus ihren Lungen pumpte, verhinderte, dass sie sprechen konnte, falls sie dazu überhaupt noch in der Lage war.

Am schlimmsten an diesem Anblick aber waren nicht die Apparate und auch nicht die moosartige Haut des Wesens, sondern die Augen, die feucht und glänzend aus dem matten Pflanzenpelz des Gesichts herausleuchteten und Ben mit einem Blick ansahen, der einen Stein hätte erweichen können – einem Blick voller Hilflosigkeit, Resignation und Verzweiflung, den Ben sein Leben lang nicht mehr vergessen würde.

»Du meine Güte«, flüsterte er Susan zu, während er voller Mitleid auf das seltsame Wesen blickte, das einmal Hopkins' Tochter gewesen war. »Die niedrige Temperatur, die Chemikalien, mit denen sie eingesprüht wird, das abgedunkelte Zimmer ... all das dient nur einem einzigen Zweck. Es soll *pflanzliches Wachstum* verhindern!«

»Sie ist keine Pflanze«, entgegnete Susan. »Sie ist ein Mädchen, das unter Progerie leidet.«

»Aber Progerie verursacht keine solchen Veränderungen, das weißt du genauso gut wie ich.« Ben schüttelte den Kopf. »So etwas habe ich in meinem ganzen Leben noch nie gesehen. Was haben John und Cheryl bloß in Somba gemacht?«

»Und Petersen«, ergänzte Susan. »Vergiss Petersen nicht.«

»Petersen hat uns vor Hopkins gewarnt«, meinte Ben nachdenklich. »Und jetzt will Hopkins ganz offensichtlich, dass wir den Prozess umkehren, der seine Tochter in eine Pflanze verwandelt hat. Aber wie sollen wir das hinkriegen?«

»Keine Ahnung«, erwiderte Susan. Sie hatte genug gesehen und wollte den dunklen Raum verlassen, aber Hopkins hatte sie eingeschlossen.

Eingeschlossen mit dem Ergebnis eines Experiments, das ihre Vorgänger an einem unschuldigen, kranken Mädchen durchgeführt hatten, ohne sich über die Konsequenzen ihres Tuns im Klaren zu sein.

65

Nach einer halben Stunde kam Hopkins zurück und führte sie schweigend zurück zum Produktionsgebäude. Es war ein drückend schwüler Tag. Jetzt sah Jack einige Arbeiterinnen und Arbeiter, von denen viele nicht älter waren als er selbst und die alle wirkten, als würden sie unter einem starken Druck stehen. Zuerst fiel Jack nichts Ungewöhnliches an ihnen auf, aber als dann ein Junge einen schweren Jutesack an ihm vorbeischleppte, musterte er ihn genauer.

Der Junge hatte keine Ohren mehr.

Vor dem Eingang des Gebäudes blieb Hopkins stehen und sah die drei mit versteinertem Gesicht an. »Jetzt, da Sie wissen, wie es um meine Tochter steht, will ich Ihnen etwas anderes zeigen.« Mit diesen Worten deutete er auf einen roten Jeep mit rostiger, zerbeulter Karosserie, der im Schatten des großen Gebäudes stand. Zwei fast völlig skelettierte Leichen, an denen nur noch wenige schwarze Fleischfetzen hingen, hockten zusammengesunken auf den Vordersitzen.

»Das ist das Auto, das ich in der Schlucht gesehen habe«, stieß Jack hervor.

»Es ist voller Unterlagen und Proben, die Ihrer Firma gehören«, erklärte Hopkins. »Ich habe dafür gesorgt, dass nichts davon angetastet wurde. Sie können alles durchsehen und entscheiden, was Sie noch brauchen.«

»Brauchen? Wozu?«, fragte Ben.

»Um ein Heilmittel für meine Tochter zu entwickeln«, erklärte Hopkins ernst. »Was glauben Sie eigentlich, weshalb Sie hier sind?«

Ben fuhr verstohlen mit der rechten Hand über seine Dschungelweste und spürte Petersens CD-ROM, die er am Vortag in die Innentasche gesteckt hatte.

Die CD-ROM, auf der sich die Formel für ein Mittel gegen Progerie befand. Aber ob dieses Mittel auch gegen die seltsame Krankheit half, die Hopkins' Tochter befallen hatte?

Ben hatte nicht vor, Hopkins die CD-ROM auszuhändigen. Zumindest jetzt noch nicht. Nicht ehe er die Garantie dafür hatte, dass der Mann sie freilassen würde.

Jack war bereits zum Jeep gelaufen. »Wahnsinn!«, murmelte er, als er die beiden Leichen auf den Vordersitzen betrachtete. Er hatte noch nie einen Toten gesehen.

»Echt der Wahnsinn«, wiederholte er, um zu überspielen, wie sehr es ihn graute.

»So, jetzt haben Sie alles, was Sie brauchen«, sagte Hopkins, als er und Ben vor dem Jeep standen. »Die Kisten mit Ihrer Ausrüstung stehen ja bereits im Labor – Sie können also auf der Stelle anfangen.«

»Und was müssen wir tun, um lebend hier wieder rauszukommen?«, fragte Susan.

»Ich brauche Sie, um das Heilmittel für meine Tochter zu entwickeln. Wenn ich das habe, gebe ich Ihnen das Gegenmittel für die Dasselfliegen, und dann lasse ich Sie frei. Aber wenn ich es nicht bekomme, wird nicht nur meine Dorothy sterben.«

»Wieso sind Sie so sicher, dass wir das Mittel entwickeln können?«

»Wer denn sonst, wenn nicht Sie, Dr. Plotkin? Und wenn Sie schon dabei sind, könnten Sie mir eigentlich auch gleich das Wachstumsmittel verschaffen, das ich dringen brauche, um den Regenwald vor der Vernichtung zu retten. Meine Tochter ist für mich das Wichtigste in meinem Leben, aber gleich danach kommt der Wald.«

»Was soll das denn für ein Wachstumsmittel sein?«, fragte Ben.

»Nun verkaufen Sie mich doch nicht für dumm, Dr. Maxwell. Sie wissen genau, wovon ich rede. Oder hatten Sie etwa nicht zwei riesige Pflanzen in Ihrem Labor, die um ein Haar zwei Touristinnen getötet hätten?«

»Wieso wissen Sie davon?«

»Das tut nichts zur Sache. Aber können Sie sich nicht vorstellen, was solche Pflanzen für mich bedeuten würden? Für mich und meinen Kampf um den Regenwald? Wenn wir das Wachstum der Pflanzen hier am Amazonas beschleunigen könnten, hätten sie endlich eine realistische Chance gegen die Kettensägen und Bulldozer, die ihren Lebensraum immer stärker einengen. Dann könnte der Regenwald endlich einmal mit gleichen Waffen gegen seine Henker antreten.«

»Sie sind doch krank«, stieß Susan hervor. »Wer gibt Ihnen das Recht, sich zum Gott aufzuspielen?«

»Das Recht gebe ich mir selbst. Und die Mittel dazu bekomme ich von einer Firma namens ChemGen! Glauben Sie mir, ich kriege, was ich will. Die Medizin für meine Tochter und das Wachstumspräparat, mit dem ich den Regenwald retten werde. Ansonsten ...« Er ließ den Satz unvollendet.

»Und wenn wir Ihnen die Mittel nicht entwickeln?«, fragte Ben.

»Dann betrachten Sie die Sache mal unter diesem Aspekt ...« Hopkins stellte sich neben Jack und legte ihm den Arm um die Schulter. »Sie wollen doch sicher nicht, dass die Dasselfliegen diesem Prachtkerl in achtundvierzig Stunden das Hirn zu Brei fressen, oder? Er wird nämlich der Erste sein, der dran glauben muss – die Larven, die wir ihm verabreicht haben, sind bei weitem aggressiver als die in Ihrem und Dr. Plotkins Blut.«

Die drei schwiegen.

»Gut, dann ist ja so weit alles geklärt. Dann machen Ihr Sohn und ich jetzt einen kleinen Spaziergang, und Sie beide begeben sich an Ihre Arbeit.«

»Jack bleibt bei mir«, entgegnete Ben.

»Sie sind hier wohl kaum in der Position, Forderungen zu stellen, mein lieber Doktor.«

Hopkins packte Jack am Arm und führte ihn fort. Ben und Susan blieben allein an dem Jeep mit den verwesten Überresten ihrer früheren Kollegen zurück.

»Der lässt uns niemals lebend von hier weg«, stellte Ben mit matter Stimme fest. Susan nickte. Sobald Hopkins seine Präparate hatte, würde er sie umbringen, das war ihnen beiden klar.

Dazu musste er sie nur den Larven der Dasselfliege überlassen.

Ben betete, dass es Jack nicht als Ersten treffen würde.

66

Susan und Ben brauchten fast den ganzen Nachmittag, um ihre Gerätschaften so weit aufzubauen, dass sie mit ihrer Arbeit wieder beginnen konnten. Zum Abendessen durfte Jack zu ihnen zurückkehren, und danach machte sich Ben wieder an die Untersuchung der Bodenproben, mit der er schon in Somba begonnen hatte.

»Genau genommen ist nicht die Erde für das Wachstum der Pflanzen verantwortlich«, erklärte Ben, nachdem er die neuesten Chromatographien durchgesehen hatte. »Dessen bin ich mir jetzt ziemlich sicher.«

»Was dann?«, fragte Susan.

»Die Mykorrhizen«, erklärte Ben. Mykorrhizen waren Wurzelpilze, die in einer Symbiose mit der Pflanze lebten und ganz wichtige Faktoren für deren Wachstum und Stoffwechsel darstellten. So halfen sie den Pflanzen beispielsweise bei der Aufnahme von Phosphaten, während diese sie im Gegenzug mit bei der Photosynthese entstehenden Kohlehydraten versorgten.

Während seines Studiums in Oxford hatte sich Ben mit Methoden befasst, die durch den Einsatz spezieller Mykorrhizen den Ernteertrag drastisch erhöhen sollten. Mykorrhizen fand man praktisch an jeder Pflanze, von Mais, Kartoffeln, Bohnen, Tomaten, Zuckerrohr bis hin zu den meisten Baumarten und Gräsern. Sie alle wiesen an den Wurzeln ganz spezielle Mykorrhizen auf, die genau auf ihren Stoffwechsel abgestimmt waren. Solche Wurzelpilze wie die in der Erde, die er gerade untersuchte, hatte Ben allerdings noch nie gesehen.

»Diese Mykorrhizen gehören zu den vesikulär-arbusculären Mykorrhizen«, erklärte er Susan. »Aber sie steigern nicht – wie üblich – die Phosphatversorgung der Pflanze, sondern stoßen auch ein Hormon aus, das mir bisher noch nie untergekommen ist. Ich bin mir ziemlich sicher, dass es dieses Hormon ist, das in Zusammenwirkung mit den von dem biologischen Timer freigesetzten Substanzen in den milchigen Vakuolen das enorme Wachstum der Pflanzen verursacht.«

»Ich dachte immer, Venusfliegenfallen brauchen als Fleisch fressende Pflanzen keine Mykorrhizen«, sagte Susan. »Schließlich nehmen sie ja keine Nährstoffe über die Wurzeln auf.«

»Genau das macht sie ja zu idealen Versuchskaninchen für die Mykorrhizen, mit denen wir es hier zu tun haben«, sagte Ben. »Deren Aufgabe ist es einzig und allein, das Hormon an die Pflanze abzugeben. Und was dann passiert, haben wir ja am eigenen Leib erfahren.«

»Wozu, meinst du, braucht Hopkins das Wachstumsmittel?«, fragte Susan.

»Das hat er doch gesagt. Er will ein Heer von Killerpflanzen züchten.«

Die beiden sahen sich stumm an. Sie wussten, was das bedeutete.

Ben widmete sich wieder den Mykorrhizen. Wenn es ihm gelänge, auch noch den genetischen Timer zu finden, der die Macht des Wachstumshormons entfesselte, hatte er das Geheimnis der Monsterpflanzen gelüftet.

Und weil er damit vermutlich nicht nur den Schlüssel zur Beschleunigung, sondern auch den zur Verlangsamung von Pflanzenwachstum in die Hand bekam, konnte er vielleicht auch ein Medikament entwickeln, das Hopkins' Tochter vor dem sicheren Tod errettete.

Jetzt wusste er wenigstens, wonach er suchen musste.

TRANSPIRATION

67

Obwohl er alles versuchte, um es nicht zu tun, musste Jack immer wieder an der von Parasiten befallenen Stelle an seiner Brust herumkratzen. Im Lauf der Zeit war der Juckreiz unerträglich geworden. Auch Susan und Ben fühlten sich nicht sonderlich wohl. Weil sie nicht schlafen konnten, setzten sich die drei auf den Lehmboden des Verschlags, in dem sie eingesperrt waren, und schmiedeten Fluchtpläne. Susan machte immer wieder neue Vorschläge, vom Überwältigen der Wachmänner bis zum Graben eines Tunnels, aber Ben fand bei jedem von ihnen ein Haar in der Suppe.

Alle Pläne, so fand er, würden nur zu dem einen, immer gleichen Ergebnis führen: erneute Gefangennahme oder Tod.

»Willst du denn hier herumsitzen und drauf warten, dass diese Viecher dich bei lebendigem Leib auffressen?«, rief Jack. »Jede Idee, die Susan vorbringt, machst du schlecht. Hast du denn überhaupt keinen Mumm? Susan versucht es wenigstens.«

»Ich habe nichts gegen eine Flucht, solange wir dabei nicht umkommen«, entgegnete Ben heftig.

»Dann fliehe ich eben allein«, sagte Jack. »Ich kann gut für mich selber sorgen.«

»So wie auf deiner Motorradtour?«

»Aha. Jetzt ist es so weit.« Jack seufzte. »Klar, das war ja nur eine Frage der Zeit.«

»So, Männer«, schaltete Susan sich ein. »Ihr schließt jetzt auf der Stelle Waffenstillstand. Jack, dein Vater hat Recht. Wenn wir hier lebend herauskommen wollen, brauchen wir einen Plan, der alle Eventualitäten einschließt. Aber ein gewisses Risiko müssen wir schon eingehen, Ben. Jetzt hört mal her, ich habe noch eine Idee. Dazu bräuchten wir aber dich, Jack.«

Und dann erläuterte sie Vater und Sohn, die sich im Licht des durch das vergitterte Fenster hereinscheinenden Mondes böse anstarrten, ihren neuen Plan.

»Jack, kannst du dich in das Computersystem hier einklinken?«, fragte sie.

»Weiß nicht«, erwiderte Jack. »Dazu muss ich wissen, was für ein Betriebssystem und was für ein Netzwerk sie hier laufen haben. Warum?«

»Vielleicht kannst du ja irgendeine Störung verursachen.«

Jack warf einen Blick zu Ben hinüber. »Meinst du, ich soll hacken?«

Ben hatte verstanden. »Du kannst ihnen doch einen Virus ins System pflanzen, oder etwa nicht?«, fragte er. »So was machst du doch mit links.«

»Träume ich, oder sagt das derselbe Vater, der mir meinen Laptop weggenommen hat?« Jack verdrehte die Augen. »Natürlich kann ich denen einen Virus einsetzen. Ich kann ihnen auch das komplette System zerstören, wenn ich an den Mainframe herankomme.«

»Es würde schon genügen, wenn du es so lange außer Betrieb setzen würdest, bis wir unsere Freiheit ausgehandelt haben«, sagte Ben. »Kannst du den Virus mit einer Art Timer versehen?«

»Du meinst eine digitale Zeitbombe?«

»Ja. Aber auch eine Art Fernsteuerung wäre denkbar. Wenn Hopkins glaubt, dass wir in der Lage sind, seine gesamten Daten zu zerstören, wird er uns freilassen, um das zu verhindern.«

»Außer er hat irgendwo ein Backup«, meinte Jack. »Aber das lässt sich leicht feststellen. In so gut wie allen professionellen Systemen werden die Daten täglich gespiegelt, aber meistens auf einer Festplatte, die über das Netz zugänglich ist. Die kann ich mit einem Virus ebenso plattmachen wie die Hauptplatte. Das ist überhaupt kein Problem.«

»Heißt das, du könntest alle Daten im Netzwerk löschen?«

»Sicher, ich muss nur hineinkommen. Wieso fragst du?«

»Weil es vielleicht nicht klug ist, alles sofort zu löschen. Wir brauchen ein Unterpfand, das wir Hopkins im Austausch gegen unser Leben anbieten können. Ein Menschenleben gilt ihm nicht viel. Mit seinen Daten sieht es freilich anders aus, denn die enthalten alles, was er bisher über ein Heilmittel für seine Tochter weiß.«

»Du meinst also, ich sollte einen Virus schreiben, der alle seine Daten löscht, sich aber für den Fall, dass er uns freilässt, wieder aufhalten lässt?«

»Genau.«

»Und was tust du, wenn Hopkins deinem Vater eine Knarre an den Kopf hält und von dir verlangt, dass du den Virus unschädlich machst?«

»Hoffen wir mal, dass er das nicht tut«, meinte Ben.

»Zuerst muss es mir überhaupt gelingen, den Virus in das Netzwerk einzuschleusen«, murmelte Jack.

»Ich dachte, das ist kein Problem für dich?«

»Ist es auch nicht.«

Ganz sicher war sich Jack freilich nicht. Er wusste weder, was für ein System Hopkins auf seinen Computern fuhr, noch wie gut es gegen Viren gesichert war. Und schon gar nicht wusste er, wie lange es dauern würde, dieses System zu knacken. Es konnten Stunden sein, vielleicht aber auch Tage.

Nichtsdestotrotz spielte Jack den Selbstbewussten.

»Gibt es sonst noch irgendwas zu klären?«, fragte Susan.

»Nein«, entgegnete Ben, »Jack schafft das schon, nicht wahr, mein Sohn?«

Dass Ben Vertrauen in seine Fähigkeiten hatte, erstaunte Jack.

»Wie schon gesagt, es steht und fällt damit, dass ich Zugang zum System bekomme. Außerdem weiß ich nicht, ob ich in der Kürze der Zeit alle Dateien erwische.«

»Für uns zählt nicht, wie viel zerstört wird«, sagte Susan. »Uns geht es einzig und allein um die *Bedrohung*. Sie muss so überzeugend sein, dass wir damit unsere Freilassung erpressen können.«

Auf einmal wurde die Tür aufgesperrt, und Greasy stapfte mit schweren Schritten in den Raum. Draußen wurde es langsam hell.

»Raus!«, fuhr er sie an. »Zeit zum Arbeiten.«

Auf dem Weg zum Labor gelang es Ben, Greasy davon zu überzeugen, dass er Jack im Serverraum eine Weile Computerspiele spielen ließ.

»Er liegt uns ständig damit in den Ohren, dass ihm so

langweilig ist«, sagte er. »Und er hält uns damit von der Arbeit ab.«

»Glaubst du, er weiß, wonach er suchen muss?«, flüsterte Susan, als einer von Greasys Söldnern Jack wegbrachte.

»Mit Computern kennt er sich hervorragend aus«, antwortete Ben, während er seinem Sohn hinterhersah. Sein Lächeln zeigte, wie stolz er auf Jack war.

Blieb nur zu hoffen, dass er ihn auch lebendig wiedersah.

Ben und Susan bekamen einen Becher Kaffee, dann schloss man sie in ihrem Arbeitsraum ein. Vor der Tür bezogen Wachen Stellung. Während Susan ihr Mikroskop einsatzbereit machte, trat Ben in den hinteren Teil des Raums und betrachtete durch eine Glasscheibe zum Nebenraum die Venusfliegenfalle, die Hopkins aus Labor C hergebracht hatte. Sie war jetzt über zwei Meter hoch.

Groß genug, dachte Ben, um ein kleines Kind zu verschlingen.

In Gedanken sah er noch einmal die Ereignisse der letzten Tage vor sich ablaufen. Alles schien sich um dieses rätselhafte Gewächs zu ranken, das da so still hinter der Glaswand stand. Wie viel Leid und Tod, und das alles nur wegen einer – wenn auch ungewöhnlichen – Pflanze.

Ben wandte sich mit einem Seufzer von der Glasscheibe ab und widmete sich der Untersuchung der grünen Flüssigkeit, die sich in den Reagenzgläsern auf der Ladefläche des Jeeps befunden hatte.

Wie er vermutet hatte, enthielt sie genau die mikroskopisch kleinen Wurzelpilze, wie sie in der Erde der Venusfliegenfallen zu finden waren, in extrem hoher Konzentration. Pilze ließen sich ziemlich einfach vermehren, damit stand also der Produktion eines Wachstumsmittels nichts mehr im Wege – allerdings wirkte es nur bei Pflanzen, die den geheimnisvollen Timer eingebaut hatten, den John und Cheryl entwickelt hatten. Die einzige Pflanze, in der sich dieser Timer noch befand, war die Venusfliegenfalle auf der anderen Seite der Glasscheibe. Wenn es gelänge, ihr das Geheimnis des Timers zu entreißen, wäre es vielleicht möglich, die Lösung mit den Wurzelpilzen so zu modifizieren, dass beliebige, nicht manipulierte Pflanzen darauf ansprachen. Aber war das überhaupt zu verantworten? Ben hatte gesehen, was passierte, wenn eine Pflanze völlig außer Kontrolle geriet. Andererseits blieb ihm keine andere Wahl, als das Mittel zu entwickeln, denn tat er es nicht, würden nicht nur er und Susan, sondern auch Jack einen langsamen und qualvollen Tod sterben. Das Leben seines Sohnes war ihm mehr wert als alles andere auf der Welt. Und außerdem, so überlegte er, könnte er das Wachstumsmittel vielleicht so manipulieren, dass es nur für eine kurze Zeit einsatzfähig war.

Gerade lange genug, um es Hopkins vorzuführen und ihre Freilassung zu erreichen. Wenn er erst einmal wusste, wie man den genetischen Timer programmierte, müsste das doch eigentlich möglich sein.

Blieb noch Hopkins' zweite Bedingung, deren Erfüllung ihm sicherlich noch viel mehr am Herzen lag als die Entwicklung des Wachstumsmittels: Ben und Susan mussten ein Heilmittel für seine Tochter finden. Vielleicht, dachte Ben, lag der Schlüssel dazu ebenfalls in der grünlichen Flüssigkeit, die John und Cheryl in ihren Reagenzgläsern auf der letzten Autofahrt ihres Lebens dabeigehabt hatten. Wer wusste, wie man Wachstum förderte, war nur einen Schritt weit von der Erkenntnis entfernt, wie man es auch verlangsamen konnte.

Ben war noch tief in diese Gedanken versunken, als die Tür aufgestoßen wurde und Hopkins mit seinem üblichen Gefolge von schwer bewaffneten Söldnern hereinkam.

Diesmal war allerdings noch jemand anderer dabei.

Ein Mann, bei dessen Anblick es Susan und Ben die Sprache verschlug.

Dr. Abe Skinner.

68

Am anderen Ende des Flurs, im klimatisierten Computerraum, machte Jack Maxwell eine ganz andere, aber deshalb nicht weniger sensationelle Entdeckung.

Er saß vor einem der beiden Computerterminals und tat so, als würde er auf einem unter Windows XP laufenden Computer mit Pentium-IV-Prozessor Solitaire spielen. Einer von Hopkins' Schergen hockte in der gegenüberliegenden Ecke direkt unter dem Ventilator, der gekühlte Luft in den Raum blies, und hatte große Mühe, die Augen offen zu halten.

Als der Mann eingeschlafen war, begann Jack hektisch zu tippen.

Das Netzwerk, mit dem der Computer verbunden war, lief auf einem UNIX-Server, ganz ähnlich wie das von ChemGen in Somba. Obwohl Unix ein sehr sicheres System war, verwendeten faule Administratoren dort häufig dieselben Passwörter, die sich leicht einprägen und bei Bedarf ebenso leicht rekonstruieren ließen. Jack versuchte es zunächst mit den gebräuchlichsten.

Admin...

Sysadmin...

Sysadmin ...

User ...

Doch damit kam er nicht weiter. Also dachte er nach. Was machte ein Administrator, der häufig das Kennwort vergaß und vom System gezwungen wurde, es nach Ablauf einer bestimmten Frist zu wechseln? Er schrieb es sich irgendwo auf!

Jack fing also an, in der Nähe des Computers nach dem Passwort zu suchen. Hing irgendwo ein gelber Post-it-Zettel? Hatte jemand mit Bleistift etwas an den Rand des Monitors gekritzelt? Gab es ein schwarzes Brett im Raum, an dem eine Notiz befestigt war?

Unter dem Mauspad wurde er schließlich fündig. Auf einem etwa postkartengroßen Blatt Papier standen in einer Liste etwa ein Dutzend 10-stellige Kombinationen aus Zahlen, Buchstaben und Sonderzeichen. Alle bis auf die unterste in der Liste waren durchgestrichen.

Mit einem siegessicheren Lächeln auf den Lippen tippte Jack die Zeichenreihe in den Computer ein.

Es funktionierte.

Er war im System.

Während ihm vor lauter Aufregung der kalte Schweiß auf die Stirn trat, machte Jack sich mit fliegenden Fingern an die Arbeit. Unterbrochen von kurzen Pausen, in denen er sich vergewisserte, dass sein Wächter noch immer schlief, nahm er zunächst Verbindung mit dem Internet auf und stellte fest, dass die Ranch über eine enorm schnelle Datenverbindung verfügte. Vermutlich über einen Satelliten, dachte Jack, dem allerdings auf dem Gelände bisher noch keine Parabolantenne aufgefallen war.

Von einem geheimen Server, der in einer ehemaligen Sowjetrepublik stand und zu dem nur eine ganz kleine

Gruppe von Hackern Zugang hatte, lud Jack sich sein Datenkillerprogramm herunter, das er XPURGE nannte. Es würde hier zum ersten Mal zum Einsatz kommen. Wenn alles klappte, würde sogar Raphael, Jacks großes Vorbild, stolz auf ihn sein.

Bis es so weit war, musste er allerdings noch die Firewall des Systems überwinden, in das er sein Killerprogramm einschleusen wollte.

Das war keine leichte und vor allem eine zeitraubende Aufgabe, aber zu Jacks Erstaunen hatte er die Firewall von Ganso Dourado in null Komma nichts geknackt. Das kam daher, dass sie ihm von Anfang an sehr vertraut vorkam.

Jack war schon einmal in diesem Netzwerk gewesen!

69

Hopkins schob Skinner ins Labor zu Susan und Ben, trat aber selbst nicht ein, sondern schlug ohne ein Wort zu sagen die Tür zu.

»Sie leben!«, rief Skinner und eilte auf die beiden zu. »Dem Himmel sei Dank!«

Der Leiter der Wissenschaftlichen Abteilung von ChemGen wirkte irgendwie mitgenommen. An seinem Hemd zeichneten sich unter den Armen dunkle Schweißflecken ab, und sein sonst immer sorgfältig frisiertes grau meliertes Haar wirkte stumpf und zerzaust.

»Wie kommen Sie denn hierher?«, fragte Susan verdutzt.

»Wie angekündigt mit dem Firmenjet«, antwortete Skinner, dessen Bariton nicht so volltönend klang wie sonst. »Als ich Sie in Somba nicht vorfand, bin ich sofort hierhergefahren.«

»Woher wussten Sie, dass wir hier auf dieser Farm sind?«, fragte Ben.

»Von Hopkins«, erklärte Skinner.

»Hat er Ihnen auch gesagt, dass seine Leute Boomer und Frank umgebracht haben?«, fauchte Susan.

»Es hat da einen bedauerlichen Unfall gegeben ...«

»Ein Kopfschuss soll ein bedauerlicher Unfall sein?«

»Davon hat Hopkins nichts gesagt.«

»Boomer wurde von Hopkins' Söldnern erschossen, Frank ist beim Absturz seines Flugzeugs ums Leben gekommen, und Angie ist spurlos verschwunden.«

»Seit wann?«

»Seit sie mit Boomer nach Manacapuru gefahren ist«, erklärte Ben. »Sie waren zusammen im Gekko, wo Boomer bewusstlos geschlagen wurde. Paulo, ein einheimischer Touristenführer, hat ihn nach Somba gebracht. Was mit Angie geschehen ist, konnten die beiden uns nicht sagen.«

»Ich kenne Paulo«, sagte Skinner. »Ein guter Mann. Wo ist er jetzt?«

»Er hat versucht, Hopkins' Leute so lange aufzuhalten, bis wir mit Franks Flugzeug starten konnten. Offenbar ist es ihm nicht gelungen, denn auf der Startbahn kam uns einer von Hopkins' Geländewagen entgegen. Frank hat mit dem Fahrwerk des Flugzeugs das Auto gestreift und ist nicht mehr richtig hochgekommen ...«

»Hopkins hat mir davon erzählt. Es war ein bedauerliches Missverständnis. Die Männer im Geländewagen sollten Ihnen nur sagen, dass Hopkins Sie auf seine Farm einladen wollte.«

»Und dazu mussten sie auf uns schießen?«

»Davon weiß ich nichts. Das ist ja fürchterlich.«

»Sie wissen vieles nicht«, sagte Susan scharf.

»Dann erzählen Sie es mir, Susan. Meine Güte, Sie sehen nicht gerade gut aus. Und Sie auch nicht, Ben.«

»Hopkins hat uns mit Dasselfliegenlarven infiziert«, erklärte Ben. »Und meinen Sohn auch.«

»Dasselfliegenlarven sind schlimm, aber nicht lebensbedrohlich«, erwiderte Skinner.

»Diese schon. Hopkins hat sie so genmanipuliert, dass sie sich innerhalb einer Woche in unsere Gehirne fressen, falls er uns kein Gegenmittel verabreicht. Und dafür hat er Bedingungen gestellt.«

»Ich weiß. Sie sollen ihm ein Heilmittel für seine Tochter entwickeln.«

»Sie wissen davon?«, fragte Susan ungläubig. »Wieso haben Sie uns nie erzählt, dass Dorothy seine Tochter ist?«

»Weil ich es erst heute erfahren habe. Bisher war ich immer davon ausgegangen, dass sie ein Indianermädchen war. Cheryl und John haben mir ihre wahre Identität verheimlicht.«

»Und warum haben Sie uns drei Jahre lang in Somba an einem Heilmittel forschen lassen, das die Firma längst entwickelt hatte?«, hakte Ben nach.

»Wie bitte?« Skinner wirkte zutiefst erstaunt. »Wovon reden Sie überhaupt?«

»Davon!«, sagte Ben und zog Petersens CD-ROM aus der Tasche seiner Treckingweste.

»Was ist das?«

»Eine CD-ROM, die Petersen in seinem Privatsafe eingeschlossen hatte. Carol hat sie mir auf seiner Beerdigung gegeben. Sie enthält die komplette Analyse der Aya-Ranke und die Dokumentation eines Medikaments gegen Progerie – fix und fertig bis hin zu den Unterlagen für die Zulassungsbehörde.«

»Sie machen wohl Witze!« Skinner lachte ungläubig auf.

»Nein, es ist mein voller Ernst. Während wir hier im Urwald wie die Blöden nach einem Präparat geforscht haben, hatte ChemGen es die ganze Zeit über in der Schublade liegen.«

»Petersen war nicht ChemGen«, sagte Skinner mit ernstem Gesicht. »Glauben Sie mir, ich hatte keine Ahnung von der Existenz dieser CD-ROM. Wahrscheinlich haben Cheryl und John Petersen etwas mitgeteilt, was sie ChemGen verheimlicht haben. Nicht umsonst haben sie alle Daten über ihre Forschung vom Firmencomputer gelöscht.«

»Sie können sie haben«, sagte Ben und reichte Skinner die CD-ROM.

»Damit wäre ja Hopkins' erste Bedingung schon so gut wie erfüllt«, sagte Skinner, während er sie entgegennahm. »Sie wissen ja nun, wie Sie das Heilmittel für seine Tochter herstellen können. Wenn ich ihm nun meinerseits die zwei Millionen Dollar beschaffe, die er für Ihre Freilassung fordert, sind Sie beide bald wieder zurück in den Staaten.«

»Und Jack? Was ist mit meinem Sohn?«

»Der kommt selbstverständlich auch mit.«

»Die Sache hat nur einen Haken. Besser gesagt, zwei.«

»Was für welche denn?«, fragte Skinner.

»Der erste Haken ist der, dass Dorothy nicht nur an Progerie erkrankt ist, sondern sich außerdem immer mehr in eine Pflanze verwandelt. Vermutlich ist das eine Nebenwirkung des Medikaments, die John und Cheryl nicht bedacht haben. Mit der bloßen Verabreichung des Mittels auf der CD-ROM ist es also bei weitem noch nicht getan.«

»Und der zweite?«

»Der zweite Haken ist der, dass Hopkins von uns nicht nur ein Heilmittel für seine Tochter fordert, sondern auch das Wachstumspräparat für Pflanzen – also das genaue Gegenteil.«

»Was für ein Wachstumspräparat?«

Ben, der einen Augenblick lang vergessen hatte, dass sie die Firma bisher noch nicht über die Monsterpflanzen informiert hatten, begann Skinner zu erklären, was vorgefallen war. Mit Susans Hilfe erzählte er ihm alles, von der Venusfliegenfalle, die um ein Haar zwei Touristinnen gefressen hätte, über die orangefarbene Artischocke bis hin zu der wild gewordenen Aya-Ranke, die Labor B in Somba völlig zerstört hatte. Skinner hörte mit erstauntem Gesichtsausdruck zu und betrachtete dabei nachdenklich die Venusfliegenfalle hinter der Glasscheibe.

»Ich hatte ja keine Ahnung, was hier alles vor sich geht«, sagte er schließlich, als Ben zu Ende erzählt hatte. »John und Cheryl haben ihre Kompetenzen weit überschritten, und wahrscheinlich war Petersen auch mit im Bund. Das ist ja ungeheuerlich.«

»Wir konnten es zunächst selbst nicht glauben. Aber die Monsterpflanzen sind Realität, Abe. Und sie sind enorm gefährlich. Ich weiß nicht, ob man Hopkins ein solches Wachstumspräparat in die Hand geben darf.«

»Haben Sie es denn?«, wollte Skinner wissen.

»Noch nicht. Aber ich bin zuversichtlich, dass es sich jetzt, da ich weiß, dass die Mykorrhizen für das Wachstum verantwortlich sind, in kurzer Zeit entwickeln lässt.«

»Mit Hopkins ist das so eine Sache«, sagte Skinner. »Der Mann ist schrecklich eigensinnig und verfolgt ganz eigene Ziele, von denen wir nichts wissen. Andererseits hat er uns sehr geholfen.«

»Wie meinen Sie das?«, fragte Susan.

»Es war die einzige Möglichkeit, wenn wir in Somba

weiter präsent sein wollten«, erklärte Skinner, während er sich an einen der Labortische setzte. »Ich muss Ihnen ein paar Dinge bezüglich Hopkins erklären.«

»Da bin ich aber gespannt«, sagte Susan.

»Ohne ihn läuft in diesem Teil Amazoniens überhaupt nichts, das wissen Sie ebenso gut wie ich. Und als nach John und Cheryls Verschwinden hier alles drunter und drüber ging, waren wir dringender denn je auf seinen Schutz angewiesen. Wissen Sie übrigens, dass Hopkins die Leichen der beiden gefunden hat? Sie saßen im Wrack eines Jeeps, in dem sich auch ihre Arbeitsunterlagen befanden.«

»Ja, das ist uns bekannt«, erwiderte Ben. »Hopkins hat uns das Material zur Verfügung gestellt.«

»Und konnten Sie schon einen Blick drauf werfen?«, fragte Skinner neugierig.

»Bis jetzt noch nicht, wir wollten uns eben daranmachen.«

»Wie dem auch sei, jedenfalls stand Hopkins seit dem Verschwinden von John und Cheryl auf unserer Gehaltsliste. Er beschützte unser Labor in Somba, und wir mussten dafür Gegenleistungen erbringen.«

»Was für Gegenleistungen?«, fragte Susan, die gegenüber von Skinner am Tisch Platz genommen hatte.

»ChemGen hat versprochen, ihn über die Fortschritte bei den in Somba entwickelten Medikamenten auf dem Laufenden zu halten, und hat ihn auch bei der Einrichtung des Labors hier auf der Farm unterstützt. Allerdings wussten wir damals noch nicht, dass Dorothy seine Tochter ist.«

»Heißt das, dass die ganzen Geräte hier von ChemGen finanziert wurden?« Susan sah sich im Labor um.

»Das ist richtig.«

»Und dem Labor in Somba wurde alles in Rechnung gestellt«, ergänzte Ben nachdenklich. »Jetzt verstehe ich die Unstimmigkeiten in der Buchhaltung, derentwegen Somba jetzt geschlossen werden soll.«

»Woher wissen Sie davon?«, fragte Skinner schnell.

»Ich habe meine Quellen in der Firma«, erwiderte Ben, der ja wohl schlecht sagen konnte, dass sein Sohn sich in den Mailserver der Firma gehackt hatte.

»Was für Quellen?«

»Petersen. Seine Frau hat mir einige Dokumente übergeben.«

Skinner stand auf und fing an, im Labor auf und ab zu gehen.

»Sehen Sie, Ben, ich muss Ihnen etwas erklären. Dieses Abkommen mit Hopkins war keines zwischen ChemGen und ihm, sondern zwischen ihm und mir. Der Vorstand wusste nichts davon. Und als Douglas jetzt für die bevorstehende Fusion mit Glaxo die Finanzen der Firma durchging, fand er Zahlungen für Somba, die sich nicht belegen ließen.«

»Und daraufhin hat er ...«

»... beschlossen, Somba zu schließen«, beendete Skinner den Satz für ihn. »Ich sollte eigentlich herkommen, um es Ihnen schonend beizubringen.«

»Das Labor wird also aufgegeben?«

»Ja. Aber es ist ohnehin großenteils zerstört und hat seinen Zweck voll und ganz erfüllt. Das Heilmittel für Progerie ist gefunden, auch wenn Sie die letzten Forschungen dafür hier, auf Hopkins' Farm, durchführen werden.«

»Es ist nicht gesagt, dass wir es schaffen«, sagte Susan.

»Oh doch, Sie schaffen es. Wer sonst, wenn nicht Sie? Die beiden brillantesten Wissenschaftler, die jemals für ChemGen gearbeitet haben. Ich werde Sie jetzt verlassen und die zwei Millionen beschaffen, die Hopkins verlangt, und Sie entwickeln inzwischen die Präparate, die Hopkins haben will. Sie werden sehen, es dauert nicht mehr lange, dann fliegen wir alle miteinander nach Hause und ...«

Skinner verstummte, als ein Schlüssel im Schloss herumgedreht wurde. Hastig schob er die CD-ROM in seine Hosentasche. Da betrat Hopkins, begleitet von zwei schwer bewaffneten Männern, den Raum.

»Na, wie war das Wiedersehen?«, fragte Hopkins in freundlichem Plauderton.

»Ich habe eine Menge mit Ihnen zu besprechen, Hopkins«, antwortete Skinner barsch. »Hier gehen Dinge vor, die ich keinesfalls billigen kann.«

»Von mir aus«, entgegnete Hopkins kalt. »Solange ich meine zwei Millionen und die beiden Präparate bekomme, soll mir alles recht sein.«

»Ist es möglich, dass wir ins Freie gehen, um ein bisschen frische Luft zu schnappen?«, fragte Ben. »Wir sind hier von morgens bis abends eingesperrt, und von dem Geruch der Chemikalien ist mir schon ganz schlecht.«

»Bringt sie nach draußen«, sagte Hopkins zu den Wachen. »Und wir bleiben hier und unterhalten uns«, fügte er an Skinner gewandt hinzu.

70

Als Ben und Susan draußen waren, wandte Hopkins sich an Skinner. »Haben Sie's?«

Skinner hielt die CD-ROM hoch. »Hier ist alles drauf. Petersens gesamte Unterlagen. Aber ich habe noch etwas viel Besseres. Maxwell ist zuversichtlich, dass er sowohl das Heilmittel für Ihre Tochter als auch das Wachstumspräparat herstellen kann.«

»Was wissen die beiden?«

»Nichts, was uns beunruhigen sollte. Scheint zumindest so.«

»Haben sie Ihnen die Geschichte abgekauft?«

»Ich denke schon. Trotzdem müssen Sie Ben Maxwell im Auge behalten. Er hat einen scharfen Verstand.«

»Wenn sich die Dasselfliegen in sein Gehirn fressen, ist es auch damit vorbei.«

»So hat unsere Abmachung aber nicht ausgesehen. Keine weiteren Morde mehr, habe ich gesagt.«

»Nun haben Sie sich doch nicht so! Bis jetzt hat Ihnen das nicht viel ausgemacht.«

»Wenn Sie anfangen, Wissenschaftler von ChemGen zu töten, ist das was anderes, Hopkins. Damit bringen Sie mich in große Schwierigkeiten.«

Skinner ging zur Tür. Petersens CD-ROM war ein großer Schritt hin zu dem Ziel, das er seit Jahren verfolgte. Jetzt musste Ben nur noch die begonnene Arbeit beenden, und dann konnte er dem Amazonas für immer den Rücken kehren. Vorher aber würde er Hopkins noch das Handwerk legen.

71

Den Rest des Tages über war Skinner nicht mehr zu sehen. Hopkins erklärte Ben und Susan, dass er nach Manaus gefahren und im Firmenjet nach Rio geflogen sei, um die zwei Millionen Dollar zu besorgen. Sobald er das Geld gebracht hätte, wären sie frei – vorausgesetzt sie konnten die beiden Präparate herstellen, die Hopkins haben wollte.

Bens Arbeit ging gut voran. Bereits am Vormittag war es ihm gelungen, die im Jeep gefundene Lösung zu analysieren, und nach dem lieblos zubereiteten Mittagessen, das ihnen einer von Hopkins' Söldnern auf den Labortisch geknallt hatte, war er darangegangen, eine Methode zu finden, wie er das Mykorrhizenkonzentrat in größeren Mengen herstellen konnte.

Der Weg zum Wachstumspräparat nahm Gestalt an, auch wenn das Problem des genetischen Timers noch nicht endgültig gelöst war. Diesen zu finden war Susans Aufgabe, die sich nichts anderem mehr widmete als der Arbeit an den geheimnisvollen Vakuolen der Venusfliegenfalle.

Als Hopkins um sechs Uhr abends zurückkam, brachte er einen sehr krank aussehenden Jungen mit, dessen linker Arm in dicken Verbänden steckte.

»Das ist Rico, der manchmal für Paulo arbeitet«, erklärte Hopkins. »Es geht ihm nicht gut.«

Die Lippen des Jungen waren geschwollen, und auf der linken Hälfte des Gesichts breitete sich ein seltsamer dunkelgrüner Ausschlag aus, der vom Hals nach oben in Richtung Stirn zu wuchern schien. Er zog sich wie ein Moospolster über Wange, Nasenflügel, Schläfe und Augenhöhle. Ben erinnerte er sofort an die Haut von Hopkins' Tochter.

»Was hast du?«, fragte er den Jungen, der ihn und Susan Hilfe suchend anstarrte.

»Weiß nicht«, sagte er mit heiserer Stimme. »Es wird immer größer. Und nichts hilft. Abwaschen, Abkratzen, Abschneiden. Abbrennen. Umsonst.« Rico wickelte den Verband von seinem Arm, und Ben und Susan wichen unwillkürlich einen Schritt zurück. Der ganze Arm des Jungen war von dem Gewächs überwuchert, das sie auch schon in seinem Gesicht gesehen hatten, nur hier war es viel dicker, ausgeprägter, irgendwie *älter,* wie Ben fand. Es war eher braun als grün und hatte zentimetertiefe Risse und Furchen. *Wie Rinde,* dachte Ben. »Woher hast du das?«, fragte Susan. »Bist du mit irgendwas in Kontakt gekommen?«

»Ja«, erwiderte Rico kläglich.

»Womit?«

»Damit!« Rico deutete auf die Reagenzgläser mit der grünen Flüssigkeit, die Hopkins ihnen aus dem Jeep hatte bringen lassen.

»Os fantasmas de morte!«, wimmerte Rico. »In der Schlucht. Jetzt reden sie mit mir. Wachsen, sagen sie. Wachsen, wachsen, wachsen.«

Ben hatte sich inzwischen Latexhandschuhe übergestreift, einen Mundschutz umgebunden und hielt ein Skalpell in der Hand.

»Wenn wir dir helfen sollen, brauche ich eine Probe von dem Gewächs auf deinem Arm«, sagte er zu Rico. »Keine Angst, es tut nicht weh.«

»Machen Sie nur«, antwortete Rico ruhig. »Ich bin ohnehin bald tot. Aber ich hätte gern einen Schluck Wasser, por favor.«

Ben machte mit dem Skalpell einen vorsichtigen Schnitt in das Gewächs, das sich hart und holzig anfühlte. Rico verzog keine Miene. Susan bereitete inzwischen mehrere Petrischalen vor, in die Ben vorsichtig die Proben legte, die er an verschiedenen Stellen von Ricos Haut nahm.

Der Junge sagte nichts mehr und wirkte wie entrückt, während er ein Glas Wasser nach dem anderen trank.

»Wachsen«, flüsterte er wie zu sich selbst. »Wachsen, wachsen, wachsen.«

72

Los Ben, erzähl's ihm«, forderte Susan und deutete auf Jack. Man hatte sie für die Nacht wieder in ihre Zelle gesperrt.

»Aber ich bin mir noch nicht ganz sicher«, murmelte Ben.

»Was sollst du mir erzählen?«, fragte Jack.

»Nichts.«

»Na schön, wenn du nicht willst, dann tue ich es eben!«, sagte Susan. Sie hatte fürchterliche Kopfschmerzen. In der Schwüle des Nachmittags hatte sich die durch die Dasselfliegen hervorgerufene Entzündung über den gesamten Hals ausgebreitet.

»Dein Dad ist ein wahres Genie!«, flüsterte sie. »Er hat ein Heilmittel für die Erkrankung von Hopkins' Tochter gefunden. Ich wollte es zuerst nicht glauben, aber es funktioniert.«

»Wirklich?«, fragte Jack. »Wie?«

»Hopkins hat uns einen Jungen gebracht, der erst kürzlich mit dem Elixier in den Reagenzgläsern in Berührung gekommen ist.«

»Der Junge mit dem grünen Gesicht?«, fragte Jack.

»Genau«, sagte Susan. »Seine Haut hat auf die Chemikalien aus dem Jeep in der Art reagiert, dass sich die Zellen der genveränderten Pflanze mit seinen Blutkörperchen verbunden haben. Dein Vater hat genau das herausgefunden und sich eine Methode überlegt, wie es wieder rückgängig gemacht werden kann.«

»Aber wir sind uns noch nicht ganz sicher«, warf Ben ein. »Zuerst müssen wir noch einige Versuche durchführen. Dorothy und den Jungen können wir damit noch nicht behandeln, das wäre verantwortungslos.«

»Aber du hast den Code geknackt«, rief Susan. »Jack, du kannst echt stolz auf deinen Vater sein. Das ist ein Durchbruch.«

»Aber nutzt der uns etwas?«, fragte Jack und deutete auf die Flecken auf seiner Brust.

»Natürlich nutzt er uns etwas. Wenn Hopkins erfährt, dass wir auf der richtigen Spur sind, spritzt er uns bestimmt das Gegenmittel. Wir sind die Einzigen, die seine Tochter retten können.«

»Aber jetzt muss *ich* euch auch etwas erzählen.« Jacks Stimme klang zuversichtlich und ließ an dem, was er sagte, keinerlei Zweifel aufkommen. »Ich bin heute Vormittag ins Netzwerk der Farm eingedrungen. Das war ein Klacks, weil irgendein Trottel sein Passwort unter dem Mauspad versteckt hat. Als ich erst mal drin war, habe ich mir von einem geheimen Server im Internet mein XPURGE-Programm heruntergeladen, das ich jederzeit aktivieren kann. Ihr braucht mir nur zu sagen, wann das sein soll, und Hopkins' Daten werden verschlüsselt, auf einen geheimen Server in Kasachstan übertragen und dann in Hopkins' System vernichtet. Auf diese Weise haben wir quasi digitale Geiseln in der Hand: Nur wenn er tut, was wir sagen, werden ihm die Daten wieder zurückgespielt.«

»Das ist ja fantastisch!« Susan klopfte Jack bewundernd auf den Rücken. »Damit haben wir eine weitere Waffe gegen ihn in der Hand.«

»Ich wusste, dass du es schaffst, mein Sohn«, erklärte Ben voller Stolz. »Und ich bin fast fertig mit den beiden Präparaten. Wenn Skinner mit dem Lösegeld kommt, übergebe ich Hopkins die Unterlagen für die Produktion seines Wachstumsmittels, er speist sie in sein System ein, wir kriegen was gegen die Dasselfliegen, steigen ins Flugzeug und fliegen nach Hause, und wenn wir dann in Sicherheit sind, schlägt Jacks Programm zu und vernichtet sämtliche Unterlagen für die Produktion des Wachstumsmittels. Genial.«

»Jacker der Hacker, stets zu Diensten.« Jack strahlte.

Ben ging hinüber zu Jack und umarmte ihn. »Als Team sind wir unschlagbar«, sagte er und war zu Tränen gerührt. Zum ersten Mal seit vielen Jahren erwiderte sein Sohn seine Umarmung.

73

Im Produktionsgebäude auf der anderen Seite des Geländes lag Rico in einem fensterlosen Raum auf dem Betonboden. Er hatte die Knie an die Brust gezogen und war unfähig, das Zittern, das seinen ganzen Körper erfasst hatte, zu kontrollieren. Sein Durst brachte ihn fast um.

Zum ersten Mal, seit er den verlassenen Jeep entdeckt hatte, waren die Stimmen in seinem Kopf verstummt. Seit dem Treffen mit den amerikanischen Wissenschaftlern gaben sie Ruhe. Es kam Rico fast so vor, als hätte er einen Auftrag erfüllt.

Was für ein herrlicher Friede!

Der arme Waisenjunge mit den gelben, schiefen Zähnen, der Touristen für ein Taschengeld die Rucksäcke schleppte und sich den Rest, den er zum Leben brauchte, irgendwo zusammenstahl, verspürte zum ersten Mal in seinem Leben eine tiefe innere Ruhe.

Sein Mund aber war ausgetrocknet wie Sand in der Wüste. Die Pflanze, die von ihm Besitz ergriffen hatte, sog ihm alle Flüssigkeit aus dem Körper. Er spürte, wie er immer schwächer wurde. Lange hatte er geschrien und gegen die Tür seines Gefängnisses getrommelt, aber niemand war gekommen, um ihm etwas zu trinken zu bringen, und jetzt war er so schwach, dass er nur noch zusammengekrümmt am Boden liegen und auf die *fantasmas de morte* warten konnte, die Todesgeister, die er in den letzten Tagen ständig um sich gespürt hatte.

Als man am nächsten Morgen seinen verkrümmten, eingeschrumpelten Körper fand, war er nur noch halb so groß wie am Abend zuvor. Die Pflanze hatte ihm sämtliche Feuchtigkeit aus den Zellen gesogen.

VERBREITUNG

74

Der Schrei eines Aras draußen im Dschungel ließ Susan am frühen Morgen hochschrecken. Sie stand auf, trat ans vergitterte Fenster ihres Verschlags und blickte nach draußen, wo der Himmel über den Baumkronen schon heller wurde.

»Die Sonne geht bald auf«, meinte sie gähnend, als sie hörte, dass auch Ben und Jack sich bewegten. »Heute müsste Skinner eigentlich mit dem Geld zurückkommen. Vielleicht sollte Jack langsam sein Killerprogramm aktivieren für den Fall, dass Hopkins seine Meinung ändert.«

»Kein Problem«, erklärte Jack zuversichtlich. »Dazu muss ich nur fünf Minuten an einen seiner Computer gelangen.«

»Lass mal deine Brust sehen, mein Sohn.« Ben trat besorgt auf ihn zu, und Jack zog sein T-Shirt hoch. Die entzündete Stelle auf Höhe des Herzens war über Nacht auf die doppelte Größe angewachsen und hatte eine tiefrote Färbung angenommen.

»Es tut mir so leid, dass ich dich da mit hineingezogen habe«, sagte Ben, während er vorsichtig Jacks Brust abtastete.

»Das ist doch nicht deine Schuld«, erwiderte Jack. »Jetzt zeig mir, wie es bei dir aussieht.«

Ben knöpfte sein Hemd auf und stellte sich vor Jack. Seine Entzündung war kleiner, etwa so groß wie ein Bierdeckel.

»Ich schmecke den Dasselfliegen anscheinend besser als du«, witzelte Jack. Ben war überhaupt nicht nach Scherzen zu Mute.

»Wie fühlst du dich?«, fragte er besorgt. »Hast du Fieber?«

»Es juckt ... und es brennt höllisch.«

»Wenn du kratzt, wird es nur noch schlimmer. Und wenn dir schwindelig wird, heißt es, dass die Larven ins Nervensystem eingedrungen sind.«

Jack nickte ernst und starrte schweigend auf den Boden.

»Hör mal, Dad. Wir kommen hier raus, das weiß ich genau.«

Überrascht sah Ben seinen Sohn an.

»Du hast mich schon wieder Dad genannt.«

»Ich weiß.«

»Ich mag es, wenn du mich Dad nennst.«

Verlegen rutschte Jack auf dem Boden hin und her.

»Ihr seid schon ein tolles Paar«, sagte Susan. Dann zog sie die blonden Haare beiseite und zeigte ihnen ihren Hals, an dem sich die Entzündung bereits bis zum Ohr vorgearbeitet hatte. »Na, nehmt ihr mich in euren Club auf?«, fragte sie.

»Bei den Anonymen Dasselfliegenopfern?«, kicherte Jack, und Ben rang sich ein gequältes Grinsen ab.

Susan lachte laut und zwinkerte Ben zu. Ben wusste, was sie ihm damit sagen wollte.

Er sollte seinem Sohn nicht seine Zuversicht nehmen.

»Also gut, Jungs«, sagte Susan. »Am besten ruhen wir uns noch ein bisschen aus. Das wird ein harter Tag.«

Sonst gab es nicht viel zu sagen. Schweigend blieben sie sitzen und warteten darauf, dass Hopkins' Söldner sie abholten.

75

Greasy kam eine halbe Stunde später. Ungestüm riss er die Tür auf und deutete auf Jack.

»Der bleibt heute hier«, raunzte er. »Heute gibt es keine Computerspiele!«

»Dad, tu doch was!«, sagte Jack und wollte sich aus der Hütte drängen, aber Greasy gab ihm einen Stoß mit seinem Gewehrkolben, dass er gegen die Hüttenwand geschleudert wurde und zusammenbrach.

Ben stürzte sich auf den fies grinsenden Söldner, der ihn mit einem einzigen Faustschlag zu Boden streckte.

»Geben Sie Hopkins, was er haben will. Dann kann der Junge auch rauskommen«, fauchte Greasy. »Bis dahin ist Schluss mit Computerspielen.«

Ben rappelte sich auf und beugte sich über seinen Sohn, der eine Schürfwunde an der Stirn hatte.

»Sehen Sie sich das an!«, fauchte Ben. »Er blutet. Hopkins kriegt von mir überhaupt nichts, ehe ich mich nicht um meinen Jungen gekümmert habe.«

»Wie Sie wollen«, entgegnete Greasy. »Aber dann sollten Sie sich auch darüber klar sein, dass dieser Junge heute Abend vielleicht nicht mehr lebt.«

Ben beachtete ihn nicht und strich Jack übers schweißnasse Haar. »Es wird alles gut«, flüsterte er.

»Dann wollen wir mal, Madame«, wandte sich Greasy mit einem anzüglichen Grinsen an Susan. »Das Labor wartet auf Sie.«

Ohne ihn eines Blickes zu würdigen, trat Susan ins Freie. Greasy warf die Tür zu und sperrte sie von außen ab. Dann waren Ben und Jack allein.

»Das war nicht nötig, Dad«, flüsterte Jack. »Mir fehlt nichts.«

»Ich weiß«, erwiderte Ben und rieb sich das von Greasys Faustschlag schmerzende Kinn. »Ich wollte nur etwas Zeit gewinnen.«

»Wofür?«

»Damit du mir sagst, was ich tun muss. Am Computer.« Jack runzelte die Stirn. »Du kannst ja nicht mal richtig eine E-Mail abschicken, wie willst du dich da in ein geschütztes System hacken?«

»Schreib es mir auf. Schreib mir alles auf, was ich tun muss.«

»Das ist keine chemische Formel, Dad.«

»Trotzdem, ich schaffe es.«

Jack schüttelte ungläubig den Kopf.

»So einfach ist das nicht.«

»Aber wir haben keine andere Wahl.«

»Doch. Wir können kämpfen«, beharrte Jack. »Wir können sie überwältigen und in den Dschungel flüchten.«

»Und dann an den Dasselfliegen krepieren? Nein. Wir warten auf Skinner, und ich gebe Hopkins, was er braucht. Dein Killerprogramm ist dabei unsere Lebensversicherung. Wenn er uns nicht gehen lässt, drohen wir ihm damit. Und wenn wir erst einmal weg sind, wird es dafür sorgen, dass Hopkins mit dem Wachstumspräparat keine schlimmen Dinge anstellen kann.«

»Dad, ich muss dir etwas sagen ...«

»Warum vertraust du mir nicht einfach? Ich bin kein solcher digitaler Analphabet, wie du glaubst.«

»Darum geht es doch gar nicht. Ich muss dir etwas ganz anderes sagen. Als ich in Hopkins' System eingedrungen bin, habe ich festgestellt, dass es seine Daten auf einem Server spiegelt, den ich schon einmal gehackt habe. Es ist der ChemGen-Server in Virginia.«

»Nicht möglich!«, flüsterte Ben.

»Doch. Hopkins ist anscheinend so eng mit eurer Firma verbandelt.«

»Das ist ja unglaublich«, flüsterte Ben, aber er gab nicht auf. »Egal«, sagte er nach einer Weile. »Wir bleiben bei unserem Plan.« Damit rollte er seinen Ärmel hoch, zog einen Kugelschreiber aus seiner Westentasche und blickte wissbegierig auf seinen Sohn.

»Willst du mir jetzt endlich erklären, wie man dein Killerprogramm aktiviert?«

76

Ben nahm das Gefäß aus der Zentrifuge und betrachtete die trübe Lösung, die er aus einer Mischung von Ricos Blut, dem konzentrierten Mykorrhizenextrakt und den von Susan in mühevoller Kleinarbeit isolierten Vakuolen der Venusfliegenfalle gewonnen hatte. Es tat ihm leid um den Jungen mit den schiefen gelben Zähnen, der in der Nacht gestorben war. Ohne ihn hätte er niemals das Heilmittel für Hopkins' Tochter entwickeln können, und jetzt war er auch bei seiner Suche nach dem Wachstumspräparat ein großes Stück weitergekommen. Wer weiß, dachte er, während er den Inhalt des Probenbehälters vorsichtig in ein kleines Gefäß aus bruchsicherem Kunststoff umfüllte, vielleicht hielt er es bereits in der Hand.

Bevor er es testen konnte, musste er aber Hopkins die Arznei für seine Tochter entwickeln.

Vielleicht würde diese ja eine völlig neue Entwicklung in der Behandlung genetischer Defekte auslösen und damit eine Revolution in der Medizin einläuten, ähnlich der Entdeckung des ersten Impfstoffs durch Louis Pasteur.

Auf einmal wurde Ben schlagartig klar, wie egal ihm das alles war. Er wollte gar nicht berühmt werden, wollte nicht mehr als ein Retter der Menschheit in die Geschichtsbücher eingehen.

Im Augenblick wollte er nur einen retten.

Jack Maxwell.

Susan, die gerade ein Tablett mit Reagenzgläsern zum Ausguss trug, stellte sich neben ihn. »Wir müssen uns etwas einfallen lassen, damit Jack sein Programm aktivieren kann«, sagte sie leise.

»Nicht nötig«, erwiderte Ben. »Das übernehme ich.« Dabei krempelte er seinen Ärmel hoch. Auf dem Unterarm hatte er sich in winziger Schrift eine lange Liste von Computerbefehlen aufgeschrieben.

»Jack hat mir genau gesagt, was ich tun muss«, sagte er. »Ich muss nur an einen Computer gelangen, den UNIX-Terminal öffnen und das alles Buchstabe für Buchstabe genau eintippen.«

Susan verdrehte die Augen. »Dann sind wir verloren«, stöhnte sie. »Du kannst ja nicht mal eine E-Mail richtig schreiben.«

»Dasselbe hat Jack auch gesagt. Wieso habt ihr nur kein Vertrauen in mich?«

»Vielleicht sollten wir das mit dem Killerprogramm sein lassen und hoffen, dass Skinner uns hier rausholt. Wenn Hopkins mitkriegt, dass wir sein System schachmatt setzen wollten, bringt er uns auf der Stelle um.«

Ben schüttelte den Kopf. »Mit Skinner müssen wir vorsichtig sein. Es ist durchaus möglich, dass er mit Hopkins unter einer Decke steckt.«

»Wie bitte? Das ist doch nicht dein Ernst, oder?«

»Leider ja«, erwiderte Ben, und dann erzählte er Susan, was Jack über Hopkins' Computer herausgefunden hatte.

»Wenn Hopkins tatsächlich für ChemGen arbeitet, warum ist Skinner dann hierhergekommen, um unsere Freilassung zu bewirken? Warum sollte er sich die Mühe machen?«

»Skinner ist nicht zwangsläufig ChemGen. Es kann gut sein, dass Hopkins andere Kontakte zur Firma hat.«

»Zu wem denn?«

»Das weiß ich nicht. Aber viel mehr interessiert mich die Frage, *weshalb* Hopkins so enge Kontakte zu ChemGen unterhält, dass man ihm den direkten Zugang zu einem der bestgesicherten Computersysteme der Welt gewährt hat. Und ich frage mich, ob Michael Petersen vielleicht deshalb sterben musste, weil zwischen Brasilien und Virginia üble Dinge laufen.«

Ein Schlüssel drehte sich im Schloss, und Ben krempelte hastig den Ärmel seines Hemds herunter. Gerade als er ihn zugeknöpft hatte, erschien Hopkins zusammen mit Greasy und einem seiner Söldner in der Tür.

»Ihre Zeit ist fast um«, sagte Hopkins ohne ein Wort des Grußes. »Was ist jetzt mit meinen Präparaten?«

»Wir stehen ganz kurz vor dem entscheidenden Durchbruch«, log Ben. »Ein, zwei Tage noch, dann bekommen Sie, was Sie brauchen.«

»Aber in zwei Tagen sind Sie vielleicht nicht mehr am Leben. Und Ihr Sohn ganz bestimmt nicht mehr, denn dem haben wir schließlich die aggressiveren Dasselfliegen verabreicht.«

Dieser Hopkins war ein Monstrum. Ben musste unbedingt etwas tun, sonst war Jack verloren.

»Das Wachstumspräparat ist so gut wie fertig«, erklärte er. »Ich müsste dazu nur noch die Sequenzierungsergebnisse in den Computer eingeben und auswerten lassen.

Leider geht der Laptop hier im Labor dabei regelmäßig in die Knie.«

»Wenn's weiter nichts ist«, sagte Hopkins. »Der Laptop ist sowieso nur dafür da, dass Sie die Ergebnisse Ihrer Arbeit darauf sofort dokumentieren können. Laden Sie also alles, was Sie brauchen, auf den Server hoch, und wenn Sie damit fertig sind, wird Greasy Sie in den Computerraum bringen.«

»Von mir aus können wir gleich gehen, denn alles, was ich brauche, ist schon auf dem Server. Wenn ich alles eingegeben habe, verabreichen Sie uns dann das Gegenmittel?«

»Das bekommen Sie erst, wenn ich das Medikament für meine Tochter habe. So war es ausgemacht, und ich sehe keinen Grund, weshalb ich davon abweichen sollte.«

»Der Grund ist ganz einfach der, dass tote Wissenschaftler Ihnen kein Heilmittel für Ihre Tochter mehr entwickeln können.«

»Alles zu seiner Zeit«, antwortete Hopkins mit einem gemeinen Grinsen. »Bis jetzt sind Sie ja noch am Leben. Wenn Sie allerdings Ihre kostbare Zeit weiterhin mit fruchtlosen Diskussionen vergeuden wollen, kann ich Ihnen auch nicht helfen.«

Ben überlegte fieberhaft. Wenn er Hopkins auch noch das Medikament verschaffte, hatte er sein letztes Faustpfand aus der Hand gegeben und war auf Gedeih und Verderb auf seine Gnade angewiesen, außer ... außer Jacks Killerprogramm verrichtete seine Arbeit in Hopkins' Computersystem. Dann sah die Sache wieder anders aus. Alles hing jetzt davon ab, ob es ihm gelang, XPURGE zu konfigurieren und zu starten. Erst danach konnte er eine Entscheidung treffen.

»Dann lassen Sie uns keine Zeit verlieren«, sagte er.

»Ein weiser Entschluss«, sagte Hopkins. »Und denken Sie dran: Es ist *Ihre* Zeit ... und die Ihres Sohnes.« Hopkins funkelte Ben böse an. »Greasy, bring Dr. Maxwell in den Computerraum!«

77

Im Computerraum war es angenehm kühl verglichen mit der stickigen Hitze im Labor.

»Wie lange brauchen Sie?«, fragte Greasy, der offenbar nicht vorhatte, Ben beim Arbeiten zuzusehen.

»Eine Stunde etwa«, sagte Ben und hatte Mühe, sich die Erleichterung, die er empfand, nicht anmerken zu lassen.

»Dann schließe ich Sie hier ein und hole Sie in einer Stunde wieder ab.« Ohne ein weiteres Wort machte der dicke Mann im Tarnanzug auf dem Absatz kehrt und verließ das Zimmer. Als Ben ihn mit seinen schweren Stiefeln den Gang entlangpoltern hörte, krempelte er sich den Hemdsärmel hoch, setzte sich an den Bildschirm des Computers und fing an zu tippen.

START > APPLICATIONS > XPURGE

Eigentlich war alles ganz einfach. Jack hatte Ben aus dem Gedächtnis sämtliche Befehle diktiert, die er nacheinander in den Computer eingeben musste. Wenn einmal etwas nicht klappte, hatte Ben sich verschrieben und musste die letzte Zeile noch einmal tippen. Es dauerte keine halbe Stunde, da meldete der Bildschirm:

XPURGE LAUNCHED. PRESS RETURN TO CLEAR SCREEN

Ben drückte ein letztes Mal die Enter-Taste, lehnte sich zurück und betrachtete zufrieden den weißen Bildschirm, der so aussah, als wäre nichts gewesen.

Jack hatte seinen Vater zum Computerhacker gemacht.

78

Als Ben ins Labor zurückkam, rauchte Susan gerade eine Zigarette.

»Wo hast du denn die her?«, fragte er ein wenig ungehalten. Rauchen im Labor war normalerweise streng verboten.

»Einer von Hopkins' Gorillas hat sie mir geschenkt«, erwiderte Susan. »Er meinte, es könnte meine letzte sein.«

Susan sah wirklich nicht gut aus. Ihr Hals war dunkelrot, und die Infektion fing an, sich auf ihr Gesicht auszubreiten.

»Skinner ist wieder da«, sagte sie. »Er hat uns also nicht im Stich gelassen. Ich habe ihn draußen auf dem Gelände mit einem Aktenkoffer gesehen.«

»Und ich habe Jacks Killerprogramm gestartet. Es ist so eingestellt, dass es in zwei Stunden Hopkins' Netzwerk ausradiert.«

»Das ist ja großartig«, sagte Susan, aber in ihrer Stimme war nichts von Erleichterung zu spüren. Irgendwie wirkte sie matt und fahrig, und Ben kam es so vor, als ob sie sich ein wenig mit dem Sprechen schwertäte.

»Geht es dir nicht gut?«, fragte er.

»Ich weiß nicht«, antwortete Susan. »Mir ist plötzlich

irgendwie schwindelig. Das muss von der Zigarette kommen.«

Nein, das sind die Dasselfliegen, dachte Ben.

»Komm, leg dich hin und ruh dich ein wenig aus.«

In dem Labor gab es ein einfaches Feldbett, zu dem Ben Susan jetzt führte. Sie legte sich auf die harte Pritsche und atmete schwer.

»Mir ist schlecht, Ben«, flüsterte sie.

»Bin gleich wieder da«, sagte Ben und rannte zur Tür.

Mit beiden Fäusten trommelte er so lange dagegen, bis einer der Söldner sie aufsperrte und ihn mit mürrischem Gesicht anstarrte.

»Holen Sie sofort Hopkins«, verlangte Ben. »Ich muss mit ihm reden.«

Als er zu Susan zurückkam, war diese bereits nicht mehr ansprechbar. Ben fühlte ihr den Puls, der schwach, aber noch vorhanden war. Sie war bewusstlos und atmete schwer. Ben selbst fühlte sich ebenfalls nicht wohl. Er hatte Mühe, seine Augen auf Susan zu fokussieren, und hatte dabei das Gefühl, als finge der Raum um ihn ganz leicht zu schwanken an.

Er ging neben dem Feldbett auf die Knie und hielt Susans Hand. Ein entsetzlicher Gedanke ergriff ihn und ließ ihn nicht mehr los. Wie mochte es Jack gehen, dem Hopkins eine viel aggressivere Art von Dasselfliegen injiziert hatte? Sein Sohn war jung und stark, das war sein Vorteil. Aber würde er den Fliegenlarven deshalb länger widerstehen können als Susan und er?

Es kam Ben so vor, als dauerte es eine Ewigkeit, bis die Tür zum Labor geöffnet wurde. Er hatte die Augen geschlossen und hörte, wie sich Schritte näherten. Mit Mühe gelang es ihm, die Augen zu öffnen und wie durch einen Nebelschleier auf die zwei Männer zu richten, die vor ihm standen und auf ihn herabsahen.

Es waren Hopkins und Skinner. Hopkins' Gesicht kam Ben aschfahl vor, was aber vielleicht nur daran lag, dass er selbst nicht mehr klar sehen konnte.

»Dr. Plotkin ist bewusstlos geworden«, sagte Ben und spürte, dass das Sprechen ihm schwerfiel. »Sie müssen ihr sofort das Gegenmittel verabreichen.«

Hopkins schwieg und starrte ihn mit versteinertem Gesicht an.

»Haben Sie mich nicht verstanden? Dr. Plotkin geht es nicht gut! Sie braucht sofort Ihre Hilfe, sonst stirbt sie!«

Keine Reaktion.

»Abe, sagen Sie es ihm! Susan ist in Lebensgefahr!«

Auch Skinner reagierte nicht.

Ben fühlte sich, als ob er betrunken wäre. Seine Zunge war schwer, und er fing an, doppelt zu sehen.

»Wenn Sie ihr nicht sofort das Gegenmittel verabreichen, werde ich das Medikament für Ihre Tochter nicht mehr weiterentwickeln.«

Hopkins starrte ins Leere. In seinem Blick meinte Ben einen brodelnden Hass erkennen zu können.

»Haben Sie mich nicht ... verstanden?« Ben fing an zu lallen. Seine Zunge fühlte sich an wie ein mit Wasser vollgesogener Schwamm. »Ich vernichte ... alles ... was ich ...«

»Sparen Sie sich Ihre Worte, Ben«, sagte Skinner mit ruhiger Stimme. »Seine Tochter ist vor einer Stunde gestorben.«

Ben fühlte sich, als hätte ihm jemand einen mit Chloroform getränkten Wattebausch aufs Gesicht gedrückt. Skinner sagte etwas, aber er verstand es nicht mehr, weil sich in seinem Kopf eine stumpfe Leere breitmachte. Das Letzte, was er sah, bevor ihm schwarz vor Augen wurde, war Hopkins' versteinertes, kreidebleiches Gesicht.

Jack, dachte er. Jack! Alles war vorbei. Alles war verloren.

ORTSWECHSEL

79

Ein knatterndes, zischendes Schlagen, als würden die Blätter eines riesigen Ventilators rasend schnell über ihn hinwegsausen. Dazu ein tiefes, brummendes Geräusch, das seinen Körper leicht erbeben ließ.

Langsam öffnete Ben die Augen. Er erblickte eine hellbeige Kunststoffwand, in die ein kleines Fenster eingelassen war. Hinter dem Fenster sah er einen strahlend blauen Himmel, in dem eine blendend weiße Kumuluswolke schwamm.

Wo war er?

Ein Gesicht schob sich in sein Blickfeld. Es war das von Hopkins, der ihn böse anstarrte.

»Wo bin ich?«, stöhnte Ben.

»In einem Hubschrauber von ChemGen.«

»In Brasilien?«

»Nein, in Virginia. In zehn Minuten landen wir in der Zentrale.«

»Und wie bin ich hierhergekommen?«

»Wie wohl? In Skinners Firmenjet. Wir haben eine Art Krankentransport für Sie organisiert.«

Ben versuchte, sich aufzurichten, aber er konnte nicht. Sein Oberkörper war mit einem breiten Riemen an die Liege gefesselt.

»Was soll das? Warum bin ich festgebunden?«

»Damit Sie nicht auf den Boden fallen. Sie schwitzen seit zwanzig Stunden die Fliegenlarven aus.«

»Dann haben Sie mir das Gegenmittel doch gegeben. Warum?«

»Wir haben unsere Gründe.«

»Wo ist Jack?« Ben hustete. Das Sprechen machte ihm Mühe. »Und wo ist Susan?«

»Ihr Sohn liegt neben Dr. Plotkin.« Hopkins wies in den hinteren Teil der Kabine.«

»Ist er ...«

»Er lebt, wenn Sie das meinen. Und Dr. Plotkin auch.«

»Ich will mit ihm reden.«

»Ja, es ist schön, wenn man noch ein Kind hat«, entgegnete Hopkins bitter. »Fragt sich nur, wie lange noch.«

»Was soll das heißen?«

»Auge um Auge, Zahn um Zahn. Das steht schon in der Bibel.«

»Wenn Sie ihn töten wollen, warum haben Sie ihm dann das Gegenmittel gespritzt?«, fragte Ben. Er fühlte sich zwar noch ziemlich benommen, aber sein Gehirn funktionierte anscheinend wieder.

»Weil wir den Bengel noch brauchen«, raunzte Hopkins. »Er hat uns das ganze Computersystem lahmgelegt.«

»Woher wissen Sie, dass er es war?«

»Von ihm. Wir haben Methoden, so was rauszufinden.«

Ben spürte, wie heiße Wut in ihm aufwallte. »Was haben Sie ihm angetan?«

Hopkins grinste nur.

»Ich will sofort wissen, was Sie meinem Sohn angetan haben.«

»Setzen Sie sich hin, Hopkins. Wir landen gleich«, ließ sich eine Stimme aus dem Cockpit vernehmen.

Ein sonorer Bariton.

Die Stimme von Dr. Abe Skinner. Ben drehte den Kopf und sah, dass Skinner den Hubschrauber steuerte.

Skinner und Hopkins hatten sie aus Brasilien fortgebracht und wollten jetzt mit ihnen auf dem Landeplatz hinter der Firmenzentrale von ChemGen landen.

»Warum, Abe? Warum das alles?«, fragte Ben verzweifelt.

Skinner wandte leicht den Kopf. »Weil Ihr reizender Nachwuchs nicht nur sämtliche Rechner von Hopkins vollkommen plattgemacht hat. Er hat uns auch ein Programm ins Netzwerk von GemGen geschleust, das den gesamten Datenbestand von Somba ausradiert hat. Dass ich das nicht zulassen kann, werden Sie wohl einsehen.«

»Was haben Sie vor?«, fragte Ben scharf. »Wollen Sie uns umbringen, so wie Sie Petersen umgebracht haben? Dann hätten Sie uns doch bloß an den Dasselfliegen sterben lassen müssen.«

»Stimmt«, antwortete Skinner ungerührt, während er den Hubschrauber über dem Firmengelände von ChemGen schweben ließ. »Aber als ich erkannte, dass alle Daten verschwunden waren, musste ich Hopkins zwingen, Ihnen das Gegenmittel zu verabreichen. Glauben Sie mir, er hat das nicht gern getan. Und ich auch nicht. In Brasilien wäre alles so viel einfacher gewesen.«

»Was sind Sie nur für ein Unmensch, Skinner?«, ließ Susans Stimme sich aus dem hinteren Teil des Hubschraubers vernehmen. »Für Ihren Profit sind Sie bereit, über Leichen zu gehen!«

Skinner lachte höhnisch auf. »Das müssen gerade Sie mir sagen«, erwiderte er. »Wenn jemand in der Firma von Ehrgeiz zerfressen wird, dann sind Sie das.«

»Aber ich bringe niemanden um.«

»Wer weiß? Gut möglich, dass Sie Ihre beiden Doktoranden getötet haben, weil sie die Unterschlagungen in Somba ans Licht bringen wollten. Dafür habe ich sogar Zeugen.«

»Wen denn?«, fragte Susan.

»Hopkins.«

»Machen Sie sich doch nicht lächerlich, wer wird dem denn glauben?«

»Wenn ich seine Aussage unterstütze, sehe ich da keine Schwierigkeiten. Es gibt genügend E-Mails von Ihnen, die beweisen, dass Sie das Labor um jeden Preis vor der Schließung bewahren wollten. Als Sie erfuhren, dass ich auf dem Weg nach Somba war, um es dichtzumachen, haben Sie einen Angriff auf die Einrichtung vorgetäuscht und dabei Ihre Doktoranden ermordet.«

»Das wird Ihnen das FBI niemals abkaufen«, sagte Ben. »Und der Vorstand von ChemGen auch nicht.«

»Der Vorstand tut alles, was der Firma zum Vorteil gereicht. Und wegen des FBI mache ich mir keine Sorgen. ChemGen unterhält hervorragende Beziehungen zu den Bundesbehörden«, fuhr Skinner fort. »Aber das lässt sich alles vermeiden, Ben, wenn Ihr Sohn unsere Daten wiederherstellt.«

»Das kann er nicht.«

Skinner lachte trocken. »Da hat er uns auf der Farm aber etwas ganz anderes gesagt. Wir werden ja sehen, was er tut, wenn Hopkins sein Mütchen an seinem Vater kühlt.«

»Ja, das werden wir«, entgegnete Ben und schob trotzig sein Kinn nach vorn.

»Spiel nicht den Helden, Dad«, ließ Jacks Stimme sich von hinten vernehmen. »Die meinen es ernst.«

»Jack?«, rief Ben. »Geht es dir gut?«

»Ja, bei mir ist alles in Ordnung. Und ich werde ihnen ihre Daten wiederherstellen, wenn sie uns dafür freilassen. Das haben sie mir versprochen. Aber ich kann es nur in der Zentrale von ChemGen, weil ich Hopkins' Netzwerk vollkommen zerstört habe.«

Ben wusste, dass Skinner sie niemals freilassen konnte.

Dafür wussten sie zu viel. Aber er sagte es nicht. Immerhin gewannen sie etwas Zeit, während Jack die Daten wiederherstellte. Bis dahin musste er sich etwas einfallen lassen.

»Und Sie, Ben, sollten sich mal durch den Kopf gehen lassen, was für Chancen ich Ihnen bieten könnte. Wenn Sie für mich weiter an dieser Wachstumsformel arbeiten, könnte Ihnen sogar der Nobelpreis winken. Überlegen Sie es sich, ich muss mich jetzt auf die Landung konzentrieren.« Skinner hielt einen Augenblick inne, dann rief er ungehalten: »Was ist los, Hopkins? Würden Sie sich jetzt freundlicherweise zu mir nach vorn bequemen?«

Hopkins warf Ben noch einen finsteren Blick zu und kletterte auf den Sitz des Kopiloten.

Ben drehte sich nach hinten, wo Jack und Susan ebenfalls auf Liegen festgeschnallt waren. »Schöne Ferien, was?«, fragte er seinen Sohn.

»Spannender als ich erwartet hatte«, erwiderte Jack. Sein Gesicht war kreidebleich. »Wird er uns umbringen, Dad?«, fragte er leise.

»Kann sein«, antwortete Ben. »Wie lange brauchst du, um die Daten wiederherzustellen?«

»Das kann eine Weile dauern. Es hängt davon ab, wie viel Müll sie in ihrem Netzwerk haben.«

»Ich hätte nie gedacht, dass ich einmal so froh darüber sein würde, dass du ein Hacker bist.« Ben zwinkerte seinem Sohn aufmunternd zu. »Wenn du uns nur ein wenig Zeit verschaffst, finde ich schon eine Möglichkeit, wie wir aus dieser ganzen Sache wieder rauskommen.«

»Wir sind ein Team, ja?« Jack lächelte. »Jacker der Hacker und Ben, der Alchemist.«

80

Nach der Landung führte Skinner sie durch eine Seitentür ins Hauptgebäude und dann einen langen Flur entlang. Ben wunderte sich, dass er keine Wachmänner sah. Vermutlich hatte Skinner sie unter einem Vorwand nach Hause oder anderswohin geschickt. Mit dem Aufzug fuhren sie hinauf ins oberste Stockwerk, in dem sich die Büros der Geschäftsleitung befanden. Auch hier war alles verwaist, was Ben sehr merkwürdig vorkam, bis sein Blick auf einen Kalender an der Wand hinter dem Tisch der Empfangsdame fiel. Es war Sonntag.

Wieder gingen sie einen langen Korridor entlang, dessen Teppichboden breite Blätter in Gold und Grün sowie große rote Blüten zierten. *»Euphorbia pulcherrima«*, murmelte er unwillkürlich. »Poinsettie oder Weihnachtsstern.«

Jetzt war ihm allerdings alles andere als weihnachtlich zu Mute.

Am Ende des Flurs zog Skinner seine Magnetkarte durch ein Lesegerät, eine grüne Lampe blinkte auf, und die Tür ließ sich öffnen. Sie standen im Vorzimmer eines großen, geschmackvoll eingerichteten Büros.

Dem Büro von Dr. Michael Petersen.

»Was wollen wir hier?«, fragte Susan mit schwacher

Stimme. Offenbar kämpfte sie noch immer mit den Auswirkungen des Mittels gegen die Dasselfliegen.

»Das werden Sie gleich sehen«, erwiderte Skinner. »Hopkins, Sie bleiben mit den beiden hier draußen. Ich habe drinnen erst noch ein Wörtchen mit dem Jungen zu reden.« Ben eilte zu seinem Sohn, um ihn festzuhalten, doch Hopkins schlug ihm mit dem Lauf des Revolvers quer über sein Gesicht.

»Machen Sie das noch einmal, und ich knalle Sie ab«, sagte Hopkins. Ben fuhr sich mit der Zunge über die Zähne und stellte fest, dass der Schlag mehrere von ihnen gelockert hatte.

»Immer mit der Ruhe, Hopkins«, schaltete sich Skinner ein und führte Jack ins Büro. Vor dem Fenster stand ein weit ausladender Schreibtisch mit Computer und großem Flachbildschirm.

»Setz dich und fahr ihn hoch«, befahl Skinner. »Und dann hol mir meine Dateien zurück. Alle, die auf Hopkins' Server waren. In einer Stunde will ich das gesamte Material von Ganso und Projekt Dorothy wieder auf dem Computer haben!«

Jack schaltete den Rechner ein.

»Hast du gehört, was ich gesagt habe?«, fragte Skinner.

»Aber das ist unmöglich«, wandte Jack ein. »In einer Stunde kann ich unmöglich alle Partitionen wiederherstellen. Das dauert Tage, selbst wenn ich Zugriff auf die Programm-CDs hätte. Sie verstehen ja nicht –«

»Nein, *du* hast mich nicht verstanden!«, donnerte Skinner. »Programme und Partitionen sind mir egal. Entweder du stellst meine Dateien wieder her, oder dein Vater ist in einer Stunde tot, damit das klar ist. Und wenn du irgendwelche krummen Dinge drehst, knallt Hopkins dich ab – ist das klar?«

»Es ist nicht möglich, das gesamte System in einer Stunde wiederherzustellen«, erwiderte Jack verzweifelt. Skinner hörte ihm nicht einmal zu.

»Und komm bloß nicht auf die Idee, über das Internet Hilfe zu holen«, warnte er ihn. »Hopkins wird jeden deiner Befehle genau verfolgen und jagt dir sofort, wenn ihm etwas verdächtig vorkommt, eine Kugel durch den Kopf. Habe ich mich deutlich ausgedrückt?« Er hielt inne und starrte auf den blinkenden Monitor. »Lege mir die Dateien auf den Xdrive, dann kann ich sie unten im Labor öffnen. Also fang an – eine Stunde ist schnell vorbei.«

Eine Stunde, dachte Jack.

Das war nicht zu schaffen. Nicht mal Raphael hätte das gekonnt.

Unmöglich.

81

Wo ist Jack?«, fragte Ben, als Skinner aus Petersens Büro trat.

»Der gibt mir zurück, was er mir gestohlen hat«, erwiderte Skinner. »Und jetzt sind Sie dran. Folgen Sie mir.«

Er führte die beiden zum Aufzug, ließ sie einsteigen und steckte dann einen Schlüssel in das kleine Schloss unterhalb der Knopfleiste. Als er ihn umdrehte, schloss sich die Tür der Aufzugskabine.

»So, jetzt fahren wir gemeinsam ein Stück nach unten«, sagte Skinner mit einem seltsamen Lächeln auf den Lippen. »Ich wette, so tief im Keller waren Sie hier noch nie.«

Susan und Ben sahen sich an. Was hatte Skinner bloß vor?

»Wie Sie wissen«, setzte Skinner an, »findet die komplette Grundlagenforschung von ChemGen in den Labors im zweiten und dritten Stock statt. Gewisse Arbeiten erledigen wir allerdings im Untergeschoss. In letzter Zeit ist es sogar so, dass die Projekte aus dem Untergrund unseren Konzern finanziell über Wasser halten.«

»Was wollen Sie damit sagen?«, fragte Susan. »Dass Sie hier noch ein weiteres Labor haben?«

Auf der Anzeigetafel des Aufzugs leuchteten rot die

einzelnen Stockwerke auf: 5 ... 4 ... 3 ... 2 ... 1 ... E ... UG ... TG ...

Dann wurde die Tafel schwarz, aber der Fahrstuhl bewegte sich immer noch nach unten.

Wir sind jetzt unterhalb der Tiefgarage, dachte Ben. Dann hatten die Leute, die seit Jahren munkelten, es gebe tief unter dem Gebäude noch ein verborgenes Laborgeschoss, also doch Recht!

Mit einem gedämpften Klingelton kam die Aufzugkabine zum Stehen.

Die Tür öffnete sich, und Ben und Susan folgten Skinner durch einen von Neonröhren erleuchteten Flur in einen kleinen Vorraum, in dem es zwei massiv aussehende weiß lackierte Metalltüren gab. Skinner holte seine Magnetkarte aus der Tasche, zog sie durch das Lesegerät neben einer der Türen und öffnete sie, nachdem er ein leises Klicken gehört hatte.

»Voilà«, erklärte er, während er Susan und Ben mit einer Handbewegung bedeutete, dass sie eintreten sollten. »Hier hat alles angefangen.«

82

Sie befanden sich in einem weitläufigen Raum mit niedriger Decke, in dem viele Arbeitstische, Computer und Laborgeräte standen, darunter das modernste Elektronenmikroskop, das Ben jemals gesehen hatte.

Er und Susan kamen aus dem Staunen nicht mehr heraus. Mit dieser Ausrüstung konnte man nicht nur forschen, sondern auch in gewissem Umfang Pharmazeutika herstellen.

»Na, was sagen Sie?«, fragte Skinner mit einem stolzen Grinsen auf dem Gesicht. »Ganz schön beeindruckend, oder? Das hier ist der wahre Kreativbereich von ChemGen. Sie können sich gar nicht vorstellen, was wir hier alles zusammenbrauen.«

Auf einem der Tische stand ein Metallträger mit kleinen Plastikfläschchen, in denen sich ein weißer, pudriger Stoff befand. Ben nahm eines davon in die Hand.

»Und was ist das?«

»Das, mein lieber Ben«, erklärte Skinner, »ist ein Milligramm $C_{21}H_{23}NO_5$ in seiner reinsten Form.«

»Moment mal!«, rief Susan aus. »Mit C21 hat auch das Molekül auf Petersens Zettel angefangen, das wir wegen des Blutflecks nicht entschlüsseln konnten! Jetzt weiß ich, was es war! Heroin!«

»Natürlich, Heroin«, rief Ben, dem es wie Schuppen von den Augen fiel. »Das also hatte Michael uns mitteilen wollen: Hopkins + ChemGen = Heroin!«

»Bravo!«, sagte Skinner und klatschte zynisch in die Hände. »Und ich dachte, Sie würden niemals draufkommen. Was so ein Blutfleck am rechten Ort doch alles bewirken kann.« Er schien sich königlich zu amüsieren. »Dem armen Michael sind seine Skrupel zum Verhängnis geworden.«

»Wollen Sie damit etwa sagen, dass ...«, begann Susan, aber Skinner unterbrach sie.

»Sparen Sie sich Ihre gelehrten Schlussfolgerungen«, sagte er. »Ich wundere mich wirklich, dass Sie es nicht schon längst herausgefunden haben. Was meinen Sie denn, weshalb Hopkins so scharf auf das Wachstumsmittel ist? Für seine Paranussbäume etwa? Oder für Killerpflanzen, die seinen geliebten Regenwald vor bösen Ausbeutern schützen? *Den* Unsinn haben Sie ihm doch bestimmt nicht abgenommen, oder? Nein, den guten Hopkins interessiert nur eines: sein Geld. Und das macht er mit Mohnfeldern mitten im Regenwald, für die er übrigens jede Menge seiner ach so kostbaren Urwaldriesen hat fällen lassen. Und weil der Urwaldboden so schnell auslaugt, müsste er immer größere Flächen roden lassen, um seine Produktion aufrechtzuerhalten. Das würde wohl irgendwann mal selbst den korrupten Bürokraten in Brasilia zu viel, die unser Hopkins mit Unsummen schmiert. Verstehen Sie jetzt, was ein Superdünger wie der, den John und Cheryl entwickelt haben, für jemanden wie ihn bedeuten würde?«

»Dann ging es die ganze Zeit um Heroin?«, fragte Ben ungläubig. »Haben John und Cheryl deshalb ...?«

»Ach, Ben, jetzt enttäuschen Sie mich aber. Wie dumm müsste man sein, wenn man eine so bahnbrechende Entdeckung nur für einen so banalen Zweck einsetzen würde? Nein, für ChemGen hat das Mittel eine ganz andere Bedeutung. Es eröffnet uns neue Horizonte, die nur ein Visionär vollständig überblicken kann. Sie sind kein Visionär, Ben.«

»Aber Sie!«, schnaubte Susan verächtlich. »Eine schöne Vision für einen Pharmakonzern, sich mit obskuren Drogenproduzenten zusammenzutun, das muss ich schon sagen!«

»Was, glauben Sie eigentlich, hat Ihre Arbeit in Somba all die Jahre über finanziert?«, fragte Skinner und sah sie verächtlich an. »Normalerweise hätte Ihre Klitsche da unten längst geschlossen werden müssen, denn gewinnträchtige Medikamente sind dort nun wahrlich nicht entwickelt worden. Nur indem wir Hopkins einen Markt für sein Heroin eröffnet haben, konnten wir die nötigen Summen für Ihren wissenschaftlichen Spielplatz aufbringen.«

»Haben Sie gerade *Markt* gesagt?«, fragte Susan entsetzt. »Handelt ChemGen etwa mit Heroin? Das ist ja ungeheuerlich!«

»Nicht *ChemGen«,* verbesserte sie Skinner. »Sprechen wir besser von einer kleinen Gruppe innerhalb des Konzerns. Einer Gruppe von Visionären eben.«

Er wandte sich wieder an Ben und sah ihm tief in die Augen. »Im Anbau von Mohn ist Hopkins unschlagbar«, erklärte er. »Und in der Herstellung von Heroin ebenfalls, seit wir ihm sein Labor auf der Farm eingerichtet haben.«

»Und zwar mit dem Geld, das Sie in Somba unterschlagen haben«, zischte Susan.

»Unter anderem«, sagte Skinner. »Wie gesagt, Hopkins hat seine Stärken. Aber er hat auch einen echten Schwachpunkt, und der liegt im fehlenden Zugang zu den westlichen Märkten. Genau den aber können wir ihm ermöglichen.«

»Das ist ja ungeheuerlich!«, empörte sich Ben. »Sie sind nicht besser als ein dahergelaufener Drogendealer.«

»Jetzt regen Sie sich doch nicht künstlich auf, Ben. Süchtig sind die Leute sowieso, und wenn wir sie nicht versorgen, tut es eben ein anderer. Bei uns haben sie wenigstens die Garantie, dass sie unverfälschten Stoff bekommen, nicht irgendein verschnittenes, mit allem Möglichen gestrecktes Zeug, das in hohem Maße gesundheitsschädlich ist. Aber das wollen Bedenkenträger wie Sie einfach nicht sehen. Petersen war auch so einer. Dass er mit seinem Team in Somba seine Forschungen durchführen konnte, war ihm hochwillkommen. Forschungen, wohlgemerkt, die auch nicht hundertprozentig legal waren – John und Cheryl hätten Hopkins' Tochter zum Beispiel nie ein nicht erprobtes Medikament spritzen dürfen.«

»Michael hat sich von diesen Praktiken distanziert«, sagte Ben.

»Aber erst, als John und Cheryl sämtliche Daten gelöscht und mit ihren Forschungsergebnissen Somba verlassen hatten. Warum, meinen Sie wohl, haben sie das getan? Weil sie ein schlechtes Gewissen wegen der armen Dorothy hatten? Dass ich nicht lache! Die beiden hatten vor, ihr Wissen an die Konkurrenz zu verscherbeln! Ein Glück für ChemGen, dass sie auf der Fahrt nach Manaus von der Straße abgekommen und in die Schlucht gestürzt sind, sonst sähen unsere Marktchancen heute noch düsterer aus, als sie es ohnehin schon sind. Ich habe Petersen die Leitung des Projekts entzogen, weil er den Verrat seiner Mitarbeiter nicht bemerkt hat, aber er hat es so hingestellt, als hätte er sich aus freien Stücken davon distanziert!«

»Michael war ein anständiger Mensch!«, protestierte Ben.

»Was ist schon anständig und was unanständig?«, fragte Skinner mit einem seltsamen Grinsen. »Das kommt doch immer auf den Standpunkt an. War es anständig von Petersen, uns mit der Polizei zu drohen, als er vor einem Monat die Sache mit Hopkins herausgefunden hat? Ich habe an ihn hingeredet wie an ein krankes Pferd, aber er wollte mir nicht zuhören. Wir machen das alles ja nicht aus reiner Profitgier, sondern weil wir um das Überleben unserer Firma kämpfen. Petersen hat das nicht interessiert.«

Skinner machte ein Gesicht, als bedaure er das zutiefst.

»Und dann haben Sie ihn umgebracht«, sagte Susan mit Abscheu in der Stimme.

»Ich? Wo denken Sie hin? Nein, die Polizei hat doch längst festgestellt, dass sein Mörder ein Drogensüchtiger war, der es auf Petersens Brieftasche abgesehen hatte. Wer weiß, vielleicht war der Täter wegen schlechten Stoffs auf dem Horrortrip?« Skinner grinste, als hätte er soeben einen gelungenen Witz erzählt. »Wie dem auch sei, bedauerlicherweise hat der Mörder es geschafft, sich irgendwie durch unsere Sicherheitskontrollen zu schleichen. Wir haben sie inzwischen verschärft, und das Wachpersonal, das dafür zuständig war, wird selbstverständlich zur Verantwortung gezogen.«

Ben wollte darauf etwas erwidern, ließ es aber sein. Es hatte keinen Sinn, mit Skinner zu diskutieren. Und außerdem kam es jetzt nur auf eines an: Zeit zu gewinnen und einen Weg zu finden, hier herauszukommen. Denn dass Skinner sie töten würde, sobald Jack die Daten wiederhergestellt hatte, war ihm klar. Mit dem, was sie inzwischen wussten, konnte er sie nicht am Leben lassen.

»Eines ist mir noch nicht klar«, sagte er zu Skinner. »Weshalb haben Sie uns nach dem Verschwinden von John und Cheryl nach Somba geschickt, ohne uns zu sagen, an was die beiden dort wirklich gearbeitet haben? Wir dachten immer, wir sollten ein Medikament gegen Progerie entwickeln, aber jetzt erfahren wir, dass es Ihnen um etwas völlig anderes ging. Wozu der ganze Affenzirkus?«

»Eine gute Frage, Ben, eine wirklich gute Frage«, erwiderte Skinner und sah auf die Uhr. »Ihr Sohn wird wohl noch eine Weile brauchen, bis er mir meine Daten wiederhergestellt hat. Wissen Sie was? Ich werde Ihnen etwas zeigen ...«

83

Skinner führte sie wieder hinaus in den Vorraum und öffnete dort die zweite Tür, aus der ihnen ein Schwall warmer, feuchter Luft entgegenschlug. Ben fiel sofort das helle, fast grelle Licht auf, das den riesigen unterirdischen Raum durchflutete. Es kam von unzähligen Tageslichtlampen an der Decke, die – anders als normale Leuchtstoffröhren – ein Lichtspektrum abgaben, das weitgehend dem des Sonnenlichts entsprach. Ben kannte solche Leuchten seit vielen Jahren und hatte sie selbst häufig verwendet, um unter genau kontrollierten Laborbedingungen das Wachstum von Pflanzen zu beobachten.

Der Raum hatte etwa die Größe eines halben Fußballfeldes, war aber nur drei Meter hoch und stand voller Metalltische mit sattgrünen Pflanzen in den unterschiedlichsten Arten, Größen und Formen.

Die meisten von ihnen waren Zimmerpflanzen: Farne, Orchideen, Gummibäume, Wilder Wein und kleine Fächerpalmen.

Skinner nahm zwei Töpfe mit prächtig blühenden Callas und stellte sie vor Ben und Susan auf einen leeren Tisch.

»Na, was sehen Sie hier, Ben?«, fragte Skinner mit einem Anflug von Stolz in der Stimme. »Fällt Ihnen an diesen Pflanzen etwas auf?«

Ben betrachtete die beiden Callas interessiert. Beide wirkten sie gesund und gut gewachsen, ihre Blätter waren glänzend grün und ihre Blüten voll entwickelt. Trotzdem kam ihm an einer der Pflanzen etwas merkwürdig vor.

Sie war vollkommen.

Zu vollkommen, um echt zu sein.

Ben fasste eines der Blätter prüfend an. Es war eine Pflanze, daran bestand kein Zweifel. Aber jedes dieser Blätter hatte eine perfekt symmetrische, makellose Form, und keines von ihnen zeigte irgendwelche Verfärbungen, wie man sie an der anderen Pflanze hier und da feststellen konnte.

»Mit dieser hier stimmt was nicht«, erklärte Ben und deutete auf die linke Pflanze.

»Sie meinen wohl, mit ihr stimmt *alles«,* entgegnete Skinner. »Was Sie hier vor sich haben, ist die perfekte Calla, von mir erschaffen, hier, an diesem Ort.«

»Was soll das heißen, *von Ihnen erschaffen?«,* fragte Susan. Nun strich auch sie über die Blätter der Pflanze und stellte fest, dass sie echt waren. »Wollen Sie damit etwa sagen, dass diese Pflanze künstlich ist?«

»Nicht künstlich, sondern von Menschen erschaffen, aber trotzdem eine lebende Pflanze«, antwortete Skinner. »Eine lebende Pflanze, die hier in diesem Labor von Grund auf konstruiert wurde. Sehen Sie? Kein Plastik. Das ist Zellulose, lebendes Pflanzengewebe.«

»Und was soll daran so ungewöhnlich sein?«, fragte Susan. »Genmanipulierte Pflanzen gibt es schon lange. Ob ich die Gentechnik nun einsetze, um schädlingsresistenten Mais zu züchten oder die perfekte Calla zu erschaffen, ist doch Jacke wie Hose.«

»Vordergründig betrachtet vielleicht schon«, sagte Skinner und grinste sie herausfordernd an. »Aber die wahre Qualität dieses Prachtstücks ist nicht sein Aussehen, sondern etwas ganz anderes.«

»Und was bitte?«, wollte Susan wissen. »Soll das etwa auch mal so eine Killerpflanze werden wie die Venusfliegenfalle am Rio Manaus?«

»Ach Gott, warum denn immer so aufgeregt, meine Liebe? Sehe ich etwa aus wie ein Unmensch, der Mördercallas auf die Menschheit loslässt? Ob Sie es glauben oder nicht, aber in Somba ging es nur in zweiter Linie um dieses Wachstumsmittel, das wir eigentlich nur für Hopkins entwickelt haben. Es war sozusagen ein Nebenprodukt unserer Arbeit dort.«

»Das glauben Sie doch selbst nicht«, widersprach Ben. »Mit dem Wachstumsmittel könnte man Pflanzen erzeugen, die auf Befehl angreifen, die in Windeseile Hindernisse bilden und einen Gegner überwuchern und töten können. Ich bin mir sicher, dass das Pentagon ein großes Interesse an solchen Pflanzen hätte.«

»Danke für den Tipp, Ben«, erwiderte Skinner sarkastisch und strich der linken Calla fast zärtlich über die prächtigen Blätter. »So viel Sinn für Marketing hätte ich Ihnen gar nicht zugetraut. Ich bleibe aber trotzdem dabei: das Wachstumspräparat ist nur ein Nebenprodukt, wenn auch eines – das gebe ich gern zu –, in dem durchaus Potenzial steckt. Wenn es uns irgendwie gelänge, den Pflanzen beizubringen, wer Freund und wer Feind ist, könnte man über ihren militärischen Einsatz durchaus nachdenken.«

»Aber was wollten Sie denn nun in Somba entwickeln, wenn nicht das Wachstumsmittel?«, fragte Susan. »Das Präparat gegen Progerie war es ja wohl auch nicht.«

»Messerscharf erkannt. Wer wird denn schon mit riesigem finanziellem Aufwand ein Medikament für eine Krankheit entwickeln, an der auf der ganzen Welt nur ein paar Dutzend Menschen leiden? Und ersparen Sie mir jetzt bitte Ihre Predigt vom pharmazeutischen Jungbrunnen – das ist doch nichts weiter als Zukunftsmusik. Außerdem wissen wir alle, was der Mensch für ein hochkomplexer Organismus ist. Das menschliche Genom ist noch nicht einmal vollständig entschlüsselt, und bis wir hier zu verwertbaren Ergebnissen kommen, kann es noch viele, viele Jahre dauern. ChemGen steht aber *jetzt* mit dem Rücken zur Wand. Wir brauchen *jetzt* greifbare Ergebnisse, die sich in klingende Münze umwandeln lassen, und nicht irgendwann mal. Da bleiben uns eigentlich nur Organismen übrig, deren Erbmaterial wir einfacher und ergebnisorientierter manipulieren können als das von Tieren oder gar vom Menschen. Sie wissen, wovon ich spreche. Von Pflanzen.«

»Und was haben Sie konkret mit *diesen* Pflanzen hier vor?«, fragte Ben.

»Das will ich Ihnen sagen, Ben. Diese Prachtstücke hier sind nicht nur wunderschön anzusehen, sie haben auch ein paar andere außergewöhnliche Eigenschaften, die man ihnen nicht auf den ersten Blick ansieht. Diese Pflanzen lassen sich kontrollieren. Wir können bestimmen, wie sie sich entwickeln und was sie tun.«

»Das ist doch nichts Besonderes«, wandte Susan ein. »Wir kontrollieren die Pflanzen doch auch jetzt schon.«

»Nein. Das sieht nur vordergründig so aus. In Wirklichkeit kämpfen wir gegen sie. Wir schneiden sie zurück, wir pflügen sie unter, wir pfropfen ihnen andere Pflanzen auf, wir töten sie mit Unkrautvernichtungsmitteln oder holzen sie großflächig ab. Letzten Endes tun alle Pflanzen, auch unsere Nutzpflanzen, nur das, worauf sie von Natur aus programmiert sind: Sie wachsen und versuchen, sich fortzupflanzen. Mal ist das gut für uns, mal nicht. Bei diesen Pflanzen aber sind wir zum ersten Mal in der Lage, die Programmierung zu verändern, und zwar so, wie wir es brauchen. Ich denke dabei an einen perfekt geformten Buchsbaum, der nicht geschnitten werden muss, oder einen Rasen, den man niemals zu mähen braucht. Ich denke an Obstbäume, deren Früchte hundertprozentig die Vorgaben bestimmter Handelsketten erfüllen, an Reis und Getreide, die auch in Gegenden wachsen, in denen früher Hungersnöte herrschten. Aber das ist alles nur der Anfang.«

»Das klingt, als wären Sie ein Wohltäter der Menschheit«, bemerkte Ben. »Aber wie passen die Killerpflanzen von Somba in dieses Bild?«

»Mein lieber Ben«, erwiderte Skinner mit ernstem Gesicht, »haben Sie denn immer noch nicht begriffen, was der wirkliche Zweck dieser Pflanzen war? Es ging bei ihnen nicht darum, *dass* sie übermäßig groß wurden, sondern *wann* sie es wurden, verstehen Sie?«

»Der genetische Timer«, flüsterte Ben. »Jetzt wird mir einiges klar.«

»Na endlich. Jetzt haben Sie's erfasst! Wie schon gesagt, das Wachstumsmittel war nur ein Nebenprodukt von Somba, das wir entwickelt haben, um Hopkins bei der Stange zu halten – genauso wie das Medikament gegen Progerie unser Vorwand gegenüber der Konzernleitung war. In Wirklichkeit arbeiteten John und Cheryl nur an einem: einen Modus zu finden, wie man eine Pflanze dazu bringen kann, zu einer bestimmten Zeit etwas Bestimmtes zu tun. Und genau das haben sie geschafft.«

»Aber dann haben sie alle Unterlagen darüber vernichtet und sind mit ihren Forschungsergebnissen spurlos verschwunden«, sagte Susan.

»Leider. Das war ein schwerer Schlag für uns. Und hier kommen Sie ins Spiel, Susan. Sie und Ben waren der ideale Ersatz für John und Cheryl.«

»Wäre es da nicht besser gewesen, uns zu erklären, woran wir in Somba eigentlich forschen sollten?«, fragte Ben. Man konnte seiner Stimme deutlich anhören, wie verärgert er war.

»Hätte es sich nur um Dr. Plotkin gehandelt, könnte ich Ihnen jetzt vielleicht zustimmen. Sie ist ehrgeizig, sie will nach oben, sie hat sich hohe Ziele gesteckt, für die sie auch mal ein Auge zuzudrücken bereit wäre. Aber Sie, Ben, Sie waren der Schwachpunkt. Was hätten Sie mit all Ihren moralischen Bedenken denn dazu gesagt, dass wir für Hopkins ein Wachstumsmittel entwickeln müssen, damit der im Regenwald seinen Mohn anbauen kann? Hätten da bei Ihnen nicht sämtliche Alarmglocken geschrillt?«

»Da könnten Sie Recht haben«, gab Ben zu.

»Und wir brauchten Sie ja gar nicht einzuweihen, das war ja das Geniale an der Sache«, fuhr Skinner fort. »Denn ich war mir ziemlich sicher, dass Sie über kurz oder lang auf die mit dem genetischen Timer versehenen Pflanzen stoßen würden, die John und Cheryl in mit dem Wachstumspräparat vorbereitete Böden ausgepflanzt hatten, auch wenn wir weder die Standorte dieser Pflanzen kannten noch wussten, auf welche Zeit ihr genetischer Timer eingestellt war.«

Ben konnte nicht anders, er musste insgeheim ein weiteres Mal die Schlüssigkeit des Konzepts bewundern, das seine toten Kollegen entwickelt hatten. Hätte das Wachstumsmittel sofort gewirkt, wenn es in den Boden eingebracht wurde, wären alle Pflanzen, die es dort gab, im Wachstum explodiert – und das mit völlig unvorhersehbaren Folgen. Nur durch das Zusammenspiel von Wachstumsmittel und genetischem Timer ließen sich die Veränderungen auf bestimmte Pflanzen beschränken. Ihm selbst war es im Labor auf Ganso Dourado gelungen, in dem Elixier, das er in dem kleinen, bruchsicheren Plastikbehälter noch immer heimlich bei sich trug, beide Auslöser für das Wachstum zu kombinieren. Wenn so etwas in die falschen Hände geriet ... Ben wollte sich die Folgen lieber nicht ausmalen. Vielleicht hatte Skinner Recht. Vielleicht hatte er wirklich zu viele moralische Bedenken, um bei Projekten wie diesem mitzuarbeiten. Er merkte, dass Skinner schon eine ganze Weile nichts gesagt hatte und ihn ansah wie ein Lehrer, der von seinem Schüler erwartet, dass er eine bestimmte Frage stellt. Er beschloss zu schweigen.

»Na, jetzt hat es Ihnen wohl die Sprache verschlagen«, sagte Skinner schließlich. »Aber gut, Sie haben Ihren Zweck in Somba erfüllt. Und fast hätten Sie mir tatsächlich, ohne es zu wissen und ohne dass ich Sie dazu aufgefordert hätte, genau die Ergebnisse geliefert, die John und Cheryl mir gestohlen haben. Genial, nicht wahr?«

»Wenn Hopkins Ihnen nicht einen Strich durch die Rechnung gemacht hätte«, bemerkte Ben.

»Richtig. Als dieser Idiot merkte, dass sich im Urwald

endlich was tat, wollte er im Alleingang seine Tochter retten.«

»Eines kapiere ich nicht«, meldete Susan sich wieder zu Wort. »Wenn unsere Arbeit für Sie so wichtig war, wieso wollten Sie das Labor in Somba dann schließen?«

»Von Wollen kann gar keine Rede sein«, erwiderte Skinner. »Ich musste. Im Vorstand hat ja niemand geahnt, wozu Somba wirklich diente, und bevor konkrete Ergebnisse vorlagen, hätte ich die anderen Vorstandsmitglieder auch nicht einweihen können. Die Pfennigfuchser in der obersten Etage wollten unbedingt unrentable Außenlabors schließen, damit unsere Bilanz vor der Fusion mit Glaxo besser aussieht. Meine Hoffnung war die, dass Sie gerade wegen der drohenden Schließung Ihre Forschungen besonders intensiv vorantreiben würden. Und ganz falsch lag ich ja mit dem Gedanken nicht. Sie haben so gut wie alles herausgefunden, wonach ich gesucht habe.«

»Nur nutzt es Ihnen nur dann etwas, wenn Sie die Dateien wiederhaben, die Jack von Ihren Computern gelöscht hat.«

»Ganz genau«, erwiderte Skinner mit einem raschen Blick auf seine Uhr. »Und dafür hat er genau noch fünfundzwanzig Minuten Zeit.«

»Warum erzählen Sie uns eigentlich das alles, wenn Sie sowieso kriegen, was Sie brauchen?«, fragte Susan. Es war ihr deutlich anzusehen, wie verstimmt sie war. Dass Skinner sie so instrumentalisiert hatte, kränkte sie in ihrer Ehre als Wissenschaftlerin. »Und überhaupt, was soll das Ganze hier?«, fuhr sie fort. »Sie zeigen uns eine Sammlung von langweiligen Zimmerpflanzen und schwingen große Reden, ohne wirklich zur Sache zu kommen.«

»Diese Pflanzen sind alles andere als langweilig, meine Liebe.« Skinner nahm einen Topf mit einem Wilden Wein vom Tisch und ließ die sattgrünen, vor Gesundheit strotzenden Ranken durch die Hände gleiten. »Wenn wir unsere Arbeit an ihnen abgeschlossen haben, werden es Pflanzen sein, wie es sie seit Anbeginn der Schöpfung noch nicht gegeben hat. Sie werden Befehle erhalten und sie ausführen, und zwar genau dann, wenn wir es wollen.«

»Was für Befehle?«, fragte Ben.

»Ich will Ihnen ein Beispiel geben. ChemGen macht sein Geld, indem es Arzneien herstellt, richtig? Arzneien gegen Krankheiten, von denen es manche seit Menschengedenken gibt und die trotzdem nicht zufriedenstellend behandelt werden können. Immer wieder mutiert irgendein Virus so, dass unsere Medikamente unwirksam werden, immer wieder werden Bakterien resistent gegen eines unserer Antibiotika. Auch Krankheitserreger sind, wie alles in der Natur, in einem ständigen Wandel begriffen. Das ist schlecht für Pharmakonzerne. Wir liefern uns ein ewiges Rennen, und niemand kann sagen, ob ChemGen dieses Rennen gewinnt oder ob einer unserer Konkurrenten schneller ist.«

Skinner machte eine kurze Pause und betrachtete verträumt den Wilden Wein in seiner Hand. Ben kam es so vor, als spräche er mehr zu der Pflanze als zu ihnen.

»Aber was wäre, wenn ein Pharmakonzern nicht nur Arzneien, sondern auch die Krankheiten erschaffen würde, gegen die seine Arzneien dann wirken?«, fragte er mit leiser Stimme, ohne den Blick von der Pflanze zu nehmen. »Was wäre, wenn es uns gelänge, eine große Anzahl von Menschen gezielt zum Beispiel mit einem

Grippevirus zu infizieren, gegen das wir bereits ein todsicheres Gegenmittel in der Schublade haben?« Nun sah er Ben und Susan auffordernd in die Augen.

»Das wäre verwerflich«, sagte Ben. »Und außerdem ist es nicht möglich. Wie wollen Sie das Virus denn gezielt auf die Menschen übertragen?«

»Damit«, sagte Skinner und hob triumphierend den Wilden Wein hoch.

84

Ben und Susan sahen sich an. War der Mann jetzt vollkommen übergeschnappt?

»Ich sehe schon, Sie wollen mir das nicht glauben«, sagte Skinner schmunzelnd. »Ehrlich gesagt, das enttäuscht mich ein wenig. Ich hätte führenden Wissenschaftlern unserer Firma schon ein wenig mehr Fantasie zugetraut.«

»Ich bin keine Virologin«, meinte Susan, »doch eines weiß ich: Pflanzen können keine Viren übertragen. Das ist biologisch nicht möglich.«

»Noch nicht.« Skinner strahlte vor Stolz. »Aber auch ohne Virologin zu sein, wissen Sie vermutlich, dass viele Viren vom Tier auf den Menschen übergesprungen sind. Nehmen Sie das HI-Virus, das ursprünglich von einem Affen, der Grünen Meerkatze, stammt. Oder die Spanische Grippe, die im 20. Jahrhundert Millionen von Menschen dahingerafft hat und eine auf den Menschen übergesprungene Variante der asiatischen Vogelgrippe ist. Immer waren es Tiere, die das Virus zu den Menschen transportiert haben, während die Pflanzen bei diesem Geschehen bisher nichts anderes waren als passive Zuschauer. Das aber wird sich nun ändern.«

Skinner breitete die Arme aus wie der Moderator einer Gameshow. »Dank der hervorragenden Arbeit, die hier in diesem Labor geleistet wurde, können wir bald eine Pflanze kreieren, die in ihrer Zellulose jedes beliebige Virus verkapseln und dieses quasi auf Knopfdruck an ihre Umgebung freigeben kann. Und zwar zu einem Zeitpunkt, den wir völlig frei bestimmen können.«

Skinner strahlte übers ganze Gesicht und sah Susan und Ben an, als erwarte er Applaus von ihnen.

»Der Timer«, sagte Ben. »Deshalb war der genetische Timer, den John und Cheryl entwickelt haben, so wichtig für Sie.«

»Sie haben's erfasst!«, freute sich Skinner. »Jetzt wissen Sie, woran wir in Somba vorrangig gearbeitet haben: an frei manipulierbaren Genen, die nur eine Aufgabe haben: einer Pflanze eine bestimmte Anweisung zu geben, und zwar zu einer völlig frei wählbaren Zeit. Nach einer Woche, einem Monat oder erst nach ein paar Jahren. Sicher, das ist heute noch Zukunftsmusik, und wir werden die Methode noch enorm verfeinern müssen. Aber dass sie funktioniert, haben die Monsterpflanzen im Regenwald zweifelsfrei erwiesen.«

Jetzt hatte Ben verstanden.

Es ging eigentlich nicht um Heroin und illegale Drogen, die dienten nur der Finanzierung eines weit größer angelegten Komplotts.

Es ging auch nicht um Killerpflanzen.

Es war alles noch sehr viel schlimmer.

Skinner wollte ein unsichtbares Netz knüpfen, über das er gefährliche Krankheitserreger auf der ganzen Welt verbreiten und auf Befehl zu einem bestimmten Zeitpunkt freisetzen konnte.

»Wozu das alles, Abe?«, fragte Ben. »Ich hatte immer gedacht, Sie wären ...«

»Angebot und Nachfrage«, schnitt Skinner ihm das Wort ab. »Die Gesetze der Ökonomie. Niemand würde auf die Idee kommen, dass einfache Topfpflanzen oder Gartengewächse mutierte Viren in sich tragen. Und selbst wenn, dann wäre kein Arzt in der Lage, die Mutation bis zu ihrer Quelle zurückzuverfolgen. Was für ein großartiges Projekt! Ein mächtiges Heer von Trägerpflanzen, gehorsame Soldaten, die nur darauf warten, mit einer von uns entwickelten Waffe loszuschlagen. Verstehen Sie mich nicht falsch, wir werden natürlich keine Geranien mit dem Ebolavirus losschicken. Das wäre ja dumm. Ich will schließlich nicht meinen Markt kaputtmachen, indem ich meine Kunden umbringe. Aber gezielt ein ganz bestimmtes, von uns konstruiertes Virus unter die Menschen zu bringen ist eine ganz andere Sache. Immer mehr Menschen erkranken daran, und dann ist ChemGen zur Stelle und macht mit Impfstoffen und antiviralen Medikamenten ein Riesengeschäft.«

Ben und Susan starrten Skinner sprachlos an.

»So, jetzt sind Sie im Bilde«, meinte der, während er auf seine Uhr sah. »Ende der Führung.«

Skinner stellte den Wilden Wein ab, griff nach dem Telefon, das auf einem der Labortische stand, und tippte eine kurze Nummer ein.

»Ist der Junge mit den Dateien vorangekommen?«, bellte er in den Hörer. Er wartete, hörte zu und nickte. »Na also«, sagte er schließlich mit einem selbstzufriedenen Lächeln auf dem Gesicht. »Dann will ich mir die Sache mal ansehen.«

Er legte auf und wandte sich wieder an Ben und Susan.

»Sieht so aus, als hätte Ihr Bengel die Daten wiederhergestellt. Aber ich glaube es erst, wenn ich mich selbst davon überzeugt habe.«

Mit raschen, energischen Schritten ging er zur Tür. »Ich bin eben kurz oben am Computer«, sagte er. »Mal sehen, ob Ihr Söhnchen mir mein Eigentum wirklich wieder zurückgegeben hat. Versuchen Sie nicht, zu fliehen, die Türen sind doppelt und dreifach gesichert. Schauen Sie sich lieber meine Pflanzen an, da gibt es wirklich was zu sehen.«

85

Als die Tür zugefallen war, wandte Susan sich zu Ben um.

»Das darf doch alles nicht wahr sein!«, zischte sie. »Am liebsten würde ich dem Mistkerl eigenhändig den Hals umdrehen.«

»Ich denke, das musst du nicht«, antwortete Ben und nahm den Wilden Wein zur Hand, den Skinner zurück auf den Tisch gestellt hatte.

»Was hast du vor?«, fragte Susan.

»Ich werde Skinners kleinem Liebling jetzt einen ordentlichen Wachstumsschub verpassen. Mal sehen, ob er ihn dann immer noch so toll findet.«

Mit diesen Worten zog Ben einen kleinen Plastikbehälter aus der Westentasche. Er enthielt das Wachstumspräparat, das er auf Ganso Dourado hergestellt hatte.

»Du hattest es die ganze Zeit bei dir?«, rief Susan erstaunt.

»Wofür eine Geheimtasche in der Trekkingweste doch so alles gut ist«, antwortete Ben grinsend. »Und du fandest sie immer so unmodisch.«

»Ist sie auch.«

»Hör auf mit deinen Sticheleien und hilf mir lieber.«

»Wobei?«

»Den Wilden Wein zu aktivieren.« Ben stellte den Topf wieder ab, schraubte das Fläschchen auf und goss die grüne Flüssigkeit auf die Wurzeln der Pflanze.

»Du bist genauso verrückt wie Skinner«, sagte Susan.

»Mag sein. Aber wir haben keine andere Chance, oder?«

Schweigend starrten sie auf die Pflanze, doch nichts geschah.

»Hast du eine Ahnung, wie schnell dein Mittel wirkt?«, fragte Susan.

»Wie sollte ich das? Es ist schließlich das erste Mal, dass es zum Einsatz kommt.«

»Dann sollten wir uns besser nach einer Waffe umsehen«, sagte Susan und fing an, im Labor herumzusuchen. »Wenn Skinner zurückkommt, kriegt er von mir eins über die Rübe, so viel ist sicher.«

Ben betrachtete die perfekt glänzenden Blätter des Wilden Weins und wartete darauf, dass die Pflanze irgendeine Reaktion zeigte. Eigentlich hätte sie sofort mit dem Wachstum beginnen müssen, denn schließlich hatte Ben in seinem Elixier den Auslöser für das Wachstum bereits mitgeliefert. Aber vielleicht wirkte er bei Skinners genetisch manipulierten Pflanzen ja nicht. Oder vielleicht reagierten sie überhaupt nicht auf das Wachstumsmittel. Zu viele Fragen waren noch offen, zu viel musste noch erforscht und ausgetestet werden.

»Nun fang schon an zu wachsen!«, raunte Ben der Pflanze zu. »Na los, enttäusch mich nicht!«

»Ist es jetzt schon so weit, dass du mit Pflanzen sprichst?«, fragte Susan, die bisher auf ihrer Suche nach einer Waffe nicht fündig geworden war. »Das kannst du dir sparen. Die tun doch sowieso, was sie wollen.«

Ben sah Susan an. Vielleicht hatte sie Recht. Jede Pflanze war eine kleine biochemische Fabrik, die eine Vielzahl von chemischen Stoffen produzieren konnte. Wer hier eingriff, konnte nie sagen, was wirklich dabei herauskommen würde.

Er gesellte sich zu Susan und suchte mit ihr nach einem Werkzeug, mit dem sie die Tür aufstemmen oder Skinner bei seiner Rückkehr unschädlich machen konnten. Vielleicht war das jetzt wirklich ihre einzige Chance. Eine geringe Chance, fast aussichtslos. Und was würde aus ihnen werden, jetzt, da Skinner seine Dateien wiederhatte? Und was aus Jack?

»Ben«, sagte Susan plötzlich leise. »Ich glaube, dein kleines Versuchsobjekt wacht auf.«

Ben wirbelte herum. Tatsächlich, der Wilde Wein hatte begonnen, sich zu bewegen. Unzählige kleine Triebe schlängelten sich aus dem Metalltopf, und zehn oder mehr Ranken schossen wie Spaghetti aus Gummi in die Luft.

»Er wächst«, rief Ben begeistert und eilte zu dem Wilden Wein. Die Ranken waren inzwischen dreißig Zentimeter lang und schlängelten sich vom Tisch hinab auf den Boden. Ben staunte über das Tempo, das sie vorlegten; irgendwie war es wie in einem dieser Zeitrafferfilme, wo man in Sekunden die Wolken eines ganzen Tages über den Himmel sausen oder einen Keimling aus einem Saatkorn sprießen sieht.

Nur dass dies die Wirklichkeit war und direkt vor seinen Augen geschah.

Staunend stand Ben vor der Pflanze. Monate des natürlichen Wachstums vollzogen sich in weniger als einer Minute.

»Jetzt wird sie langsamer«, stellte Susan fest. Und richtig, die Triebe fingen an, sich einzurollen, und das Wachstum der Triebe kam fast zum Stillstand.

»Vermutlich liegt das an dem Topf«, sagte Ben. »Die Wurzeln können sich nicht richtig ausbreiten. Er braucht mehr Erde.«

»Soll ich Erde aus den anderen Töpfen zusammenschütten?«, fragte Susan.

»Nein, das dauert zu lange. Sieh mal hier!« Ben zeigte auf ein Abflussgitter in der Mitte des Bodens. Vermutlich diente es dazu, überschüssiges Gießwasser in die Kanalisation zu leiten. Ben packte das Metallgitter und legte es beiseite. Darunter kam ein Abflussrohr aus Plastik zum Vorschein.

»Wir müssen irgendwie dieses Rohr zerstören«, sagte er.

»Hier, nimm die.« Auf ihrer Suche nach einer Waffe war Susan auf eine kleine Metallschaufel gestoßen, wie man sie zum Umtopfen von Pflanzen verwendete.

Ben nahm sie und fing an, mit ihrem spitz zulaufenden Schaufelblatt im Ausguss herumzustochern.

Eigentlich hatte er gehofft, das Plastik des Abflussrohres zertrümmern zu können, aber das erwies sich als erstaunlich widerstandsfähig.

»Lass mich mal machen«, sagte Susan und nahm Ben die Schaufel aus der Hand. Dann klemmte sie die Spitze in die Nahtstelle zwischen Ausguss und Plastikrohr und fing an, die Schaufel, die sie dabei am Rand des Ausgusses abstützte, auf und ab zu hebeln. Es dauerte nicht lange, dann hatte sie zwischen Rohr und Ausguss eine etwa zwei Zentimeter breite Lücke zustande gebracht.

»Voilà!«, sagte sie zu Ben und zeigte ihm die Spitze der

Schaufel. Sie war mit dem feuchten, braunen Lehmboden Virginias bedeckt.

»Du bist ein Genie!«, rief Ben und holte den Wilden Wein. Er nahm die Pflanze aus dem Topf und drückte ihre Wurzeln so fest er konnte in den Ausguss hinein.

»Und jetzt brauchen wir Wasser!«, sagte er.

Aber das war gar nicht mehr nötig.

Sobald die Wurzeln mit der Erde in Berührung kamen, erwachte die Pflanze wieder zum Leben. Die eingerollten Triebe entfalteten sich wieder und begannen sofort neue Blätter und Knospen zu bilden. Die Pflanze wuchs wieder.

Und zwar explosionsartig.

Innerhalb weniger Sekunden war sie über zwei Meter lang, und kurz darauf entdeckte Ben im Boden rings um den Ausguss die ersten Risse. Dann wurden von den wuchernden Wurzeln Beton und Fliesen hochgedrückt. Neue Ranken schossen in alle Richtungen und suchten nach Halt. Im Nu hatten die ersten von ihnen die Labordecke erreicht und klammerten sich begierig an die Wachstumslampen, als wollten sie ihnen jedes Quäntchen Lichtenergie aussaugen. Ben und Susan kamen sich vor, als stünden sie unter einem dichten Blätterdach.

Wenn sie weiter mit dieser Geschwindigkeit wuchs, würde die Pflanze bald das gesamte Labor ausfüllen.

»Mein Gott, Ben«, rief Susan besorgt. »Hast du das erwartet?«

»Sieh nur«, rief Ben. Die Pflanze hatte die gegenüberliegende Wand erreicht und schickte dünne Triebe in den Spalt zwischen Türrahmen und Tür. Als dann die Ranken dicker wurden, bewegte sich das Türblatt. Ben lief mit der Schaufel hin, klemmte sie in den entstandenen Spalt und stemmte, wobei er sorgfältig darauf bedacht war, nicht die Pflanze zu verletzen, die Tür vollends auf.

»Unglaublich, welche Kraft sie hat«, staunte er, als sie in den Flur stolperten. Der Wilde Wein breitete sich bereits über Wände und Decke aus und kam ihnen mit seinen gekräuselten Trieben auch auf dem Boden immer näher.

»Lauf!«, rief Susan. Sie rannten zum Fahrstuhl, aber die Pflanze schien das vorausgesehen zu haben und warf eine lange Ranke wie ein Lasso nach ihnen. *Ein Lasso mit Dutzenden von Schlingen.*

Es verfehlte sie nur um wenige Zentimeter.

Am Ende des Gangs angekommen, drückte Susan auf den Fahrstuhlknopf. Hoffentlich war der Lift nicht zu weit oben, dachte Ben, denn ihnen blieb nicht mehr viel Zeit.

Im Korridor wurde es langsam immer dunkler, weil die Ranken zunehmend die Leuchtstoffröhren an der Decke überwucherten. Ben kam es so vor, als würden sie sich zielstrebig auf ihn und Susan zubewegen.

»Wieso weiß sie, dass wir hier sind?«, rief Susan und trommelte mit der Faust gegen die Fahrstuhltür. »Nun komm schon, verdammt noch mal.«

»Keine Ahnung«, erwiderte Ben. »Vielleicht spürt sie unsere Körpertemperatur.«

Jetzt trennten sie nur noch wenige Meter von den Trieben. Ben fiel auf, dass sie sich koordiniert und wellenförmig vorwärtsbewegten. Es war fast so, als würden sie tanzen. Er beugte sich vor und spuckte auf den Boden. Die Pflanze reagierte sofort. Sie stürzte sich auf den kleinen Speichelfleck, der rasch von ihr bedeckt war.

Ben spuckte erneut, auf den Boden und die Wände.

Jedes Mal wurde sein Speichel von der Pflanze vereinnahmt. Allerdings reichte die Ablenkung nicht aus, um sie lange aufzuhalten.

Gleich würde sie ihnen den Zugang zum Fahrstuhl versperren.

Und damit Bens und Susans Fluchtweg.

Plötzlich leuchtete eine Lampe auf, der Klingelton erklang, und die Lifttüren öffneten sich.

Ben und Susan stürzten in den Fahrstuhl. Vor ihnen stand Skinner.

»Was zum Teufel tun Sie hier?«, brüllte er. »Sofort zurück ins Labor!«

»Unmöglich«, schrie Ben. Er drückte auf den Knopf für den fünften Stock und dann auf »Türen schließen«.

Skinners Hand schoss nach vorn und schob sich in den Schlitz zwischen den beiden sich schließenden Türhälften, die sofort wieder aufsprangen.

Eine fingerdicke, braune Ranke schloss sich um sein Handgelenk und fing an, ihn aus der Aufzugskabine zu ziehen.

»Was soll denn das?«, protestierte er. Ben und Susan drängten sich in die hinterste Ecke des Lifts und beobachteten mit angehaltenem Atem Skinners Kampf gegen den Wilden Wein, dessen Triebe sich nun von unten nach oben um seine Beine wanden. Eine weitere Ranke, dick wie ein Gartenschlauch, hatte sich um seine Taille geschlungen.

»Hilfe!«, schrie Skinner. »Schneidet mich los!« Susan und Ben hörten ein schreckliches trockenes *Plopp,* mit dem die Pflanze Skinner den Unterarm brach. Skinners Gesicht war hochrot, und der Schweiß stand ihm in dicken Perlen auf der Stirn.

»Waren Sie das, Ben?«, stammelte er und starrte ihn mit glasigen Augen an. »Was haben Sie da nur angerichtet?«

Die Ranke hatte sich ihm mittlerweile mehrmals um Brust und Bauch gewickelt und drückte nun seinen Brustkorb zusammen wie eine Riesenschlange. Röchelnd schnappte Skinner nach Luft. Ein dünner Faden Blut rann ihm aus dem Mund, während sein ganzer Oberkörper unter einer dichten Masse von Blättern verschwand. Sein Körper begann unkontrolliert zu zucken, als erlitte er einen spastischen Anfall.

»Wir müssen hier raus!«, schrie Susan. »Aber wie?« Der Eingang der Kabine war schon völlig zugewuchert.

»Wir klettern«, entschied Ben und deutete auf die kleine Luke in der Decke. Er packte Susan um die Hüften, hob sie hoch und ließ sie die Luke aufstoßen. Als sie aufs Dach des Fahrstuhls geklettert war, reichte sie ihm die Hand und half ihm, ebenfalls in den dunklen Fahrstuhlschacht zu klettern.

Wie gebannt starrte Susan in die Kabine unter ihr. Skinner, dem die Augen fast aus dem Kopf gequetscht wurden, war jetzt völlig bedeckt mit den glänzenden Blättern des Wilden Weins, den er selbst geschaffen hatte, um die Welt mit Viren zu verseuchen. Im Würgegriff der Ranken hatte sich sein Körper so verbogen, dass er in der Mitte abknickte wie eine Stangenbohne. In seinen Mund, der weit geöffnet nach Luft schnappte, wuchsen bereits mehrere dünne Ranken hinein.

»Die Pflanze frisst ihn auf!«, schrie Susan.

Ben war auf einer in die Wand des Aufzugschachts eingelassenen Eisenleiter zum nächsten Stockwerk hochgestiegen und hatte dort die Tür aufgedrückt.

»Nun mach schon, komm rauf«, drängte er Susan. »Beeil dich!«

Susan schluckte schwer und warf einen letzten Blick hinab in die Aufzugskabine. Von Skinners Körper war in dem dichten Rankenbündel, das ihn vollständig verschluckt hatte, nichts mehr zu sehen. Andere Ranken waren inzwischen durch die Luke gedrungen und wanden sich an den Stahlseilen des Aufzugs nach oben. Susan glaubte, aus dem grünen Würfel unter ihr noch ein letztes Wimmern hören zu können, aber vielleicht bildete sie sich das auch bloß ein.

»Wir müssen zu Jack!«, rief Ben. »Schnell! Über die Treppen!«

Sie befanden sich auf Höhe der Tiefgarage. Das Licht war nicht angeschaltet, nur die Notausgangsleuchten wiesen ihnen den Weg zum Treppenhaus. Jack war sechs Stockwerke über ihnen. Plötzlich flackerte auch das Hinweisschild vor ihnen und erlosch.

»Der Strom ist ausgefallen«, rief Susan.

»Nein. Das war die Pflanze!«

Tatsächlich. Der Wilde Wein war bereits durch den Aufzugschacht in das Stockwerk eingedrungen und hatte das Notausgangzeichen zugewuchert.

Der Weg zum südlichen Treppenhaus war ihnen versperrt.

»Komm, wir nehmen die andere Treppe«, rief Ben. Sie wandten sich um und rannten zum gegenüberliegenden nördlichen Treppenhaus. Auch über dieses konnten sie in Petersens Büro gelangen, wo, wie Ben inständig hoffte, Jack auf sie warten würde.

Falls er noch am Leben war.

86

»Was war das?«

Hopkins saß in Petersens Büro auf der Couch und hielt den Revolver auf den Jungen gerichtet, der immer noch vor dem Computer saß. Eigentlich hätte Skinner längst mit den anderen beiden wieder hier sein sollen. Hopkins fragte sich, wo er nur blieb. Und jetzt hörte er von draußen dieses seltsame Geräusch.

Es klang, als hätte in den unteren Stockwerken jemand eine Fensterscheibe eingeschlagen. Ob irgendwo jemand versuchte, in das Gebäude einzubrechen? Hopkins stand auf, um nachzusehen.

»Rühr dich nicht von der Stelle«, bellte Hopkins den Jungen an. »Sonst erschieße ich dich.«

Mit dem Revolver in der Hand ging er zur Tür und öffnete sie. Kaum hatte er den Kopf in den Flur gestreckt, packte ihn etwas am rechten Fuß. Erschrocken blickte Hopkins nach unten.

Es war eine Ranke, die den Boden des Flurs entlangwucherte.

»Das Wachstumsmittel!«, schrie Hopkins begeistert. »Das muss das Wachstumsmittel sein! Es funktioniert! Hörst du, Junge? Wir haben es geschafft!«

Der gesamte Gang – Decke, Wände und Boden – war

mit glänzenden, grünen Blättern bedeckt, die wellenförmig auf Hopkins zuwucherten.

»Jetzt hat sich das Blatt gewendet«, rief Hopkins glücklich und trat hinaus in den Flur. Der Anblick der Pflanze faszinierte ihn so sehr, dass er vergaß, seinen Revolver auf Jack zu richten. »Sieh nur, dieses Tempo. Diese Kraft. Ich wusste, dass es möglich ist. Ich wusste es! Ach, meine Dorothy, ich wünschte, du hättest das noch erlebt. Unser Traum ist wahr geworden!«

Während sich der Flur immer mehr mit Ranken und Blättern füllte, schüttelte Hopkins mit einem halb beseelten, halb ungläubigen Lächeln den Kopf und bekam nicht mit, dass Jack ans Fenster getreten war und sich nach einem möglichen Fluchtweg umsah.

»Seid mir willkommen!«, rief Hopkins im Flur den sich nähernden Ranken entgegen. »Jetzt werden wir es den Menschen zeigen! Sie sollen erfahren, was es heißt, blindwütig die Natur zu zerstören!«

Die Ranke, die sich um seinen Knöchel geschlungen hatte, wand sich an seinem Unterschenkel weiter nach oben. Hopkins sah sie liebevoll an und griff nach unten, um ihre wunderbar glänzenden Blätter zu streicheln. An seinem anderen Fuß hatte eine andere Ranke begonnen, ihn ebenfalls zu umschlingen. Zögernd und zärtlich, aber zugleich fest und kraftvoll. Es war wunderbar.

Auf einmal fiel Hopkins Jack wieder ein. Er drehte den Kopf und sah, dass er im Büro am Fenster stand.

Was hatte der Junge vor? Führte er schon wieder etwas im Schilde, um ihm seinen Lebenstraum zu zerstören? Und das jetzt, da er kurz vor der Vollendung stand? Das durfte Hopkins nicht zulassen. Er hob den Revolver und richtete ihn auf Jack.

Der Junge und sein Vater hatten seine Dorothy auf dem Gewissen. Wenn sie tot war, hatte auch dieser Rotzlöffel sein Recht zu leben verwirkt. Auge um Auge, Zahn um Zahn.

»Das ist ja Wahnsinn!«, stammelte Jack und deutete aus dem Fenster. Er drehte sich zu Hopkins um und sagte mit entsetztem Gesicht: »Sehen Sie nur ...«

In dem Büro wurde es schlagartig dunkel, weil unzählige Ranken von allen Seiten her über die Fensterscheibe wucherten. Es sah aus, als hätte jemand eine grüne Gardine zugezogen.

»Ja!«, rief Hopkins begeistert. »JAAA!«

Sein Zeigefinger krümmte sich um den Abzug, aber gerade als sich der Schuss löste, packte ihn von hinten etwas um den Hals und riss seinen Kopf zurück. Die Kugel verfehlte Jack und durchschlug die große Fensterscheibe, die sofort zu einem Regen aus Scherben zersplitterte. Jack sprang unter den Schreibtisch.

»Lass das«, sagte Hopkins zu der Pflanze und wollte die bindfadendünne Ranke, die sich um seinen Hals gewickelt hatte, mit der linken Hand entfernen. »Ich bin doch dein Freund.«

Die Pflanze reagierte nicht. Unbarmherzig schnürte die Ranke, die innerhalb von Sekundenbruchteilen fingerdick geworden war, sich immer enger um seinen Hals.

»Moment mal, was soll das?«, röchelte Hopkins erstaunt. »Ich bin doch auf deiner Seite, ich will euch befreien, ich will ...«

Von hinten schossen mehrere, eben von der ersten Ranke abgezweigte, neue Ranken heran und legten Hopkins glatte, glänzend grüne und ganz leicht nach frischem Heu riechende Blätter über Mund und Augen.

Das war die Gelegenheit, die Jack brauchte.

Er eilte zu dem zerschossenen Fenster und kletterte hinaus auf den Sims. Eine riesige, armdicke Ranke war aus einem Fenster im Erdgeschoss ins Freie gedrungen und hatte sich an der Außenwand des Gebäudes bis zu seinem Fenster hochgearbeitet.

Jack spähte nach unten.

Da die Pflanze etwa alle fünfzig Zentimeter knotige, dicke Triebe angesetzt hatte, bildete sie eine Art Leiter, an der er vielleicht nach unten klettern konnte. Und seltsamerweise veränderte sie sich im Bereich des massiven Hauptstamms nicht so schnell wie an den Spitzen. Wenn er rasch kletterte, konnte er es schaffen, bevor sich ihm neue Ranken um Arme oder Beine schlangen.

Jack streckte die Arme aus und fasste den Stamm der Pflanze mit beiden Händen. Eine andere Chance, sein Leben zu retten, hatte er nicht. Die Pflanze hatte bereits das ganze Büro zugewuchert, sodass von Hopkins nichts mehr zu sehen war. Nur halb erstickte, verzweifelt klingende Schreie drangen aus dem Blättergewirr an Jacks Ohr.

Es war höchste Zeit, sich an den Abstieg zu machen.

87

Susan und Ben rannten die Treppen hinauf bis ins Erdgeschoss, wo sie die Tür zur Eingangshalle öffneten. Die Ranken des Wilden Weins waren schon da. Sie hatten den Tisch der Rezeption bereits vollständig überwuchert und kamen quer durch die große Lobby rasend schnell auf sie zu.

»Da kommen wir nicht weiter!«, schrie Susan.

Ben blickte zurück ins Treppenhaus, wo von weiter unten eine dichte Masse dunkelgrüner Vegetation heraufdrängte. Wie ein dunkles Spinnennetz überzogen die Ranken der Riesenpflanze Wände und Decken und zerdrückten mit einem gedämpften Knacken eine Neonröhre nach der anderen.

»NACH OBEN!«, schrie Ben. »WIR MÜSSEN WEITER NACH OBEN!«

»Und wie sollen wir wieder herunterkommen?«, brüllte Susan zurück. Sie schloss die Tür zur Lobby, lehnte sich dagegen und sah, wie sich sofort winzige grüne Ranken durch den Türspalt zwängten.

»Hier können wir jedenfalls nicht bleiben«, rief Ben zurück und stürmte die Treppe zum ersten Stock hinauf. Susan versuchte verzweifelt, den immer länger werdenden Ranken auszuweichen, die von unten nach ihren

Füßen griffen. Als eine versuchte, ihr den linken Schuh auszuziehen, löste sie sich mit einem erschrockenen Schrei von der Tür, die prompt von der herandrängenden Pflanze aufgedrückt wurde.

Susan rannte hinter Ben, der bereits im ersten Stock angelangt war, die Treppe hinauf.

»Beeil dich!«, schrie Ben. »Wir müssen nach oben zu Jack!«

Immer zwei Stufen auf einmal nehmend, hetzte Susan Ben hinterher. Der stand schon unter der großen, gelben Zahl 2, die an der Wand des Treppenhauses die Nummer des Stockwerks markierte.

»Noch drei Treppen!«, schrie Ben. In der sauerstoffreichen Luft fiel ihm das Atmen leichter, als es nach der Anstrengung der Fall hätte sein dürfen. Das kommt von der Pflanze, dachte er. Bei ihrer gigantischen Größe produziert sie unglaublich viel Sauerstoff.

Im dritten Stock hatte Susan ihn eingeholt. Wo nimmt die Frau nur die Energie her, dachte er, während seine Kollegin an ihm vorbeirannte und wie eine Hochleistungssportlerin die Stufen hinaufsprintete.

»Nun komm schon, Ben!«, schrie sie von oben. Sie hatte das vierte Stockwerk erreicht und bereits die halbe Treppe zum fünften hinter sich.

Ben drehte sich um und sah, wie sich das Treppenhaus hinter ihm rasend schnell mit Ranken und Blättern füllte. Es kam ihm so vor, als blicke er von oben auf das Blätterdach eines Regenwalds, der mit der Geschwindigkeit eines Personenaufzugs wuchs. Er drehte sich um und rannte um sein Leben.

»NEIN!«, hörte er Susan von oben schreien. »Das darf doch nicht sein!«

Sekunden später war Ben bei ihr und sah, was sie so erschreckt hatte.

Der gesamte Flur im fünften Stock war eine dichte Wand aus dunkelgrünen Blättern.

»JACK!«, schrie Ben und suchte nach der Tür zu Petersens Büro, von der nicht mehr das Geringste zu sehen war. »JACK! Oh mein Gott, was habe ich nur getan ...?«

Sein Sohn war eingesperrt und hilflos einer Killerpflanze ausgeliefert, die er, Ben, mit seinem Wachstumsmittel geschaffen hatte.

»DU VERDAMMTES MISTDING!«, brüllte er die Ranken an, die vor seinen Augen dichter und dichter wurden. »GIB MIR SOFORT MEINEN SOHN ZURÜCK!«

»Ben, pass auf!«, schrie Susan, die noch immer im Treppenhaus stand. »Hinter dir!«

Ben wirbelte herum. Eine Ranke hatte sich von der Wand gelöst und wollte ihn an der Schulter packen, aber Ben wich ihr aus und rannte mit Tränen in den Augen zurück ins Treppenhaus.

»Komm mit«, rief Susan. »Wir gehen aufs Dach. Das ist unsere einzige Chance.«

Ben hatte keine andere Wahl. Er konnte nichts mehr für seinen Sohn tun. »Jack! JACK!«, rief er noch einmal in den Gang hinein, aber er bekam keine Antwort.

Laut schluchzend erreichte er hinter Susan das Dach des Gebäudes. Auch hier war die Pflanze schon angekommen. An mehreren Stellen war sie über die Wände aufs Dach gewachsen und wucherte nun mit beängstigender Geschwindigkeit von allen Seiten auf die Mitte zu. Innerhalb von Sekunden bedeckte sie das halbe Dach und kam Ben und Susan immer näher.

»Verdammt, was machen wir jetzt?«, schrie Susan. Ben

drehte sich um. Aus der Tür zum Treppenhaus quollen ebenfalls Ranken und Blätter. Es gab kein Zurück, und vom Dach fünf Stockwerke nach unten zu springen würde den sicheren Tod bedeuten.

Sie waren verloren.

88

Vorsichtig kletterte Jack an einem Stamm der Pflanze, der sich aus einem Fenster im Erdgeschoss bis hinauf aufs Dach wand, nach unten. Der Stamm war so dick wie eine Telegrafenstange, und die vielen Seitenäste, die von ihm ausgingen und sich über die Fassade des Hauses verteilten, bildeten die Sprossen einer natürlichen Leiter. Es dauerte keine zwei Minuten, da war er auch schon bis zum zweiten Stock hinabgeklettert.

Seltsam, dachte Jack, dass die Pflanze ihn ungehindert gewähren ließ. Nicht einmal wenn er direkt auf die Ranken trat, schlangen sie sich um seine Füße. Es kam ihm fast so vor, als wäre der Wilde Wein mit etwas anderem beschäftigt.

Er blickte hinauf zum fünften Stock und sah, was es war. Oben am Fenster stand Hopkins und riss sich mit der rechten Hand dünne, wie züngelnde Schlangen nach ihm greifende Ranken vom Körper, während er in der anderen die Pistole hielt und auf Jack zielte. Irgendwie musste er es geschafft haben, sich aus dem Würgegriff der Pflanze zu befreien. Ob sie am Ende doch seinen Befehlen gehorchte?, fragte sich Jack.

Sofort setzte er sich wieder in Bewegung und kletterte, so schnell er konnte, weiter nach unten. Eine Kugel pfiff so knapp an ihm vorbei, dass er an der rechten Wange ihren Luftzug spürte. Verdammt! Auf der Ranke bildete er eine kaum zu verfehlende Zielscheibe, und zum Springen war er noch zu weit oben. Es blieb ihm nichts anderes übrig, als so rasch wie möglich am holzigen Stamm der Ranke weiter nach unten zu klettern und zu hoffen, dass Hopkins oben im fünften Stock zu sehr mit der Pflanze beschäftigt war, um exakt zu zielen.

Seine Hoffnung wurde nicht erfüllt. Er war noch keinen Meter weiter nach unten geklettert, als sich Hopkins' nächste Kugel direkt neben ihm in den Stamm des Wilden Weins bohrte. Jack erschrak so, dass er losließ und zu Boden stürzte.

Zum Glück fiel er nicht auf Beton, sondern auf eine schmale Rasenfläche, die direkt ans Haus grenzte. Beim Aufprall rollte er sich ab, und obwohl er sich dabei an der rechten Schulter verletzte, rappelte er sich rasch auf und blickte nach oben.

Hopkins war jetzt auf die Ranke gestiegen, die unter seinem Gewicht zu schwanken begann. Mit einer Hand hielt er sich am dicken Stamm fest, während er mit der anderen die Pistole auf Jack richtete. Die Pflanze schien ihm tatsächlich nichts zu tun, und Hopkins fing an, nach unten zu klettern, was ihm für einen Mann seines Körpergewichts erstaunlich schnell gelang. In kürzester Zeit war er im vierten Stock angelangt, wo er innehielt und mit der Waffe auf Jack zielte. In diesem Augenblick schossen aus dem verholzten Stamm des Wilden Weins gleichzeitig ein halbes Dutzend frische Ranken und begannen, Hopkins nach außen zu schieben, weg vom Stamm des Wilden Weins, an dem er sich mit seiner linken Hand verzweifelt festkrallte. »Lass das!«, schrie Hopkins die Pflanze an, die ihn mit Hunderten kleiner Blätter immer weiter hinaus in den leeren Raum drückte. In seiner Todesangst ließ er die Pistole fallen und wollte nun auch mit der rechten Hand den dicken Stamm ergreifen, aber er erwischte nur ein paar junge Triebe des Wilden Weins, an denen er sich nicht festhalten konnte. Während die Pistole in hohem Bogen nach unten fiel und fünf Meter neben Jack auf dem Beton aufschlug, kämpfte Hopkins fünfzehn Meter über ihm einen verzweifelten Kampf, den er nicht gewinnen konnte. So sehr er sich auch bemühte, mit der rechten Hand den rettenden Stamm zu erreichen, sein dicker Körper wurde weiter und weiter hinaus in den leeren Raum gedrückt. Als schließlich auch seine Füße den Halt verloren, konnte die linke Hand allein sein Gewicht nicht mehr halten. Mit einem grässlichen Schrei, der Jack vorkam wie die unheimlichen Laute, die er nachts in Somba aus dem Dschungel gehört hatte, ließ Hopkins den Wilden Wein los und fiel, mit Armen und Beinen rudernd, an der grün überwucherten Hauswand entlang nach unten.

Jack, der vorsichtshalber ein paar Schritte vom Haus weggerannt war, schloss die Augen. Er hörte einen dumpfen Aufprall, der klang, als ob in einem seiner Videospiele ein Zombie zerplatzte, und rannte los, ohne sich noch einmal zu dem Gebäude umzudrehen.

Auf dem Boden kamen jetzt mehrere kriechende Ranken auf ihn zu. Es sah so aus, als würde die Pflanze nun auch auf ihn losgehen.

Nur eine einzige Fluchtmöglichkeit blieb ihm noch: Skinners Hubschrauber, der unverändert auf dem etwa hundert Meter vom Haus entfernten Landeplatz stand.

89

Verzweifelt rannten Ben und Susan auf dem Dach des ChemGen-Gebäudes hin und her und suchten nach einer Möglichkeit, der Pflanze zu entkommen.

Sie fanden keine.

Hinter ihnen baute sich der Wilde Wein zu einer zwei Meter hohen, dichten, dunkelgrünen Hecke auf, die unerbittlich auf sie zukam.

»Wir müssen irgendetwas finden, woran wir hinunterklettern können«, sagte Ben. »Gibt es denn kein Seil oder irgendetwas?«

»Wir können nur springen!«, rief Susan.

»Bist du verrückt? Wir sind fünf Stockwerke hoch oben! Das überleben wir nicht!«

»Aber es ist immer noch besser als *das* da«, entgegnete Susan und deutete auf die Wand aus Blättern, die nur noch ein paar Meter von ihnen entfernt war.

Auf einmal hörten sie ein lautes, knatterndes Geräusch, dessen Quelle Ben zunächst nicht einordnen konnte, aber dann erschienen über dem Rand des Daches glänzende kreisende Rotorblätter.

Skinners Hubschrauber!

Erfüllt von ungläubigem Staunen, sah Ben zu, wie der Helikopter sich über das Dach hob und unter Aufwirbelung von Staub und abgerissenen Blättern an einer Stelle landete, die von dem Wilden Wein noch nicht überwuchert war.

Am Steuerknüppel saß Jack!

Eine Sekunde lang stand Ben bewegungsunfähig da und starrte durch das Plexiglas des Cockpits auf seinen Sohn. Jack schrie etwas, was Ben durch den Lärm der Rotorblätter nicht hören konnte. Er trug einen Kopfhörer, der zu groß für ihn war, und grinste übers ganze Gesicht.

»STEIG EIN, BEN!«, schrie Susan, während sie selbst auf den Hubschrauber zulief.

Ben sah, wie die Pflanze ihr Wachstum noch einmal beschleunigte. Die Ranken schossen über die Dachpappe auf ihn zu, und einige schlangen sich um seine Füße und brachten ihn zu Fall. Mühsam rappelte er sich wieder auf und kroch auf allen vieren weiter in Richtung Hubschrauber. Die Ranken fingen an, ihn nach hinten zu ziehen, auf den Rand des Daches zu.

»BEN!«, schrie Susan, deren Stimme vom Dröhnen des Rotors fast verschluckt wurde. Ben trat mit dem linken Fuß nach einer Ranke, die sich fest um seinen rechten Stiefel gewunden hatte, aber schon wurde die Ranke dicker. Mit zitternden Fingern griff er nach hinten und löste den Schnürsenkel des Stiefels. Dann schlug er ihn mit dem Absatz auf die Dachpappe, bis sein Fuß herausschlüpfte. Während der Stiefel augenblicklich in der raschelnden Blättermasse verschwand, rannte Ben mit nur einem Schuh auf den Helikopter zu und kletterte, unterstützt von Susan, die ihn von oben her zu sich hereinzog, in die Kabine.

»HEB AB!«, schrie sie nach vorn zu Jack, der sofort reagierte und den Hubschrauber in die Luft steuerte, während die Pflanze unten die letzten noch frei gebliebenen Stellen auf dem Dach mit einem grünen Teppich überzog.

»Gott sei Dank, Jack!«, schrie Ben, der vor Anstrengung laut keuchte, nach vorn. »Ich dachte, du wärest tot.«

»Jacker, den Hacker, bringt niemand so schnell um«, erwiderte Jack lachend.

»Aber seit wann kannst du denn so ein Ding fliegen?«, fragte Ben erstaunt. »Du hast ja noch nicht mal einen Führerschein.«

»Das ist genauso wie in einem Flugsimulator«, entgegnete Jack. »Nur noch viel geiler!«

»Aber du kannst doch überhaupt nicht fliegen.«

»In die Luft bekommen habe ich das Ding immerhin«, erwiderte Jack strahlend. »Und ich werde damit auch wieder landen, verlass dich drauf. Ich habe dieses Modell schon Hunderte von Malen geflogen, auf meiner XBOX in Online-Turnieren. Bis jetzt musste ich mich nur einem Typen aus Jersey geschlagen geben, aber der war früher mal Hubschrauberpilot bei der Navy.«

»Wenn wir wieder daheim sind, kaufe ich dir jeden Computer, den du haben willst«, sagte Ben.

»Das kommt dich teuer«, erwiderte Jack und strahlte übers ganze Gesicht.

90

Jack ließ den Hubschrauber zehn Meter über der ChemGen-Zentrale schweben, die nun vollständig vom Wilden Wein bedeckt war und aussah wie eine vom Dschungel zugewachsene Pyramide in Mittelamerika.

»Wir müssen das Ding aufhalten, bevor es den ganzen Staat überwuchert!«, sagte Ben und blickte nach unten. Der Wilde Wein bewegte sich bereits von dem Gebäude weg und verbreitete sich auf dem weitläufigen Firmengelände.

»Aber wie willst du das schaffen?«, brüllte Susan ihm ins Ohr.

Ben deutete nach unten.

»Da! Siehst du die Tanks neben dem kleinen Schuppen? Das sind die Chemikalientanks für die Arzneimittelproduktion. In dem großen gelben ganz am Rand ist Benzin!«

»Gibt es denn eine Leitung ins Hauptgebäude?«, fragte Susan.

»Nur in die Produktionsstätten und in einige Labors«, erwiderte Ben nachdenklich. »Das genügt nicht. Wir müssen es irgendwie umleiten.«

»Umleiten? Wie denn?«

Ben packte Jack an der Schulter. »Kannst du mich bei

den Tanks dort absetzen?«, brüllte er nach vorn, bevor er sich wieder Susan zuwandte.

»Wird gemacht, Dad«, rief Jack zurück.

»Siehst du den langen, flachen Tank da unter den Bäumen?«, fragte Ben Susan. »Das ist der Löschwassertank, der mit einem Sprinklersystem im Gebäude und auf dem Gelände verbunden ist.«

»Ja, und?«, fragte Susan. »Ich verstehe nicht, worauf du hinauswillst.«

In diesem Augenblick setzte Jack den Hubschrauber ein wenig unsanft auf dem freien, asphaltierten Platz neben dem Schuppen auf.

»Tut mir leid«, entschuldigte er sich.

»Komm, Susan!«, rief Ben und riss die kleine Axt, die für Notfälle an der Kabinenwand des Hubschraubers befestigt war, aus ihrer Halterung. Er war schon fast bei dem Schuppen, als Susan ebenfalls aus dem Helikopter sprang und ihm hinterherlief. Sie hatte die Tür zu dem Schuppen noch nicht erreicht, als Ben mit der Axt auch schon das Schloss zertrümmert hatte.

»Wir müssen irgendwie das Benzin in die Sprinkleranlage leiten!«, sagte er, als sie vor einer großen, in die Wand eingelassenen Kontrolltafel standen. »Aber erst müssen wir den Druck aus dem Löschwassersystem nehmen.«

Er ließ die Blicke über die vielen Knöpfe und Hebel auf der Kontrolltafel schweifen, von denen ein jeder mit einem kleinen, geprägten Plastikschild beschriftet war.

»Hier!«, sagte er. »Wasserdruck Löschwasser!« Er betätigte den Schalter, und kurze Zeit später sank der Zeiger für den Wasserdruck immer weiter, bis er schließlich bei null zu stehen kam.

Als Nächstes suchte er die Schalter für die Benzinzufuhr. Während alles, was mit dem Wassersystem zu tun hatte, blau beschriftet war, waren die Schilder für die Benzinventile und -pumpen rot. Ben fand die Schalter und legte sie um.

»Irgendwie müssen wir jetzt das Benzin in die Löschwasserleitung kriegen«, erklärte er. »Schau mal nach draußen, ob du irgendwelche blauen und roten Röhren siehst.«

Als Susan aus dem Fenster sah, bemerkte sie, dass sich die Pflanze unaufhaltsam den Tanks näherte. Noch zwanzig, dreißig Meter, schätzte sie, dann waren die ersten Ranken am Löschwassertank.

Ihnen blieben höchstens noch ein paar Minuten, wenn überhaupt!

»Da!«, schrie Ben und deutete auf eine Stelle in dem Gewirr von Leitungen zwischen den Tanks. »Siehst du das große, rote Absperrventil dort drüben?«

Susan blickte nach draußen. Es gab ein Dutzend Ventile mit roten, blauen und gelben Hähnen.

»Ja, sehe ich!«, rief sie.

»Wenn das Diagramm auf der Schalttafel richtig ist, müssen wir dieses Ventil zudrehen und die beiden blauen daneben aufdrehen. Wenn ich dann die Benzinpumpe anschalte, müsste sie eigentlich Benzin ins Löschwassersystem einspeisen.«

Ben rannte aus dem Schuppen hinüber zu den Ventilen, wobei er wegen seines fehlenden Stiefels seltsame, an einen Ziegenbock erinnernde Sprünge vollführte. Am roten Ventil angelangt, griff er mit beiden Händen nach dem großen Metallrad und wollte es nach links drehen.

Aber es bewegte sich nicht.

Ben strengte sich an, aber das Rad gab keinen Millimeter nach.

Durch das Fenster des Kontrollschuppens sah Susan, wie die Ranken immer näher kamen. Jetzt waren sie keine fünfzehn Meter von Ben entfernt. Er würde es niemals schaffen!

»Mist!«, schrie Susan und rannte hinaus zu ihm. Gemeinsam hängten sie sich an das große Rad, und beim dritten Versuch gelang es ihnen, es mit einem quietschenden Geräusch in Bewegung zu setzen. Als es seine Endstellung erreicht hatte, eilten sie weiter zu den beiden blauen Ventilen, die sich sehr viel leichter bedienen ließen. Susan blickte auf und sah, dass der Wilde Wein den Löschwassertank erreicht hatte. Innerhalb weniger Sekunden war von seinem weiß gestrichenen Metall nichts mehr zu sehen, weil er sich in eine riesige, dunkelgrün wuselnde Röhre verwandelt hatte.

»Das schaffe ich allein«, keuchte Ben. »Lauf zurück in den Schuppen, und wenn ich es dir sage, leg den Schalter für die Benzinpumpe um!«

Susan tat, was er ihr aufgetragen hatte, und als sie wieder vor der Kontrolltafel angelangt war, sah sie, wie die Pflanze entlang der Wasserrohre auf Ben zuraste. Als die ersten Ranken sich um seine Füße wanden, streckte er Susan den rechten Daumen entgegen.

»Schalt ein!«, schrie er, während er sich mit beiden Händen die noch dünnen Ranken von den Füßen riss. Er hörte das Sirren der Benzinpumpe und wie eine Flüssigkeit durch die Leitungen gurgelte. Eines der Ventile war nicht ganz dicht und spuckte Benzin auf Bens Füße und die Pflanze, die sich davon aber nicht beeindrucken ließ. Es waren Dutzende von gierigen Ranken, aus denen, noch während sie sich wieder und wieder um Bens Fußknöchel zu winden versuchten, winzig kleine Blätter sprossen.

Er musste sofort von hier weg, sonst war er verloren. Ben riss sich von den Ranken los und fing an zu rennen. Auch Susan war aus dem Kontrollschuppen gekommen und rannte auf den Hubschrauber zu, der mit langsam kreisenden Rotorblättern auf sie wartete. Als sie noch zehn Meter davon entfernt war, wuchs direkt vor ihr auf einmal eine grüne Blätterwand aus dem Boden, die ihr den Weg zum Helikopter versperrte. Es war fast so, als ob die Pflanze geahnt hätte, was sie vorhatte.

Ben rannte hinüber zu ihr. Er musste an das denken, was Skinner über die militärischen Einsatzmöglichkeiten manipulierter Pflanzen gesagt hatte. Jetzt standen sie beide staunend vor einer gut zwei Meter hohen Hecke aus fest ineinander verknoteten Ranken, die so dicht war, dass sie den Hubschrauber hinter ihr nicht mehr erkennen konnten. Von hinten schob sich eine weitere Pflanzenwand an sie heran, und von den Seiten wucherten die Ranken am Boden unaufhaltsam auf sie zu.

»Und was machen wir jetzt?«, fragte Susan.

»Keine Ahnung«, erwiderte Ben. »Vielleicht kann man ja irgendwie drüberklettern.«

»Du träumst wohl«, sagte Susan, aber ihre Worte gingen im Dröhnen des startenden Hubschraubers unter. Jack musste wohl mitbekommen haben, in welcher Gefahr sie sich befanden.

Ein paar Sekunden später tauchte der Helikopter über der Wand aus Blättern auf und schob sich langsam über sie. Die Rotorblätter peitschten dabei die Luft so stark, dass Ben und Susan sich kaum mehr auf den Beinen halten konnten. Jack manövrierte den Hubschrauber langsam und präzise direkt über Susan und seinen Vater, die sich instinktiv eng aneinanderpressten. Solange sie im Windschatten des Rumpfes waren, konnte die von den Rotorblättern gepeitschte Luft sie nicht umwerfen. Dafür aber setzte sie der Pflanze gehörig zu. Die Ranken, die über den Asphalt auf Ben und Susan zugekrochen waren, wurden flach auf den Boden gepresst, und aus den beiden Wänden vor und hinter ihnen riss der Wirbelwind des Rotors Blätter und ganze Rankenfetzen und schleuderte sie in alle Richtungen davon.

Zentimeter um Zentimeter bewegte sich der Rumpf des großen Helikopters immer weiter hinab, bis Ben und Susan in die Hocke gehen mussten, um nicht von ihm erdrückt zu werden.

»Steig ein!«, brüllte Ben, der sich vorkam wie im Auge eines Hurrikans, Susan ins Ohr.

Die war bereits unter dem Rumpf hervorgekrochen und kletterte, während der Rotorwind wie wild an ihrem T-Shirt zerrte, durch die offene Seitentür in den Hubschrauber. Als sie sicher drinnen war, tat Ben es ihr nach. Er schwang eines seiner Beine über die Rumpfkante und merkte, dass sein anderes Bein schon keinen Bodenkontakt mehr hatte. Noch während er halb im Freien hing, hatte Jack den Hubschrauber abgehoben und ihn ein ganzes Stück in die Höhe schießen lassen.

Nur nicht nach unten schauen, dachte Ben, während er, unterstützt von Susan, die mit beiden Händen an seinen Schultern zog, den Rest seines Körpers in die Maschine hievte. Aber dann fiel sein Blick doch ins Freie, und er sah, wie sich tief unter ihm die beiden Wände der Pflanze, die nun nicht mehr vom Wind der Rotorblätter behindert wurden, zu einem großen, grünen Knäuel vereinigten.

Jack hielt den Hubschrauber wenige Meter über dem Kontrollschuppen in der Luft.

»Ich brauche Streichhölzer«, schrie Ben, während er sich seinen verbliebenen Stiefel auszog.

»Hier!«, sagte Susan und reichte ihm ihr Feuerzeug.

»Wenn ich es dir sage, ziehst du den Hubschrauber so schnell wie möglich nach oben«, rief Ben nach vorn zu Jack.

»Wird gemacht, Dad.«

Ben hielt das Feuerzeug an seinen mit Benzin getränkten Stiefel und zündete ihn an. Als er lichterloh brannte, ließ er ihn fallen.

»Zieh hoch, Jack!«, schrie er.

Der Motor des Helikopters heulte auf, und die Maschine schoss wie die Kabine eines Expressaufzugs in die Luft.

Unter ihr ging das Tanklager, über das die Sprinkler der Feuerlöschanlage bereits seit einigen Minuten Benzin versprüht hatten, in Flammen auf, die sich in Windeseile bis zum Hauptgebäude ausbreiteten. Wie schon in Somba fingen die Ranken der Pflanze sofort Feuer und verbrannten mit lautem Knistern so rasch wie trockener Zunder.

Für eine Sekunde war Ruhe, und dunkler, nach Benzin stinkender Qualm stieg von dem Gelände, über dem die verbrannte Pflanze jetzt wie ein Netz aus Asche lag, hinauf zu dem in der Luft schwebenden Helikopter. Dann explodierte auf einmal der gesamte ChemGen-Komplex in einem riesigen orangefarbenen Feuerball, dessen

Druckwelle sogar noch im Inneren des Hubschraubers zu spüren war.

»Danke, Jack«, sagte Ben. »Danke, dass du uns gerettet hast.«

»Jetzt sind wir quitt«, erwiderte sein Sohn, während er den Hubschrauber noch ein Stück höher und weg von den Flammen zog.

»Ja«, antwortete Ben. »Das sind wir. Das sind wir wirklich.«